Ein Maria-Wagenried-Thriller

Victoria Krebs

# BLUTIGES ERBE
# IN DRESDEN

Victoria Krebs

# BLUTIGES ERBE IN DRESDEN

saxophon

# PROLOG

Die elf Männer hatten sich in dem dunklen Gewölbe zu einem Halbkreis versammelt. Flackernder Kerzenschein warf die Schatten ihrer Konturen an das alte Gemäuer, dessen rote Ziegel im Laufe der Zeit gelitten und sich an einigen Stellen schwarz verfärbt hatten. Die Luft, kühl und feucht, atmete den Geruch von nahezu zwei Jahrhunderten und war angereichert mit würzigem Weihrauchduft, den eine kleine Messingschale auf dem Tisch am hinteren Ende des Raumes verströmte.

Hell leuchteten ihre langen, weißen, mit Kordeln geschnürten Kutten. Auf der linken Brust prangte jeweils ein rotes Kreuz. Schweigend und mit unbewegter Miene schauten die Männer auf den Großmeister. Er stand, von zwei mannshohen Kerzenleuchtern flankiert, am offenen Ende des Kreises. Zu seinen Füßen kniete ein zwölfter Mann, den Kopf demütig gesenkt.

Gemäß dem Ritual legte der Großmeister ihm die Hand aufs Haupt und ließ sie dort für einen Moment liegen, bevor er sie wieder zurückzog. Wie auf ein Zeichen hin hob der vor ihm kniende Mann sein Gesicht und richtete seinen Oberkörper auf. Er legte die rechte, geballte Faust auf das leuchtend rote Kreuz und begann, den Schwur zu rezitieren:

»Ich schwöre, meine Rede, meine Kräfte und mein Leben in die Verteidigung des Bekenntnisses des in den Mysterien des Glaubens gegenwärtigen Gottes zu heiligen. Ich gelobe dem Großmeister des Ordens Unterwerfung und Gehorsam. Sollten Unbill und Ungerechtigkeit herrschen, werde ich dem entgegentreten. Mein Kopf und mein Arm sollen der Wahrheit gehören. Niemals werde ich feige die Flucht ergreifen, sondern unsere Feinde bis zum Letzten bekämpfen.«

Ein Luftzug ließ die Flammen der Kerzen flackern, Totenstille hatte sich über die Anwesenden gesenkt.

Aller Augen waren auf den Großmeister gerichtet. Das warme Kerzenlicht milderte die Schatten seiner tiefen Furchen auf Wange und Stirn. Wie ein Glorienschein umgab das schlohweiße Haar sein Haupt und verlieh seiner Erscheinung eine mystische Aura. Er sah die Umstehenden der Reihe nach an. Sein Blick schien jeden von ihnen zu durchbohren, so als wolle er ihre geheimsten Gedanken ergründen, um sich ihres unbedingten Gehorsams und ihrer unverbrüchlichen Treue bis in den Tod zu versichern.

Dann wandte er sich langsam um, griff nach dem einfachen Holzkreuz, das auf dem Tisch hinter ihm lag, und hielt es dem Knienden entgegen.

»Stelle nun deinen Kampfesmut und den unbeugsamen Willen, dem Orden zu dienen, unter Beweis:

Spucke dreimal auf dieses Kreuz! Verleumde Jesus Christus!

Dieser Akt soll dich stärken und vorbereiten auf das, was der Feind dir abverlangt, solltest du ihm im heiligen Kampf unterliegen. Denn er wird dich zwingen, dem Herrn abzuschwören und ihn zu verhöhnen.«

Für einen Moment senkte der Kniende den Blick, er schien zu zögern. Doch dann hob er ihn wieder und sah dem Großmeister fest in die Augen.

Er neigte sich ein Stück nach vorn und spuckte dreimal hintereinander auf das Kreuz.

Der Großmeister legte das heilige Symbol zurück auf den Tisch und reinigte es mit einem weißen Tuch. Dann schritt er zu der dahinter liegenden Wand, die von einem dunklen Vorhang verborgen war. Mit einem Ruck zog er den Stoff beiseite und enthüllte ein Bild mit dem Antlitz Jesu Christi.

Der Kniende erhob sich und stellte sich neben den Großmeister, während sich die übrigen Männer erneut zu einem Halbkreis formierten.

Der Großmeister erhob seine Stimme:

»Erweist dem neuen Primus eure Ehre!«

Einer nach dem anderen kniete vor dem Zwölften nieder, hob den Saum seines Gewandes, führte ihn zum Mund und berührte ihn mit den Lippen.

Als der letzte der Ritter seine Ehrbezeugung kundgetan hatte, holte der Großmeister eine kleine, dunkelblaue Schachtel unter seiner Kutte hervor und öffnete den Deckel. Würdevoll überreichte er dem Primus das Kästchen und legte es in seine ausgestreckten Hände.

»Ich habe dich erkannt und auserwählt. Du bist der Richtige für diese Aufgabe«, sprach er zu ihm. »Zum Zeichen meiner Liebe und Anerkennung übereiche ich dir dieses wertvolle Kleinod.«

Der Primus sah auf das mit weißem Satin überzogene Kissen, in dessen Mitte ein rotes Kreuz eingestickt worden war. Darauf lag ein Siegel aus gehämmertem Silber.

Tränen traten ihm in die Augen, bevor er sie schloss und die Medaille inbrünstig mit seinen Lippen berührte.

# Kapitel 1

Prasselnd schlug der Regen gegen die Windschutzscheibe ihres Autos. Die hektisch hin und her tanzenden Scheibenwischer kamen nur schwer gegen die Wassermassen an. Wie kleine Bomben zerplatzten die dicken Tropfen auf der Scheibe und nahmen Maria die Sicht.

*Grauenvolles Wetter,* dachte sie. Sie blickte mit zusammengekniffenen Augen und leicht nach vorn gebeugtem Oberkörper auf die Königstraße, in die sie gerade eingebogen war. Schon von Weitem sah sie die Einsatzwagen mit ihren blau flackernden Lichtern in der ansonsten grau in grau vor ihr liegenden Straße. Die Konturen der Häuser und Bäume zu beiden Seiten waren verschwommen wie auf einem Aquarellgemälde. Alles, die Gebäude, die vorbeieilenden Passanten, die Blumenkübel vor den Restaurants und Geschäften, schien in den Fluten zu versinken.

In Schrittgeschwindigkeit näherte sie sich den Polizeifahrzeugen. Schon jetzt schauderte ihr bei dem Gedanken daran, das warme, trockene Auto zu verlassen. Wie immer hatte sie ihren Schirm im Präsidium vergessen. Der Wolkenbruch würde sie innerhalb weniger Sekunden bis auf die Haut durchnässen. Fluchend hielt sie direkt neben einem Polizisten und ließ die Scheibe herunter.

»Sie haben nicht zufällig einen Schirm für mich?«, fragte sie und setzte das liebenswürdigste Lächeln auf, zu dem sie an diesem ungemütlichen Maimorgen in der Lage war.

»Einen Schirm?«, fragte der Mann begriffsstutzig.

»Sie könnten natürlich auch einfach den Regen abstellen. Ich wäre aber auch mit einem stinknormalen Schirm zufrieden.«

Der Beamte lächelte, als er begriff, dass Maria einen Scherz gemacht hatte.

»Moment, Frau Wagenried, ich schaue mal nach.«

Sie hatte nicht damit gerechnet, aber er kam wenige Augenblicke zurück, öffnete galant die Fahrertür und hielt beflissen den schützenden Regenschirm über sie.

»Danke sehr. Ich werde Sie befördern. Wie heißen Sie?«

»Wachtmeister Rohrig«, antwortete er mit einem breiten Lächeln und begleitete sie bis zur Eingangstür. Diesmal hatte er den Witz sofort begriffen.

Maria öffnete die Tür neben dem großen Schaufenster und betrat einen mit Antiquitäten, Silber und Ölgemälden vollgestopften Raum. Sie bahnte sich einen Weg durch mehrere Uniformierte, die grüßend Platz machten, als sie die Kommissarin erblickten.

»Wo?«, fragte sie einen Kollegen. Der wies auf eine offen stehende Tür im hinteren Bereich des Geschäfts.

Der Tote saß an einem großen, massiven Schreibtisch. Unzählige Verletzungen entstellten sein Gesicht. Die Augen weit aufgerissen, schien er Maria direkt anzustarren. Ein blutiger Einschnitt klaffte unterhalb des Kehlkopfes, die Vorderseite seines hellblauen Hemdes war blutdurchtränkt. Marias Blick glitt weiter nach unten. Etwas stimmte mit seinen Händen nicht. Sie lagen in einer unnatürlichen Position ausgestreckt nebeneinander, die Innenflächen nach oben gerichtet, so als wolle er einen Segen empfangen. Als sie näher herantrat, sah Maria, dass beide Hände auf der polierten Oberfläche des Schreibtisches festgenagelt waren.

»Bernhard Molberg«, hörte sie eine Stimme sagen. Es war die ihres Assistenten Hellwig Dreiblum, der plötzlich neben ihr stand. »Antiquitätenhändler und Ladeninhaber. Sein Sohn, Alexander Molberg, hat ihn hier vor circa einer halben Stunde gefunden.«

»Todesursache?«, fragte Maria weiter.

»Erdrosselung mit einer Garotte«, ertönte eine Stimme wie aus dem Nichts. Dr. Stein tauchte hinter dem Toten auf. »Ich grüße Sie, Frau Wagenried«, schnaufte er. »Das

Tatwerkzeug passt irgendwie zu diesem Ambiente, finden Sie nicht?« Demonstrativ hielt er ein Plastiktütchen hoch.

»Eine Garotte?«, fragte sie ungläubig. »Hatte ich während meiner gesamten Dienstzeit noch nie.« Sie inspizierte den blutigen, an beiden Enden mit kleinen Holzgriffen versehenen Draht. Das dünne und harte Metall war so fest um den Hals des Opfers zusammengezogen worden, dass es die Haut unterhalb des Kehlkopfes und beide Aorten durchtrennt hatte. Maria hoffte für den Mann, dass er bereits vorher erstickt war.

»Kann man schon sagen, ob es ein Raubmord war?«

»Laut seinem Sohn scheint auf den ersten Blick nichts zu fehlen«, sagte Hellwig Dreiblum. »Genaueres kann er aber erst sagen, sobald er die Inventarliste mit dem aktuellen Bestand verglichen hat.«

»Wo ist der Sohn?«

»Auf der Toilette.« Dreiblum zupfte verlegen an seiner Wollmütze. »Musste sich übergeben. Ist allerdings schon fünfzehn Minuten da drinnen. Vielleicht sollte ich mal ...«

»Gute Idee, Hellwig. Holen Sie ihn da raus!«

Er setzte sich in Bewegung.

»Beeilen Sie sich!«, rief Maria scharf. Und an die Umstehenden: »Wieso lassen Sie den Mann so lange allein? In einem Mordfall ist jeder verdächtig. Schlamperei!« Verlegenes Füßescharren und Räuspern waren die Reaktionen.

»Können Sie schon etwas zum möglichen Todeszeitpunkt sagen, Dr. Stein?«, wandte sie sich wieder an den Rechtsmediziner.

»Schätze, gestern Abend zwischen zehn und zwölf, aber ...«

»Jaja, ich weiß, Genaueres erst nach der Obduktion.«

Dr. Stein zuckte lapidar mit den Schultern. Dann hockte er sich ächzend wieder hin und Maria hörte, wie er seine Instrumente klirrend zurück in den Koffer warf.

»Immer noch Probleme mit dem Rücken, trotz der neuen, ›schweineteuren‹ Matratze?« Das hatte sich Maria nicht verkneifen können. Das letzte Mal hatte sie Dr. Stein getroffen, als er im vergangenen Jahr zu den enthaupteten Frauenleichen gerufen worden war. Schon da hatte er über Rückenprobleme geklagt und den Kauf einer neuen Matratze erwähnt, die ihm allerdings nicht helfe. Unbelehrbar, wie er nun mal war, hatte er bisher alle Ratschläge, sich von einem Orthopäden untersuchen zu lassen, in den Wind geschlagen.

»Ich befürchte, es ist noch schlimmer geworden«, stöhnte er, als er wieder hinter dem Schreibtisch auftauchte.

»Nur so fürs Protokoll: Warum gehen Sie nicht endlich mal zum Arzt?«

»Der Einzige, zu dem ich gehen würde, ist Dr. Rothemund. Mit dem habe ich zusammen studiert, aber diesen Triumph gönne ich ihm nicht auch noch«, schnaubte er verächtlich. »Ich verliere schon regelmäßig beim Schach gegen ihn.«

Hellwig Dreiblum kam mit dem Sohn des Ermordeten zurück, ein blasser, dunkelhaariger Mann, der sich immer wieder nervös durch die Haare fuhr. Beim erneuten Anblick seines ermordeten Vaters schlug er die Hände vor den Mund, so als wolle er einen Schrei unterdrücken. Maria stellte sich ihm vor.

»Schildern Sie doch bitte, wann und wie Sie ihren Vater gefunden haben.« Auffordernd nickte sie ihm zu.

»Kann ... kann ich mich setzen?«

»Natürlich«, erwiderte Maria und bemerkte den Schweißfilm auf seiner Oberlippe. Augenscheinlich hatte er auch geweint, denn Augen und Nase waren verquollen und gerötet.

Er wollte sich gerade den Besucherstuhl vor dem Schreibtisch heranziehen, als zwei Männer mit einem Sarg hereinkamen, um den Toten abzutransportieren.

»Muss das jetzt sein?« Verärgert runzelte Maria die Brauen. Sie wandte sich an den Sohn des Opfers: »Warten Sie doch bitte so lange im vorderen Raum, Herr Molberg.«

»Wir brauchen eine Zange«, forderte Maria, als Alexander Molberg das Zimmer verlassen hatte, und wies mit dem Zeigefinger auf die festgenagelten Hände des Opfers. Ein Kollege von der Spurensicherung holte das Werkzeug aus seinem Metallkoffer und versuchte den Nagel aus der rechten Hand herauszuziehen, was ihm aber nicht gelang, weil er die Zange nicht richtig ansetzen konnte. Ein Polizeibeamter kam schließlich auf die Idee, unter dem Schreibtisch nachzuschauen, ob die Nagelspitze das Holz durchstoßen hatte: »Ich brauche einen Hammer, mit dem ich gegen die Spitze schlagen kann. Der Kollege von der Spusi zieht von oben mit der Zange.«

Schließlich gelang es den Männern, die langen Nägel Stück für Stück herauszubefördern. Sie verwahrten sie, wie die Garotte, in einem Beweismittelsicherungstütchen.

Ein unterdrücktes Schluchzen entwich Alexander Molbergs Kehle, als sein Vater im Sarg zu dem vor dem Geschäft wartenden Leichenwagen getragen wurde.

»Wo bringen Sie ihn hin?«, fragte er leise und sah Maria voller Verzweiflung an.

»Es ist üblich, dass eine Leiche nach einem Mord in die Rechtsmedizin gebracht wird«, sagte Maria so ruhig und sachlich wie möglich. »Dort wird eine Obduktion durchgeführt.«

Molberg sackte sichtlich in sich zusammen. »Dann wird er von oben bis unten aufgeschnitten. Alle Organe werden herausgenommen, wie bei einem Tier, das ausgeweidet wird«, flüsterte er tonlos.

»Herr Molberg, die Organe müssen untersucht werden, das ist Vorschrift. Aber natürlich werden sie wieder zurückgelegt.«

Er schluckte krampfhaft.

»Sie wollen doch, so wie wir auch, dass der Mörder Ihres Vaters gefunden wird. Eine Obduktion ist unerlässlich, weil eventuell Spuren des Täters am Körper des Toten nachgewiesen werden können oder sonstige Beweismittel, die vielleicht Rückschlüsse auf den Tathergang zulassen. Das verstehen Sie doch, nicht wahr?«

Jetzt nickte er schwach.

»Ich möchte jetzt noch einmal auf meine Frage von vorhin zurückkommen. Wann und wie haben Sie Ihren Vater gefunden?«

»Also, ich ...« Molberg räusperte sich und schluckte hart. »Ich bin gegen halb elf heute Morgen hierhergekommen. Zu meiner Verwunderung hatte mein Vater das Geschäft noch nicht geöffnet. Normalerweise öffnet er um zehn. Da habe ich dann mit meinem Schlüssel die Tür aufgeschlossen und ihn dort«, er blickte kurz zum Stuhl hinter dem Schreibtisch, »kurze Zeit später gefunden. Es war einfach schrecklich, ihn da so ... so zugerichtet sitzen zu sehen. Mir war natürlich sofort klar, dass er tot war. Ich habe dann gleich die Polizei gerufen.«

Maria nickte und wandte sich an die Umstehenden.

»Wurde der Schlüssel des Toten gefunden?«, fragte sie.

Ein Kollege der Spurensicherung verneinte und auch die Polizeibeamten schüttelten den Kopf.

»Das bedeutet, dass der Mörder ihn vermutlich mitgenommen hat, denn er hat die Tür von außen wieder verschlossen. Hing der Schlüssel an einem Bund oder Etui?«

»Ja, an einem braunen Lederetui, zusammen mit den anderen Schlüsseln.«

»Welchen Schlüsseln?«, hakte Maria alarmiert nach.

»Die Wohnungsschlüssel ... Oh mein Gott!« Alexander Molberg schlug sich die Hände vors Gesicht. »Bedeutet das etwa, dass der Mörder meines Vaters auch in sein Haus eingedrungen ist?« Entsetzt starrte er Maria aus weitaufgerissenen Augen an.

»Das werden wir feststellen. Wir fahren sofort dort hin. Wie ist die Adresse?«

»Goetheallee 59 A, in Blasewitz. Soll ich vielleicht mitkommen?«

»Natürlich«, antwortete Maria bestimmt, »Sie können uns bei der Klärung der Frage behilflich sein, ob etwas fehlt, falls sich tatsächlich jemand Zugang zu der Wohnung verschafft hat. Das würde Ihnen doch bestimmt auffallen, nicht wahr?«

Molberg nickte und schwankte für einen kurzen Moment. Halt suchend griff er die Lehne eines neben ihm stehenden Stuhls.

»Sie fahren mit den Kollegen.« Sie gab den betreffenden Beamten einen Wink und schickte auch die Spurensicherung zu der angegebenen Adresse.

## Kapitel 2

Obwohl der starke Regen mittlerweile aufgehört hatte und es nur leicht nieselte, war der Himmel noch immer grau und verhangen. Wie ein schweres Tuch lag er über dem Elbtal. Als Maria über die Albertbrücke fuhr, schaute sie in den Rückspiegel, um sich zu vergewissern, dass ihre Kollegen hinter ihr waren, und seufzte. Eigentlich hatte sie vorgehabt, an diesem Freitag früh Feierabend zu machen, um den Einkaufsbummel zu unternehmen, den sie schon seit Langem vor sich her geschobenen hatte. Sie brauchte unbedingt neue Kleidung fürs Frühjahr und den Sommer. Den größten Teil ihrer Sachen hatte sie bereits aussortiert, in blaue Müllsäcke verpackt und in die Kleiderspende gegeben. Symbolisch hatte sie damit auch ihr altes Leben hinter sich gelassen – und mit diesem die schrecklichen Ereignisse des vergangenen Jahres, Nihats Tod, ihre eigene Schuld. Zumindest hatte sie es versucht.

Allerdings sah es im Moment gar nicht nach Frühjahr aus. Sie schaute von der Brücke aus nach rechts. Dunkel erhoben sich der hohe Turm der Hofkirche und links, ein Stück nach hinten versetzt, die helle Spitze der Frauenkirche. Die langgestreckte Fassade der Kunstakademie auf der Brühlschen Terrasse wirkte in dem trüben Licht seltsam starr und leblos. Sie verließ die Brücke, umfuhr das Karree, das auf das Käthe-Kollwitz-Ufer führte, und passierte wenig später die drei Elbschlösser, die sich auf dem gegenüberliegenden Ufer aneinanderreihten, stumme steinerne Zeugen einer vergangenen Epoche. Am Vogesenweg bog sie rechts ab und stieß wenig später auf die Goetheallee. Nach wenigen Metern tauchte links vor ihr das Standesamt mit seinen Türmchen, Erkern und Loggien auf. Die elektronische Stimme des Navigationssystems teilte ihr mit, dass sie ihr Ziel auf der rechten Seite erreicht hatte.

Sie warf durch die Frontscheibe einen Blick auf das Anwesen. *Natürlich, wie konnte es anders sein?* Als Alexander Molberg ihr die Adresse genannt hatte, war ihr sofort klar gewesen, dass sein Vater in einer stilvollen Villa residiert hatte. *Neorenaissance,* vermutete sie, war sich aber nicht sicher, als sie das große, herrschaftliche Haus eingehender betrachtete. Vor einigen Jahren hatte sie an einer Führung durch den Stadtteil Blasewitz teilgenommen. Neben Anekdoten über wohlhabende Persönlichkeiten aus der Vergangenheit waren auch die unterschiedlichen Baustile der Villen erläutert worden.

Aber ob nun Jugendstil oder Neorenaissance, sie mussten dort hinein. Sie warf einen Blick in den Rückspiegel. Die Kollegen rückten ebenfalls an und stellten ihre Fahrzeuge nacheinander hinter ihrem BMW ab.

Alexander Molberg stürmte an ihr vorbei, riss die Pforte zum Grundstück auf, hastete eine kleine Treppe hoch und öffnete die Haustür. Sie und die Kollegen folgten ihm bis in eine kleine Eingangshalle. Ein riesiger Messinglüster hing von der mit dunklem Holz vertäfelten Decke und erhellte den fensterlosen Raum. Molberg öffnete eine schwere Holztür und blieb im selben Moment wie angewurzelt stehen. Maria drängte sich neben ihn, um selbst zu sehen, was ihn so erschreckt hatte. Das Bild, das sich ihr bot, war verstörend. Schränke standen offen, Schubladen waren herausgerissen, Dokumente, Akten und aus Umschlägen herausgerissene Briefe lagen überall verstreut auf dem Boden. Eine Grünpflanze lag vor einer schlanken Blumensäule am Boden. Unter dem Wurzelballen häuften sich schwarze Erde und Scherben des zerbrochenen Topfes, daneben lag, umgekippt auf dem Rücken, ein zierlicher, mit dunkelgrünem Samt bezogener Sessel.

Ein Ruck ging durch Alexander Molberg. Entschlossen durchquerte er das heillose Chaos, sodass einzelne Blätter aufwirbelten. Er ging zur gegenüberliegenden Wand, die mit Kassetten verkleidet war. Marias Augen folgten ihm. Selbst von dort, wo sie stand, konnte sie sehen, dass sich eine der kastenförmigen Vertiefungen von den anderen unterschied. Ein kleines Türchen stand offen. Molberg öffnete es komplett, sodass dahinter ein Safe sichtbar wurde. Auch der war geöffnet. Gähnende, schwarze Leere tat sich vor ihnen auf.

Alexander Molberg wandte sich um, einen hilflosen, ungläubigen Ausdruck auf dem Gesicht.

»Alles weg«, presste er hervor.

»Was war in dem Safe?«, wollte Maria wissen und folgte ihm durch das Durcheinander.

Aber Molberg gab keine Antwort, sondern starrte nur abwechselnd zum Safe und zum Chaos auf dem Fußboden.

»Was war in dem Safe?«, fragte sie erneut.

»Schmuck meiner Mutter aus Familienbesitz, Expertisen und Geld«, gab er schließlich zögernd Auskunft. »Wie viel genau, weiß ich allerdings nicht.«

»Gut, das werden wir später im Protokoll aufnehmen. Hat Ihr Vater die Villa alleine bewohnt?«

»Ja, aber er hat nur die untere Wohnung benutzt. Die obere Wohnung hat er Gästen von außerhalb zur Verfügung gestellt. Ein Zimmer davon hat er genutzt, um

Kleinmöbel, Bilder und allen möglichen Krimskrams unterzustellen.«

Maria gab ihren Kollegen ein Zeichen, mit der Arbeit zu beginnen und die übrigen Zimmer zu untersuchen.

»Ich muss Sie bitten, mich aufs Präsidium zu begleiten, wo wir Ihre Aussage zu Protokoll nehmen werden«, wandte sie sich wieder an den Sohn des Ermordeten.

»Ist es möglich, dass ich mich vorher selbst davon überzeugen kann, ob noch weitere Sachen gestohlen wurden?«

»Ja, selbstverständlich«, sagte Maria. »Ich komme mit.«

Zusammen verließen sie das Zimmer und gingen zurück in den Flur, von dem aus sie die übrigen Räume betraten. Aber wie sich herausstellte, hatte der mutmaßliche Mörder von Bernhard Molberg nur diesen einen Raum gezielt durchsucht.

Eine Stunde später saß Alexander Molberg in Marias Büro. Er sah noch immer blass aus und wirkte zutiefst niedergeschlagen. Der Tod seines Vaters hatte ihm augenscheinlich einen schweren Schlag versetzt. Nachdem sie die Formalitäten erledigt und Molberg ihr zugesichert hatte, den Bestand im Geschäft mit der Inventarliste zu vergleichen und eine Aufstellung über den Inhalt des Safes, soweit er davon Kenntnis hatte, anzufertigen, fragte Maria ihn:

»Sie haben angegeben, dass Sie im Geschäft Ihres Vaters mitarbeiten. Worin genau besteht Ihre Tätigkeit denn?«

»Ich akquiriere Kunstgegenstände, im Prinzip im gesamten Bundesgebiet. Das bedeutet, dass ich relativ oft unterwegs bin. Außerdem liefere ich auch Objekte an Käufer aus.«

Maria nickte.

»Ihr Vater war gestern Abend noch lange im Geschäft und hat ganz offensichtlich seinem Mörder die Tür geöffnet. Wissen Sie, ob er eine Verabredung mit jemandem hatte?«

Nachdenklich schüttelte Molberg den Kopf.

»War es üblich, dass Ihr Vater zu so später Stunde noch Kunden empfing?«

»Soviel ich weiß, kam das durchaus vor. Aber Genaues hat er mir nie erzählt. Jeder von uns hatte seinen eigenen Arbeitsbereich.«

»Was könnte es gewesen sein, das der Mörder unbedingt aus dem Safe an sich bringen wollte? Den Familienschmuck oder eine Expertise?«

»Ich weiß es nicht. Bringt man jemanden wegen einer Expertise um?«

»Wenn die Expertise, sagen wir mal, nicht echt ist, vielleicht? Oder einen viel höheren als den tatsächlichen Wert ausweist?«

»Was wollen Sie damit andeuten?« Molberg hatte seine Stimme erhoben. »Mein Vater ist ... war ein absolut integrer Geschäftsmann und Kunstkenner mit einem einwandfreien Leumund. Denken Sie, dass sich jemand in diesem Bereich über fünfundzwanzig Jahre lang halten kann, wenn er Kunstgegenstände mit gefälschten Expertisen verkauft? Das ist ja geradezu lächerlich, was Sie da sagen!«

»Ich tue nur meine Arbeit, Herr Molberg«, entgegnete Maria ruhig.

Sein Blick traf sie wie ein eisiger Lufthauch.

»In dem Safe muss sich etwas befunden haben, das für den Mörder von größter Wichtigkeit war und das er unbedingt in seinen Besitz bringen wollte«, fuhr sie ungeachtet seiner Reaktion fort. »Ihr Vater wurde vor seinem Tod misshandelt und so wahrscheinlich zur Herausgabe des Schlüssels und der Nummernkombination für den Safe gezwungen.«

»Ich kann Ihnen nicht mehr sagen als das, was ich bereits genannt habe: Schmuck meiner Mutter, sie ist vor fünf Jahren gestorben, Expertisen und andere Dokumente. Und Bargeld, das er immer parat haben wollte. In dieser Branche ist Barzahlung üblich.«

»Wie viel war es normalerweise?«, hakte Maria nach.

»Unterschiedlich. Aber ich glaube, er hatte immer eine Summe von fünfzehn- bis zwanzigtausend Euro verfügbar.«

»Gut. Wissen Sie, ob Ihr Vater Feinde hatte?«

»Nicht, dass ich wüsste. Neider, ja. Aber Neid ist auch eine Form der Anerkennung für jemanden, der erfolgreich ist.«

»Wer wird das Geschäft übernehmen, jetzt, da Ihr Vater tot ist?«

»Ich nehme an, dass ich der Alleinerbe bin, sollte mein Vater sein Testament nicht geändert haben.« Undurchdringlich sah er sie an. »Und schlagen Sie sich den Gedanken aus dem Kopf, dass ich meinen eigenen Vater ermordet und zuvor gefoltert habe, um an die Kombination für den Safe zu kommen. Ich habe auch kein neu aufgesetztes Testament vernichtet, das mich benachteiligen würde. Wenden Sie sich an den Notar Dr. Hübscher, wenn Sie mir nicht glauben. Meines Wissens hat mein Vater seinen letzten Willen dort hinterlegt.«

Molberg stand auf. »Wenn Sie nichts dagegen haben, würde ich jetzt gerne gehen. Ich möchte ein wenig allein sein.«

»Ja, das war's fürs Erste«, sagte Maria.

Bevor Molberg das Zimmer verließ, drehte er sich noch einmal um.

»Ich habe meinen Vater geliebt. Der Tod meiner Mutter hat uns noch enger zusammengeschweißt. Ich hoffe sehr, dass Sie das Schwein finden, das ihn auf dem Gewissen hat.« Dann ging er grußlos.

Maria warf den angeknabberten Bleistift, den sie die ganze Zeit in der Hand gehalten hatte, auf den Schreibtisch. Sie hatte den Eindruck gewonnen, dass Alexander Molberg nicht gelogen hatte. Wieder griff sie nach dem Bleistift und fing an, das Ende mit ihren Zähnen zu bearbeiten. Nachdenklich runzelte sie die Stirn, aber noch war es viel zu früh, um irgendwelche Vermutungen anzustellen. Ihr Blick blieb an dem leeren Schreibtisch ihr gegenüber hängen. Bis vor knapp einem Jahr hatte dort ihr Kollege, Hauptkommissar Gerd Wechter, gesessen. Jetzt konnte sie sich unmittelbar nach der Besichtigung eines Tatorts nicht mehr mit ihm austauschen. Das war für Gerd und sie eine Art Ritual gewesen und hatte hervorragend funktioniert. Sie hatten die Gedanken frei und ungehindert fließen lassen und Intuitionen und Gefühle verbalisiert, um sie greifbar zu machen, ihnen Form und Gestalt zu verleihen. Nie wieder würde er sie eindringlich mit seinen grauen Augen mustern, denn sie selbst hatte ihn erschossen, hier, in ihrem gemeinsamen Büro.

Zum tausendsten Mal blitzten die Bilder des Schusswechsels vor ihrem geistigen Auge auf. Sie hatte ihn mit eindeutigen Beweisen für einen von ihm begangenen, brutalen Mord konfrontiert und ihn damit in die Enge getrieben. Er hatte nichts mehr zu verlieren gehabt und seine ungesicherte Dienstwaffe auf sie gerichtet. Maria war es gewesen, die den ersten Schuss abgefeuert und ihn am Oberschenkel verletzt hatte. Er hatte sofort zurückgeschossen. Mit einem Hechtsprung zur Seite war sie der Kugel ausgewichen und hatte ihn noch im Fallen mit einem zweiten, tödlichen Schuss außer Gefecht gesetzt.

Noch immer hatte sie das Geschehene nicht verarbeitet und es hörte einfach nicht auf, sie nachts in ihren Träumen heimzusuchen. Sie quälte sich mit Selbstvorwürfen, denn sie hatte diese Situation heraufbeschworen. Zwar war ihr von Seiten der Staatsanwaltschaft nach der Untersuchung eine Notwehrsituation bestätigt worden, aber Kommissarin Maria Wagenried wusste, dass dies nur die halbe Wahrheit war.

Seitdem saß sie alleine hier in diesem Büro. Wie sie am Rande mitbekommen hatte, wurden mehrere Kandidaten für die Neubesetzung der Stelle gehandelt, aber die

Mühlen in Behörden mahlten eben langsam, auch in Personalfragen. Hin und wieder hatte sie sogar mit dem Gedanken gespielt, sich versetzen zu lassen, ihn jedoch stets gleich wieder verworfen. Sie hing an Dresden, hatte schon immer hier gelebt, geliebt und gelitten und dabei Blessuren davongetragen, von denen manche so tief waren, dass sie gedacht hatte, dass sie sich nie mehr davon erholen würde. Hier hatte sie das Leben von seiner erbarmungslosen Seite kennengelernt. Aber auch von seiner schönsten.

## Kapitel 3

Seufzend warf Maria den Bleistift zurück auf die Schreibtischunterlage und starrte auf das zerbissene Ding. Es war an der Zeit, sich auch von dieser lästigen Gewohnheit zu verabschieden. Schließlich war es ihr ja auch gelungen, mit dem Rauchen aufzuhören. Ihr Handy klingelte. Mit einem Blick auf das Display erkannte sie, dass es Desmond Petermann war. Das passte ihr im Moment überhaupt nicht. Die Beziehung zu dem Rechtsmediziner wurde ihr zu intensiv. Amouröse Verwicklungen waren das Letzte, was sie im Moment gebrauchen konnte. Und sie hatte Nihat noch nicht vergessen.

»Hallo Dess«, begrüßte sie ihn sachlich, »was gibt's?«

»Ich habe von euch diesen Bernhard Molberg auf den Tisch bekommen. Ich bin dabei auf ein sehr interessantes Detail gestoßen, das euch möglicherweise am Tatort entgangen ist.«

»Die Garotte ist gar nicht das Mordwerkzeug?«

»Doch«, entgegnete Desmond, »davon ist auszugehen. Aber dem Opfer wurde an der unteren Nackenpartie ein Stück Haut herausgeschnitten.«

»Wie meinst du das? Direkt am Tatort oder eine frühere Operation?«

»Am Tatort. Die Wunde war frisch«, antwortete Desmond. »Hat die Spurensicherung dieses Hautstück gefunden?«

Verblüfft verneinte Maria und runzelte die Stirn, sodass sich die steilen Zornesfalten über ihrer Nasenwurzel noch vertieften.

»Ist der Schnitt tief?«, wollte sie wissen.

»Nein. Der Täter hat nur die Haut herausgeschnitten. Bei der Sektion wird sich herausstellen, ob er noch mehr entfernt hat.«

»Gut, Danke. Wir sehen uns dann am Montag.« Sie wollte das Gespräch so schnell wie möglich beenden, da sie befürchtete, Desmond könnte sie um eine Verabredung am Wochenende bitten. Doch stattdessen sagte er:

»Erinnert mich irgendwie an eine der letzten Frauenleichen, die hier auf meinem Tisch lag. Da hatte dieser Verrückte einen dornigen Rosenstil in der Vagina des Opfers hinterlassen. Diesmal hat der Täter etwas mitgenommen.«

»Ja, hübsche Abwechslung«, konterte Maria lapidar und dachte mit Schrecken an die beiden Frauen, denen der Kopf abgesägt worden war und die der Täter spektakulär für die Öffentlichkeit zur Schau gestellt hatte. Dieser Fall war nicht nur per se der reinste Horrortrip für alle Beteiligten gewesen, sondern hatte sich für Maria auch zu einer persönlichen Katastrophe entwickelt.

»Entschuldige, Maria, ich wollte nicht die alte Wunde aufreißen. Es tut mir wirklich leid. Nimmst du meine Entschuldigung in Form einer Einladung zum Essen an?«

Maria schwieg. Hatte er sie nur daran erinnert, um sich anschließend mit dieser Einladung entschuldigen zu können?

»Wollen wir heute Abend essen gehen? Das *Canadian* hat nach einer ›Kreativpause‹ eine neue Speisekarte aufgelegt. Klingt ziemlich verlockend, muss ich sagen.«

Sie zögerte. Einerseits war das Essen im Sterne-Restaurant *Canadian* wirklich vorzüglich, andererseits bedeutete das womöglich, dass der Abend eine Fortsetzung bei ihm oder ihr zu Hause finden würde. Auch wenn sie einige wenige Male mit Desmond geschlafen hatte, war sie absolut noch nicht bereit für eine neue Beziehung. Viel zu tief saßen der Schmerz und die Erschütterung über Nihats grausamen Foltertod.

»Maria?«

Sie gab sich einen Ruck.

»Schön, am Samstag, heute nicht mehr. Und anschließend möchte ich gleich nach Hause, und zwar allein«, machte sie ihm nachdrücklich klar.

»Natürlich, kein Problem. Wir gehen essen und unterhalten uns. Ich hole dich um kurz nach sieben von zu Hause ab. Ist dir das recht?«

Sie willigte ein und beendete das Gespräch.

Eine Menge Schreibkram war noch zu erledigen und sie konnte sich glücklich schätzen, wenn sie das, was sie sich vorgenommen hatte, bis zum Abend schaffte. Sie vertiefte sich in die vor ihr liegende, noch ziemlich dünne Akte »Bernhard Molberg«.

Die Zeit verging wie im Fluge. Ab und zu kam ein Kollege rein, um sie etwas zu fragen. Die Ergebnisse der Spurensicherung würden erst in der kommenden Woche eintrudeln. Als Nächstes musste das Umfeld des Antiquitätenhändlers durchleuchtet und die Frage beantwortet werden, ob sein Sohn Alexander, vermutlicher Alleinerbe, wirklich so unschuldig und trauernd war, wie er es vorgab. Aus beruflicher und eigener leidvoller Erfahrung wusste Maria, dass Eifersucht und Habgier, neben krankhafter Mordlust, die stärksten Motive für das Auslöschen eines Menschenlebens waren. Sie seufzte und griff erneut nach dem Bleistiftstummel. Hin und wieder spuckte sie gedankenverloren einen kleinen Spleiß auf den Boden.

# Kapitel 4

Ihre Türglocke schellte. Maria hörte die von knisternden Geräuschen untermalte Stimme von Desmond Petermann in der Gegensprechanlage und betätigte den Türsummer. Dann öffnete sie die Tür einen Spaltbreit und eilte ins Badezimmer zurück, um noch ein paar Spritzer Parfum auf Hals und Haar zu verteilen und ihrem Spiegelbild einen allerletzten prüfenden Blick zuzuwerfen. Gut, nickte sie sich zu, passte alles. Dann hörte sie auch schon seine Schritte im Flur. Mit seiner eindrucksvollen körperlichen Präsenz – hochgewachsen, weit über einen Meter neunzig groß, mit einem Gesicht wie aus Granit gemeißelt – schien er den lächerlich kleinen Raum zu sprengen. Er beugte sich zu ihr hinab und hauchte ihr einen Kuss auf die Wange.

»Hm, du duftest gut«, sagte er lächelnd und hielt sie ein Stück von sich weg. »Neu?«

Sie nickte. »Nimmst du mich so mit?«, fragte Maria, machte sich sachte los und drehte sich einmal um die eigene Achse.

»Solange du nicht wieder eine Sondervorstellung im *Canadian* gibst, ist das so in Ordnung«, erwiderte er und seine stahlblauen Augen blitzten amüsiert auf.

»Dann schmierst du den Kellner wieder mit einem Mordstrinkgeld«, konterte sie schlagfertig und spielte damit auf einen gemeinsamen Restaurantbesuch an, bei dem sie zu viel getrunken und deshalb bald die Beherrschung verloren hatte. Doch gleichzeitig spürte sie den leichten Stich der Enttäuschung wegen des ausgebliebenen Kompliments. Sie war am späten Freitagnachmittag doch noch in die Stadt gefahren, hatte sich in einer italienischen Restaurantkette mit einer gigantischen Pizza und einem Glas Rotwein gestärkt und sich dann in das übliche Gewühl der Kaufwütigen gestürzt. Trotz ihrer Befürchtungen, lange suchen zu müssen, war sie relativ schnell fündig geworden. Das graue, eng geschnittene Kleid hatte ihr bereits auf dem Bügel außerordentlich gut gefallen. Dazu passend hatte sie sündhaft teure, schwarze Pumps mit hohen Absätzen erstanden, denen sie nicht hatte widerstehen können.

»Du siehst toll aus«, sagte Dess anerkennend.

Doch so richtig konnte Maria sich nicht mehr freuen. Sie nahm an, dass er ihr die Enttäuschung am Gesicht abgelesen und das Kompliment schnell nachgeschoben hatte, um sie bei Laune zu halten.

»Ich habe einen Tisch um halb acht reserviert. Bist du so weit?«

Sie nickte, griff nach ihrer Handtasche, stopfte das Handy und das kleine Schminktäschchen hinein und zog sich einen kurzen Sommermantel über.

Das Edelrestaurant lag auf der anderen Elbseite, im Stadtteil Weißer Hirsch. Sie kamen gut durch, denn der Verkehr war am Samstagabend deutlich schwächer als in der Woche. Fünf Minuten vor der Zeit waren sie da.

Das *Canadian* war trotz der relativ frühen Stunde voll besetzt. Sie waren offenbar nicht die Einzigen, die die neue Speisekarte gereizt hatte und die ihren Gaumen mit kulinarischen Köstlichkeiten verwöhnen lassen wollten.

Während sie an ihren Tisch gebracht wurden, ließ Maria ihre Blicke schweifen. Das gleiche Publikum wie üblich, gut angezogen, die Damen zurechtgemacht und die Herren frisch rasiert, saß an weiß gedeckten Tischen und unterhielt sich in gedämpfter Lautstärke. Innerlich schmunzelnd dachte sie an ihren ersten gemeinsamen Besuch des Restaurants. Alkoholisiert und unpassend gekleidet hatte sie vor Vergnügen die Hände krachend auf den Tisch geschlagen, als Dess ihr die kuriosen Vornamen seiner Geschwister offenbart hatte. Das auf Hochglanz polierte Besteck war klirrend über den Tisch gehüpft und die langstieligen Gläser hatten bedrohlich geschwankt. An diesem legendären Abend war ihr Lachen wie eine Bombe in diese distinguierte Atmosphäre eingeschlagen. Empört hatte man sie angesehen und unmissverständlich die Köpfe geschüttelt. Doch das wahrscheinlich Allerschlimmste war gewesen, dass sie sich die Missbilligung des Oberkellners zugezogen und es sich vermutlich bis in alle Ewigkeit mit ihm verdorben hatte. Nur dem Umstand, die Begleiterin von Dr. Desmond Petermann zu sein, hatte sie es zu verdanken gehabt, nicht umgehend hinauskomplimentiert worden zu sein. Im Nachhinein schämte Maria sich für ihr Auftreten, *aber mein Gott*, sie war eben auch nur ein Mensch. Sie hatte sich nicht unter Kontrolle gehabt, der angestaute berufliche und private Druck hatte sich mit einem Mal entladen.

Als sie sich an ihren Tisch gesetzt hatten, nahm Dess ihre Hände und lächelte sie an.

»Ich freue mich auf diesen Abend, Maria. Und ich bin sehr gespannt auf das Essen.«

Bevor Maria etwas erwidern konnte, erschien die Bedienung mit einem kleinen Tablett, auf dem sie zwei Champagnergläser balancierte.

»Guten Abend, Herr Dr. Petermann«, flötete sie und stellte die Gläser auf den Tisch, »schön, Sie wieder hier begrüßen zu dürfen.« Und mit einem kühleren Blick auf Maria: »Guten Abend.«

Sie setzte die Gläser ab. »Ich bringe Ihnen sofort die Speisekarte. Herr Wiegand wird Sie dann beraten«, zwitscherte sie und verschwand wieder.

»Mein spezieller Freund kommt gleich«, grinste Maria, rollte mit den Augen und erhob ihr Glas. »Zum Wohl, Dess, und danke für die Einladung.« Sie tranken jeder einen Schluck. »Mhm, herrlich.« Sie stellte das Glas auf den Tisch zurück. »Mach dir keine Sorgen, ich werde ganz brav sein.«

»Ich mache mir keine Sorgen, Maria. Schöne Frauen dürfen sich fast alles erlauben. Außerdem«, er klopfte auf die Brusttasche seines Jacketts und beugte sich verschwörerisch zu ihr, »habe ich genug Geld dabei, um ihnen das Maul zu stopfen.«

»Droh ihnen doch einfach mit einer Vivisektion, ist bestimmt auch sehr wirkungsvoll.«

Desmond Petermann warf den Kopf in den Nacken und lachte wiehernd wie ein Pferd. Wie immer betrachtete Maria verwundert dieses Schauspiel.

Die Speisekarten wurden gereicht. Sogleich vertiefte sich Dess darin, machte »Ah«, »Oh« und »Mhm«. Maria hatte keine Lust, sich etwas auszusuchen. Sie überließ ihm gern die Entscheidung. Bei ihren bisher zwei gemeinsamen Besuchen im *Canadian* hatte er mit seiner Auswahl stets richtig gelegen. Stattdessen sah sie sich ein wenig um und beobachtete die Gäste. Am Nebentisch saß ein älterer Herr mit Halbglatze und Vollbart. Unter dem dunkelblauen, geöffneten Jackett wölbte sich der Bauch, der ihm schlaff über die Hose hing. Er hatte seine Bestellung offenbar schon aufgegeben, denn auch er ließ seinen Blick durch den Raum wandern. Für einen kurzen Augenblick schauten sie sich an, dann hob er sein Glas und leerte es in einem Zug. Maria sah, dass er eine Flasche Weißwein geordert hatte, die in einem Kühler neben seinem Tisch stand. Entweder erwarte er noch eine weitere Person oder er war ein solider Trinker, mutmaßte sie. Schräg gegenüber saß ein Pärchen, er dunkelhaarig und im Anzug, sie blond und stark geschminkt. Unablässig klapperte sie mit den viel zu blauen Lidern und lauschte scheinbar aufmerksam seinen Ausführungen. Auch das Rouge auf ihren Wangen leuchtete unnatürlich rot.

Herr Wiegand, der Oberkellner, kam angerauscht und servierte dem einsamen Gast direkt neben ihnen die Vorspeise. Er war also tatsächlich alleine hier, folgerte Maria, als der Mann nach seinem Besteck griff.

Desmond legte die Speisekarte zur Seite, was den Oberkellner dazu veranlasste, an ihren Tisch zu treten, um ihre Bestellung entgegenzunehmen. Würdevoll hob er an, als sein Gesicht zu einer Maske gefror. Mit weit aufgerissenen Augen starrte er in den über Maria und Desmond hängenden Spiegel. Maria wollte gerade seinem Blick folgen, um zu sehen, was ihn so aus der Fassung gebracht hatte, als nacheinander mehrere Schüsse gellten. Sie riss den Kopf herum. Ein maskierter, komplett schwarz gekleideter Mann stand mit erhobener Waffe vor dem Tisch des einzelnen Gastes. Den Bruchteil einer Sekunde später brach ein Tumult los. Einige der Gäste schrien durcheinander oder sprangen von ihren Stühlen auf, sodass diese laut zu Boden polterten, manche versteckten sich schutzsuchend unter ihrem Tisch, andere rannten in Panik dem Ausgang entgegen. Der Maskierte hob die Waffe hoch in die Luft und feuerte einen Warnschuss ab. Erneute Schreie, Deckenputz rieselte von oben herab und die Flüchtenden erstarrten in ihrer Bewegung. Dann drehte sich der Schütze auf dem Absatz um und rannte davon. Maria sprang auf, stieß den Oberkellner zur Seite und folgte dem Mann, der mittlerweile das Lokal verlassen hatte. Sie riss die Eingangstür auf, sah erst nach rechts, dann nach links. Nichts, der Täter war wie vom Erdboden verschluckt. Sie ging ins Restaurant zurück.

»Polizei!«, rief sie laut. »Begeben Sie sich bitte wieder auf Ihre Plätze! Niemand verlässt das Restaurant.« Der völlig verschreckten und hemmungslos weinenden Angestellten hinter der Bar gab sie die Anweisung, die Eingangstür zu verschließen.

Danach eilte sie zurück. Dess hatte sich über den Angeschossenen gebeugt und fühlte den Puls, während Herr Wiegand sich auf ihren Stuhl gesetzt hatte und fassungslos die Szene beobachtete.

Als Maria näher herantrat, bemerkte sie, dass der Gast mit dem Gesicht auf seinem Vorspeiseteller lag. Eine Hummerschere lugte unter seiner Wange hervor. Das Blut des Hingerichteten tropfte langsam auf die weiße Tischdecke. Sie trat neben ihn und hob vorsichtig seinen

Kopf ein Stück nach oben. Auf seiner Stirn prangte ein Einschussloch. Ihr Blick glitt tiefer. Weitere Kugeln hatten sein weißes Hemd zerfetzt und blutige Krater hinterlassen. Dess sah auf und schüttelte den Kopf. Dieser Mann war mausetot, genauso wie der Hummer auf seinem Teller. Sie griff in die Innentasche seines Jacketts, in der sie eine Brieftasche vermutete, und wurde tatsächlich fündig.

Maria rief ihre Kollegen, die kurze Zeit später anrückten. Der Polizeifotograf schoss Fotos vom Tatort, der mit einem Band abgesperrt worden war. Alle Gäste wurden in einen kleinen Raum nebenan gescheucht. Dort wurden zwei Tische freigeräumt, an denen Beamte die Personalien der Gäste aufnahmen und sie zum Tathergang befragten. Fast alle Augenzeugen standen noch unter Schock, gaben aber bereitwillig Auskunft. Nur der dunkelhaarige Mann, der in Begleitung der überschminkten Blondine gekommen war, weigerte sich mit Verweis auf seine Privatsphäre lautstark und vehement, Angaben zu seiner Person zu machen. Maria, die den Vorfall mitbekommen hatte, vermutete eine Ehefrau im Hintergrund. Sie versicherte ihm, dass niemand, bei diesem Wort zog sie bedeutungsvoll die Augenbrauen hoch, über seinen Restaurantbesuch informiert werden würde. Sollte er sich nicht kooperativ verhalten, würde sie ihn allerdings bei sich zu Hause vernehmen. Der Mann lief puterrot an, als er den Wink verstand, und gab schließlich Name und Adresse zu Protokoll.

Zwischenzeitlich wurde der Tote abtransportiert und in die Rechtsmedizin gebracht. Die Männer von der Spurensicherung markierten kleine und größere Gegenstände, verteilten Nummernaufsteller und fotografierten alles.

Der kreidebleiche Restaurantchef, der mittlerweile aufgetaucht war, rang sichtlich um Fassung und rieb sich unablässig das Kinn. Zusammen mit Dess und ihm hatte Maria sich ein wenig abseits vom Tatort an einen kleinen Tisch gesetzt.

»Kannten Sie das Opfer, Herr Stegmann?«, fragte sie und sah Oberkellner Wiegand an ihnen vorbeischleichen, der ihr einen undefinierbaren Blick zuwarf. Wahrscheinlich war ihm gerade klar geworden, dass nun sie, die Polizistin, ihm die Autorität streitig gemacht und das Kommando über sein Reich übernommen hatte.

Der Befragte schüttelte den Kopf, was Maria aber nicht weiter erstaunte, denn der Ermordete, er hieß Guido Brunner, war Schweizer, wie sie in seinen Papieren festgestellt hatte.

»Könnten Sie bitte anhand der Kreditkartenzahlungen abklären, ob Herr Brunner schon einmal Gast in Ihrem Haus war?«

»Selbstverständlich, das ist kein Problem. Von welchem Zeitraum sprechen Sie?«

»Ich würde sagen, die letzten drei Jahre.«

»Das wird natürlich ein bisschen dauern. Aber ich gebe Ihnen so schnell wie möglich Bescheid, sollte die Buchhaltung einen entsprechenden Hinweis finden.«

»Vielen Dank, Herr Stegmann, Das wäre es fürs Erste.« Maria erhob sich.

»Ich ..., was soll ich denn jetzt mit den Gästen machen? Ich meine, wie lange sind Ihre Leute denn noch da?«

»Das Ganze wird noch ein bisschen dauern. Für heute müssen Sie Ihren Betrieb wohl schließen.«

Zweifelnd sah der Restaurantbesitzer Maria an.

»Ich glaube, das Beste wird sein, wenn ich alle Gäste für später zu einem kostenlosen Essen einlade«, sagte er mehr zu sich selbst als zu ihnen und ging in den Raum nebenan, um diese Botschaft zu verkünden. Wenige Minuten später hörten sie zustimmendes Gemurmel.

Maria und Dess verließen das *Canadian*.

»Und nun?«, fragte er, als sie wieder in seinem BMW saßen. »Musst du ins Präsidium?«

»Tja, das muss ich wohl. Ich kann mir ein Taxi nehmen.«

»Rede keinen Unsinn. Ich bringe dich selbstverständlich hin. Wie lange wird es dauern?«

»Mindestens zwei Stunden, schätze ich. Wenn die Maschinerie sich erst mal in Gang setzt, kann es sich hinziehen.«

»Ruf mich an, wenn ich dich abholen soll. In der Zwischenzeit bereite ich bei mir was zu essen vor.«

»Ich weiß nicht, ob das wirklich eine so gute Idee ist, Dess. Ich muss doch morgen wieder früh raus. Das Wochenende ist gestrichen.«

»Wir essen zusammen und dann legst du dich gleich ins Bett. Und morgen früh kriegst du ein erstklassiges Frühstück von mir serviert. Na, was sagst du?«

Sie seufzte. »Also gut, einverstanden. Ich bin käuflich, wie du weißt. Für ein gutes Essen tue ich fast alles. Halte aber bitte vorher noch am Albertplatz, ich brauche jetzt auch schon einen Snack. Wer weiß, wie lange es dauert.«

Und tatsächlich vergingen drei Stunden, bis Desmond Petermann Maria abholen konnte. Erschöpft warf sie sich auf den Beifahrersitz und schlief schon während der Fahrt ein. Zwanzig Minuten später erreichten sie in Radebeul die würfelförmige Villa im Bauhausstil, die sich deutlich von der überwiegend historischen Architektur des Viertels abhob. Sie fuhren in die Tiefgarage und betraten über eine Treppe die große, helle Diele, die direkt in ein riesiges Wohnzimmer mit bodentiefen Fenstern führte. Desmond schaltete die Außenbeleuchtung ein. Zu dieser Jahreszeit war der Blick auf den Garten noch nicht ganz so spektakulär wie im Sommer, wenn alle Rosensorten in verschwenderischer Pracht und Farbvielfalt blühten. Maria erinnerte sich noch sehr genau an den Spätsommerabend, an dem sie auf der Terrasse gesessen und mit ihrem ekelhaften Zigarettenqualm die süße, von Rosenduft geschwängerte Luft verpestet hatte. Aber auch dieses Laster gehörte zu ihrem alten Leben, das sie mit so viel Mühe und Not hinter sich zu lassen versuchte.

Schnell wischte sie die Gedanken daran beiseite, zog sich die neuen Schuhe aus, die noch ziemlich drückten, und ließ sich aufs Sofa plumpsen. Gerne hätte sie die Beine unter sich hochgezogen, aber das ging wegen des engen Kleides nicht.

»Sag mal, hast du was Bequemes zum Anziehen für mich?«

»Moment, ich mache gerade den Cremant auf«, rief er aus der Küche. Maria hörte das Ploppen des Korkens. Dann kam er aus der Küche und drückte ihr ein Glas in die Hand.

»Ich habe einen Jogginganzug, der wird aber viel zu groß für dich sein. Komm mit, du kannst dich gleich im Bad oben umziehen.«

Sie folgte ihm in sein Schlafzimmer, wo er fluchend auf dem Boden des Kleiderschranks herumzuwühlen begann.

»Ha, wer sagt's denn«, rief er triumphierend, stand auf und hielt ihr ein dunkelblaues Stoffpaket entgegen. Mit einem misstrauischen Blick griff sie danach und ging ins Bad. »Passt er?«, rief Dess kurz darauf von draußen.

»Perfekt«, gab sie zur Antwort und öffnete die Tür. »Voilà, die neueste Création aus dem Hause Chanel«, sprach Maria mit affektiertem französischen Akzent. »Besticht durch ihre ungewöhnliche Farbe und den großzügigen Schnitt, welcher der Trägerin viel Bewegungsfreiheit lässt.«

Sie lachten beide laut auf.

»Eigentlich müsste ich ein Foto machen«, überlegte Dess, als sie wieder im Wohnzimmer waren und streckte die Hand nach seinem Handy aus, das er auf den Tisch gelegt hatte.

»Versuch es und du bist tot!«, drohte Maria.

»Was ist denn nun mit dem Essen? Ich habe Hunger.«

Schmunzelnd verschwand er wieder in der Küche und endlich konnte sie die Füße hochlegen und sich auf dem Sofa ausstrecken. Träge griff sie nach einem wissenschaftlichen Magazin, das auf dem Glastisch lag und blätterte lustlos darin herum, bis sie an einem interessanten Artikel hängenblieb. Sie war so in ihre Lektüre vertieft, dass sie hochschreckte, als Dess mit einer großen Salatschüssel in der Hand plötzlich neben ihr stand.

»Wir können anfangen.«

Maria rappelte sich hoch und folgte ihm zu dem langen Esstisch im hinteren Teil des Wohnzimmers. Jetzt erst roch sie den verführerischen Duft von gebratenem Fleisch.

»Riecht gut, was gibt es denn Schönes?«, wollte sie wissen.

»Nichts Besonderes. Ich hatte noch Filetsteak da und habe Salat dazu geschnippelt, ein bisschen Brot und Knoblauchbutter, das ist alles.«

Das Fleisch war medium rare gebraten, genau so, wie Maria es mochte. Begeistert schnitt sie ein Stück nach dem anderen ab, spießte zwischendurch die Gabel in den knackigen Salat, riss Brot in kleine Stücke und verteilte die Knoblauchbutter darauf.

»Es ist ausgezeichnet, Dess«, nuschelte sie kauend, »auch der Wein, große Klasse.«

»Freut mich, dass es dir schmeckt«, antwortete er. Nach einer kurzen Pause sagte er: »Ich habe eine Bitte, Maria.«

*Ach du Schande, was kommt jetzt?*

»Ich würde gerne mit dir über den Fall reden, natürlich nur, wenn du Lust hast.«

Sie hatte ihm, nachdem sie Gerd Wechter erschossen hatte, in einem langen Gespräch von ihrer gemeinsamen Methode erzählt, sich an einen Fall heranzutasten. Wie hilfreich das gewesen war, weil sich sehr oft herausgestellt hatte, dass die ersten Eindrücke die wichtigsten waren, und weil sich frühe Vermutungen oder Theorien nicht selten später als wahr herausgestellt hatten.

*Aber würde das mit Desmond genauso gut gelingen? Mit jemandem, der sich zwar mit Mord und Totschlag auskannte, der aber kein Ermittler war?*

Unbestritten war Desmond Petermann ein Experte darin, durch systematische Analysen und gründliche Autopsien die wahrscheinliche Todesursache zu bestimmen. Aber hatte er auch das nötige kriminalistische Gespür? Konnte er verstehen, dass nicht nur der Tatort, sondern auch das Opfer mit leiser, raunender Stimme zu ihr sprach und manchmal eine ganz andere Geschichte erzählte, als es die offenkundige Beweislage tat?

*Aber ein Versuch schadet nicht.*

»Von welchem Fall sprichst du denn?«, fragte sie zurückhaltend. »Wir haben zwei Mordfälle. Und die innerhalb kürzester Zeit.«

»Glaubst du, dass sie zusammenhängen?«

Maria stieß die Luft aus und ließ sich zurück gegen die Lehne fallen.

»Ein Antiquitätenhändler, den man erst gequält, dann mit einer Garotte umgebracht und dem man anschließend ein Stück Haut am Nacken herausgeschnitten hat. Und ein Schweizer, von dem wir überhaupt noch nichts wissen, außer, dass er nach Dresden gereist ist und gestern im *Taschenbergpalais* eingecheckt hat, wo er ein Zimmer für eine Woche gebucht hatte. Das Hotelzimmer wurde bereits von der Spusi untersucht, die Ergebnisse werde ich erst kommende Woche, hoffentlich schon am Montag, bekommen. Aber die Kollegen haben auf den ersten Blick nichts Ungewöhnliches gefunden, nur ein paar Kleidungsstücke im Schrank und die üblichen Hygieneartikel im Bad.«

»Was war das heutige Opfer denn von Beruf?«, unterbrach Dess ihre Ausführungen.

»Sein Name war Guido Brunner und er war Syndikus bei einer Stiftung«, antwortete sie. »Die Kollegen werden in Zürich noch recherchieren, ob er beruflich oder als Tourist in Dresden war. Aber am Wochenende... du weißt ja.«

»Ich kenne zwar den Begriff Syndikus und weiß, dass er eine juristische Bedeutung hat. Aber was genau ein Syndikus macht, ist mir nicht klar.«

»Ich musste mich auch erst belesen«, entgegnete Maria. »Im Prinzip ist er ein Rechtsanwalt, der bei einem Unternehmen, einem Verband oder eben auch bei einer Stiftung angestellt ist. Wenn ich es richtig verstanden habe, ist er ein Berater für arbeitsrechtliche und vertragliche Angelegenheiten.«

»Verstehe. Siehst du einen Zusammenhang? Ich meine, zwischen dem Antiquitätenhändler und dem Juristen?«

»Der einzige Zusammenhang, den ich momentan erkennen kann, ist der, dass jeweils ein Haufen Arbeit auf uns zukommt. Im Mordfall Bernhard Molberg müssen wir seinen Sohn Alexander genauer unter die Lupe nehmen und als Erstes mit dem Notar sprechen, ob ein Testament hinterlegt wurde und, falls dem so ist, ob es kürzlich Änderungen gab. Mir gefällt dieses Bürschchen nicht, ich kann aber nicht genau sagen, warum. Nur so ein Gefühl.« Maria trank das Glas mit dem Rotwein leer. »Gibst du mir noch einen Schluck, Dess?«

»Natürlich, wir sind ja nicht im *Canadian* und Oberkellner Wiegand kommt heute auch nicht mehr an unseren Tisch. Seine Miene, als du mit dem Restaurantchef gesprochen hast, war nicht mit Gold aufzuwiegen.«

Beide lachten, hoben ihre Gläser und prosteten sich zu.

»Konntest du den Schützen eigentlich genauer sehen?«, fragte Maria. »Von deinem Platz aus hattest du ja einen besseren Blick auf ihn. Ich meine, das ungefähre Alter und die Größe, dünn, dick, sportlich?«

Jetzt war es an dem Mediziner, sich zurückzulehnen und die Stirn in Falten zu legen.

»Es ging alles so rasend schnell. Aber im Nachhinein würde ich sagen, dass er zwischen Ende zwanzig und Anfang, Mitte dreißig gewesen sein muss. Eher klein, um die eins siebzig, schlank. Vom Gesicht hat man ja wegen der Maske nichts erkennen können.«

»Das ist doch schon mal was. Ist dir sonst noch etwas aufgefallen?«

Dess überlegte und schüttelte nach einer Weile unmerklich den Kopf.

»Doch«, rief er plötzlich und beugte sich wieder vor. »Er hat irgendwas gerufen, bevor er geschossen hat!«

»Was genau hat er gerufen? Kannst du dich erinnern?«, hakte sie nach. Auch sie konnte sich dunkel an Wortfetzen erinnern.

»Ich habe es nicht genau verstanden, weil er die Maske vor dem Mund hatte. Aber ich glaube, es waren zwei oder drei Worte.«

»Und die waren?«, fragte sie ungeduldig. »Lass dir doch nicht jedes Wort aus der Nase ziehen.«

»Theos Schuld.«

»Wie bitte?«

»Ich habe so etwas wie ›Theos Schuld‹ verstanden. Aber, wie gesagt, die Maske hat alles gedämmt. Ich kann noch nicht einmal sagen, ob die Stimme hoch oder tief war, aber sie klang irgendwie schrill.«

»Theos Schuld«, murmelte sie nachdenklich. »Hattest du den Eindruck, dass er Guido Brunner persönlich damit angesprochen hat oder dass er es eher allgemein in den Raum hineingerufen hat?«

Dess legte die Stirn wieder in Falten und seufzte.

»Das kann ich beim besten Willen nicht mehr sagen. Wenn du nicht gerade eben noch mal nachgefragt hättest, ob mir was Besonderes aufgefallen ist, hätte ich es glatt vergessen.«

»Ist nicht schlimm. Deshalb hab ich dich ja gefragt.« Sie überlegte. »›Theos Schuld‹ ... Nehmen wir an, dass du dich nicht verhört hast. Dann klingt es irgendwie nach einem Racheakt. Ein gewisser Theo hat sich etwas zu Schulden kommen lassen und Guido Brunner musste dafür mit dem Leben bezahlen.«

»Es kann aber auch ›Leo‹ gewesen sein. Ich will mich da nicht festlegen.«

»Aber das ist zumindest ein Anhaltspunkt. Wir werden im Umkreis von Brunner nach einem Leo oder Theo suchen. Außerdem werde ich mir die Vernehmungsprotokolle vornehmen. Vielleicht hat noch einer der anderen Gäste gehört, was der Mörder gerufen hat.«

»Kann doch auch eine Art Kampfruf gewesen sein. So etwas wie ›Allahu akbar‹. Das rufen doch islamistische Terroristen, bevor sie einen Anschlag verüben.«

»Der Syndikus wurde regelrecht hingerichtet«, bestätigte Maria nachdenklich. »Zusammen mit dem Ausruf ›Theos Schuld‹ oder ›Leos Schuld‹ oder was auch immer es genau war, erinnert mich das an die Vorgehensweise der Mafia.«

»Stimmt«, nickte Dess, »könnte sein. Die Mafia wäre nicht gut, nicht wahr?«

»Nein, überhaupt nicht«, bestätigte Maria. Sie wusste, dass sich die russische Mafia zwar zu einem zunehmenden Problem entwickelte, dieses aber längst noch nicht die Ausmaße wie mit der italienischen Mafia in anderen Bundesländern erreicht hatte.

Für einen Moment schwiegen sie, jeder hing seinen Gedanken nach, bis Dess die Stille unterbrach.

»Espresso und Eis?«

»Welche Sorte?«

»Schokolade und Walnuss.«

»Dann Schokolade, bitte.«

»Mit Baileys und Sahne?«

Maria schwieg, klapperte stattdessen demonstrativ mit den Lidern und spitzte die Lippen zu einem Kussmund.

»Alles klar«, meinte Dess grinsend, griff nach den Tellern und verschwand in der Küche. Kurz darauf hörte sie klappernde Geräusche, als er das schmutzige Geschirr in die Spülmaschine räumte und das Dessert zubereitete. Mit einem Mal spürte sie ein starkes Verlangen nach einer Zigarette. Dess rauchte auch hin und wieder eine von diesen affigen *Pyramids of Egypt*, die aus einem unerfindlichen Grund nicht rund, sondern platt wie Flundern waren, sodass man sie überhaupt nicht richtig zwischen die Finger klemmen konnte.

*Zum Teufel, du hast gerade erst erfolgreich mit dem Rauchen aufgehört!* Wenn sie sich jetzt auch nur eine einzige dieser verfluchten Dinger zwischen die Lippen steckte, würde sie wieder anfangen, das wusste sie sehr wohl. Vehement stand sie auf, ging zum Sofa und griff erneut nach dem Magazin, um den Artikel weiterzulesen und sich abzulenken.

»Maria? Kommst du?«

Als sie das Dessert auf dem Tisch sah, rief sie freudig: »Oh, lecker, das sieht einfach köstlich aus.«

Genüsslich löffelte sie ihr Eis und schlürfte den Espresso.

»Gar nicht so schlimm, dass wir nicht im *Canadian* essen konnten«, meinte sie, »und auch erheblich bequemer.« Grinsend tippte sie auf den Jogginganzug. »Natürlich kein exquisites Drei-Gänge-Menü, aber es lässt sich aushalten.«

»Da bin ich froh«, meinte Dess lächelnd, stand auf und ging in Richtung Terrassentür. »Ich gehe eine rauchen. Du kommst sicherlich nicht mit, nehme ich an.«

»Nein, lieber nicht. Habe eben schon innere Kämpfe ausgetragen.«

Dess verschwand auf der Terrasse.

Als er von draußen wieder reinkam, setzten sie sich auf die Couch und tranken ein weiteres Glas Rotwein, während sie sich unterhielten. Doch das Gespräch wurde immer schleppender, weil sie beide müde wurden. Maria legte die Beine hoch und Dess hing mehr in dem Zweisitzer gegenüber, als dass er saß. Mit einem Mal fielen Maria die Augen zu und sie schlief ein.

Ein schrilles Läuten weckte sie. Im ersten Moment fiel es ihr schwer, sich zu orientieren. Doch dann erkannte sie im dämmrigen Morgenlicht Dess' Wohnzimmer. Er selbst war auf die Seite gesackt und schnarchte wie ein Bär.

*Wer, in drei Teufels Namen, ruft an einem Sonntag zu solch einer unchristlichen Zeit an?* Das konnte eigentlich nichts Gutes bedeuten. Vielleicht war jemandem aus seiner Familie etwas zugestoßen? Womöglich seiner betagten Mutter, die, wie Maria wusste, schon über neunzig war.

Mühsam rappelte sie sich hoch, stolperte zu Dess und rüttelte ihn unsanft an der Schulter. Schlaftrunken sah er sie an.

»Wach auf, Dess! Das Telefon. Es klingelt schon die ganze Zeit!«

»Was?«, murmelte er und schloss die Augen wieder.

»DAS TELEFON!!! Vielleicht gehst du besser ran. Ist bestimmt wichtig.«

»Herrgott noch mal! Wehe, das ist es nicht, ansonsten bringe ich denjenigen eigenhändig um. Satansbrut!«

Schwankend ging er zur Anrichte neben dem Esstisch und nahm den Hörer von der Basisstation.

»Ja?«, grunzte er mit belegter Stimme. »WAS? Das ist ja wohl ein schlechter Scherz! Ja, okay, aber fassen Sie um Gottes Willen nichts an!« Er sah rüber zu Maria, die sich bei seinen alarmierten Worten aufrecht hingesetzt hatte. »Haben Sie schon die Polizei verständigt? Gut. Ich bin in einer Dreiviertelstunde da.«

Langsam legte er den Hörer auf und sah Maria mit großen Augen an.

»Im Institut wurde eingebrochen. Jemand hat sich an einer Leiche zu schaffen gemacht.«

»Das ist nicht dein Ernst!«

»Ich befürchte, doch.«

»Ich komme mit!«, entgegnete Maria bestimmt. Sie war neugierig, was im Institut vorgefallen war. Außerdem wollte sie nach Hause, ihre Wohnung lag nicht weit entfernt, um sich umzuziehen und ihr Auto zu holen. Sie musste anschließend ins Präsidium fahren, obwohl Sonntag war. Mordermittlungen waren an den Wochenenden nun mal nicht auf Eis gelegt.

Als sie sich nach dem Duschen wieder in der Küche trafen, beobachtete Maria ihn aus den Augenwinkeln.

Sehr gesprächig schien er heute Morgen nicht zu sein. Nur zu gerne hätte sie mehr über die Ereignisse im Rechtsmedizinischen Institut erfahren, sie lechzte geradezu nach weiteren Einzelheiten. Aber Dess hatte eine verschlossene Miene aufgesetzt. Wenn er nicht darüber sprechen wollte, würde er es auch nicht tun, selbst wenn sie ihn danach fragte. So gut kannte sie ihn. Doch in wenigen Minuten würde sie mit eigenen Augen sehen, was genau passiert war. Schweigend frühstückten sie. Bevor sie aufbrachen, schluckten beide noch eine Aspirin.

Das Institut für Rechtsmedizin war in einem Gebäude auf dem weitläufigen Areal der Universitätsklinik untergebracht. Zwei Polizeiwagen standen im absoluten Halteverbot auf der Zickzacklinie direkt vor dem Haupteingang.

Dess stieg schnell aus, öffnete die Tür und stürmte mit weit ausholenden Schritten zu den Kellerräumen, in denen die Toten aufbewahrt und obduziert wurden. Maria hatte Mühe, ihm zu folgen und wäre beinahe in ihn hineingerannt, als er abrupt stehen blieb. In einer Ecke standen zwei Polizisten und ein Mitarbeiter des Sicherheitsdienstes. Das kalte Neonlicht betonte hart und unbarmherzig die Müdigkeit auf ihren Gesichtern.

»Petermann«, stellte Dess sich vor. »Ich bin der leitende Rechtsmediziner und das ist Frau Hauptkommissarin Wagenried.«

Die Uniformierten sahen auf, der Jüngere von beiden wollte zu ihm gehen, aber Petermann hob abwehrend die Hand.

»Ich bin gleich bei Ihnen, ich möchte mir nur vorher selbst ein Bild machen.«

Es war kalt hier unten. Im Kühlraum stand ein Hubwagen vor dem offenen Lagerungssystem aus drei Etagen, auf ihm lag ein geöffneter Leichenplastikbehälter. Erst Sekunden später erfassten Marias Augen den nackten

Mann, der bäuchlings dahinter auf dem Boden lag. Sie schlängelte sich an Dess vorbei und ging um den Toten herum, um ihn besser inspizieren zu können. In seinem Nacken leuchtete eine frische, rote Wunde. Sie hockte sich neben die Leiche, um die Verletzung zu inspizieren.

»An der gleichen Stelle herausgeschnitten wie bei Bernhard Molberg«, hörte sie Dess sagen. Verblüfft sah sie hoch zu ihm und dann wieder zum Toten, der mit seltsam abgewinkelten Armen und Beinen vor ihr lag. Der Rechtsmediziner bückte sich runter zu den Füßen und drehte das Etikett am großen Zeh des Mannes um. Anschließend wälzte er ihn auf die Seite und blickte ihm prüfend in das wächserne Gesicht. Er stutzte.

»Das ist Guido Brunner«, sagte er zu Maria und sah sie alarmiert an. »Der Mann, der gestern Abend im *Canadian* erschossen wurde.«

# Kapitel 5

### Jerusalem, 1985

Das Taxi hielt direkt vor dem *Hotel Gloria* am Jaffator, dessen Name von der Straße herrührte, die zur gleichnamigen Stadt führte, und das zu Zeiten der Kreuzritter den Namen Davidstor getragen hatte.

Drei Männer zwischen dreißig und fünfunddreißig Jahren stiegen aus. Unterschiedlicher konnten sie nicht aussehen. Andreas, der Größte unter ihnen, war die auffälligste Erscheinung. Hochgewachsen und schlank, mit schwarzem, welligem Haar, überragte er seine Begleiter fast um eine ganze Kopflänge. Der Kleinste und Kräftigste, Friedrich, hatte weiche, fast weibliche Gesichtszüge, war blond und trug ein Oberlippenbärtchen. Benedikt, der dritte Mann, hatte militärisch knapp gestutztes Haar und wirkte sportlich und durchtrainiert. Sie betraten die angenehm temperierte Hotellobby, die in einem Gewölbe untergebracht war.

Hier, in dieser geschichtsträchtigen Stadt, in der sich die Kulturen der Antike und der Moderne treffen, sollte ihre dreitägige Pilgerreise beginnen, die sie lange geplant und nun endlich in Angriff genommen hatten. Den Tag ihrer Ankunft wollten sie für einen Bummel durch das christliche und das muslimische Viertel der historischen Altstadt nutzen.

Nachdem sie sich frischgemacht, bequemes Schuhwerk und leichte Sachen angezogen hatten, machten sie sich auf den Weg. Ihr Ziel war der Tempelberg, der nicht mehr als zwanzig Minuten Gehzeit entfernt lag. Andreas schob sich eine Sonnenbrille in seine Haare und hängte sich eine Schultertasche um, in der er drei kleine Flaschen Mineralwasser und eine Kamera verstaut hatte.

Sie bogen in die Omar-Ben-el-Hatab-Straße ein, die, wie üblich um diese Uhrzeit, von Hunderten Touristen bevölkert wurde. Das hellgraue Pflaster und die fast weißen Fassaden der Häuser, aus dem Jerusalemer Kalkstein Meleke errichtet, reflektierten das Licht, sodass Andreas und seine Begleiter gezwungen waren, ihre Sonnenbrillen aufzusetzen. Die Straße mündete in die berühmte Davidstraße, eine schmale Gasse, in der sich Massen von Menschen aneinander vorbeischoben. Hier begann der arabische Basar, der Suq, ein Labyrinth aus verzweigten Gassen, Stiegen und Passagen, von denen viele mit Steingewölben überdacht waren. Von Zeit zu Zeit wurde der Strom der Touristen unterbrochen, sobald eine Gruppe vor einem der unzähligen Geschäfte stehenblieb, mit ausgestreckten Fingern auf die bunten Auslagen wies und sofort von einem geschäftstüchtigen Ladenbesitzer mit einem Schwall der Überredungskunst zum Kauf angehalten wurde. Auch die drei Männer ließen ihre Blicke neugierig umherschweifen und lugten durch die geöffneten Türen der vielen Läden, Kaffeebars und Restaurants.

Mittlerweile hatte Andreas seine Kamera aus der Tasche genommen, um die vielfältigen Eindrücke auf Polaroid zu bannen. Gemächlich schlenderten sie im Pulk der Massen weiter, bis die ebene Gasse in Stufen überging, deren rechteckige Steine im Laufe der Jahrhunderte durch Millionen Füße blank gescheuert worden waren. Eine faszinierende Mischung aus Gerüchen, Geräuschen und bunten Eindrücken überwältigte Andreas und seine beiden Begleiter. Sie bogen links in die Muristan-Straße ein und befanden sich wenige Schritte weiter in dem von Kreuzfahrern angelegten ältesten Teil des historischen Zentrums, im Suq el Lahhamin, der »Straße der Metzger«. Die mittelalterlichen Stände und winzig kleinen Restaurants übten eine Faszination aus, der sich die drei Männer nur schwer entziehen konnten.

Doch Andreas, der wie selbstverständlich die Führung übernommen hatte, lotste sie mit einer Karte in der Hand auf die Davidstraße zurück. Auch hier zwängten sich die Läden und Gewölbe oftmals nur in Nischen oder schmale Alkoven in den Mauern der eng zusammengedrängten Häuser. Neben Lebensmitteln, vor allem das Obst wurde in verschwenderischer Pracht und beeindruckenden Aufbauten zur Schau gestellt, wurden vor allem Lederwaren, Kleidung, Teppiche und Keramik angeboten.

Sie hätten noch Stunden hier verbringen können, aber sie hatten ein klares Ziel vor Augen. Am Ende der schmalen Gasse stiegen sie eine Eisenleiter hinauf, die auf eine Plattform über den Dächern führte. Sobald sie oben angelangt waren, bot sich ihnen ein überwältigender Anblick. Vor ihnen erstreckte sich der Tempelberg, ein künstlich angelegtes Plateau, in dessen Mitte sich die riesige, goldene Kuppel des Felsendoms erhob. Daneben lag die al-Aqsa-Moschee.

Für einen Moment schwiegen sie andächtig, dann holte Andreas einen kleinen Reiseführer aus seiner Tasche und verteilte die Flaschen mit dem Mineralwasser an seine Freunde.

»Ich habe das Wichtigste markiert, keine Sorge, es wird keine Vorlesung«, meinte er lächelnd und trank einen Schluck. »Ich werde mich auf das Wesentliche beschränken«, versprach er und begann laut vorzulesen.

»Vom ursprünglichen Tempel ist heute nur noch die westliche Stützmauer, die sogenannte Klagemauer, erhalten. Nach der Eroberung Jerusalems wurde am Ort der heutigen al-Aqsa-Moschee das erste Moscheegebäude aus Holz errichtet. Von der christlichen Belagerung Jerusalems im Jahr 1099 bis zu ihrer Niederlage 1187 war der Tempelberg im Besitz der Kreuzfahrer, die den Felsendom ›Templum Domini‹ nannten und in ihm eine Kapelle einrichteten. In der al-Aqsa-Moschee befand sich der Hauptsitz des Templerordens. Der König von Jerusalem, Balduin II., überließ den Templern im Jahre 1119 die Gebäude seines ehemaligen Palastes auf dem Tempelberg. Der Orden nannte sich daraufhin ›Pauperes commilitones Christi templique Salomonici Hierosalemitanis‹, was, wie ihr wisst, nichts anderes als ›Arme Ritter Christi und des Tempels von Salomon zu Jerusalem‹ bedeutet, woraus sich dann die heute üblichen Bezeichnungen Tempelritter, Templer und Templerorden ableiten.«

Zufrieden klappte Andreas das schmale Büchlein wieder zu. »Obwohl ich euch nichts Neues vorgelesen habe, fand ich es jetzt gerade passend. Erhebend, oder nicht?« Bestätigend nickten Friedrich und Benedikt. »So, liebe Freunde. Auf geht's!« Er wies mit dem ausgestreckten Zeigefinger auf den Tempelberg. »Da liegt unser Ziel.«

Keiner der drei bemerkte die Gestalt, die ihnen unauffällig folgte.

Auch viel später, als sich die Männer bereits auf dem Rückweg befanden, folgte ihnen der Schatten. Geschickt hielt er sich im Verborgenen und nutzte die vielen Nischen und Winkel, um ihnen unerkannt zu folgen. Er behielt sie im Auge und wartete geduldig, bis sie nach einer Stunde aus dem dunklen Innern der Grabeskirche erschöpft wieder ins gleißend helle Sonnenlicht traten. Sie beschlossen, in einem Restaurant, das man ihnen empfohlen hatte, eine Kleinigkeit zu essen. Nicht mehr als eine leichte Mahlzeit, denn es war trotz der späten Nachmittagsstunde noch immer drückend heiß. Das Lokal lag in einer schmalen Seitengasse unmittelbar neben der Davidstraße und empfing sie mit einem köstlichen Duft von Gebratenem, Knoblauch und Gewürzen. Hungrig und voller Vorfreude betraten sie den kleinen Raum, nahmen an einem der wenigen Tische Platz und vertieften sich in die Speisekarte. Noch immer hatten sie keine Ahnung von dem huschenden Schatten, der gerade in einem gegenüberliegenden Café verschwunden war und von dort aus den Eingang des Restaurants mit Argusaugen überwachte.

Während Andreas und seine beiden Begleiter aßen, sprachen sie über die schier überwältigenden Sinneseindrücke. Sie waren sich darüber einig, dass sie sich als unauslöschliche Erinnerung in ihr Gedächtnis prägen würden und eine wertvolle Bereicherung für ihr Leben darstellten, obwohl sie den eigentlichen Zweck ihrer Reise, das Pilgern, noch gar nicht erfüllt hatten. Eine Wallfahrt nach Jerusalem bedeutete für Christen eine Reise zum Ursprung des Christentums. Die Stätten, an denen Jesus gepredigt, gewirkt und das Abendmahl gefeiert hatte und wo er gestorben war, waren das Ziel jeden Pilgers. Auch der Kreuzweg Jesu, die Via Dolorosa, wurde bis zu der Kreuzigungsstätte auf dem Felsen Golgatha abgeschritten.

Doch mit einem Mal wurde die Miene von Andreas ernst. Er legte das Besteck auf den Teller und sah seine Freunde eindringlich an: »Ich werde mich noch heute Nacht mit dem Mittelsmann treffen, um ihm die Dokumente zu übergeben.« Seine Stimme klang fest und entschlossen.

Die beiden anderen sahen sich schweigend an.

»Willst du es dir nicht doch noch überlegen, Andreas?«, warf schließlich Friedrich, der älteste der drei Männer, ein. »Die Sache kann gefährlich werden.«

»Dessen bin ich mir absolut bewusst. Aus diesem Grund nehme ich das Risiko auch allein auf mich. Aber die Papiere zu übergeben, ist zwingend notwendig. Ihr seid doch derselben Meinung?!«

Zögernd nickte der kleine, kräftige Mann mit dem blonden Oberlippenbärtchen. Benedikt hingegen kniff die Lippen zusammen und zog zweifelnd die Stirn in Falten.

»Es wird nicht lange dauern, höchstens eine Stunde, dann bin ich wieder da. Ihr braucht euch keine Sorgen zu machen«, beendete Andreas das Gespräch. Sein Entschluss stand fest.

Es war bereits nach Mitternacht, als er das Hotel verließ. Er rief ein Taxi herbei und nannte dem Fahrer die Adresse. Die Fahrt dauerte länger, als er angenommen hatte.

»Ist es noch sehr weit?«, fragte er den Fahrer auf Englisch. »Ich habe in fünf Minuten eine Verabredung. Ich hätte nicht gedacht, dass es so lange dauert. Es sind doch nur zwölf Kilometer.«

»Nein, wir sind gleich da«, antwortete der Mann und lenkte den Wagen um eine Ecke. Ein wenig wunderte sich Andreas schon, dass die Gegend, durch die sie gerade fuhren, noch immer vom Sechs-Tage-Krieg gezeichnet war, obwohl der schon fast zwanzig Jahre zurücklag. Sie fuhren an Ruinen vorbei, deren Umrisse bizarr in den Nachthimmel ragten. Dazwischen standen verlassene Häuser ohne Scheiben, deren Fenster wie schwarze, leblose Augen die Fassaden durchbrachen. Nur eine einzige Laterne beleuchtete die trostlose Straße, in die sie gerade einbogen. Beklommen sah Andreas sich um. Hier stimmte etwas nicht! Doch bevor er den Mund aufmachen konnte, um den Fahrer erneut zu fragen, hielt der Wagen mit einem Ruck an. Blitzschnell drehte der Chauffeur sich um und richtete eine Pistole auf ihn. Verblüfft starrte Andreas in den offenen Lauf der Schusswaffe. Noch bevor er einen klaren Gedanken fassen konnte, traf ihn der tödliche Schuss mitten in die Stirn.

Der Taxifahrer stieg aus und öffnete die Tür zum Fond. Er riss die Tasche an sich, die neben seinem Fahrgast auf dem Rücksitz lag, zog die Papiere heraus und blätterte sie durch. Er hatte, was er wollte. Nein, noch nicht ganz, noch fehlte etwas!

Er zerrte den Toten aus dem Auto und schleppte ihn zu einer verlassenen Ruine. Dann machte er sich an sein blutiges Werk. Mit einem langen Messer öffnete er den Brustkorb, bis das Herz dunkelrot und glänzend vor ihm lag. Sorgfältig schnitt er es heraus, trug es zum Taxi und legte es in eine Schachtel im Kofferraum. Anschließend reinigte er sich die Hände mit einem in Essig getränkten Lappen, setzte sich in sein Auto und fuhr davon. Ein zufriedenes Lächeln breitete sich auf seinem Gesicht aus, als er daran dachte, dass ihm der anerkennende Dank der Assoziierten gewiss war, sobald er die für sie überaus wichtigen Dokumente und das Herz eines Feindes übergeben hatte.

# Kapitel 6

Am Montagmorgen saß Maria bereits kurz nach acht wieder am Schreibtisch. Heute würde der Bericht der Spurensicherung über die Untersuchung des Hotelzimmers von Guido Brunner eintreffen. Die ballistische Untersuchung, die ebenfalls noch ausstand, würde Aufschluss über die Tatwaffe und das Kaliber geben. Außerdem war für um zehn die Obduktion von Bernhard Molberg angesetzt.

Vorher wollte sie jedoch Notar Dr. Hübscher anrufen. Sie musste Alexander Molbergs Aussage überprüfen, dass sein Vater schon vor längerer Zeit ein Testament gemacht hatte, das ihn begünstigte.

Und dann war da noch das Stück Haut, das beiden Ermordeten im Nacken herausgeschnitten worden war. Deutlicher konnte es nicht sein: Diese Morde hingen zusammen. Sie nahm den Telefonhörer ab und wählte eine interne Nummer. Wenig später klopfte es an die Tür und Hellwig Dreiblum trat ein.

»Guten Morgen, Frau Wagenried, da bin ich.« Lächelnd trat ihr Assistent näher.

Maria sah ihn an. Irgendetwas war anders an ihm. Sie musterte ihn von oben bis unten, bis ihr ein Licht aufging.

»Mensch, Hellwig, ich wusste gar nicht, dass Sie blond sind.«

Er errötete.

»Endlich haben Sie mal diese bekloppte Mütze abgenommen.«

Hellwig Dreiblum wurde noch einen Ton dunkler im Gesicht.

»Ich möchte, dass Sie mir einen Termin bei Notar Dr. Hübscher machen. Möglichst zeitnah. Und wo ist die Ermittlungsakte Guido Brunner?«

»Ich hole sie.« Er zog wieder ab. Als Maria ihm hinterher sah, bemerkte sie, dass er auch eine neue Hose trug, nicht so einen Schlabbersack wie sonst. Sie vermutete, dass diese positive Verwandlung auf eine Frau zurückzuführen war.

Ihr fiel ein, dass sie Dess noch danach fragen musste, für wann er die Obduktion der Leiche von Guido Brunner angesetzt hatte. Gerade hatte sie ihr Handy gezückt, als Hellwig Dreiblum wieder ins Büro kam und die Akte auf den Schreibtisch legte.

»Setzen Sie sich, Hellwig. Sie können mir helfen.« Sie wies mit der Hand auf den freien Platz vor sich. Unsicher blickte ihr Assistent auf Gerd Wechters ehemaligen Schreibtischstuhl, setzte sich dann aber doch. Sie warf ihm die

Hälfte der im *Canadian* handschriftlich angefertigten und von den Zeugen unterschriebenen Vernehmungsprotokolle über den Tisch.

»Lesen Sie die Aussagen durch und achten Sie darauf, ob jemand zu Protokoll gegeben hat, dass er den Täter etwas hat rufen hören, bevor er geschossen hat.«

Maria ging ihren Stapel ebenfalls durch. Nach der Durchsicht der achten Aussage war sie noch nicht fündig geworden.

»Sind Sie auf etwas gestoßen, Hellwig?«

Ihr Assistent sah kurz hoch und schüttelte den Kopf.

»Weitermachen«, forderte sie ihn auf und tat das Gleiche.

Nur das Rascheln der Blätter unterbrach von Zeit zu Zeit die Stille.

»Hier!«, rief ihr Assistent plötzlich, »hier steht was. Ein Herr Stemmer hat ausgesagt, dass der Täter etwas gerufen hat, bevor die Schüsse knallten. Er konnte sich aber nicht mehr erinnern, was es gewesen war, weil die Ereignisse sich dann überschlagen haben.«

»Lesen Sie noch die restlichen Aussagen durch. Anschließend laden Sie diesen Herrn Stemmer vor. Vielleicht können wir seiner Erinnerung auf die Sprünge helfen.«

Es dauerte eine weitere Dreiviertelstunde, bis sie alle Dokumente geprüft hatten. Es blieb bei diesem einen Zeugen, niemand sonst hatte etwas gehört.

Hellwig Dreiblum stand auf, um den Notar anzurufen. Sobald er ihr Büro verlassen hatte, griff Maria nach ihrem Handy und rief Desmond Petermann an, der sich nach wenigen Freizeichen meldete.

»Schaffst du es nicht bis zehn?«, fragte er ohne Umschweife.

»Doch, natürlich. Ich wollte nur fragen, ob du nicht gleich im Anschluss Guido Brunner obduzieren kannst.«

»Moment, ich schaue mal nach.«

Sie hörte Papier rascheln und unterdrücktes Stimmengemurmel.

»Ja, geht klar. Aber du musst Staatsanwalt Schmücke überzeugen, dass er noch ein oder zwei Stündchen länger bleiben muss.«

*Verdammt!* Daran hatte sie nicht gedacht. Aber zur Not würde es auch ohne ihn gehen, falls er keine Zeit mehr haben sollte. Sie warf einen Blick auf die Uhr und fasste einen Entschluss. Hellwig Dreiblum würde sie begleiten. Sie wählte seine Nummer.

»Sie kommen mit zur Obduktion von Molberg und Brunner. In fünfzehn Minuten fahren wir los.«

Schweigen am anderen Ende.

»Ich habe das noch nicht mitgemacht, also ich meine …«

»Dann wird es höchste Zeit. Haben Sie Dr. Hübscher erreicht?«

»Ja, heute Nachmittag um halb drei, wenn es Ihnen recht ist.«

»Das ist mir sogar sehr recht«, sagte sie, bevor sie auflegte. Eine Sekunde später klingelte das Telefon. Sie verdrehte die Augen, als sie die interne Nummer erkannte. Kriminaloberrat Rottge! Der hatte ihr gerade noch gefehlt.

»Ja, Wagenried«, meldete sie sich.

»Guten Morgen«, dröhnte er. »Ich wollte Ihnen mitteilen, dass das Auswahlverfahren für die vakante Stelle abgeschlossen ist. Nächste Woche haben Sie wieder einen neuen Kollegen. Herrn Hauptkommissar Laschkow, er wechselt aus Leipzig zu uns. Er wird am Montag kommender Woche seinen Dienst antreten.«

»Großartig«, entgegnete Maria indifferent.

»Scheint Sie ja nicht sonderlich zu interessieren.«

»Papier ist geduldig. Die offiziellen Voraussetzungen erfüllt er, sonst hätte er den Posten nicht bekommen. Ich werde mir im Laufe der Zusammenarbeit selbst ein Bild machen.«

»Ich wollte Sie nur informieren. Schon irgendwas Neues in unseren Fällen?«

»Absolut nichts, wir sind ja gerade erst am Anfang. Heute Nachmittag werden wir Dr. Hübscher aufsuchen. Das ist der Notar, bei dem Bernhard Molberg sein Testament hinterlegt hat.«

»Sehr gut. Wann findet denn die Obduktion statt?«

»Heute Morgen, gleich um zehn. Um ehrlich zu sein, deswegen bin ich ein bisschen in Eile.«

»Natürlich, grüßen Sie Dr. Petermann von mir.« Damit knallte er den Hörer auf.

Maria verließ ihr Büro, um Hellwig Dreiblum abzuholen.

»Ist Ihnen nicht gut?« Maria sah ihren Assistenten an, der auffällig blass und schweigsam auf dem Beifahrersitz saß.

Gerade hatten sie die St. Petersburger Straße überquert und fuhren nun die Pillnitzer Straße entlang, weil das Terrassenufer mal wieder gesperrt war. Das bedauerte sie, denn sie liebte es ganz besonders, an der Elbe entlangzufahren, ob mit dem Fahrrad oder mit dem Auto. Insbesondere in den frühen Morgenstunden, wenn die Sonne noch nicht ganz aufgegangen war, aber ihr Erscheinen mit einem blass-rosa Schimmer am Himmel ankündigte und die prachtvollen Villen und die drei Elbschlösser am gegenüberliegenden Elbhang in ein geradezu märchenhaftes Licht tauchte. Auch der Morgennebel, der wie feenhafte Schleier aus den Wiesen am Fluss hochstieg, verzauberte Maria immer wieder aufs Neue.

»Ich bin ein bisschen nervös, muss ich zugeben.« Hellwig Dreiblum presste die Lippen zu einem schmalen Strich zusammen und räusperte sich.

»Das sind wir alle beim ersten Mal«, versuchte sie ihn zu beruhigen. »Ist halb so schlimm. Etwas anderes wäre es, wenn wir eine Wasserleiche hätten. Der Gestank ist unbeschreiblich.«

Hellwig Dreiblum sah sie von der Seite an, klappte den Mund auf, um etwas zu erwidern, schloss ihn aber dann wieder.

»Wollten Sie was sagen?«

Er schüttelte den Kopf.

»In fünf Minuten sind wir da.«

Sie waren pünktlich und die ganze Meute hatte sich schon versammelt. Staatsanwalt Schmücke, Dr. Stein als zweiter Mediziner, mehrere Ärzte in Ausbildung, vielleicht waren es auch noch Studenten, und schließlich Desmond Petermann, der alle ein großes Stück überragte. Maria sah in ihre Gesichter, die durch das harte, helle Licht der Neonröhren blass und konturlos wirkten.

Bernhard Molbergs Leiche lag nackt auf einem Seziertisch. Desmond Petermann begann mit der Obduktion. Zunächst untersuchte er den tiefen Schnitt im Hals, der bei der Strangulation mit der Garotte herbeigeführt worden war. Beide Aorten waren fast vollständig durchtrennt. Dann wandte er sich den Händen zu, durch die der Mörder dicke, lange Nägel getrieben und die er damit an den Tisch fixiert hatte.

»Warum hat der Mörder das getan? Was meinen Sie, Dr. Petermann?« Maria und Dess hatten sich darauf geeinigt, bei offiziellen Terminen das formelle ›Sie‹ zu benutzen. Es sollte nach außen nicht der Eindruck einer Vertrautheit zwischen ihnen entstehen, die die Objektivität beeinträchtigen könnte.

»Auf mich hatte es am Tatort so gewirkt, als sollte er gezwungen werden, einen Segen zu empfangen«, fuhr Dr. Stein schnell dazwischen, bevor Dess antworten konnte. »Oder es sollte an Jesus Christus erinnern. Ihm wurden die Hände ans Kreuz genagelt.«

Maria kommentierte keine der beiden Äußerungen, von denen ihr weder die eine noch die andere plausibel erschien.

Dess fuhr mit der Untersuchung fort und inspizierte akribisch die Hautoberfläche mit einer starken Lupe. Doch hier war nichts Auffälliges oder Ungewöhnliches festzustellen. Dann wurde der Leichnam auf den Bauch gedreht, sodass alle Anwesenden die Wunde im Nacken sehen konnten.

»Im Bereich des vierten und fünften Nackenwirbels wurde ein Stück Haut, circa fünf mal drei Zentimeter, entfernt«, erläuterte Desmond laut, während er die Wundränder genauer inspizierte. »Mit einem Messer herausgeschnitten. Post mortem. Keine Nachblutungen an der Wunde erkennbar.«

Der Tote wurde wieder auf den Rücken gelegt und der Obduktionsassistent begann, den Schädel von Bernhard Molberg mit einer Handsäge zu öffnen. Das dabei entstehende Geräusch verursachte nicht nur bei Maria Unbehagen, sondern auch bei den Umstehenden, wie sie an deren Mienen ablesen konnte. Desmond entnahm das Gehirn und legte es sogleich auf eine Platte, die am Fußende des Stahltisches angebracht war. Dort schnitt er es fein säuberlich in Scheiben, um innere Blutungen auszuschließen. Seine Beobachtungen sprach er mit leiser, routinierter Stimme in sein Diktiergerät.

Maria wusste, was jetzt folgen würde: Die Öffnung des Brustkorbes mittels des Y-Schnitts. Desmond setzte das Skalpell an und führte es von beiden Schlüsselbeinen zum Brustbein und von dort gerade bis zum Schambein hinab. Nach der Entfernung des Brustbeins und der angrenzenden Rippen, lag der innere Bauchraum mit den Organen frei. Desmond stutzte, entnahm die Leber, inspizierte sie mit gerunzelten Brauen und legte sie auf die rechteckige Fläche, auf der er schon das Gehirn untersucht hatte. Sorgfältig schnitt er einige Male in das dunkelrote Gewebe.

»Ein großer Tumor im rechten Lappen.«

Ein Organ nach dem anderen wurde zutage befördert und sorgfältig untersucht.

»Krebs im Endstadium, er hatte höchstens noch zwei oder drei Monate zu leben«, sagte er schließlich und sah Maria an. »Die gesamte Bauchhöhle ist befallen, alles. Magen, Darm, sogar die Nieren.«

*Der Mörder hätte einfach seinen Tod abwarten können,* dachte Maria. *Vorausgesetzt, er hätte es gewusst.*

Während der Leichnam wieder geschlossen und anschließend gewaschen wurde, sprach Petermann in sein Diktiergerät und wandte sich dann der nächsten Leiche zu, die auf einem zweiten Seziertisch lag, der bisher von ihm und den Umstehenden verdeckt worden war. Maria und Hellwig Dreiblum stellten sich wieder gegenüber von Desmond an den Tisch.

Die Sektion von Guido Brunner begann mit der Untersuchung der Schusswunden in Kopf und Brust.

»Es handelt sich um Steckschüsse. Eines der Projektile hat mit großer Wahrscheinlichkeit das Herz getroffen«, erklärte er, »das andere dürfte sich im Gehirn befinden. Ich werde zunächst das aus dem Schädel und anschließend die Projektile aus dem Brustraum entfernen.«

Erneut erklang das grässliche Geräusch der Knochensäge. Ein Arzt in Ausbildung trug das gelblich graue Gehirn, dessen Windungen wie platte Würmer aneinanderklebten, direkt an Maria und Hellwig Dreiblum vorbei und legte es auf ein separates Tischchen.

Etwas rumste neben Maria. Hellwig! Er war neben ihr auf dem Boden gelandet und ganz offenbar bewusstlos. Indigniert wegen der Störung, sah Desmond auf.

»Wie hätte er reagiert, wenn er bei der Obduktion der Frau mit dem Rosenstil in der Vagina dabei gewesen wäre?«, fragte er kühl und zog affektiert die Augenbrauen hoch. »Augen auf bei der Berufswahl, sag ich nur.« Die Umstehenden kicherten leise oder grinsten.

*Ja, jetzt hast du wieder deinen Spaß,* dachte Maria grimmig und schoss mit ihren Blicken wütende Pfeile auf Desmond ab, der jetzt ungerührt mit der Untersuchung des Gehirns begann. Maria bückte sich und rüttelte ihren Assistenten an der Schulter. Jemand reichte ihr ein Glas Wasser, das sie ihm an den Mund hielt, um ihm etwas davon einzuflößen. Hustend kam er wieder zu sich. Obwohl sie ihm dazu riet, sich hinzusetzen, bestand er darauf, an der weiteren Obduktion stehend teilzunehmen.

Mit einer Pinzette entfernte Desmond ein Projektil aus dem Gehirn und ließ es in ein Plastikbeutelchen fallen. Später würde es ins KTI, das Kriminaltechnische Institut des Landeskriminalamtes Sachsen, gebracht und von der Ballistik-Abteilung untersucht werden.

Anschließend öffnete er den Brustkorb mittels Y-Schnitt und entfernte ein Projektil aus dem Herzen und ein weiteres aus der Lunge. Auch sie wanderten in ein Tütchen. Danach wurde auch Guido Brunner auf den Bauch gedreht, sodass im Nacken die gleiche Schnittwunde wie bei Bernhard Molberg sichtbar wurde. Laut Desmond war auch sie durch ein Messer herbeigeführt worden.

»Da beide Hautstücke weder am Tatort in der Königstraße noch hier in der Rechtsmedizin gefunden wurden, können wir davon ausgehen, dass sie der Täter in beiden Fällen mitgenommen hat.« Er streifte seine dünnen Gummihandschuhe ab. »Guido Brunner war ein organisch völlig gesunder Mann und hätte noch gut und gerne weitere zwanzig Jahren leben können.«

Maria und Hellwig Dreiblum verließen das Gelände der Universitätsklinik. Sie fuhr aber nicht zum Präsidium zurück, sondern lenkte den Wagen in die entgegengesetzte Richtung. Als sie die Goetheallee erreichten, fuhr sie rechts ran. Fragend sah ihr Assistent sie an.

»Wir machen einen hübschen kleinen Spaziergang. Das bringt Ihren Kreislauf wieder in Schwung«, sagte Maria.

Peinlich berührt sah er zur Seite.

»Machen Sie sich nichts draus. Sie sind nicht der Erste, dem das passiert. Auf geht's!«

Sie überquerten das Käthe-Kollwitz-Ufer und liefen einen Trampelpfad entlang, der sie zum Radweg an der Elbe führte.

Ohne Hellwig Dreiblum zu fragen, nahm Maria Kurs aufs Blaue Wunder, das sich über die Elbe spannte und die Ortsteile Blasewitz und Loschwitz verband. Eine Weile gingen sie schweigend nebeneinander her, bis Maria das Wort ergriff.

»Mal abgesehen davon, dass Sie für einen kurzen Moment abwesend waren, welchen Eindruck haben Sie gewonnen?«

»Dass ich nicht so schnell wieder an einer Obduktion teilnehmen möchte. Und schon gar nicht an zweien nacheinander.« Er grinste sie an.

»Wir wollen doch nicht hoffen, dass wir demnächst wieder eine Leiche haben. Schon Ihretwegen nicht. Jetzt mal im Ernst, wie denken Sie über die Hautstücke, die beiden Opfern an der gleichen Stelle entfernt wurden?«

»Das bedeutet für mich, dass beide Morde zusammenhängen. Denn beide Opfer haben etwas im Nacken gehabt, von dem der Täter nicht wollte, dass es gesehen wird.«

»Weiter!«

»Es könnte sich um ein Tattoo gehandelt haben. Beide Opfer haben sich die gleiche Tätowierung stechen lassen.«

»Beide Männer waren über sechzig. Soweit ich informiert bin, ist das doch eher bei jüngeren Leuten en vogue.« Sie sah ihn von der Seite an. »Haben Sie eigentlich auch eins, Hellwig?«

Überrascht sah er sie an und nickte.

»Auf dem Oberarm.«

»Das ist eine durchaus übliche Stelle für ein Tattoo«, sinnierte Maria. »Genauso wie auf Händen, Beinen, Brust und Rücken. Arschgeweih ist ja aus der Mode, wenn ich richtig orientiert bin, oder?«

Hellwig Dreiblum nickte. »Einige haben auch eins im Gesicht, aber das ist eher selten. Punks oder so.«

»Und im Nacken?«

»Ja, auch.«

»Würden Sie unsere Mordopfer als typische Tattooträger bezeichnen?«

»Was ist denn ein typischer Tattooträger?«, antwortete er mit einer Gegenfrage.

»Können Sie sich vorstellen, dass der Syndikus einer ehrenwerten Stiftung ein Tattoo trägt? Oder unser Ministerpräsident? Oder vielleicht Ihr Vater?«

Hellwig Dreiblum lachte verlegen auf. *Siehste, natürlich nicht,* dachte Maria und warf einen Blick auf ihre Armbanduhr. Sie hatten noch gut anderthalb Stunden Zeit bis zu ihrem Termin mit Notar Dr. Hübscher.

»Aber bei diesem Molberg, da kann ich es mir durchaus vorstellen.«

»Wieso?«

»Als Kunsthändler ist man vielleicht nicht so konservativ. Man bewegt sich in anderen Kreisen.«

»Möglich, aber er ist studierter Kunsthistoriker, Hellwig. Also eher Wissenschaftler als Künstler.«

»Gut, dann ist es eher unwahrscheinlich, war ja auch nur so ein Gedanke.«

»Egal, nur immer raus damit. Sonst kommen wir nicht weiter, aber wir sind sowieso gleich da.«

»Wo, da?«

»Am *Schillergarten.* Wir essen eine Brezel und trinken ein Bier.«

»Aber ... aber wir sind doch im Dienst und wir wollen doch gleich noch ...«

»Ich habe einen Scherz gemacht. Wir trinken einen Kaffee. Die Brezeln sind aber erlaubt. Ich lade Sie ein. Kommen Sie.«

Sie passierten das Restaurant *Villa Marie,* gingen unter der Brücke hindurch und stiegen die Stufen zum *Schillergarten* hoch, in dem viele Gäste saßen, um nach den sintflutartigen Regengüssen der vergangenen Tage das milde Frühlingswetter zu genießen. Sie fanden einen freien Tisch. Maria drückte ihrem Begleiter einen Zehner in die Hand und schickte ihn los, um Kaffee und Brezeln zu holen. Sie genoss derweil den Blick auf die gegenüberliegende Elbseite. Plötzlich verspürte sie Lust, nach dem kleinen Imbiss das Blaue Wunder zu überqueren und in Loschwitz' alten Gassen umherzuschlendern, vielleicht ein Eis in der Waffel zu kaufen und sich dabei einzureden, dass heute kein normaler Arbeitstag sei.

Hellwig Dreiblum kam mit Brezeln und Kaffee zurück und setzte sich, die Sonne direkt im Gesicht, ihr gegenüber.

»Warum setzen Sie sich nicht neben mich? Von hier aus haben Sie einen viel schöneren Blick auf die andere Seite!«

Wie ein altes Ehepaar saßen sie nebeneinander, bissen von ihren Brezeln ab und schlürften den heißen Kaffee.

»Schön da drüben«, sagte er kauend und trank einen Schluck. »Da müsste man ein Haus haben.«

»Dream on. In welcher Gehaltsstufe sind Sie? A9?«

»Man wird ja wohl noch träumen dürfen«, entgegnete der frischgebackene Polizeikommissar.

»Es reicht doch, wenn man sich ab und zu hierher oder an einen anderen Platz setzen und das Schöne einfach nur betrachten kann. Wir haben einen tollen Beruf, Hellwig, das entschädigt für so manches. Sie stehen gerade am Anfang, haben Ihr Studium abgeschlossen und zumindest ein sicheres Einkommen. Außerdem sind Sie höchstens fünfundzwanzig. Habe ich recht?«

»Fast, ich bin schon achtundzwanzig. Hab mich aber ganz gut gehalten, finde ich.«

»Vor allen Dingen haben Sie Ihre lächerliche Aufmachung, Entschuldigung, dass ich das so sage, verändert. Sie sehen so viel respektabler aus. Wie ein richtiger Mann.«

Hellwig Dreiblum lächelte unsicher. So ganz kam er mit Marias Humor noch immer nicht zurecht.

»Nächste Woche kommt unser neuer Kollege. Hauptkommissar Laschkow. Sportlich und dynamisch, aber vor allen Dingen ehrgeizig, so wie ich gehört habe«, sagte sie gedehnt.

»Hoffentlich verstehen Sie sich so gut mit ihm wie mit Gerd Wechter.«

Es war ihm ohne böse Absicht herausgerutscht, das wusste Maria. Dennoch hatte sie den Stich gespürt. Würde das nie aufhören? Nein, natürlich nicht, es war nun ein Teil ihres Lebens. So etwas hörte nicht auf. Es würde weniger schmerzhaft werden mit der Zeit, aber nie verschwinden.

»Ich ... Entschuldigung, das war blöd von mir.«

»Alles fein«, beruhigte sie ihn, »Trinken Sie aus. Wir haben noch eine Dreiviertelstunde. Wir gehen übers Blaue Wunder auf die andere Seite. Dort gibt es ein kleines Geschäft mit handgefertigten Seifen und allerlei Schnickschnack. Ich brauche noch ein kleines Geschenk.«

Erleichtert stand Hellwig Dreiblum auf und trug die Becher zurück.

Am Ende der Brücke gingen sie die Treppe hinab, liefen am Körnergarten vorbei und bogen nach wenigen Metern links ab. Ein Gewirr aus schmalen verwinkelten Gassen und romantischen Häuserfassaden, gesäumt von Cafés und kleinen Restaurants, empfing sie. Maria wurde in dem winzigen Laden am Körnerplatz fündig, kaufte neben der Seife noch drei handgezogene Kerzen aus Bienenwachs und ließ alles als Geschenk verpacken. Hellwig hatte sich draußen auf eine Bank gesetzt und aß ein Eis.

Dann machten sie sich auf den Rückweg. Sie mussten sich sputen, nachdem Maria mit der Ladeninhaberin ins Plaudern gekommen war. Sie hatte nämlich ein kleines Bild entdeckt, von dem sie glaubte, dass es gut in ihr Wohnzimmer passen würde. Sie beschloss, noch einmal wiederzukommen, um festzustellen, ob es ihr dann immer noch so gut gefiel.

Pünktlich, halb drei, erreichten sie das Notariat in der Hohen Straße im Bayrischen Viertel hinter dem Hauptbahnhof. Das Entree war beeindruckend: Ein Empfangstisch aus dunklem Holz, der Maria an die Rezeption eines Fünf-Sterne-Hotels erinnerte, erstreckte sich über die gesamte Länge des Raumes. Dahinter saß eine Sekretärin, zwei weitere Mitarbeiterinnen liefen geschäftig umher. Ständig wurden Türen geöffnet, Angestellte durchquerten die Empfangshalle und wurden wieder verschluckt. Maria meldete ihren Termin an und wenige Augenblicke später wurden sie in das Büro des Notars geführt.

Dr. Hübscher empfing sie mit einem offenen Lächeln und bat sie, Platz zu nehmen. Dann forderte er über die Sprechanlage die Unterlagen an. Diese Zeit reichte Maria, um ihn eingehender zu betrachten. Die modische Brille und das dunkelblonde, kurz geschnittene Haar ließen ihn ein wenig jungenhaft aussehen, obwohl er schätzungsweise Mitte vierzig war. Seine gesamte Erscheinung strahlte Kompetenz und Souveränität aus. Die Tür öffnet sich und eine Angestellte brachte die gewünschte Akte.

»Natürlich habe ich vom schrecklichen Ableben von Herrn Molberg erfahren«, eröffnete er das Gespräch. »Schließlich geht es ja seit mehreren Tagen durch die Presse. Sie wollen, wenn ich richtig informiert bin, Einzelheiten zu seinem Testament wissen?«

Fragend sah er sie über seinen Brillenrand hinweg an.

»Ja, das wäre sehr hilfreich. Insbesondere möchten wir wissen, ob er es kurz vor seinem Tod noch geändert hat.«

Der Notar schüttelte den Kopf und schlug den Aktendeckel auf. Hellwig Dreiblum zückte sein Notizbüchlein.

»Nein. Das Testament wurde im November 2002 aufgesetzt, seitdem wurde nichts angepasst.«

»Wer sind denn der oder die Erben?«

»Alleinerbe ist sein Sohn, Alexander Molberg. Es gibt allerdings noch zwei sogenannte Legate. Demnach muss Alexander Molberg der langjährigen Haushälterin seines

Vaters zehntausend Euro und einer Stiftung in Würzburg einhunderttausend Euro übereignen. Moment, ich schaue gleich mal nach, wie die Stiftung heißt ...«

»Nein, nicht nötig im Moment. Lassen Sie uns später dazu kommen«, unterbrach Maria ihn. »Das Allermeiste bekommt also sein Sohn, Alexander. Wie hoch schätzen Sie den Gesamtwert des Vermögens, Dr. Hübscher?«

Der Notar schloss die Akte wieder und legte die Stirn in Falten.

»So genau kann ich das auf die Schnelle nicht sagen, aber ich nehme an, er beläuft sich auf mindestens eineinhalb Millionen Euro, vielleicht auch mehr. Allein die Villa in der Goetheallee ist mit Sicherheit mehr als eine Million wert. Unbelastet, keine Hypothek eingetragen.«

Maria nickte. »Wussten Sie, dass Herr Molberg schwerkrank war und nur noch kurze Zeit zu leben gehabt hatte?«

Dr. Hübscher sah sie entgeistert an und schüttelte dann langsam den Kopf.

»Nein, das wusste ich nicht.« Er wirkte sichtlich erschüttert.

»Haben Sie mit Herrn Molberg privat verkehrt?«

»Nein, das wäre zu viel gesagt. Wir haben zwar im gleichen Club Golf gespielt. Doch der Kontakt beschränkte sich auf den üblichen Small Talk und Gespräche über den Sport. Allerdings, jetzt wo Sie die Erkrankung erwähnt haben, fällt mir ein, dass er sich in letzter Zeit im Club nicht mehr hat blicken lassen. Jetzt wird mir klar, warum.« Er seufzte. »Eine schreckliche Sache. Haben Sie denn schon eine heiße Spur?«

»Wir stehen noch ganz am Anfang unserer Ermittlungen. Aber ich habe noch eine Frage, da Sie das Golfspiel erwähnt haben. War es üblich, nach dem Spielen zu duschen?«

»Wie meinen Sie das, ich verstehe nicht ganz.«

»Also, ich bin keine Golfexpertin und kenne es nur aus dem Fernsehen. Soweit ich mitbekommen habe, rennt man da nicht hin und her, sondern läuft eher gemessenen Schrittes über den Rasen. Kommt man da ins Schwitzen, sodass man nach dem Spielen duschen muss?«

»Das wird unterschiedlich gehandhabt, je nachdem, wie warm es ist. Und ja, man kommt auch beim Golfen ins Schwitzen. Aber wieso fragen Sie mich das?«

Maria warf einen Seitenblick auf Hellwig Dreiblum, der aufgehört hatte zu schreiben und den Notar aufmerksam ansah.

»Ist Ihnen beim Duschen oder in der Umkleidekabine eine Tätowierung im Nacken Ihres Klienten aufgefallen?«

»Ein Tätowierung?« Verblüfft schaute der Notar sie an. »Bernhard Molberg soll ein Tattoo gehabt haben? Das kann ich mir beim besten Willen nicht vorstellen. Im Nacken, sagen Sie?« Wieder schüttelte er den Kopf. »Nein, tut mir leid. Mir ist nichts aufgefallen, weder im Nacken noch an einer anderen Stelle.«

»Das war es auch schon, Herr Dr. Hübscher.« Maria stand auf. »Haben Sie vielen Dank für Ihre Zeit und Mühe. Sie haben uns sehr geholfen.«

»Wenn ich irgendetwas tun kann, lassen Sie es mich bitte wissen. Niemand hat es verdient, auf so grausame Weise aus dem Leben gerissen zu werden. Ich hoffe, Sie finden den Täter schnell.«

»Alles mitgeschrieben?« Maria und Hellwig Dreiblum saßen schon wieder im Auto und fuhren zurück zum Präsidium. Ihr Assistent nickte artig.

»Wir laden Alexander Molberg noch einmal vor. Er muss doch wissen, ob sein Vater eine Tätowierung hatte.«

»Können wir nicht jetzt gleich zum Geschäft auf die Königstraße fahren?« Fragend sah der junge Kommissar sie an.

»Gute Idee, das machen wir.«

Nach zwanzig Minuten hatten sie die Königstraße erreicht. Sie stiegen aus und Maria fixierte das etwa dreihundert Meter entfernte Antiquitätengeschäft. Sie fragte sich, ob Alexander Molberg den Laden schon wieder geöffnet hatte, gerade drei Tage, nachdem er seinen Vater hier ermordet aufgefunden hatte. Aber sie hatten Glück. Alexander Molberg unterhielt sich gerade mit einem älteren Kunden und strich dabei liebevoll über das glatte, glänzende Nussbaumholz eines Kabinettschrankes. Er sah auf, als die Kommissare den Laden betraten. Sein geschäftsmäßiges Lächeln gefror. Er entschuldigte sich bei dem Mann und kam zu ihnen.

»Guten Tag, Herr Molberg. Wir haben noch einige Fragen an Sie. Wenn es möglich wäre, gleich hier, sonst müssten wir Sie extra noch einmal ins Präsidium bitten.«

»Gehen Sie doch einfach nach hinten ins Büro. Den Weg kennen Sie ja. Ich bin gleich bei Ihnen.«

Sie gingen an Molberg und dem Kunden vorbei nach hinten. Etwas unschlüssig standen sie herum, setzten sich aber schließlich doch, Maria auf den Stuhl hinter dem Schreibtisch und Hellwig Dreiblum auf den davor. Vor ihr lag ein aufgeschlagener Katalog mit Kunstgegenständen. Sie studierte die astronomisch hohen Preise, die unter den Kurzbeschreibungen der Objekte zu finden waren.

»Möchten Sie eine Kommode aus Kirschholz kaufen? Ist von 1878 und kostet nur schlappe viertausendsechshundert Euro.«

»Das ist ja ein richtiges Schnäppchen! Wenn ich meine Couchgarnitur von IKEA abbezahlt habe, werde ich darüber nachdenken.«

»Oder hier, der Silberleuchter, Barock, dreizehntausendfünfhundert Euro.«

»Würde sich sehr gut zu meinen Drucken an der Wand machen.«

Sie kicherten beide und Maria blätterte weiter in dem Hochglanzkatalog. Sie fand es erstaunlich, wie viel Geld manche Leute für ein antikes Stück auszugeben bereit waren. Auch wenn sie den Wunsch nachempfinden konnte, etwas Besonderes und Einmaliges zu besitzen.

Alexander Molberg erschien in der Tür und blieb dort abwartend stehen.

Maria und Hellwig Dreiblum standen auf.

»Wollen Sie sich vielleicht setzen?«, fragte Maria ihn und sah sich suchend nach einer dritten Sitzgelegenheit um. Aber Molberg schüttelte den Kopf. Offensichtlich wollte er sie so schnell wie möglich wieder loswerden.

»Die Obduktion Ihres Vaters hat heute Morgen stattgefunden, wie Sie wissen. Der Leichnam wurde freigegeben. Sie können die Beerdigung arrangieren.«

Jetzt setzte sich Molberg doch auf den Stuhl vor dem Schreibtisch, von dem Hellwig Dreiblum sich erhoben hatte.

»Die Obduktion hat unter anderem ergeben, dass Ihrem Vater im Nacken ein Stück Haut herausgeschnitten wurde. Wir fragen uns, warum der Mörder das gemacht hat. Vielleicht, um eine Tätowierung verschwinden zu lassen?«

»Ich bitte Sie! Mein Vater hatte keine Tätowierung. Zumindest habe ich nie eine gesehen. Das wäre mir mit Sicherheit aufgefallen.«

Maria warf ihrem Kollegen einen vielsagenden Blick zu. *Wäre ja auch zu schön gewesen.*

»Herr Molberg, wie Sie vielleicht den Medien entnommen haben, ist kürzlich ein weiterer Mord geschehen. Diesem Opfer wurde an der gleichen Stelle ein Stück aus der Nackenhaut herausgeschnitten.«

»Dann besteht doch eindeutig ein Zusammenhang zwischen den Morden?!«, rief Molberg und schaute von einem zum anderen. »Wenn es keine Tätowierung war, die der Mörder herausgeschnitten hat, dann vielleicht eine Art Trophäe, die er mitnehmen wollte?« Fragend sah er sie an. »Das hört man doch immer wieder, dass Mörder irgendetwas von ihren Opfern an sich nehmen.«

»Auch wir gehen davon aus, dass eine Verbindung zwischen beiden Verbrechen besteht. Wir wissen nur noch nicht, welche«, entgegnete Maria. »Wir werden den Mörder Ihres Vaters finden, Herr Molberg, seien Sie versichert.«

Er nickte schwach, so als würde er den Worten der Kommissarin keinen Glauben schenken.

»Wie weit sind Sie denn mit der Inventarliste? Haben Sie festgestellt, ob etwas fehlt?«

»Ich bin noch nicht ganz durch, aber ich bin mir ziemlich sicher, dass nichts gestohlen wurde. Ich denke, in zwei Tagen habe ich alles durchgearbeitet.«

»Also kein Tattoo«, stellte Hellwig Dreiblum fest, als sie wieder draußen auf der Straße standen und zum Auto gingen. Maria blieb stehen und sah ihn direkt an.

»Es gibt drei Möglichkeiten. Erstens: Es gibt kein Tattoo. Zweitens: Sein Sohn hat es nie gesehen. Und drittens: ...«

»... er hat gelogen.«

## Kapitel 7

Zurück im Präsidium, stellte Maria fest, dass ein Bericht des Kriminaltechnischen Instituts eingetroffen war. Die Analyse der Gegenstände aus dem Hotelzimmer, in dem Guido Brunner sich eingemietet hatte, hatte keine Auffälligkeiten ergeben. Seine Garderobe und die Toilettenartikel wiesen keinerlei Besonderheit auf. In seiner Geldbörse hatten sich mehrere Kreditkarten unterschiedlicher Schweizer Kreditinstitute und einhundertfünfzig Euro in Scheinen und Münzgeld befunden. Die Auswertung der Daten, Kontakte und Anrufe von seinem iPhone musste sie noch veranlassen. Sollte der Mobilfunkanbieter in der Schweiz sitzen, würde sie Staatsanwalt Schmücke bitten, eine Anfrage über das zuständige Konsulat zu stellen. Auch die Umfeld-Ermittlungen in der Schweiz konnte die

Dresdner Mordkommission nicht selbst durchführen. Aber sie würde die Kollegen in Zürich auf dem Wege der Rechtshilfe um Unterstützung bitten.

Heute war erst Montag. Es würde einige Tage dauern, bis diese Ergebnisse eintrudeln würden.

Gegen fünf rief sie ihre Mitarbeiter zu einer Besprechung zusammen. Sie teilte ihnen die Ergebnisse der Obduktionen mit und informierte sie über das Gespräch mit dem Notar. Ebenso darüber, dass sie Alexander Molberg in dessen Geschäft zu dem mutmaßlichen Tattoo seines Vaters vernommen hatten. Noch lagen keine Erkenntnisse vor, wer in der Nacht von Samstag auf Sonntag in das Rechtsmedizinische Institut eingebrochen war und das Tattoo, oder um was auch immer es sich handelte, im Nacken der Leiche von Guido Brunner mit einem Messer entfernt hatte.

»Wir müssen noch die Haushälterin befragen«, sagte sie zum Schluss. »Vielleicht weiß sie etwas und kann uns Auskunft über die letzten Tage vor Molbergs Tod geben.«

Nachdem sie bis um Viertel vor sieben über dem notwendigen Papierkram gesessen hatte, fuhr sie nach Hause zu ihrer Wohnung, die im achten Stock eines Blocks in der Stübelallee lag. Sie machte sich eine Kleinigkeit zu essen und setzte sich mit einem Teller mit belegten Broten und einer großen Tasse Tee vor den Fernseher. Geistesabwesend kauend schaute sie auf das TV-Bild, dann glitt ihr Blick zu der Stelle neben der Couch, an der sie das Bild aus dem Geschäft vom Körnerplatz aufhängen wollte. Ihr kamen Zweifel. Vielleicht doch lieber ein größeres nehmen, zum Beispiel das, das über dem Sideboard hing? Nach einem heftigen Streit mit Nihat hatte sie im vergangenen Jahr voller Wut ihre Kaffeetasse an die Wand geworfen. Später hatte sie versucht, die Kaffeespritzer mit weißer Farbe zu übertünchen. Zwar waren so die braunen Flecken verschwunden, dafür hoben sich aber nun helle Tupfer deutlich von der vergilbten Tapete ab.

Schnell riss Maria ihren Blick los. *Bloß nicht daran denken!* Sie versuchte sich auf die Moderatorin der Vorabendsendung zu konzentrieren, aber sie sah nur den rot geschminkten Mund, der hanebüchenen Blödsinn über einen B-Promi absonderte, der zum fünften Mal heiraten wollte. Sie stellte den Fernseher aus. Was sie jetzt brauchte, war ein schöner langer Spaziergang! Der würde ihr auch dabei helfen, die schon wieder aufkeimende Lust auf eine Zigarette zu unterdrücken. Schnell schob sie sich das letzte Stück Brot in den Mund und griff noch kauend nach ihrer Jacke.

Der Verkehr auf der Stübelallee rauschte an ihr vorbei, während sie ein Stück die Straße entlanglief. Sie überquerte die Fahrbahnen, die durch eine etwa zwanzig Meter breite Grünfläche getrennt waren, und betrat den Großen Garten über die Fürstenallee. Sofort umfing sie die ruhige und entspannende Atmosphäre. Schon bald war der Lärm der Straße nicht mehr zu hören. Tief sog sie die frische Luft in ihre Lungen, während sie mit weit ausholenden Schritten auf das Palais inmitten des Parks zuging. Eine Gruppe junger Leute hatte sich dort auf der rechten der beiden Steintreppen niedergelassen und hörte Rap-Musik, deren wummernde Bässe aus einem Booster bis zu Maria herüberdrangen. Zusammen mit süßlichen Rauchschwaden, die sich zu einem regelrechten Nebel verdichteten. Rap meets Barock. *Sollte ich ...?* Nein, entschied sie, und ging an dem zugedröhnten Haufen vorbei. Sollten sie ihren Spaß haben.

Maria folgte den verschlungenen Wegen durch Wäldchen und über große Wiesen, die den Park wie ein Adernetz durchzogen. Ihr Weg führte sie zur *Jungen Garde*. Dort war sie letzten Sommer mit Nihat auf einem Konzert gewesen ... *Nein, schnell wegwischen diese Gedanken.* Zügig umrundete sie die Freilichtbühne. Und je weiter sie sich von ihr und den aufkeimenden Erinnerungen entfernte, desto deutlicher nahm sie die Geräusche der

Natur wahr: Das leichte Rauschen der Bäume und das Abendgezwitscher der Vögel wirkten beruhigend.

Sie konnte den Sommer schon spüren, ihn riechen. Bald würde er mit aller Macht den Frühling ablösen. Sie konnte gar nicht sagen, welche Jahreszeit sie lieber mochte. Den Frühling, der alles zum Leben erweckte, das zarte Grün aus den Knospen trieb und sie sanft mit lauen Winden und dem frischen Duft des Grases umspielte, das noch nicht unter der sengenden Hitze der unbarmherzigen Sommersonne litt? Oder den Sommer? Die Biergartenzeit! Das bedeutete Essen im Freien, nächtliche Bummel durch die Alt- oder durch die quirlige Neustadt. Aber wer sagte denn, dass sie sich überhaupt entscheiden musste? Jede Jahreszeit verwandelte Dresden aufs Neue und verlieh der Stadt ein anderes Gesicht. Im Winter, wenn doch mal wieder so viel Schnee gefallen war, dass der Verkehr fast zum Erliegen kam, verwandelte sie sich in eine glitzernde Wunderwelt. Auf den Weihnachtsmärkten sorgte die weiße Pracht für die richtige Atmosphäre, während klirrende Kälte und heißer Glühwein die Wangen der Menschen rosig färbten. Auch der Herbst, *der langsame Tod der Sommerfarben*, hatte seinen eigenen Reiz. Dann tauchte die tiefstehende Sonne die Stadt an der Elbe in ein warmes, goldenes Licht und trieb an besonders schönen Tagen Einheimische und Touristen in Strömen in die Cafés und Restaurants, wo sie sich in den letzten wärmenden Strahlen für den langen, kalten Winter rüsteten.

Maria spürte, wie der ganze Ballast eines anstrengenden Arbeitstages von ihr abfiel. Sie fühlte sich im Einklang mit sich selbst. Keine schmerzenden Erinnerungen, keine bohrenden Fragen, die die jüngsten Fälle betrafen. Plötzlich schoss ein schwarzes Eichhörnchen aus einem Gebüsch rechts vor ihr. Mitten auf dem Weg stellte es sich putzig auf die Hinterbeine und sah Maria an, die ebenfalls stehengeblieben war, um das Tier nicht zu erschrecken. Für einige Sekunden standen sie sich bewegungslos gegenüber und betrachteten sich, dann war der Bann gebrochen und das Eichhörnchen flitzte nach links und einen Baumstamm hinauf.

Lächelnd sah sie ihm für einen Moment nach und ging dann weiter. Nach gut einer halben Stunde erreichte sie die *Torwirtschaft*. Sie setzte sich an einen der Tische im Freien und bestellte sich eine Weißweinschorle. Schon nach dem ersten Schluck musste sie wieder an eine Zigarette denken, nicht zuletzt deshalb, weil vom Nebentisch würziger Tabakrauch zu ihr herüberwehte. *Wäre eine Kleinigkeit, eine zu schnorren.* Doch sie unterdrückte den Impuls, trank zügig aus, bezahlte und machte sich auf den Heimweg. Zuhause angekommen, mittlerweile war es fast halb zehn, ging sie sofort unter die Dusche, zog sich einen Bademantel über und wollte es sich im Wohnzimmer gemütlich machen.

Auf dem Tisch lag ihr Handy, das sie bewusst nicht mitgenommen hatte. Es blinkte. Während ihrer Abwesenheit hatte jemand versucht, sie anzurufen. Sie griff danach, aktivierte den Bildschirm und checkte den Anruf. Eine ihr unbekannte Nummer. Sie tippte darauf. Nach dem dritten Freizeichen erklang eine männliche Stimme:

»Sie finden einen Hinweis an der Windschutzscheibe Ihres Autos.«

»Hallo? Wer sind Sie?«

Keine Antwort.

»Was für einen Hinweis meinen Sie?« Nichts, der Teilnehmer antwortete nicht. Die Verbindung war unterbrochen. Sie wählte die Nummer noch einmal. Jetzt ertönte die automatische Ansage »Diese Nummer ist nicht vergeben«. Verblüfft starrte sie auf das Handy, als könne es ihre Frage beantworten. Schnell zog sie sich etwas über und fuhr mit dem Aufzug bis in die Tiefgarage. Schon von Weitem konnte sie erkennen, dass etwas Weißes unter dem Scheibenwischer klemmte. Vorsichtig schaute sie sich um, aber niemand außer ihr und einer jungen

Frau, die mehrere Einkaufstüten aus ihrem Kofferraum lud, war zu sehen. Was natürlich nicht bedeutete, dass sich nicht jemand hinter einem Auto versteckt halten konnte. Jetzt ärgerte sie sich über ihre Nachlässigkeit, die Dienstwaffe nicht mitgenommen zu haben. Beim Näherkommen sah sie, dass es sich um ein zusammengefaltetes Blatt Papier handelte. Sie zog es hervor und öffnete es. Ein Zettel fiel heraus und segelte zu Boden. Maria bückte sich und hob ihn auf. Verwirrt betrachtete sie den krakeligen Namenszug in blauer Tinte.

»Audrey Tautou.«

Nachdenklich und die Augen noch immer auf den französisch klingenden Namen gerichtet, ging sie zum Aufzug zurück. Plötzlich prallte sie gegen etwas und riss erschrocken den Kopf hoch. Ein Hund kläffte laut.

»Hoppla, die Frau Wagenried, ganz in Gedanken!«

Erleichtert erkannte sie den älteren Mann, der eine Etage unter ihr wohnte. Der Hund, bei dem man wegen des dichten Fells meist nicht genau feststellen konnte, wo hinten und vorne war, hatte aufgehört zu bellen und schnüffelte aufgeregt an ihrem Bein. Zumindest wusste sie jetzt, wo die Schnauze war.

»Oh, entschuldigen Sie vielmals, Herr Theiss, ich habe Sie gar nicht bemerkt.«

»Das wiederum habe ich nun bemerkt.« Er lachte gutmütig.

»Sagt Ihnen dieser Name etwas?«, fragte sie ihn, ohne weiter nachzudenken, und hielt ihm den Papierschnipsel unter die Nase. »Ganz spontan?«

»Spontan geht in meinem Alter gar nicht mehr. Da muss ich erst mal meine Brille aufsetzen.« Umständlich kramte er ein Etui hervor und setzte sich die Gläser auf die Nase. Mit vorgestrecktem Kinn und gerunzelten Brauen studierte er sorgfältig den Namen. Maria bereute schon, dass sie ihn überhaupt um diesen Gefallen gebeten hatte und stellte sich innerlich auf einen längeren Vortrag ein, denn Herr

Theiss war Lehrer im Ruhestand. Aber zu ihrer Überraschung fasste er sich kurz.

»Ja, ich meine mich erinnern zu können, dass es sich um den Namen einer Sängerin handelt. Ganz sicher bin ich mir allerdings nicht.«

Hastig zog er den Hund zurück, der gerade dabei war, an einen Reifen zu pinkeln, und nickte zum Abschied.

Noch während Maria vom Aufzug in ihre Wohnung ging, rief sie Dess an und berichtete ihm von dem merkwürdigen Anruf und dem zusammengefalteten Briefchen.

»Was stand denn drauf?«

»Ein Name, französisch. Audrey Tautou. Sagt dir das was?«

»Hm, warte, irgendwie klingelt's bei mir im Hinterkopf, aber mir fällt es gerade nicht ein. Ich google ihn schnell. Buchstabier mal bitte.«

Es vergingen nur einige Sekunden, bis Dess sagte:

»Das ist eine französische Schauspielerin, die neben Tom Hanks in *Da Vinci Code – Sakrileg* und die die Hauptrolle in *Die fabelhafte Welt der Amélie* gespielt hat.«

»*Da Vinci Code? Sakrileg?* Von diesem Code und dem Buch hast du mir doch erzählt, als wir letztes Jahr im *Canadian* über den Fall mit den Frauenleichen sprachen. Erinnerst du dich?«

»Natürlich erinnere ich mich. Hast du die Nummer des Anrufers schon überprüfen lassen?«

»Nein, das wollte ich gleich im Anschluss machen. Aber wird wahrscheinlich zu nichts führen. Der Anruf wurde mit Sicherheit von einem Prepaid-Mobiltelefon aus getätigt. Die kann man ganz anonym kaufen. Da mache ich mir nicht viel Hoffnung.«

Schweigen am anderen Ende.

»Dess, bist du noch da?«

»Ja, bin ich«, antwortete er. »Mir gefällt das nicht, Maria. Es sieht so aus, als würdest du schon wieder in etwas hineingezogen, das nicht kontrollierbar ist. Denk doch nur an die blutige Botschaft an deiner Tür!«

*Ja, die Tür. Vor einem Jahr.* Die Bilder von ihrer über und über mit Blut besudelten Eingangstür und den hunderten von Rosenblättern davor flammten in ihrer Erinnerung auf. Für einen Moment schloss sie die Augen, so als könne sie sie damit vertreiben.

»Maria?«

»Ja?«

»Möchtest du, dass ich vorbeikomme?«

Sie zögerte einen Moment, bevor sie antwortete.

»Weiß nicht.« Sie fuhr sich durchs Gesicht, um die alptraumhafte Szene endgültig zu verscheuchen.

»Ich könnte in einer halben Stunde bei dir sein.«

*Und bleibst wahrscheinlich die ganze Nacht.*

»Eigentlich wollte ich heute früh ins Bett. Bin ziemlich erledigt. Noch ein bisschen lesen und dann schlafen.«

»Kann ich dich mit einer entspannenden Rückenmassage überreden?«

Sie seufzte und willigte ein.

Wie kam es eigentlich, dass sie ständig ihre Vorsätze, sich auf keine Beziehung mit ihm einzulassen, über den Haufen warf? Hatte sie nicht vor Kurzem erst ihren persönlichen Super-GAU erlebt? Wütend über sich selbst stapfte sie in die Küche und stellte Weißwein kalt. Für eine Sekunde blieb sie vor dem Kühlschrank stehen, riss dann die Tür wieder auf und stellte die Flasche ins Regal zurück. Sie musste morgen früh raus. Wein kam nicht in Frage! *Aber vielleicht will Dess ja etwas trinken?* Sie zog die Flasche wieder aus dem Regal und legte sie ins Gefrierfach. Bis er da war, würde der Wein gut gekühlt sein.

Eigentlich war es schon zu spät, um im Präsidium anzurufen und die Nummer des Anrufers überprüfen zu lassen. Aber probieren konnte sie es. Sie hatte Glück und schon nach wenigen Minuten bekam sie den Rückruf mit der Information, dass der Besitzer nicht ermittelt werden konnte. So wie sie es schon vermutet hatte.

Nachdem sie noch ein wenig Ordnung im Wohnzimmer gemacht hatte, legte sie sich auf die Couch. Sie musste eingenickt sein, denn sie schreckte hoch, als es klingelte. Gutgelaunt küsste Dess sie auf die Wange und drückte ihr eine Flasche Rotwein in die Hand.

»Hab schon einen Grauburgunder kalt gestellt«, sagte sie und nahm ihm die Flasche aus der Hand. »Wenn wir Rotwein trinken, so wie am Samstag bei dir, schlafen wir beide wieder auf dem Sofa ein.« Bei der Erinnerung daran musste sie laut lachen. »Soll ich dir ein Glas eingießen? Er müsste eigentlich schon kalt sein.«

»Du nicht?«

Maria schüttelte den Kopf. »Ich muss morgen früh raus, leider.«

Dess sah etwas enttäuscht aus und ging ins Wohnzimmer, während Maria die Flasche öffnete. »Ist dir noch was zu diesem Namen eingefallen?«, fragte sie, als sie ihm das Glas reichte. Er nahm einen Schluck und schüttelte dann den Kopf. »Alles was ich weiß, habe ich dir gesagt. Audrey Tautou hat in vielen Filmen mitgespielt und mehrere Preise bekommen.«

»Ich frage mich, genau wie du, ob diese Nachricht irgendetwas mit den beiden Mordfällen zu tun hat. Ich kann aber im Moment noch keinen Zusammenhang herstellen.«

»Zeig mir doch mal den Zettel!«

Maria gab ihm das Plastiktütchen, in dem sie das Stück Papier aufbewahrte.

Wieder schüttelte er den Kopf, nachdem er es sich von beiden Seiten angesehen hatte. Dann leerte er sein Glas in einem Zug.

»Geht ins KTI«, sagte sie bestimmt und nahm es wieder an sich. »Übrigens lässt sich der Besitzer des Handys nicht ermitteln. Wie ich schon vermutet habe: Im Internet bei einem dubiosen Anbieter gekauft, der auf Ausweispflicht verzichtet.«

»Wenn du willst, recherchiere ich morgen noch einmal nach dieser Schauspielerin, vielleicht lässt sich irgendetwas finden. Allerdings kann ich mir nicht vorstellen, dass ...«

»Vielleicht handelt es sich bei dem Anrufer auch einfach nur um einen ehemaligen ›Kunden‹, der mir ein bisschen Angst machen will«, unterbrach sie ihn. »Aber lass uns nicht mehr davon sprechen. Morgen ist noch genug Zeit. Sollte ich nicht eine schöne Massage bekommen?«

»Und sollte ich vorher nicht noch ein schönes zweites Glas Wein bekommen?«

Maria lächelte, stand auf und holte den Wein, den sie wieder in den Kühlschrank gestellt hatte, damit er nicht warm wurde. Beide bevorzugten sie Weißwein, der so kalt war, dass das Glas beschlug.

»Ich mache das Öl schon mal warm. Trink in Ruhe aus.«

Sie ging in die Küche, stellte das Massageöl in einen Topf mit heißem Wasser und trug ihn ins Schlafzimmer. Dann zog sie sich bis auf den Slip aus, legte sich aufs Bett und vergrub den Kopf in der Armbeuge. Kurz bevor sie einschlief, hörte sie seine Schritte. Dess setzte sich auf die Bettkannte und begann, ihren Rücken zu streicheln. Sie seufzte, während wohlige Schauer ihren Körper durchrieselten. Dann hörte sie ein leises Knacken, als er den Schraubverschluss der Ölflasche öffnete. Auf ihrem Rücken spürte sie warme Tropfen, die er in kreisenden Bewegungen auf ihrer Haut verrieb. Mit seinen großen, kräftigen Händen begann er sie durchzukneten. Ab und an stöhnte sie auf, wenn seine Finger eine verspannte Stelle massierten und sich dabei schmerzhaft in die Muskeln gruben. Dennoch flehte sie innerlich, er möge nicht aufhören. Doch nach einer Weile legte er die Hand um ihre Schultern und drehte sie behutsam auf den Rücken. Sein Blick ruhte auf ihren nackten Brüsten. Er liebkoste sie zärtlich, beugte sich dann hinab zu ihr und küsste sie.

# Kapitel 8

Im Laufe der Woche trudelten die Obduktionsberichte und die Ergebnisse der kriminaltechnischen Untersuchung ein. Im *Canadian* waren keine Patronenhülsen sichergestellt worden, was für die Verwendung eines Revolvers sprach, der abgefeuerte Hülsen in der Trommel behält. Hätte der Mörder eine Pistole verwendet, wären Hülsen gefunden worden. Das Projektil, das im Kopf des Opfers stecken geblieben war, hatte sich beim Aufprall auf den harten Schädelknochen verformt. Auch jenes, das der Schütze auf die Decke abgefeuert hatte, war für eine genaue Identifikation der Tatwaffe nicht zu gebrauchen gewesen. Anders die Projektile, die Weichteile wie Herz und Lunge verletzt hatten. Bei denen war die ballistische Abteilung des KTI anhand ihrer spezifischen Züge und Felder zu dem Schluss gekommen, dass sie mit hoher Wahrscheinlichkeit aus einem Revolver mit 38er-Großkaliber, neun Millimeter, von Smith & Wesson abgefeuert worden waren. Möglicherweise würde die Verdachtswaffe einer anderen, unaufgeklärten Straftat oder auch Munitionsteilen aus einem anderen Verbrechen zugeordnet werden können. Das würde Rückschlüsse auf das Tätermilieu und vielleicht sogar das Motiv zulassen. Aber diese Untersuchung, die mittels moderner lichttechnischer Vergleichsmikroskope durchgeführt wurde, stand noch aus.

Weitere Informationen von Belang enthielt der Bericht nicht. Auch die Ermittlungen der Kollegen aus der Schweiz, die einen Bericht über das Umfeld des Opfers geschickt hatten, hatten keinerlei Auffälligkeiten ergeben.

Guido Brunner hatte seit über zwanzig Jahren als Syndikus für die Stiftung gearbeitet. Während der gesamten Zeit hatte es keine Beanstandungen seiner Arbeit oder Berichte über Unregelmäßigkeiten gegeben. Er hatte einen einwandfreien Leumund, war kinderlos und weder verheiratet noch in einer festen Beziehung. Seine Haushälterin, die drei Mal in der Woche seine Wohnung gereinigt, die Einkäufe erledigt und gekocht hatte, wurde mit den Worten zitiert, dass er sehr zurückgezogen gelebt hätte und selten ausgegangen wäre. In seiner Freizeit hätte Brunner lange Spaziergänge gemacht oder gelesen. Hin und wieder ein Theaterbesuch, aber darin hätten sich seine kulturellen Aktivitäten auch schon erschöpft. Sie wäre zwar über Brunners Reise nach Dresden informiert gewesen, hätte aber keine Angaben zum Grund des Aufenthaltes machen können. Einmal im Jahr, oder noch seltener, sei er für zwei bis drei Tage verreist, aber nie für einen längeren Zeitraum. Auch die Recherche der Kollegen nach einem Freund oder Bekannten namens Theo oder Leo war ergebnislos geblieben.

Am Mittwoch rief Alexander Molberg bei Maria an, um ihr mitzuteilen, dass nichts aus dem Geschäft auf der Königstraße gestohlen worden war. Ihre Frage, ob er von einem Bekannten oder Kunden seines Vaters mit dem Namen Theo oder Leo wüsste, verneinte er, versprach aber, die Kundendatei nach diesen Namen zu überprüfen.

Zu Bernhard Molberg oder Guido Brunner fanden sich keine Einträge in der Inpol-Datenbank des BKA, die aus Dutzenden von Teildatenbanken bestand. Maria und ihr Ermittlungsteam traten auf der Stelle. Aber irgendwo musste es doch eine Verbindung zwischen den Opfern geben.

Wenn sie nur wüssten, was beiden Männern im Nacken entfernt worden war, dann wären sie ein Stück weiter. Handelte es sich möglicherweise um verfassungswidrige Symbole oder um das Kennzeichen einer verfassungsfeindlichen Organisation? Symbolisierte es die Zugehörigkeit zu einer kriminellen Vereinigung? Waren es Gefängnis-Tattoos, von denen jedes eine eigene Bedeutung hatte? Doch die letzte Alternative schloss Maria vom

Bauchgefühl her aus. Es war schon sehr merkwürdig, dass weder Molbergs Sohn noch Brunners Haushälterin, die sie auch dazu befragt hatten, etwas aufgefallen war. Das konnte zweierlei bedeuten: Beide Männer hatten um jeden Preis vermieden, dass jemand die Stelle zu Gesicht bekam. Oder es gab einfach nichts und der Täter hatte die Hautfetzen, so wie Alexander Molberg vermutet hatte, als Trophäe herausgeschnitten. Doch selbst das deutete ja auf eine Verbindung zwischen beiden Fällen hin. Sie beschloss, Endress mit der Nachforschung über Organisationen zu beauftragen, die typischerweise Tattoos im Nacken tragen.

Das Einzige, was im Moment noch ausstand, waren die Auswertungen der Handydaten und der Festnetzanschlüsse von Molberg und Brunner. Aber Maria befürchtete, nein, sie ahnte, dass sich auch hier nichts finden würde, was sie weiterbrächte.

Sie hatte Hellwig Dreiblum mit der Recherche über die Schauspielerin Audrey Tautou beauftragt. Er sollte so viele Details wie möglich über sie zusammentragen. Jede Kleinigkeit, möge sie auch noch so unbedeutend erscheinen, sollte er dokumentieren.

Wie erwartet hatten sowohl das Blatt Papier, das an der Windschutzscheibe ihres Autos gesteckt hatte, als auch der Textschnipsel keine weiteren Spuren aufgewiesen als ihre Fingerabdrücke. Der Schreiber hatte handelsübliches Kopierpapier verwendet und den Namen mit einem Kugelschreiber in ungelenker Druckschrift hinterlassen. Und doch würde ein Graphologe wahrscheinlich Auskunft über Geschlecht und ungefähres Alter des Schreibers geben können.

Maria rief im KTI an und bat darum, das sich noch im Institut befindliche Papier einem Handschriftspezialisten zu übermitteln. Wie sie aus Erfahrung wusste, benötigten Graphologen immer das handschriftliche Original, um bestimmte Merkmale wie Druckstärke, Rhythmus und

Proportionen zu analysieren. Einer der beiden Graphologen, mit denen sie zusammenarbeiteten, so teilte ihr der Mitarbeiter vom KTI mit, befände sich derzeit auf einem Kongress. Der zweite Spezialist, der aus Gründen der Qualität und Effizienz beim KTI allerdings nur als bessere Aushilfe angesehen würde, hätte aber bestimmt Zeit, die Erstellung des Gutachtens zeitnah vorzunehmen. Maria willigte ein. *Je schneller, desto besser.*

Am Donnerstag hatte Hellwig Dreiblum seine Nachforschungen bezüglich der französischen Schauspielerin Audrey Tautou abgeschlossen.

»Ich konnte absolut nichts entdecken, was auf einen Zusammenhang mit den beiden Mordfällen schließen lässt«, eröffnete er ihr gleich zu Beginn. »Nach einer hervorragend abgeschlossenen Schulausbildung hat sie ihre Schauspielkarriere begonnen und mittlerweile in über dreißig Filmen mitgespielt. Die bekanntesten dürften *Die fabelhafte Welt der Amélie* und *The Da Vinci Code – Sakrileg*, die Verfilmung des gleichnamigen Buches, sein. Sehr viel Mystisches und Kryptisches mit einer verschlungenen Handlung«, meinte Hellwig Dreiblum grinsend. »Aber ich habe alles aufgeschrieben, sodass Sie selbst noch einmal nachlesen können.«

»Sehr vorausschauend von dir. Oh, Pardon, jetzt habe ich dich einfach geduzt. Ich finde das einfacher, du nicht auch? Ich heiße Maria«, sagte sie.

»Und ich bin Hellwig«, ging er auf ihren lockeren Ton ein und streckte ihr die Hand entgegen, die sie aber nicht nahm.

»Bevor du zu übermütig wirst, hol uns erst mal einen Kaffee. Dann kannst du weiter berichten.«

»Jawohl, Chef, Maria!«, sagte er und salutierte. Sie knuffte ihn in die Seite und befahl: »Abmarsch!«

Hellwig verließ das Büro. Sie hatte ihn nur unter diesem Vorwand weggeschickt, um den längst überfälligen Anruf bei Dess erledigen zu können. Seit Montag hatte sie nicht auf seine Anrufe reagiert, um ihn auf Abstand zu halten. Jetzt war er höchstwahrscheinlich irritiert. *Aber verdammt noch mal, wir sind nun mal kein Paar.* Sie wollte keine Beziehung mit ihm, mit all ihren Konsequenzen. Davon hatte sie vorerst die Schnauze gestrichen voll. *Friends with benefits.* Das war zwar eine bescheuerte, aber wohl treffende Bezeichnung für das, was sie verband. Das wollte sie nicht ändern. Doch jetzt verspürte sie eine unerklärliche Unruhe, die sie dazu trieb, Dess' Nummer zu wählen.

Er ging nicht ans Telefon.

Hellwig kehrte mit dem Kaffee zurück und setzte seinen Vortrag über Audrey Tautous Filme fort.

»Du liebe Zeit«, stöhnte Maria, nachdem er geendet hatte.

»Ja, und ich habe schon stark gekürzt.« Hellwig ließ seine Unterlagen sinken.

»Gute Arbeit, danke. Ich sehe da auch keine Verbindung zu unseren Fällen. Aber einen Versuch war es wert. Wahrscheinlich hat sich nur jemand einen Scherz erlaubt. Vielleicht kann uns der Graphologe ja mehr dazu sagen. Warten wir's ab.«

Hellwig stand auf. Nachdem er das Büro verlassen hatte, rief sie erneut Dess an. Aber wieder hatte sie kein Glück.

Daraufhin wählte sie Alexander Molbergs Nummer, denn ihr war eingefallen, dass sie vergessen hatte, ihn etwas zu fragen.

»Herr Molberg, Sie haben ausgesagt, dass Sie nicht wüssten, was der Mörder im Safe Ihres Vaters suchte, weil Sie nicht genau informiert wären, was er dort deponiert hatte. Aber Sie haben den Schmuck Ihrer Mutter erwähnt, wenn ich mich richtig erinnere.«

»Das stimmt. Seit ihrem Tod wurde er darin aufbewahrt. Das letzte Mal habe ich ihn vor, na, sagen wir, drei Monaten gesehen, als mein Vater mir Geld für eine Truhe gegeben hat, die ich bei einem Kunden abholen und bezahlen sollte.«

»War der Schmuck sehr wertvoll?«

»Zum Teil, ja. Es gab einige Brillantringe und ein Set, bestehend aus Collier, Ohrringen und Armband. Warum fragen Sie?«

»Gibt es Fotos davon, die beispielsweise für Versicherungspolicen gemacht wurden? Oder Privataufnahmen, auf denen der Schmuck zu sehen ist? Dann können wir feststellen, ob er irgendwo in Deutschland zum Verkauf angeboten wird. Eine Spur, die uns möglicherweise zum Mörder Ihres Vaters führen könnte.«

»Ich werde mich darum kümmern«, sagte Alexander Molberg und beendete das Gespräch.

Danach versuchte Maria ein weiteres Mal, Dess zu erreichen. Aber wieder erklang nur das Freizeichen und sprang kurz darauf die Mailbox an. Auch auf dem Festnetz antwortete er nicht. *Das sieht ihm gar nicht ähnlich*, dachte Maria stirnrunzelnd.

Am Samstagmorgen war ihre Geduld erschöpft. Nachdem sie wieder ergebnislos bei ihm angerufen hatte, setzte sie sich ins Auto und fuhr nach Radebeul. Sie konnte nicht erkennen, ob sein Auto in der Garage stand, weil das Tor geschlossen war. Sie klingelte, einmal, zweimal, dreimal. Nichts! Sie legte das Ohr an die Tür, aber kein Geräusch war zu hören. *Verdammt noch mal, wo steckst du bloß? Vielleicht weggefahren? Ein verlängertes Wochenende?* Aber das hätte er ihr doch bestimmt gesagt, oder? Je intensiver sie darüber nachdachte, desto unsicherer wurde sie. Warum sollte er? So oft hatte sie ihm deutlich gemacht, dass sie an keiner festen Beziehung interessiert war, und alle seine Vorstöße sofort im Keim erstickt. Warum sollte er ihr dann Bescheid sagen, wenn doch alles so locker und unverbindlich war? Sie rief in der Rechtsmedizin an, aber natürlich ging auch dort niemand an den Apparat.

Nachdenklich stieg sie wieder ins Auto und erledigte den Wochenendeinkauf. Den ganzen Tag und am Abend bis in die späte Nacht versuchte sie ihn anzurufen. Am Sonntagmorgen war sie so beunruhigt, dass sie noch einmal zu seinem Haus fuhr. Nach wie vor war das Garagentor verschlossen. Sie kniete sich auf den Boden und spähte durch den schmalen Schlitz zwischen Tor und Boden. Doch da war überhaupt nichts zu erkennen. Sie wollte ums Haus gehen, um von der Terrasse aus durch die großen Fenster einen Blick ins Wohnzimmer zu werfen. Auf der linken Seite war der Zugang zum Garten durch die Garage versperrt. Blieb nur der Weg rechts durch die Pforte, die in der hohen Mauer eingelassen war. Aber sie war verschlossen. Ihr Blick glitt hinauf. Unmöglich, die ungefähr zwei Meter hohe Mauer zu überwinden. Sie ging zur Haustür zurück und klingelte und hämmerte abwechselnd dagegen. Irgendwas stimmte nicht, das spürte sie. Sollte sie ein paar Kollegen rufen, damit die die Tür aufbrachen? Aber sie war sich nicht sicher, ob sie das wirklich riskieren sollte. Was, wenn er einfach nur verreist war? *Ein Kurztrip in eine andere Stadt. London, Paris oder Rom?* Diese Städte hatte er jedes Mal vorgeschlagen, wenn er sie zu einem gemeinsamen Wochenende eingeladen und sie das regelmäßig abgelehnt hatte. Jetzt war er vielleicht mit einer seiner zahlreichen Verehrerinnen dahin geflogen, während sie hier wie eine Idiotin vor verschlossener Tür stand. Womöglich hatten die Nachbarn sie schon dabei beobachtet, wie sie ums Haus geschlichen und auf dem Boden herumgekrochen war und an die Tür gehämmert hatte. Sie gab sich einen Ruck und rief einen Streifenwagen, der kurze Zeit später eintraf. Innerhalb weniger Sekunden hatten die Beamten, denen sie glaubhaft versichert hatte, dass Gefahr im Verzuge wäre, die Tür geöffnet.

Maria stürmte durch die Eingangshalle und rief nach Desmond. Ein Zimmer nach dem anderen durchsuchte sie, während ihre Kollegen den Keller und schließlich auch die Garage inspizierten. Sein BMW war nicht da. Sie lief ins Badezimmer, um die Toilettenartikel zu kontrollieren. Spätestens jetzt wurde ihr klar, dass er tatsächlich verreist war. Am liebsten wäre sie vor Scham im Boden versunken, als die verlegenen Blicke der Kollegen sie trafen.

## Kapitel 9

Am Montagmorgen konnte sich Maria nur schlecht auf ihre Arbeit konzentrieren. Ihre Gedanken kreisten ständig um Dess' Verschwinden. Wütend kaute sie auf ihrem Bleistiftstummel herum und ärgerte sich über sich selbst, weil es ihr nicht gelang, die bohrenden Fragen in ihrem Kopf zu ignorieren. War er allein oder in weiblicher Begleitung gefahren? Wahrscheinlich hatte er die Nase voll von ihrer ewigen Hinhaltetaktik und räkelte sich gerade mit einer jungen Gespielin im Bett eines Luxushotels. Wütend warf sie den Stift auf den Schreibtisch, als es klopfte und sich die Tür öffnete.

Ein gutaussehender Mann in modischer Kleidung, Mitte vierzig mit sportlicher Figur und graumeliertem, kurzgeschnittenem Haar, kam herein. Er setzte ein Lächeln auf, als er sie am Schreibtisch sah. Schneidig, mit ausgestreckter Hand, kam er auf sie zu.

»Frau Wagenried?«

*Wer zum Teufel ist das?*

»Laschkow, Andreas Laschkow.«

Maria starrte ihn verständnislos an. Sie konnte mit seinem Namen nichts anfangen. Zögernd nahm sie seine ausgestreckte Hand. Er drückte fest zu, zu fest.

»Sie *sind* doch Frau Wagenried, oder?« Und mit einer Spur Ungeduld in der Stimme: »Ich bin Ihr neuer Kollege.«

»Oh, natürlich, verzeihen Sie. Ich bin gerade etwas durcheinander.« Maria stand auf und zwang sich zu einem höflichen Lächeln. Er war ihr auf Anhieb unsympathisch, wobei sie noch nicht einmal genau sagen konnte, was der Grund für ihre spontane Abneigung war. Als er sie mit seinen hellen, durchdringenden Augen von oben bis unten musterte, hatte sie das unbehagliche Gefühl, auf die Schnelle abgeschätzt zu werden.

Maria wies mit der Hand auf Gerds ehemaligen Schreibtisch.

»Hier ist Ihre neue Wirkungsstätte.« Maria rang sich erneut ein Lächeln ab.

Laschkow setzte sich, trommelte mit den flachen Händen auf die Armlehnen und schaute dann auf seine Armbanduhr.

»Wir haben noch eine halbe Stunde Zeit. Ich gebe einen kleinen Einstand unten in der Kantine. Bis dahin könnten Sie mich über die aktuellen Mordfälle in Kenntnis setzen.«

Maria hatte schon jetzt das Gefühl, dass sich die Zusammenarbeit mit ihrem neuen Kollegen als unerquicklich herausstellen würde. Außerdem hatte sie keine Lust, ihm einen detaillierten Bericht zu geben. Sollte er sich doch selbst damit befassen. Sie griff nach den beiden Ermittlungsakten auf ihrem Schreibtisch und schob sie zu ihm rüber.

»Lesen Sie doch erst einmal alles durch. Wenn Sie dann Fragen haben, werde ich sie Ihnen gerne beantworten.«

Irritiert schaute Laschkow sie an, nickte aber schließlich und öffnete die erste Akte. Während er las, gab er Kommentare wie »Aha« und »Hm« von sich und schnalzte gelegentlich mit der Zunge.

»Was, denken Sie, wurde beiden Opfern im Nacken herausgeschnitten?«

»Ich vermute zwar, dass es Tattoos waren, aber das passt nicht so recht zum Alter und zum sozialen Status beider Männer. Wie Sie sicherlich gelesen haben, war Guido Brunner Jurist bei einer Stiftung und Bernhard Molberg Antiquitätenhändler, von Haus aus Kunsthistoriker.«

»Da könnten Sie recht haben. Was ist denn mit der Auswertung der Telefondaten?«

»Die von Molberg müsste heute kommen und für die Auswertung der Daten auf Brunners Handy hat der Staatsanwalt eine entsprechende Anfrage beim Schweizer Konsulat eingeleitet. Erfahrungsgemäß dauert das einige Tage.«

»Offensichtlich wusste der Mörder nichts von der tödlichen Erkrankung des Kunsthändlers. Sonst hätte er ihn doch nicht umgebracht, wenn er ohnehin nicht mehr lange zu leben hatte.«

»Möglich, aber es könnte sich auch um einen Racheakt gehandelt haben. Vielleicht sollte ein Exempel statuiert werden, das keinen Aufschub duldete und bei dem es auf einen natürlichen Tod zu einem späteren Zeitpunkt nicht ankam.«

Laschkow überlegte für einen Moment.

»Wenn es sich tatsächlich um einen Racheakt handelte, waren beide Opfer möglicherweise in ein und dieselbe Sache involviert. Eine private Angelegenheit oder eine Organisation?«

»*Selbstverständlich* haben wir diesbezüglich recherchiert. Beide Opfer hatten keinerlei Berührungspunkte. Zu keinem Zeitpunkt.«

»Und doch muss es eine Verbindung geben. Das werden wir herausfinden.« Er stand auf. »Wir müssen gehen.«

»Wohin?«

»Mein Einstand?!«

Fieberhaft überlegte Maria, wie sie sich davor drücken könnte, aber ihr fiel partout nichts ein. Dann musste sie eben in den sauren Apfel beißen. Sie war gerade im Begriff aufzustehen, als ihr Telefon klingelte. Sie ließ sich wieder auf den Stuhl fallen und nahm ab. Am anderen Ende war Hellwig. Als er geendet hatte, knallte sie den Hörer zurück auf die Station, griff eilig nach ihrer Handtasche, die wie üblich neben ihrem Stuhl stand, und sprang auf.

»Tut mir leid, ich kann nicht mitkommen. Ist was Dringendes dazwischengekommen.«

»So, was denn?«

Ohne ihm eine Antwort zu geben, stürzte sie aus dem Büro. Verärgert sah Laschkow ihr hinterher.

Auf dem Flur kam Hellwig ihr entgegen.

»Wo?«, rief Maria.

»Krankenhaus Neustadt.«

»Ist es sehr schlimm? Hast du was herausbekommen? Sag schon!«

»Nur, dass er verletzt und noch immer nicht bei Bewusstsein ist. Mehr weiß ich auch nicht.«

»Du fährst!«

»Sind Sie eine Angehörige?« Die Schwester mit den müden Gesichtszügen musterte sie streng.

»Ich bin Dr. Petermanns Frau und das hier«, sie zupfte Hellwig am Ärmel, »ist unser Sohn.«

Die Schwester zögerte noch einen Moment, bevor sie sagte: »Aber nur für fünf Minuten. Ich bringe Sie hin.«

»Kann ich noch mit einem Arzt sprechen?«

»Da müssten Sie sich bitte an Dr. Herrich wenden. Zimmer zweihunderteinunddreißig. Ich kann Ihnen aber nicht versprechen, dass er da ist. Versuchen Sie es einfach.«

Sie folgten ihr den Flur der Intensivstation entlang, bis sie an eine dicke Glastür kamen, die die Schwester mittels Summer öffnete.

Dess war blass und trug einen dicken Verband um den Kopf. Marias Blick fiel auf die blinkenden Monitore neben dem Kopfteil seines Bettes, die die Vitalfunktionen wie Herzschlag, Blutdruck und Gehirnströme maßen. Der Rhythmus der zuckenden Linien erschien ihr gleichmäßig und die Spitzen der Ausschläge hatten in etwa den gleichen Level. Auch der Blutdruck, hundertzehn zu fünfundsiebzig, war in Ordnung. Aber sie war keine Ärztin. Sie trat näher an sein Bett und schaute ihm prüfend ins Gesicht. Am rechten Auge prangte ein blaues Veilchen.

»Darf ich Sie fragen, was Sie hier zu suchen haben?«
Eine ärgerliche Stimme ließ Maria herumfahren.

Ein Arzt, wie sie an dem weißen Kittel erkannte, funkelte sie wütend an. Hellwig wich einen Schritt zurück.

»Entschuldigen Sie bitte«, sie zückte ihren Ausweis.
»Mein Name ist Maria Wagenried, ich bin von der Mordkommission und das ist mein Kollege Hellwig Dreiblum. Ich bin eine gute Bekannte von Dess ... von Dr. Petermann. Wie geht es ihm, Dr. ...«, ihre Augen glitten zum Namenschild über der Brusttasche, aus der eine Lesebrille und zwei Kugelschreiber lugten, »... Dr. Herrich?«

»Das ist noch lange kein Grund, sich hier unter dem Vorwand einer falschen Identität hereinzuschleichen. Das ist eine Intensivstation und kein Polizeirevier. Gehen Sie jetzt bitte!«

Er trat zurück und öffnete den grünen Vorhang.

»Dr. Herrich, ich bitte Sie um Entschuldigung. Es tut mir leid, aber ich wusste mir keinen anderen Rat und deswegen habe ich zu dieser kleinen Notlüge gegriffen.«

»Verlassen Sie jetzt bitte die Station!«

»Selbstverständlich. Entschuldigen Sie bitte nochmals mein unmögliches Verhalten, aber ich habe mir solche Sorgen gemacht, weil ich schon einige Tage nichts mehr von Herrn Petermann gehört habe. Wir sind ein Paar.«

Das war ihr leicht über die Lippen gekommen.

»Vielleicht haben sie fünf Minuten und können mir sagen, was ...«

Abrupt drehte der Arzt sich um: »Folgen Sie mir.«

Maria und Hellwig sahen sich wie Schulkinder an, die einen Rüffel vom Direktor erhalten hatten und nun Rede und Antwort stehen mussten.

Dr. Herrich öffnete die Tür zu einem Raum, der nicht viel größer als eine Abstellkammer war. Er deutete mit der ausgestreckten Hand auf die zwei Besucherstühle vor seinem Schreibtisch.

»Was ist mit Dr. Petermann?« platzte Maria die Frage heraus, kaum, dass sie sich hingesetzt hatte.

»Er hatte einen Wanderunfall in der Sächsischen Schweiz. Dabei ist er abgerutscht und drei Meter tief gestürzt. Schädel-Hirn-Trauma, mit einer Hirnschwellung. Wir müssen abwarten. Wenn der Druck weiter steigt, müssen wir operieren.«

Maria sah ihn wortlos an.

»Wurde das Gehirn beeinträchtigt?«, fragte sie schließlich, als sie sich von ihrem ersten Schock erholt hatte.

»Das können wir noch nicht beurteilen. Wie gesagt, das Wichtigste ist, dass sich die Schwellung zurückbildet. Gott sei Dank war er nicht allein. Seine Begleiterin hat über ihr Handy Hilfe gerufen.«

Maria erstarrte. Welche Begleiterin? Energisch schob sie diesen Gedanken beiseite, denn sie war wirklich seine Rettung gewesen. Das allein zählte.

»Dr. Herrich, können Sie mir sagen, innerhalb welcher Zeit sich eine Stabilisierung des Zustandes abzeichnen kann?«

»Wir führen laufend Untersuchungen durch. Wir können nichts anderes tun als abzuwarten. Ich kann Ihnen leider keine andere Auskunft geben, denn ich möchte keine falschen Hoffnungen wecken.«

»Aber Ihrer Erfahrung nach, könnten Sie …«

»Es tut mir leid, Frau Wagenried«, unterbrach sie der Arzt energisch, »ich neige nicht zu Spekulationen. Sie müssen sich gedulden.«

»Verständigen Sie mich, sobald es eine Veränderung gibt, egal, in welche Richtung? Bitte!« Sie reichte ihm eine Visitenkarte. »Sie können mich immer anrufen, zu jeder Tages- und Nachtzeit.«

Dr. Herrich nickte, schaute kurz auf die Karte und sah ihr in die Augen.

»Das mache ich.«

»Vielen Dank. Wir wollen Ihre Zeit nicht länger in Anspruch nehmen und entschuldigen Sie uns bitte auch bei der Schwester.«

Laschkow kam ihnen schon entgegen, als sie den Flur des Stockwerks betraten, in dem ihre Büros untergebracht waren.

»Es sind noch ein paar Lachshäppchen da, wenn Sie möchten. Sie müssten sich aber beeilen.«

Wortlos ging Maria an ihm vorbei und verschwand in ihrem Büro.

»Was hat sie denn?«, fragte er Hellwig.

»Ein Bekannter von ihr liegt im Krankenhaus. Schwere Kopfverletzung. Ich nehme an, da ist ihr nicht nach Lachshäppchen zumute.«

»Ich verstehe.«

»Es handelt sich um Dr. Petermann«, fühlte Hellwig sich nun doch verpflichtet, zu erklären. Wie er gehört hatte, war Laschkow ein ehrgeiziger Typ, der in jedem Kollegen einen Konkurrenten sah. Er hatte einen Gesprächsfetzen aufgeschnappt, in dem ihn jemand als Oberarschkriecher bezeichnet hatte. Hellwig stand noch ganz am Anfang seiner Karriere. Er war zwar kein Speichellecker, aber es sich gleich am ersten Tag mit einem ranghöheren Kollegen zu verderben, hielt er nun auch nicht gerade für ratsam. Außerdem würde der Neue es sowieso erfahren.

»Dr. Petermann?«, echote Laschkow und hob die Brauen. »Wer ist das?«

»Der Chef der Rechtsmedizin.«

»Ich verstehe.«

*Scheint sein Lieblingsausdruck zu sein,* bemerkte Hellwig.

Ohne ein weiteres Wort zu verlieren, wandte sich Andreas Laschkow von ihm ab. Zum zweiten Mal an diesem Tag kam Hellwig sich wie ein dummer Schuljunge vor.

# Kapitel 10

»Es tut mir leid, was mit Ihrem Bekannten passiert ist.« Laschkow stellte einen Teller vor Maria auf den Schreibtisch. Sie beäugte ihn und die unterschiedlich belegten Baguette-Scheiben darauf, als ob es sich um Exemplare einer seltenen Tierspezies handelte. »Ich hoffe, Dr. Petermann wird sich schnell erholen.«

»Woher wissen Sie, ich meine ...«

»Ihr junger Kollege, Hellfried heißt er, glaube ich, war so freundlich und hat mich informiert.«

»Hellwig, er heißt Hellwig«, murmelte Maria geistesabwesend.

»Ich verstehe, Hellwig. Essen Sie ruhig etwas. Wäre doch schade, wenn es weggeworfen würde.«

»Ja, Sie haben recht.« Mechanisch wie eine Marionette kam sie der Aufforderung ihres neuen Kollegen nach und biss in die mit Hackepeter, Zwiebeln und sauren Gürkchen belegte Brotscheibe. Anschließend stopfte sie ein Ei- und danach ein Salami-Kanapee hinterher. Sie kaute und schluckte, ohne das Geringste zu schmecken. Genauso gut hätte sie Papier essen können.

»Haben Sie eine Zigarette für mich?«, fragte sie Laschkow und wischte sich die Finger an der kleinen Papierserviette ab, die er neben den Teller gelegt hatte.

»Nein. Ich habe nie geraucht.« In seinem Ton schwang Entrüstung mit. »Rauchen Sie denn?«, fragte er zurück.

»Nein, schon seit drei Monaten nicht mehr.«

»Aber wieso fragen Sie mich dann nach einer Zigarette, wenn Sie gar nicht mehr rauchen.«

»Eine gute und zudem intelligente Frage.«

Verwirrt betrachtete Laschkow die Frau ihm gegenüber. Doch bevor er den Mund aufmachen und einen Kommentar geben konnte, klopfte es und Hellwig steckte seinen Kopf herein.

»Komm rein. Was hast du da?« Maria sah auf den Blätter-wust in seinen Händen.

»Die Aufstellung von Bernhard Molbergs Handy- und Festnetzdaten, einschließlich der Computerdateien wie E-Mail-Verkehr und Browser-Verlauf. Die Telefonnummern des Festnetzanschlusses und seines Handys habe ich schon mal überflogen. Er hat seinen Sohn relativ oft angerufen. Zwei weitere Nummern tauchen ebenfalls häufiger auf. Die werde ich prüfen und in seiner Kundendatei auf Übereinstimmungen vergleichen. Gott sei Dank hat er sie in einem elektronischen Verzeichnis geführt und nicht auf Karteikarten. So funktioniert der Abgleich wesentlich schneller.«

»Sehr gut, Hellwig. Was meinst du, wie lange wirst du dafür brauchen?«

Der Angesprochene zuckte mit den Schultern.

»Ich beeile mich.«

Maria nickte und sagte, an Laschkow gewandt:

»Haben Sie sich schon in die Akten eingelesen?«

»Nein, nur ganz oberflächlich vor dem Empfang.«

Maria stand auf.

»Vielen Dank für die leckeren Schnittchen. Ich lasse Sie jetzt für ein oder zwei Stunden allein, da können Sie in Ruhe lesen.«

»Ja?« Er sah sie mit hochgezogenen Augenbrauen an.

»Ja.« Sie nickte ihm zu und verließ das gemeinsame Büro.

In der kleinen Teeküche neben dem Abstellraum machte sie sich einen Kaffee. Sie hätte Laschkow auch einen an-bieten sollen, dachte sie zunächst beschämt. *Soll er sich doch selbst einen machen, dieser Fatzke!*

Der sollte nun also Gerd ersetzen. Das konnte sie sich beim besten Willen nicht vorstellen. Wie sollte sie zu diesem Mann, der ihr auf Anhieb unsympathisch gewesen war, ein Vertrauensverhältnis aufbauen? Sie hätte viel dafür gegeben, wenn Hellwig ihr neuer Partner geworden wäre. Aber das war nun mal aus dienstrechtlichen Gründen nicht möglich. Er war ja nach seinem Studium gerade erst zum Kriminalkommissar ernannt worden. Doch niemand konnte sie daran hindern, weiterhin eng mit ihm zusammenzuarbeiten. Musste man Laschkow ja nicht auf die Nase binden. Dem könnte man stattdessen kleine Häppchen in den Rachen werfen, auf denen er dann so lange herumkauen konnte, wie er wollte. Sie kniff den Mund zusammen, um das Lächeln zu unterdrücken, das sich auf ihre Lippen gestohlen hatte. Mit zwei dampfenden Bechern Kaffee ging sie rüber zu Hellwig, der sich mit drei Kollegen ein Büro teilte. Angestrengt blickte er auf den Bildschirm und hob erstaunt den Kopf, als sie eintrat. Wortlos stellte Maria den Kaffee neben die Tastatur.

»Danke«, sagte er, hob den Becher und trank einen Schluck. »Au, verdammte Scheiße, ist das heiß!« Er wedelte sich mit der Hand Luft zu. »Das Einzige, das mir bisher aufgefallen ist, ist, dass Molberg mehrere Male mit einem Verleger aus Leipzig telefoniert hat«, ließ er sie ungefragt wissen. »Die anderen checken gerade die Browser-Daten und den Mail-Verkehr.« Er wandte sich an seine Kollegen. »Habt ihr schon was Interessantes gefunden?«

Alle drei schüttelten, in die Arbeit vertieft, den Kopf.

»Wie heißt der Verlag?«

»Moment«, Hellwig wechselte das Fenster. »Literaturverlag Reichenberg. Inhaber ist ein gewisser Rüdiger Reichenberg.«

»Vielleicht ging es um den Druck eines neuen Katalogs? Ruf da bitte an und frag nach, worum es in den Gesprächen ging.«

»Jetzt?«

»Nach Geschäftsschluss macht es wenig Sinn, denke ich.«

Hellwig nickte, griff nach dem Telefon auf seinem Tisch, wählte die Nummer und hatte den Verleger kurz darauf in der Leitung.

»Guten Tag, Herr Reichenberg. Hier ist Hellwig Dreiblum von der Kriminalpolizei Dresden. Wir ermitteln im Mordfall Bernhard Molberg.«

Maria setzte sich auf einen freien Stuhl und schlürfte ihren Kaffee.

»Ja, sehr schrecklich, da muss ich Ihnen beipflichten«, hörte sie ihren jungen Kollegen sagen.

»Herr Molberg hat mehrfach mit Ihnen telefoniert. Worum ging es in diesen Gesprächen?« Aufmerksam hörte er zu. »Er wollte ein Buch schreiben, aha. Um was für ein Buch handelte es sich denn?« Hellwig warf Maria einen vielsagenden Blick zu. »Ach so, erst Vorgespräche geführt. Aber die Richtung können Sie mir doch sagen, oder? Über den Kunsthandel, verstehe. Wann haben Sie Herrn Molberg denn das letzte Mal gesehen?«

Maria gab ihm Zeichen, aber Hellwig war sich nicht sicher, ob er sie richtig gedeutet hatte.

»Vor ungefähr drei Wochen? Einen kleinen Moment bitte, Herr Reichenberg.« Hellwig legte die Hand auf das Mikrofon im Hörer. »Was?«

»Frag ihn, ob wir heute noch vorbeikommen können. In gut anderthalb Stunden könnten wir in Leipzig sein.«

Zu ihrer beider Überraschung willigte der Verleger ein. Hellwig bat seine Kollegen, seinen Part bei der Datenauswertung zu übernehmen, was mit einem genervten Brummen quittiert wurde.

»Ich hole noch schnell meine Handtasche. Du kannst ja schon mal runtergehen. Bin gleich da.«

Sie öffnete die Tür zu ihrem Büro. Alexander Laschkow sah von den Akten auf.

»Hellwig und ich sind mit dem Verleger von Bernhard Molberg verabredet. Wir fahren nach Leipzig.«

»Er hat ein Buch geschrieben?«

»Nein, aber das hatte er offenbar vor. Soviel ich weiß, hat es Vorgespräche zu diesem Projekt gegeben. Ob er schon so etwas wie ein Manuskript geschrieben hatte, kann ich nicht sagen.«

»Ich verstehe. Wissen Sie, worum es in dem Buch ging?«

»Um Kunsthandel oder etwas in der Richtung.«

Laschkow sah sie zweifelnd an.

»Man darf nichts unversucht lassen«, sagte Maria energisch und schnappte ihre Handtasche. »Bis später. Wir werden wohl nicht vor fünf zurück sein, denke ich.«

»Ja, gut, ich werde mich zwischenzeitlich in die Akten einarbeiten.«

Maria nickte ihm zu und ging raus. Gott sei Dank, er hatte nicht darauf bestanden mitzukommen. Aber sie war sich sicher, dass er hier auf sie warten würde.

Hellwig stand bereits vor dem Portal des Präsidiums. Sie gab ihm den Schlüssel und gemeinsam gingen sie zum gegenüberliegenden Parkplatz, wo sie einen Dauerstellplatz hatte. Als sie sich ihrem Auto näherten, sah sie etwas Rotes auf der Frontscheibe leuchten. Sie beschleunigte ihren Schritt, bevor sie abrupt innehielt.

Wie ein greller Blitz durchzuckte sie die Erinnerung an diesen Moment vor einem Jahr. Wild wirbelten die Bilder durcheinander – ein dunkelrotes Meer aus hunderten Rosenblättern vor ihrer blutverschmierten Wohnungstür, im Hausflur und auf der Treppe. Rasend vor Eifersucht hatte ihr Kollege und Liebhaber Nihat sich vor ihrer Tür hemmungslos ausgetobt und ein verstörendes Bild für sie inszeniert. Einen kurzen Moment zögerte sie, dann zog sie an der Rose, die zwischen Wischer und Scheibe klemmte, und stach sich dabei in den Finger. Ihr entgeisterter Blick folgte dem hervorquellenden Blutstropfen, der den Finger entlanglief und zu Boden fiel.

»Du bist ja verletzt, Maria.« Hellwig stand plötzlich neben ihr und sah sie mit gerunzelten Brauen an. »Warte, ich habe ein Taschentuch.« Er fummelte in seiner Jackentasche und holte eine Packung Tempotücher heraus. Er wickelte eines um den Daumen und verknotete die Enden.

»So, nicht schlimm. Alles verarztet. Ein heimlicher Verehrer, nehme ich an?«

Maria sah ihn wortlos an, unfähig, auch nur einen Ton zu sagen.

»Maria, sag doch was. Du bist ja ganz blass. Ist dir schlecht?« Hellwig öffnete die Wagentür und bugsierte Maria auf den Beifahrersitz. Er lief ums Auto herum und setzte sich hinters Steuer.

»Soll ich losfahren?«, fragte er unsicher.

Sie nickte. Noch immer starrte sie auf die Rose in ihrer Hand. Hellwig warf ihr einen prüfenden Blick zu und fuhr dann los.

Der Verkehr wurde schwächer, als sie bei Nossen auf die A14 nach Leipzig wechselten. Keiner von ihnen hatte bisher ein Wort gesprochen. Von Zeit zu Zeit sah Hellwig sie verstohlen von der Seite an, traute sich aber nicht, das Wort an sie zu richten. Ihre Miene war abweisend und verschlossenen. Plötzlich fuhr sie herum und warf die Rose heftig auf den Rücksitz, so, als hätte sie etwas Giftiges in den Händen gehalten.

»Die geht ins KTI.«

»Nicht lieber in eine Vase?«

Maria bedachte ihn mit einem vernichtenden Seitenblick.

»Du hast doch vor Kurzem nach Audrey Tautou recherchiert«, sagte sie gedehnt.

»Ja, stimmt. Hat das was mit dieser Rose zu tun?«

»Ich weiß es nicht. Letzte Woche hat mir jemand hinter die Scheibenwischer einen Zettel mit Audrey Tautous Namen gesteckt. Heute eine Rose. Auf den ersten Blick natürlich etwas ganz anderes. Aber ich denke, da will mir jemand etwas mitteilen.«

»Deswegen warst du eben so schockiert?«

»Nein, ich habe mich an etwas erinnert, das nicht schön war. Hängt mit den Mordfällen an den beiden Frauen letztes Jahr zusammen«, wich sie aus. »Erzähl ich dir, wenn du groß bist.« Hellwig war zwar als Praktikant im Studium in die Fälle involviert gewesen, kannte aber nicht alle Einzelheiten.

»Ich bin froh, dass es dir wieder besser geht. Ich habe mir schon Sorgen gemacht. So kenne ich dich gar nicht.«

Maria machte eine wegwerfende Handbewegung. Sie war nur für einen kurzen Moment aus der Fassung geraten, hatte sich jetzt aber wieder gefangen.

»Wo ist der Sitz des Verlages? Mitten in Leipzig?«, lenkte sie das Gespräch in eine andere Richtung.

»Nein, Leipzig-Nordwest, Hallesche Straße.« Er warf einen Blick auf das Navi. »In vierzig Minuten müssten wir da sein.«

Der Verlag war in einem Büro-Hochhaus untergebracht, vor dem ein großer Parkplatz lag, auf dem sie das Auto abstellten. Wie sie den Firmenschildern im Eingangsbereich entnehmen konnten, lagen die Räume des Literaturverlages Reichenberg im sechsten Stock des Gebäudes. Als sie den Aufzug verließen, erstreckten sich breite, helle Flure nach links und rechts. Sie wirkten verlassen. Keine Menschenseele war zu sehen.

»Links«, sagte Maria, die das Schild des Verlages auf der Glastür entdeckt hatte, die den linken Flügel vom Treppenhaus trennte.

Ein kleines unscheinbares Messingschild neben einer schmalen dunklen Tür war der einzige Hinweis auf die Räumlichkeiten des Verlages.

»Komisch, ich habe mir ein Verlagshaus irgendwie anders vorgestellt«, sagte Maria.

Hellwig nickte bestätigend und klopfte an die Tür. Ein Mann mittleren Alters, klein und schlank, mit einer beginnenden Glatze und einem Vollbart, öffnete ihnen.

»Herr Reichenberg?«

Der Mann lächelte gewinnend, zog die Tür ganz auf und ließ sie herein.

»Ich bin Maria Wagenried und das ist mein Kollege Hellwig Dreiblum.« Beide zückten ihre Dienstausweise.

»Kommen Sie und setzen Sie sich«, forderte er sie auf und nahm selbst hinter einem Schreibtisch Platz, vor dem zwei Stühle standen. Er hob den Telefonhörer an sein Ohr und beendete das Gespräch, das er offenbar gerade geführt hatte, als sie an die Tür klopften. Verblüfft sah Maria sich um. Ein kleiner, einfach möblierter Raum. Und das sollte ein Verlag sein? Sie hatte zwar noch nie ein Verlagshaus von innen gesehen, aber das, was sie hier vorfand, entsprach in keiner Weise ihren Vorstellungen. Wo waren die Mitarbeiter und die Lektoren? Wo standen die Schreibtische, auf denen sich Manuskripte und fertige Bücher stapelten? Alles, was sich auf dem Schreibtisch vor ihr befand, waren ein Computer, eine Tastatur und ein Terminkalender.

»Wie kann ich Ihnen helfen, Frau Wagenrad?«

»Wagenried. Sie haben meinem Kollegen, Herrn Dreiblum, am Telefon gesagt, dass Herr Bernhard Molberg vor Kurzem bei Ihnen war. Wann genau war das?«

»Moment, das kann ich Ihnen sagen.« Der Verleger griff nach dem Kalender und öffnete ihn so, dass Maria und Hellwig keinen Blick auf die Seiten erhaschen konnten. Maria konnte sich auch so vorstellen, dass es nur wenige Einträge gab, wenn überhaupt.

»Am Freitag vor zwei Wochen. Das war der 3. Mai, um dreizehn Uhr.«

»Also eine Woche, bevor er ermordet wurde.« Maria sah ihn nachdenklich an. »Machte er einen nervösen Eindruck? War er anders als sonst?«

»Ich kannte ihn im Prinzip nicht näher. Bis auf den kurzen persönlichen Kontakt, als ich bei ihm in seinem Geschäft in Dresden eine Truhe gekauft habe, hatten wir vorher nur telefoniert.«

»Gibt es in Leipzig keine Antiquitätenhändler?«

»Doch, natürlich, aber Herr Molberg genießt in der Branche einen sehr guten Ruf. Die meisten Kunstgegenstände hat er auch auf seiner Internetseite angeboten. Da bin ich schnell fündig geworden. Es war ein wirklich schönes Stück zu einem moderaten Preis.«

»Was für ein Buch wollte er denn veröffentlichen? Sie sagten etwas über Kunsthandel?«

»Das ist richtig. Er wollte seine Autobiographie schreiben. Über sein Leben als Kunsthändler, über die Anfänge seiner Tätigkeit und über die Schwierigkeiten, die dieses Geschäft mit sich bringt.«

»Hat er diese Schwierigkeiten näher beschrieben? Ich meine, hatte er Probleme?«

»Jemand, der mit Kunstgegenständen handelt, steht immer mit einem Bein im Gefängnis, wie er mir erklärt hat.«

Maria warf Hellwig, der sich eifrig Notizen machte, einen Blick zu.

»Wieso?«, hakte sie nach.

»Weil man sich vor dubiosen Geschäften hüten muss. Also vor Stücken, die aus einem Diebstahl stammen oder auf betrügerische Weise erworben wurden. Es werden viele Objekte auf den deutschen und internationalen Markt geworfen, die Hehlerware sind oder illegal eingeführt wurden.«

»Wollte er konkrete Namen nennen?«

»Namen?« Reichenberg sah sie verständnislos an. »Davon hat er nichts erwähnt.«

»Wenn es so etwas wie ein Enthüllungsbuch werden sollte, könnte es ja sein, dass es jemand verhindern wollte.«

»Ein Enthüllungsbuch? Das hätte ich in unseren Vorgesprächen bemerkt. Nein, mit Sicherheit nicht.«

»Wann wollte er denn das Manuskript abliefern?«

»Er meinte, er hätte es zwar so gut wie fertig, wolle es aber noch überarbeiten.«

»Wann sollte das Buch denn veröffentlicht werden? Wurde ein Termin vertraglich vereinbart?«

Reichenberg verschränkte die Hände. Er wirkte jetzt eine Spur nervös.

»Eigentlich bin ich davon ausgegangen, dass wir uns bei unserem Termin hier einigen würden und er den Vertrag gleich vor Ort unterzeichnet. Aber er hat sich noch ein wenig Bedenkzeit ausgebeten und den Vertragsentwurf zur Prüfung mitgenommen. Er wollte sich wieder bei mir melden.«

»Sie wollten ihm einen Vertrag anbieten, ohne dass Sie das Manuskript zuvor gelesen hatten?«, fragte Maria erstaunt. »Ist das so üblich?«

»Eher nicht, da haben Sie recht. Aber wir hatten in unseren Telefonaten doch schon recht ausführlich über den Inhalt, die Anzahl der Fotografien und die ungefähre Seitenzahl gesprochen. Ich hatte keinerlei Zweifel an der Qualität des Manuskriptes.«

»Gab es denn bezüglich des Vertrages Unstimmigkeiten?«, hakte sie nach.

»Nun, bei so einer Summe will man natürlich wissen, was man dafür im Gegenzug bekommt.« Der Verleger sah erst Maria und dann Hellwig an. »Das ist verständlich.«

»Um welche Summe ging es denn?«

»Fünftausend Euro«, sagte er knapp.

»Fünftausend Euro? Das ist doch ein anständiges Honorar. Oder wollte er mehr?«

»Nein, ich glaube, Sie verstehen nicht ganz. Das ist die Summe, die ich von ihm bekommen sollte.«

Jetzt war es an Maria, ihn verständnislos anzusehen. Dann begriff sie plötzlich, was der Verleger meinte.

»Er sollte Ihnen fünftausend Euro zahlen, damit Sie sein Buch veröffentlichen?!« Der Mann wurde ihr immer unsympathischer. Sein ganzes Gebaren, die seltsame Umgebung, alles erschien ihr in höchstem Maße suspekt.

Sie betrachtete ihn genauer. Er kam ihr wie ein Kredithai oder wie ein unseriöser Versicherungsagent vor.

»Nun, das mag Sie vielleicht erstaunen, aber die Lage auf dem deutschen Buchmarkt ist kompliziert. Sowohl für Autoren als auch für Verleger. Viele große Publikumsverlage setzen auf die arrivierten Autoren, die einen guten Umsatz garantieren, und auf ausländische Lizenzen. Kleinverlegern, so engagiert sie auch sein mögen und so gern sie unbekannten Autoren eine Chance geben, geht oft der Atem aus. Mit den großen Verlagen können sie nur in den seltensten Fällen konkurrieren, außer sie spezialisieren sich auf ein Nischengenre. Dem gegenüber steht ein Heer von schreibwütigen Hausfrauen und Möchtegern-Autoren. Die sind zwar nicht immer unbegabt, aber ohne jede Chance, jemals in einem der großen Publikumsverlage veröffentlicht zu werden.«

»Und da treten Sie auf den Plan, wenn ich es richtig verstanden habe, und bieten ihnen die Möglichkeit, ihren größten Traum zu verwirklichen. Gegen bare Münze, versteht sich.« Maria sah ihn voller Abscheu an.

»Sie bekommen ja etwas dafür«, entgegnete Reichenberg eine Spur schärfer, »zum Beispiel ein erstklassiges Lektorat und eine ISBN-Nummer. Wenn sich das Buch gut verkauft, hat man die Kosten schnell wieder reingeholt.«

Maria stieß die Luft aus und lehnte sich zurück. Dieser Mann vor ihr war ein Schwein, der aus Träumen und Sehnsüchten Kapital schlug. Ein widerwärtiger Vertreter seiner Zunft.

»Das erklärt natürlich einiges.« Sie sah sich erneut um. Jetzt wurde ihr klar, warum der Literaturverlag Reichenberg nur in diesem schäbigen Raum residierte. Aber sie hatte noch eine Frage.

»Aber gedruckt werden die Bücher schon, oder?«

»Selbstverständlich! Was denken Sie denn?« Reichenberg sah sie empört an. »Halten Sie mich für einen Betrüger?«

Das »Ja« lag Maria auf den Lippen, sie schluckte es aber hinunter.

»Wie viele Exemplare drucken Sie denn? Das nennt man Auflage, oder irre ich mich?«

»Ja, das ist korrekt. Aber ich drucke keine festgelegte Auflage. Erst dann, wenn ein Buch bestellt wird, wird es gedruckt. Das nennt man ›book on demand‹.«

»Dann haben Sie ja keinerlei Ausgaben. Sie gehen also kein Risiko ein. Das trägt ausschließlich der Autor. Sehr clever.«

»Ich muss das Lektorat bezahlen und ich habe laufende Kosten.«

»Für diese Bruchbude hier?« Maria funkelte ihn wütend an.

Doch der selbstgerechte Verleger ließ sich nicht aus der Ruhe bringen.

»Tja, ein repräsentatives Büro würde die Kosten noch weiter in die Höhe treiben«, entgegnete er aalglatt und mit einem schmierigen Lächeln im Gesicht. Er stand auf. »Kann ich sonst noch etwas für Sie tun?«

»Vielen Dank«, zischte Maria und erhob sich ebenfalls. Hellwig steckte sein Notizbuch in die Tasche und folgte ihr zur Tür. Bevor sie sie öffnete, drehte sie sich noch einmal um, schaute auf ihre Armbanduhr und sagte: »Es ist jetzt nach fünf, ich bin also nicht mehr im Dienst. Jetzt spricht die Privatperson Maria Wagenried zu Ihnen. Ich finde solche Menschen wie Sie zum Kotzen.«

»Sollten Sie auch mal ein Buch schreiben wollen, dann bin ich Ihnen gern behilflich. Sie wissen, wo Sie mich finden.«

Sie knallte die Tür hinter sich zu.

»So ein blödes Arschloch«, schimpfte sie laut. »Hellwig, gib mir eine Zigarette!«

»Erstens rauchst du nicht mehr, zweitens bin ich Nichtraucher, drittens ist das Rauchen in diesem Gebäude nicht gestattet.«

»Du bist ein verdammter Korinthenkacker, weißt du das?«

»Sehr wohl, Frau Wagenried«, grinste er. »Aber im Ernst, der ist wirklich ein Kotzbrocken sondergleichen.«

Als sie mit dem Aufzug nach unten fuhren, fiel Maria etwas ein.

»Wir haben kein Manuskript gefunden, weder in Molbergs Villa noch in seinem Geschäft. Vielleicht hat es im Safe gelegen und der Mörder hat es mitgenommen. Zusammen mit dem Geld und dem Schmuck von Molbergs verstorbener Frau.« Nachdenklich sah sie Hellwig an. »Wir können ja noch mal seinen Sohn dazu befragen. Vielleicht weiß er etwas über das Buch, das sein Vater schreiben wollte, und auch, wo er das Manuskript aufbewahrt haben könnte, wenn es nicht im Safe war. Da fällt mir ein, dass er ja außerdem noch nach Fotos suchen wollte, auf denen der Schmuck abgebildet ist.«

Mittlerweile hatten sie ihr Auto erreicht.

»Ich bin dran mit Fahren. Gib mir den Schlüssel«, sagte Maria.

»Okay, nichts dagegen einzuwenden, da kann ich ja ein kleines Schläfchen machen«, freute sich Hellwig und ließ sich übertrieben ächzend in den Beifahrersitz plumpsen.

»Stört es dich, wenn ich das Radio leise anstelle?«

»Überhaupt nicht, gar kein Problem«, erwiderte er gähnend, während er seine Jacke zusammenknüllte, sie hinter den Nacken stopfte und die Rückenlehne nach hinten stellte. Maria entschied sich für *Klassikradio*, obwohl sie kein ausgesprochener Fan klassischer Musik war. Rock- oder Popmusik hätten ihren jungen Kollegen nur gestört, und überhaupt: Diese Musik musste man laut hören, sonst ging die Wirkung verloren. Außerdem machte es keinen Spaß, zu leiser Musik laut mitzusingen, weil so die vielen falschen Töne nur allzu deutlich zu hören waren.

Sie warf einen Blick auf Hellwig, der bereits nach wenigen Minuten eingeschlafen war und leise schnarchte. Auch Maria beruhigte die leise Musik und ließ sie den Unmut über diesen widerlichen Kerl von Verleger schnell vergessen. Jetzt, da sie abschalten konnte, wanderten ihre Gedanken zu Dess. Unwahrscheinlich, dass sich seit heute morgen etwas Gravierendes verändert hatte. Außerdem hätte Dr. Herrich dann angerufen. Sie ging fest davon aus, dass er sein Versprechen nicht nur leichtfertig gegeben hatte, um sie abzuwimmeln. Dennoch wollte sie in der Klink anrufen, sobald sie wieder in Dresden waren.

Maria horchte auf. Wohlbekannte Klänge drangen an ihr Ohr, Antonio Vivaldis *Sommer* aus *Die vier Jahreszeiten*. In ihrer Kindheit hatte sie das Violinkonzert zum ersten Mal zu Hause gehört. Stundenlang hatte sie die Platte immer wieder von Neuem abgespielt und dabei gemalt. Das dabei entstandene Bild war ihr bis heute in Erinnerung geblieben. Ein Garten, wildromantisch mit einer Natursteinmauer im Hintergrund. Jeden einzelnen Stein hatte sie in einem anderen Ockerton gemalt. An den Stellen, an denen sie nicht ganz exakt gearbeitet hatte, schimmerten kleine Lichtpunkte des weißen Blattes durch. Das hatte das Bild der Mauer jedoch verbessert, denn die unbeabsichtigt entstandenen Lücken zwischen den einzelnen Steinen ließ sie auf natürliche Weise alt aussehen. Ihr Vater hatte wohlwollend genickt, was einem großen Lob gleichkam.

»Hast du Deckweiß für die Lücken benutzt?«

Maria hatte wahrheitsgemäß verneint, unsicher darüber, ob das gut oder schlecht war.

»Gut. Man benutzt kein Deckweiß.« Den Grund dafür war er ihr schuldig geblieben, oder sie hatte ihn schlichtweg vergessen. Merkwürdig, welche Dinge fest in der Erinnerung haften bleiben und welche hingegen verblassen oder gänzlich verschwinden.

Sie genoss die Musik. Doch als das Crescendo verebbte, nahm sie ein Geräusch wahr, das sie irritierte. Kam es aus dem Radio? Ein regelmäßiges Klacken, das zunehmend lauter wurde. Sie runzelte die Stirn und drehte die Musik leise. Jetzt war das Geräusch deutlicher zu hören. Es kam von vorne links. Missbilligend schüttelte sie den Kopf. Der Wagen war doch erst vor Kurzem in der Inspektion gewesen! Auf der Instrumententafel leuchtete keine Warnlampe auf, es war offensichtlich kein technisches Problem. Sie überlegte gerade, ob sie Hellwig wecken sollte, der immer noch wie ein Baby schlief und leise vor sich hin schnarchte. Da begann das Lenkrad in ihren Händen zu vibrieren. Die Vibration wurde immer stärker und übertrug sich auf den ganzen Wagen. Das leise Klopfgeräusch steigerte sich zu einem lauten Stakkato. *Was zum Teufel ist das?* Instinktiv nahm sie den Fuß vom Gas. Doch das Hämmern schwoll zu einem wahren Trommelfeuer an. Plötzlich knallten ihr Schüsse wie aus einem Maschinengewehr um die Ohren.

»Hellwig ...!«, schrie sie.

Ein markerschütterndes, blechernes Kreischen schnitt ihr das Wort ab. Der Wagen scherte nach links aus. Panisch versuchte sie, die Kontrolle über ihn zurückzuerlangen und tat genau das Falsche. Sie machte eine Vollbremsung und riss das Steuer nach rechts. Während sich das Auto um die eigene Achse drehte, hörte sie quietschende Reifen und das harte, scheppernde Knallen von ineinander rasenden Autos. Kurzfristig verlor Maria die Orientierung, bis sie in umgedrehter Richtung zur Fahrbahn mit dem Heck gegen die Leitplanke knallten und hochgeschleudert wurden. Wie aus einem Katapult schoss das Auto den Abhang hinab. Abwechselnd flogen Wiese und Himmel an ihr vorbei, während sie sich mehrmals überschlugen. Geistesgegenwärtig schlug sie in letzter Sekunde die Hände schützend vors Gesicht und krümmte sich zusammen. Hellwigs animalische Schreie gellten in ihren Ohren, dann wurde ihre Talfahrt durch einen harten Aufprall gestoppt. Das Letzte, das sie hörte, war ein entsetzlicher Laut aus Hellwigs Kehle. Dann verlor sie das Bewusstsein, als etwas gegen ihren Kopf schlug. Eine tiefe Stille umfing sie, ein schwarzes Loch, ohne Raum und Zeit.

## Kapitel 11

Durst! Sie hat quälenden Durst. Und dröhnende Schmerzen im Kopf. Maria öffnet die Augen einen Spalt breit, schließt sie aber gleich wieder. Unsäglich schmerzt das weiße, grelle Licht, das wie ein Pfeil ihre Pupillen durchbohrt. Etwas berührt ihren Arm. Doch bevor sie die Augen komplett öffnen kann, versinkt sie wieder in tiefe Bewusstlosigkeit.

Sie steht in einem wogenden Meer aus weißen Schleiern, die so zart sind, dass sie beinahe durchsichtig wirken. Leicht wie ein Hauch verhüllen sie ihr Gesicht, flattern dann wieder hoch und schlingen sich spielerisch um ihre Arme und Beine. Anmutig und beschwingt wie eine Tänzerin bewegt sie sich auf der Bühne, begleitet von fernen Sphärenklängen und untermalt von einem sanften Rauschen, als striche eine seichte Brise durch einen Blätterwald. Mühelos und leicht wie eine Feder schwebt sie über den Boden, fühlt sich eins mit der Schwerelosigkeit.

Jäh ertönt ein harter Misston, ihre fließenden Bewegungen erstarren. Hinter einem der unzähligen Schleier taucht ein dunkler Schatten auf. Er wirkt groß und bedrohlich. Als der Schatten sich nähert, kann Maria den Umriss einer Gestalt ausmachen. Sie spürt die Gefahr, die von dieser angsteinflößenden Erscheinung ausgeht. Ihre Härchen stellen sich auf. Sie muss fliehen! Hastig will sie sich umdrehen, um fortzulaufen, doch ihre Bewegungen sind quälend langsam. Zu langsam, denn der schwarze Schatten kommt immer näher. Als er dicht hinter ihr ist, reißt sie den Kopf herum und sieht voller Entsetzen, dass sich die zarten Schleier in Tentakel verwandelt haben. Sie wickeln sich um ihre Beine, ziehen an ihren Armen und fahren durch ihre Haare. Verzweifelt versucht sie, sich aus der Umklammerung zu befreien. Vergeblich. Gerade, wenn es ihr gelungen ist, einen dieser klebrigen, Schleim absondernden Fangarme wegzureißen, schlingt sich bereits ein neuer um ihre Gliedmaßen. Wild schlägt und tritt sie mit Händen und Füßen nach diesem Ungeheuer, um ihm zu entkommen. Dann hält sie abrupt inne.

Sein heißer Atem streicht über ihren Nacken. Sekunden später packen Hände hart nach ihren Armen. Vor Angst und Grauen schreit sie laut auf. Ein dröhnendes, höhnisches Lachen ist die Antwort. Die Hände geben ihre Arme frei, fahren blitzartig hoch zu ihrem Hals, umschließen ihn fest und drücken zu. Maria will schreien, um Hilfe rufen, doch nur ein ersticktes Gurgeln kommt heraus. Erbarmungslos drücken die Hände immer fester zu, sie schnüren ihr die Kehle ab. Ihr wird schwindelig und in ihren Ohren beginnt es zu rauschen. Doch mit einem Mal lässt das Monster sie los und gibt ihren Hals frei. Gierig schnappt sie nach Luft. Im ersten Moment begreift sie nicht, was geschehen ist. Das Ungeheuer und auch die Schleier sind verschwunden. Stattdessen ist sie nun von nackten, weißen Wänden umgeben. Instinktiv greift sie sich an die Kehle.

»Frau Wagenried?« Eine Stimme, die von weit her zu kommen scheint, dringt an ihr Ohr.

Sie versucht, die Stimme zu lokalisieren, doch es gelingt ihr nicht. Da ist niemand, den sie sehen kann.

»Ich bin hier.« Sie spürt eine leichte Berührung an ihrem linken Unterarm. Maria rollt den Kopf auf die Seite und sieht eine weiße Uniform. Ihr Blick gleitet höher. Ein rundes freundliches, rotwangiges Gesicht mit einem weißen Häubchen auf dem Haar lächelt ihr entgegen.

»Willkommen zurück in der Wirklichkeit.«

Es dauerte einen Moment, bis Maria begriff, wo sie war. Die Schüsse, der Unfall, Hellwigs Schreie, das Krachen der kollidierenden Autos, das Überschlagen. Alles wirbelte wie in einem Kaleidoskop in bunten, schrillen Farben und Klangfetzen durcheinander.

»Krankenhaus Neustadt?«, brachte sie mühsam hervor. Die Schwester nickte.

»Mein Kollege Hellwig Dreiblum, wie geht es ihm?«, krächzte Maria. Ihre Kehle fühlte sich an wie Schmirgelpapier. Der Schatten, der für Sekundenbruchteile über das Gesicht der Schwester gehuscht war, entging Maria nicht. *Nein, bitte nicht!*

»Ist er ... tot?«

»Nein, er lebt, aber ... aber Sie sollten jetzt erst mal wieder zu Kräften kommen. Später, wenn Sie sich ...«

»Was ist mit ihm? Sagen Sie's mir!«

»Nun, es müssen noch mehrere Untersuchungen durchgeführt werden und ...«

»Schwester, bitte!«

Einige Sekunden herrschte Schweigen, dann sagte sie: »Er hat eine Verletzung im unteren Bereich der Wirbelsäule.«

»Das heißt, er ist gelähmt?« Maria kam ihre eigene Stimme unnatürlich laut vor.

»Ich bin nicht berechtigt, Ihnen weitere Auskünfte zu geben. Sie müssen den Arzt fragen. Der wird in ungefähr einer Stunde zu Ihnen kommen.« Sie griff nach einer Schnabeltasse, die auf dem Schränkchen neben Marias Bett stand. »Trinken Sie etwas«, sagte sie bestimmt und führte den Plastikbehälter an ihren Mund. Gehorsam trank Maria und ließ dann erschöpft den Kopf ins Kissen zurückgleiten. Doch sofort durchzuckte sie der nächste Gedanke.

»Dr. Desmond Petermann liegt auf der Intensivstation. Schädel-Hirn-Trauma. Was ist mit ihm?«

»Dr. Petermann? Der wurde gestern von der Intensiv auf die chirurgische Station verlegt.«

Maria fiel ein Stein vom Herzen. Wenigstens eine positive Nachricht.

»Gestern? Wie lange bin ich denn schon hier?«

Die Schwester lächelte. Zwei Grübchen erschienen auf ihren Wangen und um die dunkelbraunen Augen gruben sich kleine Lachfältchen.

»Vierundzwanzig Stunden Schönheitsschlaf. Nein, im Ernst, Sie haben eine Gehirnerschütterung und mehrere Rippenbrüche davongetragen. Sie haben ziemlich großes Glück gehabt.«

*Ich ja, Hellwig wohl nicht.*

Sie musste sich gedulden, bis der Arzt kam. Sie versuchte sich aufzurichten, wurde aber durch den stechenden Schmerz in ihrer Seite daran gehindert.

»Was haben Sie denn vor? Wir bleiben mal schön liegen, nicht wahr?«

Behutsam drückte die Schwester sie wieder in die Kissen.

»Ich will zu Hellwig, meinem Kollegen, und zu Dr. Petermann. Er ist doch wieder bei Bewusstsein.«

»Gewiss«, bestätigte die Schwester freundlich, aber unnachgiebig. »Später. Erst wenn Dr. Herrich bei Ihnen gewesen ist. Dann schauen wir weiter.«

Maria war zu erschöpft, um sich gegen die sanfte, aber resolute Schwester durchzusetzen. Bleierne Müdigkeit senkte sich erneut auf sie hinab. Sie bat noch einmal um etwas zu trinken und schlief unmittelbar danach wieder ein. Sie wachte erst wieder auf, als sie an der Schulter berührt wurde. Sie brauchte einige Sekunden, um sich zu orientieren. Als sie Dr. Herrich neben der Schwester sah, wurde ihr schlagartig wieder bewusst, dass sie im Krankenhaus lag – Hellwig schwer verletzt, Dess scheinbar außer Gefahr, sie selbst nur mit kleineren Blessuren.

»Guten Tag, Frau Wagenried. So schnell sieht man sich wieder.« Er wandte sich zur Seite. »Schwester Marita kennen Sie ja bereits. Wie geht es Ihnen? Noch starke Kopf-schmerzen?«

»Erste Frage: gut, zweite Frage: nein. Sagen Sie mir bitte, wie es Herrn Dreiblum geht, Dr. Herrich.«

Der warf erneut einen Blick auf die Schwester und trat einen Schritt näher ans Bett.

»Unsere Untersuchungen sind noch nicht abgeschlossen. Die Verletzung im unteren Wirbelbereich ist schwerwiegend. Wir können noch nicht abschließend beurteilen, wie stark das Rückenmark beschädigt wurde. Es sieht aber zunächst so aus, als wären die Nervenbahnen nicht durchtrennt worden. Aktuell gehen wir davon aus, dass eine Quetschung im Bereich des Kreuzbeins vorliegt. Aber, wie gesagt, Gewissheit werden die weiteren Untersuchungen bringen.«

»Kann ich ihn sehen?«

»Tut mir leid. Wir haben ihn in ein künstliches Koma versetzt, um die Gefahr weiterer Läsionen zu verhindern. Wenn Sie möchten, gebe ich Ihnen nach der Untersuchung Bescheid.«

»Das wäre sehr lieb von Ihnen.« Marias Stimme klang brüchig. Mit zitternder Hand wischte sie die hervorquellenden Tränen aus den Augenwinkeln.

»Kann ich Dess besuchen?«

»Wie bitte?«

»Ich meine, Dr. Petermann.«

»Ich möchte nicht, dass Sie aufstehen. Dr. Petermann kann Sie besuchen, wenn Sie das möchten.«

Maria nickte wortlos. Tränen rannen über ihre Wangen. Sie war schuld, sie hatte den Unfall verursacht, das Lenkrad verrissen. Niemand wusste, ob Hellwig je wieder würde gehen können oder ob er für den Rest seines Lebens würde im Rollstuhl sitzen müssen. Auf Hilfe anderer angewiesen, bis zum Ende seines Lebens. Achtundzwanzig Jahre alt, das ganze Leben noch vor sich.

Der Arzt gab der Schwester einen Wink, woraufhin diese verschwand.

»Sie bleiben noch ein bis zwei Tage hier. Wenn keine weiteren Komplikationen auftreten, können Sie dann wieder nach Hause.«

»Was für Komplikationen? Ich denke, ich habe nur eine Gehirnerschütterung und Rippenbrüche?« Fragend sah sie Dr. Herrich an, während sie sich mit dem Handrücken energisch die Tränen wegwischte.

»Sie haben eine mittelschwere Gehirnerschütterung. Damit ist nicht zu spaßen, Frau Wagenried!«

Sie nickte, auch wenn sie keine Lust hatte, unnötig lange im Krankenhaus zu liegen. Dann fiel ihr siedend heiß etwas ein.

»Ist noch jemand anderes zu Schaden gekommen? Ich habe noch mitbekommen, dass mehrere Autos ineinander gerast sind.«

Der Doktor schüttelte den Kopf. »Nein, gottlob nichts Dramatisches, nur Prellungen und leichte Schnittverletzungen.«

Als auch der Arzt das Zimmer verlassen hatte, dachte sie zum ersten Mal an diesem Tag darüber nach, wie der Unfall zustande gekommen war. Etwas war mit dem Auto nicht in Ordnung gewesen. Sie erinnerte sich an die Geräusche, an das Klappern, das lauter geworden war. Dann plötzlich die Schüsse. Waren es wirklich Schüsse gewesen, oder hatte sie sich das nur eingebildet? Doch bevor sie weiter darüber nachgrübeln konnte, öffnete sich die Tür. Das Erste, das sie sah, war ein Rollstuhl, in dem eine seltsame Gestalt saß, mit einem langen weißen Hemd, weißen Kniestrümpfen und einem weißen Turban auf dem Kopf. Das Merkwürdigste waren die Panda-Augen. Große dunkelviolette Ringe betonten das intensive Blau der Iris. Es gab nur einen Menschen mit einer solchen Augenfarbe. Es war Dess!

Wortlos streckte sie die Hand nach ihm aus und musste erneut mit den Tränen kämpfen. In diesem Moment war Maria heilfroh, dass sie ein Einzelzimmer hatte.

»Na du? Du hast dich nicht gut geschminkt«, versuchte sie zu scherzen, obwohl ihr weiß Gott nicht danach zumute war. Am liebsten hätte sie schon wieder hemmungslos geheult. Aber das war nicht ihre Art und es machte die Dinge nicht besser.

»Deswegen habe ich mir den Turban aufgesetzt, der soll alles wieder rausreißen«, ging er auf sie ein. Aber dann wurde seine Miene wieder ernst. »Maria, ich kann dir gar nicht sagen, wie heilfroh ich bin, dass dir nichts Schlimmeres passiert ist.« Er rollte an die Seite ihres Bettes und ergriff ihre Hand.

Tapfer schluckte sie die erneut aufwallenden Tränen herunter. »Das Gleiche gilt für mich. Ich habe mir solche Sorgen um dich gemacht. Und Dr. Herrichs unbestimmte Prognose hat mich auch nicht gerade beruhigt.«

»Alles noch mal gut gegangen«, sagte er leise und streichelte ihre Hand. »Wie ist euer Unfall eigentlich passiert?«

»Am Auto war was nicht in Ordnung. Wir kamen aus Leipzig. Dort hatten wir einen Termin mit einem Verleger, der ein Buch von Bernhard Molberg veröffentlichen wollte. Kurz hinter Nossen waren plötzlich merkwürdige Geräusche zu hören. Erst leise und dann wurden sie immer lauter. Alles fing an zu vibrieren und ich habe Schüsse gehört. Jedenfalls klang es so.«

»Schüsse? Von wo?«

Sie zuckte mit den Schultern, was einen schmerzhaften Stich nach sich zog.

»Dann war da plötzlich ein fürchterliches, metallisches Kreischen, ich habe die Kontrolle über den Wagen verloren, ihn nach rechts verrissen und bin rückwärts in die Leitplanke geknallt. Der Wagen ist darüber hinausgeschossen und wir haben uns überschlagen, den ganzen

Abhang hinunter. Von da an kann ich mich an nichts mehr erinnern.« Sie atmete tief aus und fügte leise hinzu: »Hellwig hat es schlimm erwischt, Dess. Es besteht die Gefahr einer Querschnittslähmung.«

Er kniff die Lippen zusammen und nickte unmerklich mit dem Kopf.

»Sie müssten ihn eigentlich jetzt gerade untersuchen. Der Arzt will mir danach gleich Bescheid geben. Sie haben ihn ins künstliche Koma versetzt.«

»Ich bin sicher, dass es ist nicht so schlimm ist, wie es sich zunächst anhört. Es ist doch wahrscheinlich nur eine Quetschung.«

Der Arzt hatte Dess also bereits informiert. Sie hoffte inständig, dass es sich tatsächlich nur um eine Quetschung handelte und das Rückenmark nicht beschädigt war. Andernfalls ...

»Maria? Gib dir nicht die Schuld dafür!« Desmond hatte ihre Gedanken wohl erraten. »Entweder wurde der Wagen manipuliert oder jemand hat tatsächlich auf euch geschossen. Auf die Reifen möglicherweise.«

Sie schüttelte den Kopf. Nein, das passte nicht. Das erste Geräusch war von vorn links gekommen. Ein Schütze hätte sich rechts am Rand der Autobahn verstecken, auf sie warten und im richtigen Moment auf sie schießen müssen. Das hielt sie eigentlich für ausgeschlossen. Zumal es den Personen in den nachfolgenden Wagen doch sicherlich aufgefallen wäre. Die kriminaltechnische Untersuchung des Unfallautos und die Vernehmung der Zeugen würden die Ursache ans Licht bringen – oder das war bereits passiert, während der Zeit, die sie hier gelegen hatte.

»Aber ich bin so froh, dass es *dir* wieder gut geht. Was ist denn eigentlich passiert?«

»Am letzten Tag unserer Wandertour bin ich einen Abhang runtergerutscht. Ich hatte mich zu nah an den Rand gestellt. Ich konnte gar nicht so schnell gucken, wie ich da runtergesaust bin. Wenn meine Schwester nicht Hilfe geholt hätte ... Aber sie musste ein ganz schönes Stück laufen, bis sie endlich Empfang hatte. In der Sächsischen Schweiz gibt es ziemlich große Funklöcher.«

Seine Schwester! Kein blondes Sexpüppchen, mit dem er sich im Bett vergnügt hatte. Sie hatte ihn nicht verloren, obwohl sie das eigentlich nicht verdient gehabt hätte.

»Ich war so beunruhigt, weil du dich überhaupt nicht gemeldet hast. Zweimal war ich bei dir zu Hause in Radebeul. Beim zweiten Mal habe ich durch Kollegen die Tür öffnen lassen, weil ich dachte, dir wäre etwas zugestoßen. Ziemlich blöd von mir, entschuldige bitte.«

»Nein, gar nicht.« Er zog ihre Hand an seine Lippen. »Wenn ich dir egal wäre, hättest du dir keine Sorgen gemacht.« Sanft drückte er seinen Mund auf ihren Handrücken, während er ihr in die Augen sah. »Maria, ich ...«

»Pscht, sag es nicht«, unterbrach sie schnell. »Es ist noch zu früh dafür.«

Schweigend sah er sie an. An seinen Augen konnte sie ablesen, dass er sie verstanden hatte.

Nachdem Desmond wieder hinausgefahren war, lag Maria still in ihrem Bett. Sie war noch immer aufgewühlt von der Tatsache, dass er ihr offenbar eine Liebeserklärung hatte machen wollen. Doch langsam meldete sich die Angst um Hellwig zurück. Bange wartete sie auf den Arzt, der ihr entweder eine erlösende oder eine niederschmetternde Nachricht übermitteln würde. Die Minuten krochen dahin, doch Dr. Herrich ließ sich nicht blicken. Maria kämpfte gegen die erneut einsetzende Müdigkeit an. Das konnte nur an den Medikamenten liegen, die man ihr verabreicht hatte. Ein Geräusch an der Tür ließ sie aufschrecken. Dr. Herrich! Maria versuchte an seiner Miene abzulesen, ob er gute oder schlechte Nachrichten mitbrachte. Aber sein Gesichtsausdruck war undurchdringlich.

Als er näher an ihr Bett trat, schlug ihr das Herz bis zum Hals.

»Ihr Kollege, Herr Dreiblum, hat sehr großes Glück gehabt. Er wird wieder gesund. Das wird aber einige Wochen dauern. Anschließend muss er noch zur Reha. Ich denke, er ist mindestens für ein Vierteljahr, wenn nicht noch länger, außer Gefecht gesetzt. Aber wie gesagt, er hat Glück gehabt, Frau Wagenried. Großes Glück. Wir …«

Die letzten Worte des Arztes hörte sie nicht mehr. Alles würde gut. Dess war wieder da, unversehrt, und Hellwig würde wieder gesund werden. Maria spürte tiefste Dankbarkeit und ein überwältigendes Glücksgefühl, das ihren Körper bis in die kleinste Nervenzelle durchströmte. Und was sie seit Jahrzehnten nicht mehr getan hatte, fiel ihr mit einem Mal leicht und war in dem Moment ganz selbstverständlich: Sie dankte dem lieben Gott, an den sie doch schon lange nicht mehr glaubte.

## KAPITEL 12

Zwei Tage später, am Donnerstagmorgen, verließ Maria gemeinsam mit Dess das Krankenhaus. Wie zwei verwundete Soldaten, die Kommissarin mit einem dicken Verband um den Brustkorb und einer Bandage am Knie, der Rechtsmediziner mit einem Kopfverband, humpelten sie zum Taxi, das schon auf sie wartete. Die bis vor Kurzem noch dunkelvioletten Ringe um Dess' Augen changierten jetzt in unterschiedlichen Grün- und Gelbtönen.

Maria wollte erst am Nachmittag im Präsidium vorbeischauen und Dess war noch bis Ende der Woche krankgeschrieben. Deshalb hatten sie beschlossen, den Vormittag bei ihr zu verbringen, um in Ruhe noch einmal über die jüngsten Ereignisse zu sprechen. Bevor sie gingen, hatte Maria ihren Assistenten besucht, den man inzwischen aus dem künstlichen Koma geholt hatte.

Als er Maria sah, lächelte er schwach. Er sah blass und verquollen aus.

»Hey, wie geht's?« fragte sie ihn grinsend.

»Geht so. Ich fühle mich noch ein bisschen eingeschränkt. Tanzen werde ich vorerst nicht können.«

»Ich wusste nicht, dass du tanzen kannst.«

»Oh ja, ziemlich gut sogar. Zweimal die Woche gehe ich zum Training.«

»Oh, sehr gut. Sobald du wieder ganz hergestellt bist, gehst du mit mir tanzen. Tango mit einer Rose im Mund, so wie sich's gehört. Also beeil dich und werde schnell wieder gesund. Versprochen?«

»Versprochen, Frau Wagenried.« Er lächelte schief.

»Maria!«

»Jawohl, Maria, Frau Wagenried.«

Schnell wandte sie den Kopf zur Seite. Er sollte nicht das verräterische Glitzern in ihren Augen sehen.

Unterwegs kauften Maria und Dess frische Brötchen, Butter und Aufschnitt. Als sie endlich in ihrer Wohnung waren, ließ sie sich in den Sessel plumpsen. Sie war heilfroh, wieder zu Hause zu sein. Schwestern und Ärzte hatten zwar versucht, ihren Aufenthalt so angenehm wie möglich zu gestalten, aber ein Krankenhaus war nun mal ein Krankenhaus.

Jetzt saß sie zusammen mit Dess an ihrem kleinen Küchentisch. Sie hatten das späte zweite Frühstück beendet, als er verkündete, dass er nach dem langen Klinik-Aufenthalt unbedingt eine Zigarette rauchen müsse.

»Du siehst aus wie ein Schlangenbeschwörer«, versuchte Maria ihn abzulenken.

»Und als solcher gehe ich jetzt in den nächsten Laden und hole mir Zigaretten.«

Maria hatte es befürchtet. Aber wer war sie, dass sie sein Verlangen nicht nachempfinden könnte?

»Komme gleich wieder. Ruh dich doch noch ein wenig aus. Wenn ich zurück bin, reden wir über alles, okay?«

Sie folgte seinem Rat, legte sich auf die Couch und schlief wenig später ein. Als die Türklingel schrillte, schreckte sie hoch. *Vielleicht sollte ich ihm einen Wohnungsschlüssel geben?* Sofort fiel ihr ein, dass sie letztes Jahr Nihat ihren Zweitschlüssel gegeben hatte. Damit hatte er sich Zugang zu ihrer Wohnung verschafft und sie in seiner Eifersucht attackiert. Obwohl sie Dess ein solches Verhalten nicht zutraute, entschied sie, sich ihre Wohnung bis auf weiteres als sicheres Refugium zu bewahren.

Eine Wolke aus Tabakrauch umgab ihn, als er wieder die Wohnung betrat. Zufrieden und entspannt ließ er sich in einen Sessel plumpsen und streckte die Beine aus. Ein wenig neidisch war sie schon, aber auch stolz, dass sie nun schon so lange auf Nikotin verzichtet hatte.

»Erzähl doch noch mal von vorn«, begann er, »vielleicht fällt dir ja noch etwas ein.« Mit dem Turban auf dem Kopf, den Blutergüssen in den Augenhöhlen und dem schiefen Lächeln sah er wirklich komisch aus.

»Hatten sie im Geschäft eigentlich keine Angst vor dir?«

»Hab nicht drauf geachtet. Die Sucht hat meine Wahrnehmung auf das Zigarettenregal fokussiert.«

Sie lachte und sofort schoss der Schmerz durch ihren Oberkörper. Unwillkürlich griff sie sich an die Rippen. »Scheiße, tut das weh!« Sie verzog das Gesicht. »Zum Unfall selbst habe ich dir schon alles gesagt. Habe ich dir auch das mit der Rose erzählt?«

Dess' Lächeln verschwand so plötzlich, als hätte es jemand ausgeknipst. Mit einem Mal wirkte er wieder angespannt.

»Was für eine Rose?«

»Als wir nach Leipzig losfahren wollten, klemmte wieder etwas hinter dem Scheibenwischer an meinem Auto.

Diesmal eine Rose. Ich habe sie auf den Rücksitz gelegt, um sie später im KTI untersuchen zu lassen. Aber das kann ich nach dem Unfall wohl vergessen.«

»Eine Rose«, wiederholte er gedehnt. »Mit einer Nachricht?«

»Nein, nur die Rose, an deren Dorn ich mich gestochen habe.«

»Vielleicht eine zweite Botschaft? Die erste war der Zettel mit dem Namen der französischen Schauspielerin und jetzt die Rose. Oder doch ein Verehrer?«

»Einen Verehrer kann ich natürlich nicht ausschließen, und schon gar keinen heimlichen«, erwiderte sie flapsig, »aber das halte ich eher für unwahrscheinlich. Genauso wenig glaube ich, dass es sich um eine zusammenhängende Botschaft handelt. Möglicherweise erlaubt sich jemand einfach nur einen Scherz und will mich ein bisschen erschrecken. Du weißt ja, wenn man bei der Polizei arbeitet, hat man nicht nur Freunde.«

Dess ging nicht weiter darauf ein, sondern sah sie nachdenklich an. Das Stahlblau seiner Augen wirkte durch die dunkel schillernden, ringförmigen Blutergüsse noch intensiver.

»Kannst du dich noch daran erinnern, um was für eine Rose es sich gehandelt hat?«

Maria fiel ein, dass Dess ein Rosenliebhaber war. Aber wie sollte sie ihm diese Rose beschreiben? Sie versuchte es trotzdem, obwohl sie nicht wusste, was das für einen Sinn haben sollte.

»Langstielig, aber nicht ganz so lang wie diese dunkelroten Rosen, die extrem lang sind. Ich komme nicht auf den Namen.« Maria zog die Stirn in Falten.

»Baccara?«

»Ja, genau. So eine war's nicht. Eine ganz normale Rose. Nichts Besonderes, würde ich sagen. Warum fragst du? Hat das irgendeine Bedeutung?«

Er schwieg für einen Moment, bevor er antwortete.

»Wenn es sich nun doch um eine Botschaft handelt, ließe sich anhand ihres Aussehens vielleicht eine Symbolik herleiten. Beides, der Zettel und die Rose, hängen zusammen, davon bin ich felsenfest überzeugt.«

»Nehmen wir an, dass du recht hast. Gehst du weiterhin davon aus, dass sie mit den Mordfällen zusammenhängen, obwohl wir ja noch nicht einmal wissen, worin die Verbindung zwischen ihnen besteht? Die beiden Ermordeten haben in ihrem ganzen Leben nie etwas miteinander zu tun gehabt. Das Einzige, das sie verbindet, ist das herausgeschnittene Hautstück.« Mit einem Mal fiel Maria etwas ein. »Der Graphologe wollte doch die Schrift auf dem Zettel analysieren. Heute Nachmittag werde ich mehr wissen. Und ...«, sie tippte sich mit der Fingerspitze gegen die Lippen, »wenn wir Glück haben, wurde die Rose im Auto gefunden und gesichert.«

Dess nickte.

»Mir gefällt das alles nicht, Maria. Ich will nicht, dass du wieder in Gefahr gerätst, wie beim letzten Mal.«

Sie versuchte, das Bild von Nihat zu verdrängen.

»Warum diese Botschaften?«, fuhr Dess fort.

»Er will nicht erkannt werden«, ging sie bereitwillig auf seine Frage ein.

»Warum nicht?«

»Er hat Angst und traut sich nicht, offen zu sagen, was er weiß. Er kennt den oder die Mörder.«

»Die Mörder, sagst du. Oder sogar eine Organisation? Kann man nicht ausschließen, oder? In vielen kriminellen Organisationen herrschen mafiöse Strukturen. Es gilt das Gesetz des Schweigens. Der Bruch dieser Regel wird mit dem Tode bestraft. Aus diesem Grunde gibt uns der Bote auch nur versteckte Hinweise.«

»Wäre möglich.« Sie dachte darüber nach. Es klang plausibel, aber wie sie aus ihrer langjährigen Arbeit wusste, konnte es sich auch gänzlich anders verhalten. »Heute

Nachmittag werde ich alle Untersuchungsberichte auswerten und dich dann anrufen. Einverstanden?«

Dess hatte den Wink verstanden und erhob sich. Er gab ihr einen Kuss auf die Wange und schaute ihr noch einmal prüfend ins Gesicht.

»Ich fahr jetzt nach Hause und lege mich hin. Mir brummt der Schädel immer noch ganz schön.«

Gegen drei fuhr Maria ins Präsidium und meldete sich bei den Kollegen zurück. So gut es ging, wich sie deren Fragen nach ihrem Befinden und dem Unfall aus. Sie hatte keine Zeit zu verlieren, auf sie wartete eine Menge Arbeit. Sie öffnete ihre Bürotür und blieb wie angewurzelt stehen. Den Mann, der an Gerds ehemaligem Schreibtisch saß und jetzt zu ihr aufsah, hatte sie komplett vergessen. Ihr neuer Kollege und Partner Andreas Laschkow stand auf und ging mit ausgestreckter Hand auf sie zu.

»Frau Wagenried, wie schön! Freut mich, dass Sie wieder da sind!« Widerstrebend gab sie ihm die Hand und lächelte ihn dabei förmlich an.

»Setzen Sie sich.«

*Was bildet sich dieser Lackaffe ein?* Sie setzte sich, wann sie wollte und nicht, wenn er sie dazu aufforderte. Diese Allüren würde sie ihm schon austreiben. Sie blieb stehen.

»Ich bin auf etwas gestoßen, während Sie im Krankenhaus waren.« Das klang so, als hätte sie einen Kurzurlaub in einem Fünf-Sterne-Hotel verbracht, während andere für sie die Arbeit hatten übernehmen müssen.

»So? Da bin ich gespannt.« War ihr etwas entgangen, das er ihr jetzt triumphierend unter die Nase reiben würde?

»Ich fände es, äh, kommunikativer, wenn Sie sich hinsetzen würden.«

Leider hatte er damit recht. Schließlich konnte sie ja nicht ewig in ihrem eigenen Büro herumstehen.

»Während ich beide Untersuchungsakten noch einmal

gründlich durchgearbeitet habe, ist mir aufgefallen, dass die Kopie des Testaments von Bernhard Molberg fehlt.«

Mist, dachte Maria. Das hatte sie versäumt, aber war es wirklich von Bedeutung? Dr. Hübscher hatte es doch Hellwig und ihr Punkt für Punkt vorgelesen.

»Der Notar war so freundlich, mir eine Kopie zukommen zu lassen. Und schauen Sie, was ich gefunden habe.« Er gab ihr die Kopie, auf die Maria jetzt flüchtig blickte. Dort stand nichts Neues. Sein Sohn war Alleinerbe, das Legat an die Haushälterin und das zweite Legat ...

»Einhunderttausend Euro für eine Stiftung in Würzburg. Ist Ihnen dabei nichts aufgefallen?«

»Nein! Worauf wollen Sie hinaus?«

»Schauen Sie sich den Namen dieser Stiftung an.«

Maria senkte erneut den Blick auf das Blatt Papier und suchte die Zeilen nach der entsprechenden Textstelle ab. *Himmelherrgott noch mal!* Wie hatte sie das übersehen können? Im gleichen Moment fiel ihr ein, dass sie den Notar kurzerhand unterbrochen hatte, als er ihr den Namen der Stiftung nennen wollte, weil sie die anderen Informationen für wichtiger erachtet hatte. Sie hatte es anschließend wieder aufgreifen wollen, doch es dann schlichtweg vergessen. Jetzt las sie ihn: »St. Clemens Stiftung für politische und religiöse Bildung«. Die Erkenntnis durchzuckte sie wie ein Blitz. Guido Brunner, das zweite Opfer, hatte für eine Stiftung gleichen Namens in Zürich als Syndikus gearbeitet. War das nur eine zufällige Namensgleichheit oder die bisher fehlende Verbindung zwischen beiden Opfern?

»Bei der Stiftung in Würzburg handelt es sich um eine Niederlassung der St. Clemens Stiftung in der Schweiz«, unterbrach Laschkow ihre Gedanken und beantwortete damit ihre Frage.

»Gute Arbeit! Das, würde ich sagen, bringt uns einen Quantensprung nach vorn.« Obwohl sie sich wahnsinnig über sich selbst ärgerte, musste sie anerkennen, das

Laschkow einen entscheidenden Hinweis gefunden hatte. Was sie vorher wegen der identischen Schnittwunden im Nackenbereich bei beiden Opfern nur hatten vermuten können, hatte sich zu einer fast hundertprozentigen Gewissheit verdichtet: Sie waren etwas Großem auf der Spur. Etwas, dessen Dimensionen sich noch nicht abschätzen ließen.

»Ich habe auch schon telefonisch mit der Stiftung in Würzburg Kontakt aufgenommen, um herauszubekommen, worin die Verbindung zu Bernhard Molberg bestand. Es muss ja einen Grund für die großzügige Zuwendung geben«, fuhr ihr Kollege fort. »Aber ich bin auf die sprichwörtliche Mauer des Schweigens gestoßen. Keinerlei Auskunft. Was halten Sie von einem richterlichen Durchsuchungsbeschluss?«

Sie nickte. »Ich werde alles Notwendige veranlassen. Zuerst möchte ich mir aber die Ergebnisse der kriminaltechnischen Untersuchung anschauen.« Mit einem Auge hatte sie schon auf den Papierstapel auf ihrem Schreibtisch geschielt, jetzt griff sie danach. Zuoberst lag das Gutachten des Graphologen. Sie überflog die wissenschaftlichen Ausführungen und fand schnell das Ergebnis, zu dem der Experte gekommen war. Sie war so verblüfft, dass sie erst gar nicht glauben konnte, was da schwarz auf weiß geschrieben stand. Ein Kind hatte den Namen der Schauspielerin auf den Zettel geschrieben. Der mysteriöse Anrufer war clever gewesen. Er hatte unbedingt vermeiden wollen, dass man ihn anhand seiner Handschrift identifizieren konnte. Aber wieso hatte er dann die Nachricht nicht auf einem Computer geschrieben, sondern stattdessen ein Kind damit beauftragt? Dafür musste es einen Grund geben. Ob sie jetzt alle Kinder in ihrem und den danebenliegenden Blocks befragen sollten? Aber Maria war sich ziemlich sicher, dass das Kind nicht in unmittelbarer Nachbarschaft zu finden war. So dumm wäre er nicht gewesen.

Was sie wirklich schockierte, war der Untersuchungsbericht bezüglich ihres Unfalls. Ihr Auto war tatsächlich manipuliert worden. Die Muttern am vorderen linken Rad waren gelockert worden und hatten sich im Laufe der Fahrt immer weiter herausgedreht, bis sich schließlich das gesamte Vorderrad von der Achse gelöst und so den Unfall verursacht hatte.

»Haben Sie das schon gelesen?«

Laschkow nickte, erwiderte aber nichts.

»Das war ein Mordanschlag.« Sie sah Laschkow erschüttert an. »Hellwig und ich hätten tot sein können!«

»Sehe ich genauso. Deshalb werden Sie auch Polizeischutz bekommen. Kriminaloberrat Rottge wird Sie zudem von dem Fall abziehen.«

»Was?!?« Seine Worte hatten wie eine Bombe eingeschlagen. »Auf keinen Fall!« Maria knallte die Dokumente auf den Tisch und verließ mit den Worten »Das werden wir ja sehen!« das Büro. Das selbstzufriedene Lächeln, das sich auf Andreas Laschkows Lippen breitmachte, sah sie nicht mehr.

Sie rauschte den Flur entlang und wäre beinahe mit Turtle, dem Kollegen, der wie eine Schildkröte aussah, zusammengestoßen.

»Sorry, Turtle«, warf sie ihm über die Schulter hinweg zu.

»Frau Wagenried, wir sind froh ...«

Aber Maria hörte ihn nicht mehr, als sie die Tür zum Treppenhaus aufriss und die Stufen hochstürmte. Atemlos kam sie vor der Tür von Rottges Büro zum Stehen. Sie klopfte ungestüm und öffnete sie, ohne eine »Herein« abzuwarten.

»Wieso wollen Sie mich von dem Fall abziehen? Ich kann sehr gut auf mich selbst aufpassen!«

»Beruhigen Sie sich erst einmal, Frau Wagenried, und lassen Sie uns alles in Ruhe besprechen. Nehmen Sie doch bitte Platz.«

Maria schnaubte wie ein wütender Stier. Am liebsten wäre sie diesem blöden Kerl an die Gurgel gesprungen. Da ihr Vorgesetzter aber beharrlich schwieg, hielt sie es doch für ratsam, sich hinzusetzen. Vorher würde er nicht mit ihr sprechen.

»Es tut mir sehr leid, was Ihnen passiert ist, Frau Wagenried. Ihren Kollegen Herrn Dreiblum hat es ja noch wesentlich schlimmer erwischt. Aber wie ich gehört habe, hatte er Glück im Unglück.«

Unbeweglich starrte sie ihn an und wartete, bis er mit dem Gesülze fertig war.

»Warum wollen Sie mich abziehen? Und wer soll dann übernehmen?«

»Na, das ist doch wohl klar!« Er sah sie an, als wäre sie schwer von Begriff. »Herr Laschkow natürlich! Soweit ich informiert bin, hat er auch ein interessantes Detail ermittelt, das Ihnen bisher nicht aufgefallen war.«

*So ein blödes Arschloch! Hat sich gleich beim Chef eingeschleimt, dieser blöde Wichser.*

»Wollen Sie damit sagen, dass ich meine Arbeit nicht gut mache, nur weil mir mal eine Kleinigkeit entgangen ist? Meine Aufklärungsquote liegt bei über ...«

»Frau Wagenried«, unterbrach er sie brüsk. »ich habe gegenüber meinen Mitarbeitern eine Fürsorgepflicht. Die möchte ich nicht verletzen und schon gar nicht wegen Ihrer gekränkten Eitelkeit.«

Trotzig wie ein Kind schwieg sie. Was sollte sie darauf auch erwidern, er hatte ja recht. Aber so schnell wollte sie nicht klein beigeben.

»Sie können doch jemanden zu meinem Schutz abstellen. Dann kann ich zusammen mit Laschkow, ich meine Herrn Laschkow, weiter ermitteln.« Sie sah ihn entschlossen an. Aber Rottge schüttelte energisch seinen Kopf.

»Ich lasse da nicht mit mir diskutieren. Meine Entscheidung steht fest. Arbeiten Sie Herrn Laschkow sorgfältig ein. Ich will nicht noch mehr Tote.«

»Aber ...«

»Nein!«

Maria wusste, wann sie sich geschlagen geben musste. Doch während sie sagte, dass sie seinen Wunsch respektiere, dachte sie bereits an den Durchsuchungsbefehl für die St. Clemens Stiftung in Würzburg.

Artig verabschiedete sie sich von Kriminaloberrat Rottge, der, wie Maria bemerkte, angesichts ihres schnellen Einlenkens ein wenig konsterniert wirkte.

»Also, ich habe mich doch klar ausgedrückt, nicht wahr? Ein Kollege wird Sie morgens zum Dienst abholen und abends wieder nach Hause bringen. Und kein eigenmächtiges Handeln!«

»Natürlich, Herr Rottge! Ich habe Sie voll und ganz verstanden.«

Argwöhnisch schaute er ihr nach, als sie aufstand und das Büro verließ.

Zurück an ihrem Schreibtisch, ließ sie sich in ihren Drehstuhl plumpsen und gab vor, Laschkows neugierige Blicke nicht zu bemerken. Betont langsam blätterte sie in ihren Unterlagen, als sie herauszufinden versuchte, ob die Rose gefunden worden war. Und tatsächlich, sie war während des Unfalls unter die Rückbank gerutscht und ebenfalls untersucht worden, allerdings ohne Ergebnis. Maria hatte zwar nichts anderes erwartet, dennoch wollte sie das KTI anrufen, um sich die genaue Bezeichnung der Gattung durchgeben zu lassen. Vielleicht würde Dess etwas damit anfangen können.

Sie spürte Laschkows Blicke, aber eher hätte sie sich die Zunge abgebissen, als ihn über den Inhalt ihres Gesprächs mit Rottge zu informieren. Ein Kollege, der ihre Abwesenheit nutzte, um sie beim Chef in die Pfanne zu hauen, hatte es sich definitiv mit ihr verdorben. Es stimmte also, was sie im Vorbeigehen aufgeschnappt hatte, dass er »karrieregeil« und »ein Arschkriecher« war. Gerade mal dreieinhalb Tage im Dienst und schon hatte er den ihm vorauseilenden Ruf zu hundert Prozent bestätigt. Sie vermisste ihren smarten Hellwig, stattdessen saß ihr jetzt so ein aufgeblasener Wichtigtuer gegenüber.

»Und, was hat Herr Rottge gesagt?«

Maria sah auf, scheinbar ganz erstaunt über seine Frage.

»Er hält es für das Beste, wenn ich vom Fall abgezogen werde, aus Sicherheitsgründen.« Maria bemerkte das kurze Aufleuchten in Laschkows Augen. »Sie haben jetzt den Hut auf.«

»Tja.« Ein selbstgefälliges Lächeln umspielte seinen Mund. »Aber ich übernehme natürlich gern.« Er verschränkte die Arme vor dem Oberkörper und lehnte sich zurück.

»Das kann ich mir vorstellen. Ich habe aber ab sofort einen persönlichen Chauffeur.«

Sie beobachtete ihn. Es würde nur noch wenige Sekunden dauern, bis Laschkow aufstehen und zu Rottge gehen würde.

»Bin in fünfzehn Minuten wieder da«, sagte Laschkow prompt, stand auf und verließ das Büro.

Sofort griff Maria nach dem Telefonhörer und rief den diensthabenden Staatsanwalt an. Gott sei Dank war es Schmücke, den Maria als unkompliziert kannte. Sie erläuterte ihm die Situation und bat ihn, einen Durchsuchungsbefehl für die St. Clemens Stiftung in Würzburg zu erwirken, den sie noch vor Dienstschluss persönlich abholen würde. Den Kollegen, der sie nach Hause fuhr, würde sie ohne weitere Erklärungen zu diesem Zwischenstopp überreden können. Dann rief sie Dess über ihr Handy an. Er nahm sofort ab.

»Lust auf eine kleine, hübsche Stadtbesichtigung?«, begrüßte sie ihn.

»Kommt überraschend, aber gerne. Wohin fahren wir denn?«

»Nach Würzburg. Morgen früh geht's los. Besorgst du ein Hotelzimmer für uns?«

»Natürlich. Darf ich auch fragen, weshalb? Irgendwie habe ich das Gefühl, dass das eher den Charakter einer

Dienstreise hat. Zumal du am Freitag ja eigentlich arbeiten müsstest.«

»Nur so viel: Ich wurde von dem Fall Molberg und Brunner abgezogen. Alles Weitere erzähle ich dir morgen. Wir starten um sechs Uhr am Morgen.«

»Es wäre praktischer, wenn ich bei dir übernachten könnte. Findest du nicht auch?«

Ein Lächeln huschte über Marias Lippen.

»Da schau her. Eine nette kleine Erpressung.«

»Ja oder nein?«

»Okay, aber dann kochst du heute Abend.«

»Das mache ich gern. Also bis später.«

»Dess, die Fahrt bleibt bitte unter uns.«

»Hab ich mir schon gedacht, dass es kein entspannter Wochenendtrip zu zweit werden soll.«

Nie im Leben hätte Maria sich vorstellen können, wie wenig ihr Aufenthalt in Würzburg mit einer romantischen Städtereise gemein haben sollte.

Mit dem Durchsuchungsbeschluss in der Tasche fuhr Maria zusammen mit dem jungen Polizeiwachtmeister, dessen Namen sie schon wieder vergessen hatte, mit dem Lift in den achten Stock, in dem ihre Wohnung lag. Der Polizist wartete noch so lange, bis Maria die Wohnungstür aufgeschlossen hatte und ihm mitteilte, dass alles in Ordnung war. Sie vereinbarten einen Zeitpunkt, zu dem er sie am nächsten Tag zum Dienst ins Präsidium bringen sollte. Dann verabschiedete er sich und wünschte ihr einen guten Abend. Ein Blick auf die Uhr verriet ihr, dass Dess in gut einer Stunde kommen würde. In der Zwischenzeit würde sie die Reisetasche packen und die Adresse der Stiftung in Würzburg im Internet checken. Schnell fand sie heraus, dass sie ihren Sitz im Zentrum hatte. Hoffentlich würde es Dess gelingen, so kurzfristig ein Hotel in der Nähe zu finden.

Gerade war sie fertig geworden, als es auch schon an der Tür klingelte. Sie betätigte den Summer, nicht ohne sich vergewissert zu haben, dass es sich tatsächlich um Desmond handelte. Es konnte nicht schaden, in der momentanen Situation vorsichtig zu sein. Aus diesem Grunde hatte sie auch ihre Dienstwaffe mit nach Hause genommen, was sie nicht immer tat.

In der rechten Hand eine prall gefüllte Tüte, aus der eine Flasche Wein und ein Baguette hervorlugten, und in der anderen Hand eine Reisetasche, stand er vor der Tür.

»Wo ist der Verband?«, fragte sie ihn verwundert, nachdem sie sich begrüßt hatten. Er trug eine dunkelblaue Kappe, die ihn jugendlich wirken ließ.

Er nahm die Mütze ab und zeigte ihr das große Pflaster am Hinterkopf.

»Hab mich selbst verarztet. Wollte aber nicht wie Frankensteins Monster in Würzburg rumlaufen.«

Sie nickte. »Weißt du was? Morgen früh tupfe ich dir Concealer auf die dunklen Stellen um deine Augen, dann siehst du wieder einigermaßen gesellschaftsfähig aus.«

»Concealer?«

»Ja, nehme auch ich, um dunkle Augenringe zu kaschieren. Wirkt Wunder. Soll ich den Wein kaltstellen?« Sie nahm ihm die Tüte aus der Hand, ging in die Küche, legte die Lebensmittel auf die Arbeitsplatte und den Weißwein ins Gefrierfach. Beim Anblick der Königskrabben, der Knoblauchmayonnaise, des frischen Brots und des Salats lief ihr das Wasser im Munde zusammen.

»Das sind ja tolle Sachen, die du mitgebracht hast«, rief sie und gesellte sich dann zu Dess im Wohnzimmer. Sie informierte ihn über die Untersuchungsergebnisse des KTI und über das Gespräch mit Rottge.

»Ich finde seine Entscheidung plausibel. Du befindest dich in Gefahr. Er hat richtig gehandelt. Aber jetzt sag mir, warum du morgen nach Würzburg willst.«

Wortlos zog sie den Durchsuchungsbeschluss aus der Tasche und schob ihn zu ihm rüber.

»Deswegen.«

Dess las und hob dann den Kopf. »Wie bist du darauf gekommen?«

»Ich gar nicht, aber mein schlauer neuer Kollege Alexander Laschkow. Er sitzt jetzt auf der Stelle von Gerd Wechter.« Maria schnaubte. »Er ist krankhaft ehrgeizig und sägt an meinem Stuhl, dieses Arschloch!«

Dess sah sie verständnislos an.

»Okay, ich muss zugeben, dass ich das übersehen habe. Aber noch lange kein Grund, mich anzuschwärzen. Und genau das hat er getan.«

Er grinste. »Sag mir, wenn ich falsch liege. Du unternimmst morgen die Durchsuchung auf eigene Kappe. Niemand weiß etwas davon, auch nicht deine Kollegen.«

»Hm.«

»Weiterhin nehme ich an, dass du dich morgen krankmeldest.«

»Hm.«

»Du wirst Schwierigkeiten bekommen, Maria. Das ist dir doch klar, oder?«

»Maximal ein Disziplinarverfahren. Damit kann ich leben.« Sie sah ihn trotzig an. »Dess, verstehst du mich nicht? Ich will da hin und mich nicht von so einem Schnösel ausbooten lassen. Wenn ich Erfolg habe, wird niemand nach den näheren Umständen fragen.«

Schweigend sah er sie an. »Ich gehe jetzt in die Küche und kümmere mich um das Essen.«

Mürrisch sah sie ihm hinterher. Dess hatte den Finger in die Wunde gelegt und genau das ausgesprochen, was sie nur allzu gut selbst wusste. Aber sie hatte diesen Entschluss gefasst und sie würde es durchziehen. Sie hörte ihn in der Küche hantieren. Die Zubereitung des Essens würde bestimmt eine halbe Stunde in Anspruch nehmen. Für eine Weile ließ sie sich die morgige Vorgehensweise durch den Kopf gehen. Als köstlicher Duft nach Knoblauch zu ihr zog, ging sie mit knurrendem Magen in die Küche.

»Hm, das riecht wundervoll. Kann ich dir helfen?«

»Du kannst den Tisch decken und vielleicht den Wein rausnehmen?«

Den hatte sie glatt vergessen.

Sie deckte im Wohnzimmer, weil ihr das im Hinblick auf das schöne Essen und die Mühe, die er sich gemacht hatte, angemessen erschien. Nach kurzem Zögern zündete sie sogar eine Kerze an. Das hatte sie das letzte Mal getan, als Nihat bei ihr gewesen war. Einige Sekunden verharrte ihr Blick auf der Flamme, die leicht flackerte. Mit einer heftigen Bewegung beugte sie sich hinab und blies sie wieder aus. In dem Augenblick kam Dess mit einer Platte Schalentiere aus der Küche. Einen Moment lang stutzte er, ließ sich aber nichts anmerken, als er sie auf den Tisch stellte und in die Küche zurückging, um die noch fehlenden Sachen zu holen.

Dieses Schweigen und sein wissender Blick versetzten Maria einen Stich. Wie blöd war sie eigentlich? Konnte sie nicht endlich mit der Vergangenheit abschließen? Einen Schlussstrich ziehen und sich nicht weiter von ihr beeinflussen lassen? Sie zündete die Kerze erneut an.

»Entschuldige, Dess. Die Schatten der Vergangenheit ...«

Er lächelte. *Wie kann ein Mann nur so verdammt verständnisvoll sein?*

Dennoch wollte keine entspannte Stimmung aufkommen, während sie aßen und Pläne für den nächsten Tag machten. Gegen halb elf fing Maria an zu gähnen.

»Ich glaube, ich muss ins Bett. Wir müssen morgen früh raus. Ich stelle den Wecker auf fünf, dann können wir noch in Ruhe frühstücken. Einverstanden?«

»Ja. Bring mir bitte eine Decke. Ich schlafe hier auf dem Sofa. Vorher würde ich gerne noch eine Zigarette rauchen. Auf dem Balkon natürlich.«

Sie nickte und gab ihm einen Aschenbecher, mit dem er auf den Balkon verschwand. Nachdenklich sah sie ihm nach. Eindrucksvoll zeichnete sich sein dunkler Schatten auf ihrem Minibalkon ab, auf den nur ein Tischchen und zwei Stühle passten.

Sie ging ins Schlafzimmer und öffnete den Schrank, um das Bettzeug für Dess herauszuholen, hielt aber plötzlich in der Bewegung inne und setzte sich auf die Bettkante. Sie starrte in die dunkle Schranköffnung, bis ein Geräusch sie aus ihrer Bewegungslosigkeit riss. Dess stand in der Schlafzimmertür.

Sie sah ihn mit großen Augen an.

»Was ist mit dir? Alles gut? Du siehst aus, als hättest du einen Geist gesehen.«

»Meine Schuld, ich hab ihn selbst gerufen.« Sie schloss die Schranktür wieder.

»Gibst du mir das Bettzeug?«

»Nein, das Sofa ist zu unbequem. Ich möchte nicht, dass dir die Knochen wehtun, wenn du uns morgen nach Würzburg fährst.«

Sie hielt seinem fragenden Blick stand. Dess kam näher und schloss die Schlafzimmertür hinter sich. Er ließ sie nicht aus den Augen, um sich der Ernsthaftigkeit ihrer Einladung zu vergewissern, als er zu ihr ging und sich vor sie hinkniete. Er legte seine riesigen Hände um ihr Gesicht und küsste sanft ihre Lippen. Maria erwiderte seinen Kuss nicht, sondern saß weiterhin wie erstarrt vor ihm.

»Du musst ihn vergessen, Maria.« Er verstärkte seinen Griff und holte sie damit aus ihren Gedanken zurück. »Du machst dich kaputt damit.«

»Vergessen? Einfach so, ja? Ex und hopp. Ist ja heutzutage üblich. Passt nicht, weg damit. Schwierig, weg damit. Probleme ...«

»Maria, hör auf damit. Du weißt ganz genau, dass ich das nicht gemeint habe. Du musst dich wieder dem Leben zuwenden.«

»Verstehe. Dem Leben zuwenden heißt, mit dir ins Bett zu gehen, richtig?«

Abrupt stand er auf. »Es war dein Vorschlag, dass ich nicht auf der Couch übernachten soll. Gib mir das Bettzeug, ich schlafe drüben.«

»Entschuldige bitte, ich ...«

»Die Sachen, Maria!«

Wortlos stand sie auf, holte Decke, Kopfkissen und Laken aus dem noch immer geöffneten Schrank und drückte ihm alles in den Arm. Als er versuchte, die Türklinke herunterzudrücken, fiel ihm der ganze Stapel auf den Boden.

»So eine Scheiße!«, entfuhr es ihm. Er bückte sich, um die Sachen wieder aufzuheben. Wütend grabschte er nach der Decke, knüllte sie auf seinem Arm zusammen und legte dann das Kissen darüber. Maria sah, dass das Laken noch auf dem Boden lag. In dem Moment, als er danach greifen wollte, fiel das Kissen wieder zu Boden. Sie lachte laut auf, bückte sich ebenfalls, warf das Kissen auf ihr Bett und stopfte das Laken zurück in den Schrank. Dann nahm sie ihm die Decke vom Arm, knüllte sie zusammen und pfefferte sie ebenfalls aufs Bett.

»Sieht aus wie ein Liebesnest, oder?«

Verdutzt sah er sie an. Dann hob er sie ohne Mühe hoch, legte sie aufs Bett und setzte sich neben sie. Maria strich ihm über die Wange und flüsterte:

»Du musst Geduld mit mir haben. Aber ich bin froh, dass es dich gibt.«

Er griff nach ihrer Hand und küsste zart die Innenseite des Handgelenks. Seine Lippen fuhren ihren Arm weiter hinauf, bis sie seinen warmen Atem in ihrer Halskuhle spürte und seine Zunge, die sie zärtlich liebkoste. Sein Mund glitt weiter zu ihren Lippen, die sie öffnete, um ihm Einlass zu gewähren. Ihre Zungenspitzen schlangen sich umeinander, erst spielerisch, dann fordernder. Mit einem Mal stand er auf und zog sie aus, bis sie komplett nackt vor ihm lag. Seine Hand legte sich auf ihre

Brust, streichelte sie und glitt dann hinab zu ihrem Bauchnabel.

»Du bist schön, Maria«, murmelte er bewundernd. Er stand auf, zog sich aus und ließ die Kleidung zu Boden fallen. Behutsam legte er sich neben sie und begann erneut, sie zu streicheln. Wohlige Schauer rieselten Maria über den Rücken. Dess beugte seinen Kopf hinunter und liebkoste mit seinen Lippen ihre Brüste. Ein Stöhnen entwich ihrem Mund, als sie seine Zunge zwischen ihren Oberschenkeln spürte.

Noch lange nach dem Liebesakt lag sie wach neben ihm und lauschte seinen ruhigen und tiefen Atemzügen. Vor dem fahlen Grau des Fensters, durch das schwach der Schein des Mondlichts fiel, sah sie sein markantes Profil, die hervorspringende Nase und das kantige Kinn, den gewaltigen Brustkorb, der sich langsam hob und senkte. Er murmelte etwas Unverständliches und drehte sich auf die Seite. Sie blickte an die Decke. Mit aller Macht überwältigten sie die Erinnerungen, denen sie hilflos ausgeliefert war und die sich nicht vertreiben ließen. Tränen rollten aus den Augenwinkeln ihre Schläfen hinab und verfingen sich im Haar.

Nein, sie war noch nicht so weit. Noch lange nicht.

# KAPITEL 13

Wie geplant standen sie am nächsten Morgen um fünf auf. Sie redeten nur das Allernötigste. Dess versuchte erst gar nicht, eine Unterhaltung in Gang zu bringen, weil er Marias Reserviertheit spürte. Als sie unter der Dusche stand und das heiße Wasser auf ihren Körper prasselte, stahl sich ein kleines Lächeln auf ihre Lippen. Sie dachte an die vergangene Nacht. Dess war ein wirklich guter Liebhaber, zärtlich und stürmisch zugleich. Aber es fehlte etwas. Das, was Nihat ihr gegeben hatte: Nicht nur ihren

Körper, sondern auch ihre Seele in die schwindelerregen Höhen der Lust mitzunehmen. Energisch wischte sie diese Gedanken beiseite. Sie musste sich auf die bevorstehende Aufgabe des heutigen Tages vorbereiten. Die erneut aufkeimenden Zweifel wegen ihres nicht autorisierten Vorgehens fegte sie einfach hinweg. Nach dem Frühstück rief sie im Präsidium an und meldete sich krank. Als sie in die Tiefgarage gingen, bat Maria Dess, vorsorglich die Radmuttern zu kontrollieren. Nicht noch einmal wollte sie so etwas erleben, was Hellwig und sie beinahe das Leben gekostet hätte. Aber es war, soweit er feststellen konnte, alles in Ordnung und so fuhren sie los.

»Was genau hast du eigentlich in Würzburg vor?«, unterbrach Desmond einige Zeit später auf der Autobahn die bedrückende Stille zwischen ihnen.

»Wir schauen uns diese St. Clemens Stiftung genauer an.«

»Was hat es denn eigentlich mit dieser Stiftung auf sich? Klär mich mal bitte auf.«

»Unser ermordeter Kunstantiquar Bernhard Molberg hat diese Stiftung in seinem Testament mit einhunderttausend Euro bedacht.«

»Hui«, machte Dess, »erscheint mir aber auf den ersten Blick nicht kriminell, jemandem Geld zu vermachen.«

»Das ist richtig. Aber diese Stiftung ist eine Zweigniederlassung. Der Hauptsitz befindet sich in der Schweiz. Und jetzt rate mal, wer Syndikus dieser Stiftung für politische und religiöse Bildung ist? Aus der Schweiz, klingelt da was?«

»Du meinst doch nicht etwa ...«

»Doch, genau. Guido Brunner, das zweite Mordopfer.«

Dess pfiff anerkennend.

»So langsam lichtet sich das Dunkel. Das ist das fehlende Verbindungsglied, nach dem wir die ganze Zeit gesucht haben.« Maria sah ihn triumphierend von der Seite an.

»Und ich soll dich begleiten. Aber ich bin doch kein Kriminalbeamter?«

»Doch, ab jetzt ja. Du brauchst nichts weiter zu sagen. Ich stelle dich als meinen Kollegen vor. Das ist ja keine Lüge im eigentlichen Sinne.«

»Wenn das rauskommt, komme ich in Teufels Küche, das ist dir doch wohl klar!«

»No risk, no fun.«

»Also, Maria, du bist wirklich unmöglich! Wenn ich das vorher gewusst hätte ...«

»Dann wärst du auch mitgekommen. Aber ich kann das auch alleine durchziehen, wenn du willst.«

»Mann, Mann, Mann«, schimpfte Dess und schüttelte den Kopf.

»Du kannst es dir ja noch überlegen, bis wir da sind. Wie gesagt, ich habe vollstes Verständnis, wenn du nicht mitkommen willst.«

»Du glaubst doch nicht im Ernst, dass ich dich da alleine hingehen lasse. Nicht nach dem, was dir und Hellwig widerfahren ist.«

»Nein, habe ich, ehrlich gesagt, nicht angenommen«, erwiderte sie lächelnd und legte ihre Hand auf seinen Oberschenkel.

»Lass das, sonst fahr ich noch gegen die Leitplanke.«

»Ich wollte mich nur bedanken«, entgegnete sie in gespielter Unschuld.

»Das darfst du gerne später, wenn wir dieses Himmelfahrtskommando hinter uns gebracht haben.«

Nach drei weiteren Stunden checkten sie in einem gehobenen Mittelklassehotel in der historischen Altstadt ein, in unmittelbarer Nähe zur Uferpromenade am Main. Von ihrem Zimmer aus hatten sie einen schönen Blick auf den Fluss, über den sich die Alte Mainbrücke spannte, und die Festung Marienberg auf der gegenüberliegenden Seite. Sie bestellten beim Zimmerservice Kaffee und Sandwiches, bevor sie sich auf den Weg machten.

Da sich der Sitz der Stiftung in fußläufiger Entfernung befand, ließen sie den Wagen in der Tiefgarage stehen. Sie gingen am Vierröhrenbrunnen vorbei, der wie die Fontana di Trevi in Rom von Touristen bevölkert wurde. Für einen Moment beobachteten sie die Menschen, die lachend oder mit geschlossenen Augen Münzen über die Schulter ins Wasser warfen. Dann setzten sie ihren Weg fort, bis sie nach etwa zwanzig Minuten das Haus mit der Nummer 63 in der Kupfergasse erreichten. Vor ihnen erhob sich ein zweistöckiges, villenartiges, zartgrün gestrichenes Gebäude, dessen Fassade mit verschnörkelten Fensterfriesen aufwändig dekoriert war. Ein hoher schmiedeeiserner Zaun mit einem Tor in der Mitte trennte das Grundstück vom Bürgersteig und den danebenliegenden Häusern.

Maria legte den Zeigefinger auf den Knopf der Klingelanlage aus poliertem Messing, die in der linken Säule am Tor eingelassen war. Doch nichts geschah. Was, wenn sie hier vor verschlossenen Türen standen? Diese Möglichkeit hatte sie in ihrem Tatendrang überhaupt nicht in Betracht gezogen. Noch einmal presste sie ungeduldig den Finger auf den Knopf, diesmal länger. Nach einigen Sekunden war ein Knacken in der Gegensprechanlage zu hören.

»Ja, bitte?«

»Guten Tag«, sagte Maria und hielt den Mund dicht ans Mikrofon. »Ich bin Hauptkommissarin Maria Wagenried von der Mordkommission Dresden. Ich habe einige Fragen im Zusammenhang mit dem gewaltsamen Tod von Herrn Bernhard Molberg.«

Für einen Moment herrschte Stille. Schließlich sagte die männliche Stimme am anderen Ende der Leitung:

»Wie sollen wir da behilflich sein? Uns ist dieser Herr nicht bekannt. Tut mir leid.«

Maria warf Dess einen alarmierten Blick zu.

»Hören Sie, ich habe einen richterlichen Beschluss in meiner Tasche. Momentan sind wir nur zu zweit. Ich kann auch wiederkommen, dann aber mit einem Dutzend

Kollegen, die das Haus stürmen. Ich ziehe es aber vor, ganz in Ruhe mit Ihnen zu reden«, sagte sie und hoffte inbrünstig, dass der Mann diese Kröte schlucken würde. Er wusste mit Sicherheit nicht, dass eine Hausdurchsuchung immer von mehreren Polizisten durchgeführt wurde und nicht nur von zwei Kriminalbeamten, von denen einer gar keiner war.

»Einen Moment, bitte!«

Tatsächlich! Sie hörten das Summen des Türöffners. Dess drückte schnell das schwere Tor auf und sie betraten das Grundstück. Ein sanft geschwungener, mit Natursteinen gepflasterter Weg führte sie durch einen gepflegten Vorgarten bis zum Eingang. Die Tür öffnete sich und ein älterer Mann mit kurzgeschnittenem, weißem Haar, bekleidet mit einem altmodischen dunkelbraunen Anzug sah sie misstrauisch an. Seine hellen, fast stechenden Augen musterten sie durchdringend.

»Kommen Sie herein. Herr Rosenbaum wird sie empfangen. Bitte hier entlang.«

»Äußerst zuvorkommend von Herrn Rosenbaum«, konnte Maria sich eine spitze Bemerkung nicht verkneifen. Dess zupfte sie warnend am Ärmel. Sie folgten dem Mann, wahrscheinlich der Sekretär, durch das Entree, dessen Wände dunkle, in Ölfarben gemalte Portraits von ernst dreinblickenden Herren zierten. Ein großer Perserteppich dämpfte ihre Schritte auf dem Parkettboden. Von der Eingangshalle führte eine breite Wendeltreppe aus dunklem Holz in die oberen Stockwerke. Merkwürdig, dachte Maria, in dem Haus war es seltsam still. Nichts ließ auf die Anwesenheit weiterer Personen schließen oder darauf, dass hier gearbeitet wurde. Aber womit genau beschäftigte sich eigentlich diese Stiftung? Was verbarg sich hinter »politischer und religiöser Bildung«? Welche Politik und welche Religion? Gleich würde sie Antworten auf ihre Fragen bekommen. Der Mann im braunen Anzug klopfte an eine zweiflügelige Tür und drückte die Klinke herunter.

»Herr Rosenbaum, Frau Kommissarin Wagenried und ...«, er wandte sich um zu Dess, »Sie sind?«

»Mein Kollege Petermann«, kam Maria Dess zuvor.

»Setzen Sie sich«, forderte sie der Mann hinter dem Schreibtisch auf. Er stand nicht auf, um sie zu begrüßen. Auf ein höfliches Lächeln verzichtete er ebenfalls. Er hatte raubvogelhafte Gesichtszüge mit einer scharf geschnittenen Nase, die unter seinen runden, dunklen Augen wie ein Schnabel hervorsprang. Mit einem Klappen schloss sich die Tür hinter ihnen. Maria drehte sich um und sah, dass der Mann, der sie hereingelassen hatte, mit regungslosem Gesicht an der Tür stehen blieb. Ein beklemmendes Gefühl beschlich sie.

»Wie können wir Ihnen helfen?«, fragte der Mann, dessen Frage eher wie ein Befehl klang. »Herr Meyerhofer«, sein Blick glitt zwischen ihren Schultern zu dem Mann an der Tür hindurch, »hat mir etwas vom Tod eines gewissen Bernhard Molberg erzählt? Was hat das mit unserer Stiftung zu tun?«

Für einen Moment stutzte Maria, als ihm der Name des Antiquitätenhändlers so flüssig über die Lippen kam.

»Herr Molberg war Kunsthändler in Dresden und wurde in seinem Geschäft ermordet aufgefunden.«

»Sehr bedauerlich. Aber in den heutigen Zeiten leider nichts Außergewöhnliches mehr. Nur kann ich leider den Zusammenhang ...«

»Laut seinem Notar hat er Ihrer Stiftung einhunderttausend Euro vermacht«, unterbrach Maria ihn. »Dafür gibt es sicherlich einen Grund, den ich gerne von Ihnen erfahren würde.«

Wieder huschten Rosenbaums Augen zu Meyerhofer hinter ihnen. Marias Nackenhaare stellten sich auf.

»Da bin ich überrascht, denn ich habe diesbezüglich noch keinerlei Informationen erhalten. Natürlich freue ich mich, denn wir sind ja auf Spendengelder angewiesen, andererseits muss ich Ihnen leider mitteilen, dass mir der Name Bernhard Molberg überhaupt nichts sagt. Ich bedaure, Ihnen nicht weiterhelfen zu können.«

Maria spürte, dass er log.

»Aber es muss ja einen Grund geben, warum er ausgerechnet Ihrer Stiftung so viel Geld vermacht hat. Da muss doch eine Verbindung bestehen.«

»Nun, wie gesagt, ich kann Ihnen da leider nicht weiterhelfen.«

Irritiert sah Maria von Rosenbaum zu Dess, dem man ansehen konnte, dass auch er sich ausgesprochen unbehaglich fühlte.

»Sagt Ihnen der Name Guido Brunner etwas?« Bildete sie sich das ein oder hatte Rosenbaum kaum merklich mit dem Lid gezuckt?

»Natürlich. Warum fragen Sie? Das ist der Syndikus unseres Hauptsitzes in Zürich.«

»Dann wissen Sie ja vermutlich auch, dass Herr Brunner ebenfalls einem Mord zum Opfer gefallen ist. Er hielt sich gerade in Dresden auf und wurde in einem Restaurant erschossen. Wir vermuten, dass es einen Zusammenhang zwischen beiden Fällen gibt. «

Schweigend starrte Rosenbaum sie an. Ein Flackern glomm in seinen Vogelaugen.

»Und diese Verbindung könnte das Vermächtnis von Herrn Molberg an Ihre Stiftung sein. Darf ich Sie fragen, in welcher Position Sie hier arbeiten, Herr Rosenbaum?«

Er antwortete nicht. Seine Augen fixierten einen Punkt hinter ihr. Den Bruchteil einer Sekunde später spürte sie einen Lufthauch in ihrem Nacken und riss instinktiv den Kopf herum. Im selben Moment bekam sie einen harten Schlag auf den Kopf. Dann wurde alles dunkel.

Hämmernder Schmerz pulsierte in ihrem Kopf. Stöhnend griff sie sich an die Stirn und öffnete langsam die Augen. Im ersten Moment wusste sie nicht, wo sie war, doch dann fiel ihr wieder ein, dass sie in Würzburg die St. Clemens

Stiftung aufgesucht hatten. Sie hatten vor Rosenbaum gesessen und plötzlich hatte sich jemand, wahrscheinlich dieser Meyerhofer, von hinten genähert und ihnen eins über den Schädel gezogen. Doch wo steckte Dess? Sie hob den Kopf, der sich schwer wie Blei anfühlte, und versuchte die geschwollen Lider oben zu halten. Sie entdeckte ihn in der gegenüberliegenden Ecke neben einem Sessel. Er lag da wie ein großes, regloses Stoffbündel. Maria versuchte sich aufzurappeln, fiel aber gleich wieder zurück auf die Seite. Ein heftiger Schwindel ergriff sie und ihre Ohren dröhnten. Aufwallende Übelkeit trieb ihr kalten Schweiß auf die Stirn.

*Bloß nicht schlappmachen!* Sie musste wissen, was mit ihm los war. Sie biss die Zähne zusammen und versuchte unter Aufbringen aller Kraftreserven auf die Beine zu kommen. Doch es gelang ihr nur, sich auf die Knie zu stellen. Zitternd und auf allen Vieren, kroch sie zu ihm herüber. Mit einem Blick konnte sie sehen, dass die frische Narbe an seinem Kopf aufgeplatzt war und stark blutete. Eine dunkelrote Lache hatte sich unter seinem kahlen Schädel gebildet. Sie musste so schnell wie möglich einen Krankenwagen rufen. Mit zitternden Händen griff sie sich in die Jackentasche, aber im selben Moment fiel ihr ein, dass sie ihr Handy, zusammen mit der Waffe, in ihre Handtasche gesteckt hatte. Und die lag wahrscheinlich noch in Rosenbaums Büro. *Verfluchter Mist!*

Aber Dess hatte doch auch ein Handy! Hektisch durchwühlte sie die Innenseiten seines Jacketts, aber da war es nicht. Sie griff in die Gesäßtaschen seiner Jeans. Auch nichts! Entmutigt ließ sie sich auf den Hintern plumpsen. Rosenbaum und sein Adlatus Meyerhofer hatten ihm das Telefon abgenommen. Sie sah besorgt in sein Gesicht. Er war bleich und ein Schweißfilm glänzte auf seiner Stirn. Wie hatte sie ihn nur in diese Lage bringen können? War sie denn von allen guten Geistern verlassen gewesen? Wieder einmal hatte sie nur an sich gedacht, nicht einen Augenblick daran, welcher Gefahr sie ihn damit aussetzte.

Aber das Lamentieren half jetzt nicht weiter. Sie musste Hilfe holen und zwar so schnell wie möglich. Doch zunächst musste sie seine Wunde verbinden. Nur womit? Hektisch sah sie sich nach einem geeigneten Stück Stoff um. Aber hier gab es nichts, das sie hätte verwenden können. Das Einzige, das ihr brauchbar erschien, war die Bluse, die sie trug. Entschlossen zog sie erst die Jacke und dann die Bluse aus, riss sie in Streifen und faltete sie zu einem dicken Verband. Jetzt brauchte sie nur noch etwas, womit sie ihn befestigen konnte. Erneut sah sie sich um, bis ihr der schmale geflochtene Gürtel um ihre Jeans einfiel. Sie zog ihn heraus und befestigte damit den Stoff zu einem provisorischen Druckverband, der, so hoffte sie, die Blutung, wenn vielleicht auch nicht stillen, so doch eindämmen würde. Zum Schluss deckte sie Desmond noch mit ihrer Jacke zu.

Jetzt musste sie Hilfe rufen. Nach mehreren Anläufen gelang es ihr endlich aufzustehen. Sie wankte zur Tür und wollte sie öffnen. Doch sie war verschlossen. Mutlos ließ sie die Arme sinken. *Wie soll ich hier jemals rauskommen?* Ihre Augen füllten sich mit Tränen. Voller Verzweiflung drehte sie sich um die eigene Achse, wobei ihr Blick auf dem hellen Rechteck auf der gegenüberliegenden Seite hängen blieb. Das Fenster! Mit unsicheren Schritten stolperte sie darauf zu und riss die Gardine zur Seite. Vergittert! *So eine verdammte Scheiße!* Was nun? Sollte sie das Fenster öffnen und um Hilfe rufen? Aber alles, was man hinter dem Haus sehen konnte, war ein großer Garten mit hohen Bäumen. Niemand würde sie hören. Hier konnte sie schreien, bis sie schwarz wurde. Der einzige Fluchtweg führte durch die Tür. Sie konnte versuchen, sie einzutreten. Doch mit dem bloßen Fuß eine Tür aus massivem, dickem Holz einzutreten, war nahezu unmöglich. Trotzdem ließ sie es auf einen Versuch ankommen, denn eine andere Möglichkeit hatte sie nicht. Sie ging zurück zur Tür, holte mit dem Bein aus und trat mit aller Wucht dagegen. Sie konnte den Schrei nicht unterdrücken, als ein höllischer Schmerz ihren Fuß durchzuckte. So konnte sie das vergessen. Sie brauchte ein geeignetes Werkzeug, etwas, das härter war als dieses verdammte Holz. So etwas wie eine Eisenstange. Leider lagen hier natürlich keine herum.

Entmutigt rutschte sie mit dem Rücken an der Tür herunter bis auf den Boden, rieb sich den schmerzenden Knöchel und sah sich dabei genauer um. Dieses Zimmer war offensichtlich eine Bibliothek, denn mit Büchern vollgestopfte Regale zogen sich vom Boden bis zur Decke. Das Mobiliar bestand aus zwei Sesseln und einem Rauchertischchen in der Ecke neben dem Fenster, dort, wo Dess lag. Er war durch ihren Lärm nicht erwacht und lag noch immer reglos da. Sie musste kontrollieren, ob der Verband nicht schon durchgeblutet war. Unter größter Anstrengung rappelte sie sich wieder hoch. Zu ihrer Erleichterung hatte der Druckverband bis jetzt seinen Zweck erfüllt. Nur zwei kleine Blutflecke waren durch den hellen Stoff gedrungen. Die Blutung war gestoppt.

Sie legte die Hand auf seine Schulter und begann leise zu schluchzen. Was wäre, wenn es ihr nicht gelänge, Hilfe zu holen? Sie wusste nicht, ob er eine innere Verletzung hatte. Aber dass er bewusstlos war, sprach Bände. Ein erneutes Schädel-Hirn-Trauma oder eine innere Blutung konnten extrem gefährlich sein. Ganz abgesehen von den Bakterien auf ihrer Bluse, die in die Wunde eindringen und zu einer Sepsis führen könnten. Heute war erst Freitag. Vor Montag brauchte sie nicht damit zu rechnen, dass irgendwer hier aufkreuzte. Dann war es vielleicht schon zu spät. Rosenbaum und Meyerhofer hielten sich vermutlich nicht mehr in der Stiftung auf, sondern hatten schon längst das Weite gesucht, bevor weitere Polizisten hier anrücken würden. Mit diesen beiden Typen war etwas oberfaul. Von Anfang an war ihr das Benehmen der beiden Männer suspekt erschienen. Arbeiteten sie womöglich gar nicht für die Stiftung? Aber jetzt war es definitiv zu spät, diese blödsinnige Aktion zu bereuen. Jetzt musste sie all ihre Energie darauf verwenden, Dess und sich selbst aus dieser misslichen Lage zu befreien.

Sie stand auf und öffnete nun doch das Fenster. Nur mit Jeans, BH und Jacke bekleidet, legte sie die Hände trichterförmig um den Mund und rief mehrmals um Hilfe. Keine Menschenseele erschien, um ihnen zu helfen. Wie auch? Der hohe Zaun umgab das gesamte Grundstück. Aber vielleicht hatte ja jemand ihre Rufe gehört und die Polizei alarmiert. Also setzte sie sich wieder neben Dess und wartete.

Doch die Zeit verrann, ohne, dass sich etwas tat. Was hätte sie jetzt für eine Zigarette gegeben. Sogar – Ironie des Schicksals – ein Rauchertischchen mit einem kunstvoll geschmiedeten Aschenbecher war da, aber ... Moment! Wie hatte sie das übersehen können? Die Lösung hatte die ganze Zeit vor ihrer Nase gestanden. Sie stemmte sich hoch, kam wieder auf die Beine und schnappte sich den Aschenbecher, um ihn auf einen der Sessel zu legen. Dann schob sie den Tisch vor die Tür. Sie atmete einmal tief durch, riss das Tischchen an zwei Beinen hoch über den Kopf und ließ es gegen die Tür krachen. Der Rückstoß war so gewaltig, dass sie die Tischbeine losließ und es polternd zu Boden knallte. Nur ein winziger Splitter war aus der Tür herausgebrochen, er hatte eine lächerlich kleine Kerbe hinterlassen. Mehrere Male hintereinander wiederholte sie diesen Vorgang, bis ihre Kräfte nachließen und beim letzten Schlag zwei Stuhlbeine abbrachen. Schwer atmend, mit schmerzenden Rippen und schwitzend hielt sie inne, um sich eine Verschnaufpause zu gönnen. Aber so leicht gab sie nicht auf. Nachdem sie wieder Kräfte gesammelt hatte, wollte sie noch einen letzten Versuch starten. Erneut riss sie den Tisch an den zwei restlichen Beinen hoch und schlug ihn mit voller Wucht diesmal auf die Klinke. Doch das, was sie sich erhofft hatte, nämlich, durch die Wucht des Aufpralls das Schloss zu sprengen, war ihr nicht gelungen. Voller Wut und Verzweiflung schleuderte sie den Tisch gegen ein Bücherregal, das links von ihr stand. Etliche Bücher flogen heraus und landeten auf dem Parkett. Ein Regalboden war aus seiner Verankerung herausgerissen worden und hing lose an einer Seite herunter.

Wütend und schnaufend ließ Maria ihren Blick über das Chaos gleiten. Etwas an dem Anblick irritierte sie. Sie wischte sich über die Augen, die sich mit Zornestränen gefüllt hatten. Als sie genauer hinsah, fiel ihr an der Stelle mit dem losen Brett eine senkrechte Linie an der dahinter liegenden Wand auf. Der Strich stieß direkt auf einen waagerecht verlaufenden Riss. Sie ging zum Regal und stellte fest, dass es sich um Fugen im Mauerwerk handelte. Mit einer energischen Handbewegung fegte sie kurzerhand die Bücher von dem Brett darüber. Polternd fielen sie zu Boden. Verblüfft betrachtete sie das Rechteck, das nun sichtbar wurde. Sie klopfte auf die Fläche. *Das ist keine Mauer, sondern Holz. Eine Klappe!*

Doch bevor sie nicht das mittig darüber verlaufende Board entfernt hatte, konnte sie sie nicht öffnen, um herauszufinden, was sich dahinter verbarg. Also hieb sie einige Male mit der Faust von unten dagegen, bis es herausbrach. Jetzt war der Weg frei. Mit den flachen Händen drückte sie gegen die Holzplatte, um sie aufzustoßen, aber sie gab keinen Zentimeter nach. Sie versuchte, sie zur Seite zu schieben, was aber auch nicht funktionierte, da es seitlich keinen Hohlraum gab, wie sie zu spät erkannte. Die Platte schloss bündig mit der Wand ab. Aber sie musste dieses verdammte Ding irgendwie aufbekommen. Kurz überlegte sie, dann fiel ihr Blick auf das herausgebrochene Brett auf dem Fußboden und sie hob es auf. Mit beiden Händen rammte sie es gegen das Holz. Es splitterte, sodass in der Mitte ein Loch entstand. Mit einem Auge lugte sie hindurch, konnte aber außer Schwärze nichts erkennen. Wieder und wieder hieb sie mit dem Brett gegen die Holzplatte, so lange, bis eine Öffnung entstanden war, die groß genug war, um sich hindurchzuzwängen.

Sie steckte den Kopf hinein, konnte aber noch immer nichts sehen. Vielleicht war es gar kein Zimmer, das sich dahinter verbarg, sondern ein Treppenhaus oder ein Schacht, der in die Tiefe führte. Aber wenn sich hier auch nur eine hauchdünne Chance bot, der Bibliothek zu entfliehen, dann musste sie sie nutzen. Entschlossen steckte sie ein Bein durch die Öffnung, während sie sich am Rand der Luke festhielt. Mit der Fußspitze versuchte sie, festen Boden zu erreichen, trat aber ins Leere. Um tiefer zu gelangen, zog sie Kopf und Oberkörper durch die Öffnung. Dabei verlagerte sie das Gewicht so weit es ging auf die andere Seite. Endlich spürte sie einen Widerstand unter ihrer Schuhsohle. Nun glitt sie ganz aus der Öffnung in das Zimmer. Quasi blind und mit ausgestreckten Armen setzte sie einen Schritt vor den anderen. Einzige Lichtquelle war die Luke, durch die sie eben gekrochen war. Langsam gewöhnten sich ihre Augen an das Halbdunkel. Schemenhaft zeichneten sich die Umrisse des Raumes ab, sodass sie etwas Dunkles in einer Ecke wahrnahm. Vorsichtig näherte sie sich dem Gegenstand und fand schnell heraus, dass es ein alter gusseiserner Ofen war. Das musste die ehemalige Küche oder ein Wirtschaftsraum sein. Jetzt wurde ihr auch klar, dass es sich bei dem Wanddurchbruch um eine Durchreiche von der Küche zum ehemaligen Speisezimmer handelte.

Und noch etwas entdeckte sie. Auf der gegenüberliegenden Seite sah sie zwei Ritzen, durch die ein schwacher Lichtschein fiel. Da war eine Tür! Sie durchquerte den Raum und drückte mit klopfendem Herzen die Türklinke herunter. Nicht verschlossen! Vor ihr lag ein schmales Treppenhaus mit einer nach unten führenden Holztreppe, nur spärlich vom trüben Licht eines rautenförmigen Fensters erhellt. Behutsam, einen Fuß vor den anderen setzend, stieg sie die alt und brüchig aussehenden Stufen hinab. Nach einer Biegung endete die Treppe in einem kleinen Vorraum mit einer Tür. Maria schickte ein Stoßgebet zum Himmel. Es wurde erhört, denn diese Tür war ebenfalls unverschlossen. Tiefschwarze Dunkelheit und kalte, modrig riechende Luft empfingen sie, als sie die Tür aufzog. Sie streckte die Hand aus, um nach einem Lichtschalter zu tasten, den sie zu ihrer Überraschung auch fand und gleich betätigte. Doch es blieb dunkel. Entweder war er defekt oder die beiden Männer hatten den Strom abgestellt. Bestimmt hing hier unten im Keller auch irgendwo ein Stromkasten. Vermutlich würde sie ihn in dieser Finsternis nicht finden, und falls doch, war es mehr als unwahrscheinlich, dass sie die richtigen Sicherungen oder den Hauptschalter würde ausfindig machen können.

Vorsichtig wagte sie den ersten Schritt und tastete sich dann an der Wand entlang, bis sie plötzlich mit dem Schienbein gegen etwas Hartes stieß. Fluchend bückte sie sich und fuhr mit den Händen über das Hindernis, das sich als Kiste entpuppte. Ihr schmerzendes Bein ignorierend richtete sie sich wieder auf und arbeitete sich Stück für Stück weiter voran. Abrupt blieb sie stehen und hielt den Atem an. Ein riesiges Ungetüm rechts von ihr reckte sich bedrohlich in die Höhe. Atemlos verharrte sie und wartete auf eine Bewegung, doch ihr Gegenüber verhielt sich still und rührte sich keinen Zentimeter. Angestrengt starrte sie es durch die Dunkelheit an. Als sie erkannte, dass es sich um kein lebendes Wesen handelte, fasste sie sich schließlich ein Herz und ging darauf zu. Beinahe hätte sie vor Erleichterung laut losgelacht: Sie hatte sich von übereinandergestapelten Kleinmöbeln, die mit einem Tuch abgedeckt waren, ins Bockshorn jagen lassen.

Gleich richtete sich ihre Aufmerksamkeit wieder auf den vor ihr liegenden Raum. Die Sinne bis aufs Äußerste geschärft, ging sie mit zögernden, unsicheren Schritten weiter, bis sie auf eine weitere Tür stieß. Doch diese war verschlossen und ein Schlüssel steckte nicht im Schloss. Wie sollte sie das verdammte Ding aufbekommen? Sie könnte versuchen, sie einzutreten. Doch sie bezweifelte, dass sie die nötige Kraft dafür würde aufbringen können. Vielleicht passte einer der Schlüssel, die in den anderen Türschlössern steckten. Sie wandte sich um und ging mit ausgestreckten Armen zurück. Sie tastete nach einem Schlüssel, fand ihn, zog ihn ab und ging zurück. Es war nicht ganz einfach, bei der Dunkelheit den Schlüssel ins Loch zu stecken und als sie es endlich geschafft hatte, ließ er sich nicht bewegen. Sie ruckelte einige Male daran, bis er sich schließlich drehen ließ und das Schloss aufsprang. Erneut tastete ihre Hand nach einem Lichtschalter, aber auch der war defekt. Da sie sich immer weiter vom Treppenhaus entfernte, war sie mittlerweile von einer undurchdringlichen Schwärze umgeben, sodass sie ihren Weg völlig orientierungslos – mit ausgestreckten Händen und Schritt für Schritt – fortsetzen musste. Sie stieß mit dem Fuß gegen etwas Weiches, stolperte und verlor das Gleichgewicht. Der Länge nach schlug sie hin und streckte, noch im Fallen, geistesgegenwärtig die Arme aus, um den harten Aufprall abzufedern. Ein stechender Schmerz schoss in ihr rechtes Handgelenk, als ihre Hände auf den Betonboden klatschten. Benommen lag sie bäuchlings auf dem Kellerboden.

Ihre durch den Autounfall verletzten Rippen taten so sehr weh, dass sie nur flach atmen konnte. Dennoch geriet der aufgewirbelte Staub des Kellerbodens in Marias Nase und kitzelte sie, sodass sie niesen musste. Sie meinte, ihr Brustkorb würde explodieren. Für einen Moment blieb sie noch liegen und versuchte krampfhaft, die fürchterlich stechenden Schmerzen in ihrem Körper zu ignorieren. Nicht einfach, denn es fühlte sich an, als würde ihr Innerstes mit einem scharfen Messer zerteilt werden. Worüber war sie eben gestürzt? Mühsam stützte sie sich hoch und kroch zu dem Ding zurück, dessen Umrisse sich wie ein schwarzer Schatten gerade noch erahnen ließen. Als sie mit der Hand dagegen stieß, zuckte sie unwillkürlich zurück. Dann streckte sie die Finger erneut aus. Das war eindeutig Stoff! Mit zitternden Händen tastete sie das Kleiderbündel ab. Ein unterdrückter Schrei entwich ihrer Kehle, als sie etwas Kaltes, Stumpfes berührte. Im selben Moment wurde ihr bewusst, dass das, was sie gerade berührt hatte, Haut war. Ihre Finger tasteten sich weiter, sodass sie die Konturen eines Gesichts unter ihren Fingerkuppen spürte. Vor ihr lag ein Toter!

Sie überlegte kurz, prüfte die Alternativen, die sie hatte, und griff dem Toten dann entschlossen unter die Arme. Es kostete sie beinahe übermenschliche Kräfte, den Leichnam hinter sich her zu schleifen. Immer wieder musste sie eine Pause einlegen, um zu verschnaufen. Der Schweiß lief ihr in Strömen von der Stirn und den Rücken herunter. Endlich hatte sie es bis ins Treppenhaus geschafft, wo sie ihn fallen ließ. Nun konnte sie im trüben Licht des kleinen Fensters erkennen, dass es sich um einen etwa sechzigjährigen Mann handelte, dem man die Kehle durchgeschnitten hatte. Das war wahrscheinlich der richtige Rosenbaum. Einem plötzlichen Instinkt folgend, wälzte sie ihn auf die Seite. Doch sie wurde enttäuscht. Kein blutiges Viereck leuchtete im Nacken des Ermordeten.

Sekundenlang sah Maria den Toten noch an, bevor sie hektisch seine Taschen nach einem Handy oder Schlüssel durchsuchte, nach irgendetwas, das ihr weiterhelfen würde. Beinahe wäre sie in Tränen ausgebrochen, als sie ergebnislos die letzte Hosentasche durchwühlt hatte. Sie wollte gerade ihre Hand zurückziehen, da spürte sie durch den dünnen Futterstoff eine Vibration am Oberschenkel des

Mannes. Sie hielt inne. Es vibrierte in regelmäßigen Abständen. Das war ein Handy! Sie klopfte das Hosenbein ab und fand es unterhalb des Knies. Schnell zog sie die Hose hoch. Das Mobiltelefon war mit einem breiten Gummiband unterhalb des Knies befestigt. Rosenbaum, wenn es sich tatsächlich um diesen handelte, war auf eine Notlage vorbereitet gewesen. Hatte er geahnt, dass er in Lebensgefahr schwebte? Mittlerweile war die Vibration verstummt. Maria zog das Telefon aus seiner Halterung und aktivierte den Bildschirm. *Gott sei Dank, keine Sperre installiert!* Die vier Balken am oberen Rand des Displays signalisierten ihr, dass sie Empfang hatte. Mit fliegenden Fingern tippte sie die Zahlen 110 ein und schilderte knapp die Lage.

Dann eilte sie die Treppe hinauf, kletterte durch die Luke zurück in die Bibliothek und blieb wie angewurzelt stehen. Dess war verschwunden!

»Hier, Maria, ich bin hier«, hörte sie eine schwache Stimme. Zusammengesunken lehnte er an einem Bücherregal.

»Mein Gott, Dess, was machst du denn da? Leg dich wieder hin!«

Er murmelte etwas Unverständliches und sackte noch tiefer zur Seite. Sie eilte zu ihm, setzte sich neben ihn und bettete seinen Kopf in ihren Schoß.

»Es wird alles gut«, sprach sie beruhigend auf ihn ein und streichelte seine Wange. Sie wiegte sich mit dem Oberkörper vor und zurück, während sich die Anspannung der vergangenen Stunden löste und Tränen der Erleichterung über ihre Wangen liefen.

Nur wenig später hörte sie die immer lauter werdenden Sirenen der Einsatzfahrzeuge, bis sie mit einem Mal verstummten. Jetzt standen sie vor dem Haus. Gleich würden sie hier sein. *Wir sind in Sicherheit.* Maria spannte ihren Oberkörper an. Jetzt kamen sie. Gedämpfte Stimmen und Schritte hinter der Tür, ein ohrenbetäubendes Krachen, dann flog sie auf.

# KAPITEL 14

»Haben Sie jetzt komplett den Verstand verloren!?«, schrie Kriminaloberrat Rottge mit vor Zorn gerötetem Gesicht und knallte wütend eine Akte auf den Schreibtisch. Maria setzte eine demütige Miene auf, denn das war, wie sie aus Erfahrung wusste, das einzige Mittel, um ihren Vorgesetzten wieder zu beruhigen.

»Nicht nur, dass Sie sich meiner ausdrücklichen Anweisung widersetzt haben, sich von dem Fall fernzuhalten. Sie haben auch sich und Dr. Petermann, einen völlig unbeteiligten Dritten, einer unkalkulierbaren Gefahr ausgesetzt. Das war unverantwortlich!«

»Es tut mir leid. Ich weiß selbst, dass ich unüberlegt gehandelt habe. Aber ...«

»Kommen Sie mir nicht mit ›aber‹«, schrie er aufgebracht. »Ich habe noch zwei Jahre bis zur Pensionierung. Die würde ich gerne überstehen, ohne dass mir eine Frau Wagenried so dermaßen auf den Sack geht.«

Wenn Rottge vulgär wurde, musste man auf der Hut zu sein. Das Beste war, einfach die Klappe zu halten.

»Wenn Sie Probleme mit den Wechseljahren und Ihren Hormonen haben, dann lassen Sie sich behandeln«, polterte er weiter, »aber so sind Sie untragbar.«

Jetzt reichte es Maria. Sie stand so heftig auf, dass ihr Stuhl nach hinten umfiel.

»Das geht eindeutig zu weit, Herr Rottge! Ich habe einen großen Fehler gemacht und bin selbstverständlich bereit, die Konsequenzen dafür zu tragen.« Sie stützte sich auf den Schreibtisch ihres Vorgesetzten und beugte sich darüber. »Aber ich verbitte mir derart sexistische Äußerungen.« Sie kam Rottge noch ein Stückchen näher und sah ihm direkt in die Augen. »Sonst werden meine Hormone noch wilder und ich werde über eine Beschwerde wegen sexueller Belästigung am Arbeitsplatz nachdenken. Wenn ich mich recht erinnere, gab es da schon mal einen ähnlichen Vorwurf einer Kollegin.«

Rottges Schnurrbart zitterte unmerklich.

»Setzen Sie sich und machen Sie nicht so einen Wind«, sagte er beschwichtigend und blickte zur Tür, um sich zu vergewissern, dass sie verschlossen war.

*Punkt für mich.* Die Schlacht war noch lange nicht gewonnen, aber das Ärgste schien abgewendet.

»Ich denke über ein Disziplinarverfahren und über eine vorläufige Suspendierung nach.« Jetzt war sein Ton eiskalt.

»Ich bitte Sie! Ein Disziplinarverfahren wäre ja noch angemessen, aber eine vorläufige Suspendierung ist doch völlig überzogen! Außerdem sind wir durch meinen Einsatz in den Ermittlungen ein Stück vorangekommen, das dürfen Sie nicht vergessen.«

»Meinen Sie mit ›vorangekommen‹ den dritten Toten?«

»Der Mann war schon tot, als Dr. Petermann und ich von seinen mutmaßlichen Mördern in die Villa gelassen wurden. Das können Sie dem Bericht der Kollegen aus Würzburg entnehmen.«

Kriminaloberrat Rottge verschränkte die Arme vor der Brust und schaute sie streng an.

»Ich erwarte Ihren Bericht dazu bis heute Nachmittag. Sie betreiben keine Geheimniskrämerei und informieren Ihren Kollegen Laschkow über alle Details. Ich erinnere Sie daran, dass er die Ermittlungen leitet. Des Weiteren verbiete ich Ihnen noch einmal ausdrücklich, eigenmächtig an dem Fall zu arbeiten. Die vorläufige Suspendierung schiebe ich auf, aber nur unter der Bedingung, dass Sie sich zu einhundert Prozent an meine Anweisungen halten. Aber das Disziplinarverfahren kommt auf Sie zu. Ich kann Ihnen nicht alles ungestraft durchgehen lassen, das macht mich vor den anderen Mitarbeitern unglaubwürdig.«

Das glaubte sie ihm unbesehen, denn Rottge war ausgesprochen bedacht auf seine Außenwirkung und erwartete uneingeschränkten Respekt.

»Was soll ich in der Zwischenzeit machen?«, wollte sie wissen.

»Es gibt doch genug kalte Fälle, die Sie sich noch einmal vornehmen können. Und ...«, ein winziges Lächeln huschte über sein Gesicht, »... Sie können Herrn Laschkow bei seinen Ermittlungen unterstützen. Sie selbst bleiben dabei aber am Schreibtisch. Die Kompetenzen sind klar und unmissverständlich geregelt. Sie wissen Bescheid, was passiert, wenn Sie dagegen verstoßen, Frau Wagenried.«

Sie nickte. Das war besser gelaufen als zunächst befürchtet. Zumindest hatte sie noch einen Fuß in der Tür. Noch war sie nicht ganz raus. Sie lächelte Rottge unverbindlich an, während sie aufstand. *Alter Fuchs.* Natürlich wusste er, dass sie nicht aufgeben würde. Gleichzeitig zeigte er damit, dass er Laschkow nicht zutraute, den Fall ohne sie zu lösen. Jetzt hieß es, doppelt wachsam zu sein, sonst riskierte sie den Rausschmiss. Allerdings war sie ab sofort an ihren Schreibtischstuhl gefesselt. Sie konnte keine Ermittlungen außer Haus durchführen, sondern war eine Erfüllungsgehilfin ihres neuen Kollegen, der vor Ehrgeiz kaum aus den Augen gucken konnte. Ihr Verbündeter Hellwig lag noch im Krankenhaus und würde es so schnell nicht wieder verlassen. Die anschließende Reha würde weitere Wochen in Anspruch nehmen.

Sie verabschiedete sich von Kriminaloberrat Rottge und verließ sein Büro. Auf dem Gang begegneten ihr mehrere Kollegen, die sie grüßten und mit unverhohlener Neugier ansahen. Natürlich hatte sich die Neuigkeit über ihren spektakulären Alleingang wie ein Lauffeuer verbreitet.

Maria ging in die kleine Teeküche, die zwischen der Toilette und dem Abstellraum lag, und kochte sich einen Kaffee. Als er durchgelaufen war, holte sie zwei Becher aus dem Hängeschrank und goss sie voll. Diesmal nahm sie auch für Laschkow einen mit. Es konnte nicht schaden, sich ein wenig gefällig zu zeigen und ihn in der Sicherheit zu wiegen, dass er der große Zampano war. So konnte sie sich seiner Aufmerksamkeit entziehen und ihn in dem Glauben lassen, dass sie sich mit den kalten Fällen beschäftigte. Doch sie würde keine wertvolle Zeit und Energie dafür verschwenden, sondern heimlich an dem aktuellen Fall weiterarbeiten.

Das war zwar eigentlich nicht ihre Art, ihr waren Offenheit und Ehrlichkeit wichtig, aber besondere Situationen erforderten eben besondere Maßnahmen. Diese Mordserie war so brisant wie schon lange keine mehr. Es musste eine Organisation dahinterstehen, deren kriminelle Machenschaften weite Kreise zogen. Nicht nur in Dresden, sondern auch in Würzburg gingen Mordopfer auf ihr Konto. Selbst vor der Polizei machte sie nicht Halt, denn Hellwig und sie waren Opfer eines Anschlags geworden. Was nur bewies, wie skrupellos die Täter ihre Ziele verfolgten.

Gerade deshalb stellte sich Maria die Frage, warum die Killer sie im Stiftungshaus nicht getötet hatten. Doch vielleicht, so vermutete sie, hatte deren Order gelautet, den Leiter der Stiftung, Rosenbaum, zu erledigen und sich danach schnell abzusetzen. Wären sie und Dess dort nicht erschienen, wäre Rosenbaums Leiche vermutlich erst am Montag, drei Tage später, entdeckt worden. Ein Polizistenmord hingegen hätte immens hohe Wellen geschlagen und ihre Fluchtpläne mit einiger Wahrscheinlichkeit durchkreuzt.

Mit dem dampfenden Kaffee ging sie zu ihrem Büro und drückte die Klinke mit dem Unterarm herunter.

»Hallo«, sagte sie leutselig zu ihrem Kollegen, dem sie jetzt unterstand, und kickte die Tür mit der Ferse hinter sich zu.

»Frau Wagenried!« Er stand auf, um ihr einen Becher abzunehmen. »Für mich? Das ist aber nett, Dankeschön.«

Wie konnte es angehen, dass ihr dieser Mensch sogar auf die Nerven ging, wenn er nur versuchte, freundlich und entgegenkommend zu sein?

»Ich habe schon gehört, was passiert ist«, sagte Laschkow, während er sich zufrieden in seinen Bürostuhl setzte und sie fixierte. »Wie geht es Dr. Petermann?«

»Schon wieder aus dem Krankenhaus entlassen. Die Wunde an seinem Kopf musste erneut genäht werden. Er ist noch für eine Woche krankgeschrieben, um die Gehirnerschütterung auszukurieren.« Sie schlürfte ihren Kaffee und dachte an ihren Besuch bei ihm am Vortag, zu dem er sie sarkastisch begrüßt hatte: »Ach Maria, warte, ich setze schnell meinen Helm auf, bevor ich wieder eine übergebraten bekomme.« Obwohl sie ihm mehrfach schuldbewusst versichert hatte, wie leid ihr das Ganze tat, war die angespannte Stimmung zwischen ihnen nicht verflogen. Nachdem sie sich noch über die jüngsten Ereignisse ausgetauscht hatten, war Maria frustriert nach Hause gefahren.

»Das sind doch schon mal positive Nachrichten«, hörte sie Laschkows nur mäßig interessierte Stimme. »Schildern Sie mir doch bitte die Ereignisse in Würzburg aus Ihrer Sicht.«

Maria gab ihm eine ausführliche Zusammenfassung und bemühte sich, kein Detail außer Acht zu lassen. Als sie zu dem Punkt gelangte, an dem sie die Villa betraten, unterbrach Laschkow sie.

»Haben Sie diese Männer schon einmal gesehen?«

»Nein, sie waren mir absolut unbekannt. Ich werde mir nachher die Verbrecher-Kartei vornehmen. Vielleicht werde ich ja fündig.«

»Falls nicht, müssen wir eine Phantomzeichnung von beiden anfertigen lassen. Können Sie sich noch an ihr Aussehen erinnern?«

Sie nickte und erzählte weiter. Davon, wie sie versucht hatte, die Tür in der Bibliothek aufzubrechen und zufällig die Durchreiche hinter dem Regal entdeckt hatte. Von dem Toten, den sie ihm Keller gefunden hatte und vom rettenden Handy an dessen Bein unter der Hose.

»Eine ziemlich abenteuerliche Geschichte«, meinte Laschkow nachdenklich und runzelte die Brauen. »Ach übrigens, der Bericht des bayrischen KTI und der vorläufige Obduktionsbericht wurden heute Morgen aus Würzburg gemailt. Bei dem Toten handelt es sich tatsächlich um Hans-Peter Rosenbaum, wie Sie vermutet haben.«

»Zwei Tote in Dresden, einer in Würzburg. Zwei mit einer Wunde im Nacken. Das verbindet sie vom Äußeren. Aber wo sind die inneren Verflechtungen?« Maria sprach mehr zu sich selbst als zu ihrem Kollegen. »Die Stiftung ...«, fuhr sie gedehnt fort. »Da besteht eine Verbindung. Sie müssen wir unter die Lupe nehmen. Vielleicht handelt es sich in Wahrheit um eine Sekte, mit der wir es zu tun haben? Vielleicht waren Molberg, Brunner und Rosenbaum Abtrünnige, die man auf diesem Wege bestrafen wollte. Es gibt ja sehr radikale Glaubensgemeinschaften.«

»Ich werde die Kollegen Wolf und Kronfeld mit der Recherche beauftragen. Sie sollen auch noch mal in der Vergangenheit aller drei Männer nachforschen. «

»Gut. Kann ich die Berichte haben?«, bat sie ihn. »Ich würde sie mir gerne durchlesen.«

»Selbstverständlich.« Er reichte sie zu ihr herüber. »Wie gesagt, heute Morgen gekommen. Ach, noch eine Frage. Sie erwähnten ein Manuskript, über das Bernhard Molberg mit dem Verleger verhandelt hatte. Ist das eigentlich aufgetaucht?«

Das hatte sie in dem Strudel der Ereignisse ja völlig vergessen!

»Möglicherweise liegt es noch in seinem Haus in Blasewitz, oder er hatte es in seinem Safe verwahrt. Der Mörder hat den ja ausgeräumt, dabei könnte er auch das Manuskript mitgenommen haben. Vielleicht ging es sogar vorrangig um das Buch. Meinen Sie, dass es brisante

Details enthielt, die für die Organisation hätten gefährlich werden können?« Maria sah ihn offen an.

»Hieß es nicht, dass er ein Buch über den Kunsthandel schreiben wollte?«, entgegnete Laschkow erstaunt.

»Aber wenn das nun gar nicht stimmt? Vielleicht wollte er ein Enthüllungsbuch über die Sekte schreiben, wenn es sich tatsächlich um eine solche handelt. Das wissen wir ja noch gar nicht.«

»Dann ordne ich eine neuerliche Durchsuchung des Hauses an. Die Kollegen sollen gezielt nach dem Manuskript suchen. Und«, nachdenklich legte er den Zeigefinger an den Mund, »den Verleger müssen wir auch noch einmal unter die Lupe nehmen. Möglicherweise steckt er ja sogar hinter der Manipulation Ihres Autos.«

Daran hatte sie überhaupt noch nicht gedacht. Maria erinnerte sich an das Telefongespräch, das er sehr eilig beendet hatte, als sie und Hellwig sein Büro betreten hatten.

Sie trank ihren Kaffee aus, fuhr den Computer hoch und griff nach den Berichten.

»Bevor ich die Datei mit den Bösewichten durchforste, lese ich noch das hier.«

»Und ich gehe rüber und trommle mal die Mannschaft zusammen, um die Aufgaben zu verteilen.«

»Gut, ich bleibe solange hier. Dabei werde ich ja nicht unbedingt gebraucht.«

Sobald er den Raum verlassen hatte, vertiefte sie sich in den Obduktionsbericht über Hans-Peter Rosenbaum, den ermordeten Stiftungsvorstand. Anschließend überflog sie die Auflistung seiner persönlichen Gegenstände im Bericht des KTI: »... ein Portemonnaie, Leder, braun, mit siebzig Euro in Geldscheinen, fünf Euro achtundsiebzig in Münzen. Eine silberne Münze mit geprägten Motiven, auf der Vorderseite ein Pferd mit zwei Reitern, auf der Rückseite ein Kreuz. Eine Kreditkarte. Ein Personalausweis ...«

Tief in Marias Hirnwindungen läutete ein Glöckchen. Sie ermahnte sich, nicht zu intensiv darüber nachzudenken, was da ihre Aufmerksamkeit erregt hatte. Sie schloss für einen Moment die Augen und zwang sich, an etwas völlig anderes zu denken. Dann öffnete sie sie wieder und las die Aufstellung noch einmal durch. Sie blickte auf, plötzlich wusste sie es. Sie griff nach den Computerausdrucken und ging zum Besprechungszimmer, in dem Laschkow gerade die Kollegen instruierte. Sie riss die Tür auf. Alle Köpfe wandten sich ihr zu. Laschkow sah sie irritiert an. Er stand vor dem Whiteboard, auf dem die Namen der Opfer eingekreist und mit Uhrzeit, Datum und Ort versehen waren. Linien und Striche verdeutlichten mögliche Zusammenhänge und Besonderheiten.

»Entschuldigung«, sagte sie atemlos, »ich bin gerade auf etwas gestoßen, das wichtig sein könnte.«

»Und?« Der leitende Ermittler schien wegen der Störung verärgert zu sein.

»Diese Münze, die man in der Geldbörse von Hans-Peter Rosenbaum gefunden hat ...«

»Ist etwas Ungewöhnliches daran?«, blaffte er.

»Ja. Ich habe kürzlich einen Artikel gelesen, in einem Wissenschaftsmagazin. Da wird eine ebensolche Münze erwähnt. Ich würde es gerne holen, damit wir sie vergleichen können.« Ihr entgingen nicht die Blicke der Kollegen, die zwischen ihr und Laschkow hin und her wanderten. Der setzte ein herablassendes Gesicht auf. In Maria begann es bereits wieder zu brodeln.

»Sie können es holen, wenn Sie denken, dass es von Nutzen sein könnte.« Er klang so, als wäre sie ein kleines Kind, mit dem die Fantasie durchgegangen war, und dem man deswegen mit Nachsicht begegnete. »Aber nur mit einem Fahrer.«

Angesichts dieser Bloßstellung blieb Maria fast der Atem weg. Sie drehte sich auf dem Absatz um und verließ wortlos den Raum.

Nachdem sie Rottge Bescheid gegeben hatte, fuhr der Fahrer sie zu Desmond Petermann, bei dem sie das Magazin gelesen hatte. Eine knappe Stunde später war sie wieder im Präsidium. Laschkow starrte kritisch auf die Zeitschrift, die Maria auf seinen Schreibtisch warf.

»Und was steht nun Erhellendes da drin?«

»Ich habe die entsprechenden Textstellen markiert, dort, wo das Lesezeichen ist.«

Seufzend griff Andreas Laschkow nach der Zeitschrift und schlug sie auf.

»Lesen Sie doch bitte laut vor.«

Er begann zu lesen:

»Das bekannteste Siegel der Templer ist ein Pferd, auf dem zwei Templer sitzen. Eine mögliche Erklärung dafür wäre, dass dieses Siegel ein Symbol für die Armut des Ordens ist ...«

Laschkow sah zu ihr auf. »Die Templer? Ich verstehe nicht, was ...«

»Lesen Sie einfach weiter.«

»Eine weitere Interpretation des Siegels nimmt Bezug auf die Ordensregeln der Templer. Zwei Tempelritter gemeinsam auf einem Pferd könnte ein Symbol für die unverbrüchliche Brüderlichkeit im Templerorden sein ... Während der Prozesse gegen die Templer, die zur Auflösung des Ordens geführt haben, hat man ihnen unterstellt, dass dieses Symbol ein Indiz für homosexuelle Handlungen sei.«

»Und diese Zeitschrift haben Sie von Dr. Petermann?«

»Ja. Er ist Abonnent. Wie Sie sehen, handelt es sich um ein Wissenschaftsmagazin. Ein mehr als verrückter Zufall, dass ich ausgerechnet diesen Artikel gelesen habe.«

»Aber eine solche Münze wurde ausschließlich bei Rosenbaum gefunden, soweit ich weiß.«

»Das stimmt. Nur Rosenbaum hatte sie bei sich. Vielleicht hatten die beiden anderen sie auch, und wir haben sie einfach nur nicht gefunden. Aber mir fällt gerade noch etwas ein.«

»Nämlich?«

»Das Entfernen des Hautstücks … Das ist nicht ohne Grund geschehen, da sind wir uns ja einig. Vielleicht hat sich an genau dieser Stelle das gleiche Symbol wie auf der Münze befunden? Zwei Reiter auf einem Pferd oder das Kreuz, das auf der Rückseite der Medaille abgebildet ist.«

»Möglich.« Laschkow nickte unmerklich. »Wenn Ihre Annahme stimmt, dann wollte der Mörder verhindern, dass die Mitgliedschaft seiner Opfer im Orden der Templer bekannt wird. Und gleichzeitig wollte er eine mögliche Verbindung, die zu ihm führen könnte, vertuschen.«

»Da ist was dran. Soll ich Endress mit einer Recherche über die Templer beglücken? Sonst kommen wir nicht weiter.«

Wieder nickte Laschkow.

»Hat eigentlich die Datenauswertung von Guido Brunners Telefon etwas ergeben?«, wollte Maria wissen.

»Nein, gar nichts. Die von Hans-Peter Rosenbaum steht noch aus. Da müssen wir noch auf den Bericht der Kollegen aus Würzburg warten.«

»Sollten alle drei tatsächlich Templer gewesen sein, wurden sie möglicherweise aus ein und demselben Grund ermordet.«

»Aber was sollte das für ein Grund sein? Denken Sie, dass der Täter aus den eigenen Reihen kommt?«

»Möglich. Ich habe schon vorher daran gedacht, dass sie Abtrünnige einer Organisation sind, die man bestrafen wollte. Nach dem Motto: Niemand verlässt uns lebend.« Nachdenklich klopfte Maria mit dem zerbissenen Bleistift auf den Schreibtisch. »Was halten Sie davon, Herr Laschkow, wenn wir den Verfasser dieses Artikels kontaktieren? Möglicherweise ist er bereit, uns einige Fragen zu beantworten, um uns zu unterstützen.«

Laschkow hob den Daumen. *Blöde Geste*, dachte Maria. Doch er hatte sich in dem Gespräch ausgesprochenen kooperativ gezeigt und ihr sogar die Führung überlassen. Und er hatte ihrem Vorschlag zugestimmt, das war die Hauptsache.

»Kümmern Sie sich darum, Frau Wagenried?«

»Natürlich. Ich bin ja ansonsten zur Untätigkeit verdammt.« Dass Rottge sie eigentlich dazu verdonnert hatte, alte Fälle durchzuackern, verschwieg sie. Aber wahrscheinlich wusste Laschkow es ohnehin.

Sie nahm den Telefonhörer und rief Endress an. Sie bat ihn im Auftrag von Laschkow, beim Zeitschriftenverlag eine entsprechende Anfrage zu stellen und ermahnte ihn, Druck zu machen. Je eher man mit diesem Journalisten sprechen konnte, desto besser. Außerdem gab sie ihm den Auftrag, die wichtigsten Informationen über die Templer zusammenzutragen. Insbesondere sollte er sein Augenmerk darauf legen, ob der Ritterorden überhaupt noch existierte und ob die Tätowierung eines Symbols Usus war.

Nachdem sie das erledigt hatte, rief sie endlich die Verbrecher-Kartei auf. Schier endlos zogen die Fotos der Mörder, Totschläger, Räuber und Vergewaltiger an ihr vorbei. Einigen der Gesichter war die kriminelle Energie auf den ersten Blick anzusehen. Bei anderen wiederum konnte sie sich nicht vorstellen, dass sie auch nur einer Fliege etwas zuleide tun könnten. Nach einer Stunde machte sie eine Pause und massierte ihren Nacken. Bislang war sie weder auf den falschen Rosenbaum noch auf den Mann gestoßen, der sich Meyerhofer genannt hatte. Aber sie war noch lange nicht am Ende, höchstens die Hälfte war bisher geschafft.

Nach einer weiteren Stunde versetzte sie der Maus entnervt einen Stoß.

»Na, noch nichts?«, fragte Laschkow.

Sie schüttelte den Kopf und stand auf, um eine Pause zu machen. Sie wollte Dess anrufen, um sich nach seinem Befinden zu erkundigen und ihn über die neuesten Erkenntnisse zu informieren. Das war das Mindeste, was sie ihm schuldete. Sie ging in die Teeküche und rief ihn an. Nach einer Ewigkeit, wie es ihr vorkam, meldete er sich endlich.

»Hallo, Maria, du warst doch gerade erst bei mir und hast die Zeitschrift geholt«, sagte er mit belegter Stimme und räusperte sich.

»Störe ich?«

»Nein, ich habe nur gerade ein Schläfchen gemacht. Habe wieder ziemlich starke Kopfschmerzen bekommen und die Narbe pocht, wenn ich aufstehe und mich bewege.«

»Dann hast du wohl auch keine Lust, heute Abend zu mir zu kommen?« Ihr schlechtes Gewissen hatte sie zu dieser spontanen Einladung veranlasst. »Ich könnte uns was kochen.«

»Bitte nicht. Das letzte Mal, als du dich an den Herd gestellt hast, wurde ich beinahe vergiftet.«

»So schlimm war's nun auch wieder nicht«, lachte sie. »Aber im Ernst, magst du vorbeikommen? Es gibt einige Neuigkeiten. Ich könnte auf dem Nachhauseweg eine Pizza vom Italiener holen und sie noch einmal in den Ofen schieben, wenn du kommst.«

Er zögerte und einige bange Sekunden lang befürchtete sie, er würde ablehnen. Bestimmt hatte er die Nase endgültig voll von ihren Launen und Eskapaden.

»Ich weiß nicht. Ehrlich gesagt, fühle ich mich noch nicht so gut«, bestätigte er ihre Ahnung. Das war nicht gut, er ging auf Distanz. Aber konnte sie ihm das verübeln? Wohl kaum. Dennoch wollte sie nicht so schnell aufgeben.

»Und wenn ich zu dir komme?«

»Nein, lieber nicht, Maria. Übermorgen oder nächste Woche vielleicht.«

»Soll ich dich heute Abend noch mal anrufen und dir alles erzählen?«

»Das kannst du machen, wenn wir uns sehen. Einverstanden?«

»Natürlich.« Maria schluckte die Zurückweisung herunter. Aber das war wieder mal typisch für sie. Erst konnte sie ihn nicht genug auf Distanz halten, dann war es ihr auch nicht recht, wenn er sich zurückzog. »Erhol dich gut und schone dich vor allen Dingen.«

»Mach ich. Also bis dann.«

Sie wollte ihm noch sagen, dass sie sich darauf freute, ihn wiederzusehen, doch er hatte schon aufgelegt. Konsterniert schaute sie auf ihr Handy, stieß die Luft aus und ging wieder in ihr Büro, um da weiterzumachen, wo sie aufgehört hatte. Doch auch die Durchsicht der restlichen Bilder brachte keine Ergebnisse. Im Grunde hatte sie es nicht anders erwartet. Diese beiden Männer waren keine gewöhnlichen Verbrecher, sondern wahrscheinlich Auftragskiller, die in keiner Kartei auftauchen würden.

Sie informierte Andreas Laschkow darüber, dass sie nicht fündig geworden war und deshalb nun Phantomzeichnungen angefertigt werden mussten. Dann schaute sie auf die Uhr, bereits drei viertel vier. Der Bericht fiel ihr ein, den Rottge noch heute auf seinem Schreibtisch haben wollte. Seufzend machte sie sich an die Arbeit und war eine Dreiviertelstunde später fertig. Sie druckte alles aus und speicherte die Datei in der elektronischen Ermittlungsakte.

»Ich gehe zu Herrn Rottge, um ihm den Ausdruck zu bringen.«

»Sehr schön«, murmelte Laschkow herablassend. Fehlte nur noch, dass er sie wie ein lästiges Insekt verscheuchte.

Auf dem Gang kam ihr Endress mit einem Blatt Papier in der Hand entgegen.

»Gerade wollte ich zu Ihnen, Frau Wagenried. Ich konnte persönlich mit dem Journalisten sprechen. Er heißt Roland Velna und befindet sich gerade auf einem zweitägigen Kongress in Berlin. Der Mann war überraschend kooperativ. Ein Kollege aus Dresden, der ebenfalls vor Ort ist, hat sich bereit erklärt, ihn übermorgen im Auto mit hierher zu nehmen. Herr Velna ist noch nie zuvor in Dresden gewesen und will sich bei dieser Gelegenheit die Stadt ansehen. Allerdings kann er nicht bei seinem Kollegen übernachten, daher habe ich ein Zimmer im *Pullman* für ihn gebucht. Treffpunkt ist die Lobby«, er schaute aufs Blatt, »um vierzehn Uhr dreißig.«

»Ausgezeichnet, Endress«, sagte sie und dachte gleichzeitig daran, dass sie mit Laschkow dort hinfahren müsste und nicht mit Hellwig, was ihr tausendmal lieber gewesen wäre. »Wie weit sind Sie mit der Zusammenstellung über die Templer?«

»Ich habe zwar schon angefangen, aber wenn ich ehrlich sein soll, gibt es so viele Artikel über die Tempelritter, dass ich zunächst bei Wikipedia anfangen musste, um mir einen groben Überblick zu verschaffen und mich in die Thematik einzulesen. Die Ursprünge des Ordens liegen viele Jahrhunderte zurück.« Verlegen kratzte er sich am Kopf. Eigentlich war er eher ein Praktiker, aber Hellwig, der für diese Aufgabe der bessere Mann gewesen wäre, lag nun mal im Krankenhaus und die übrigen Kollegen des Teams waren mit anderen Dingen beschäftigt.

»Irgendeinen Hinweis auf eine Tätowierung gefunden?«

Endress schüttelte den Kopf. Ermutigend klopfte sie ihm auf die Schulter und ging weiter zu Rottges Büro. Sie klopfte an, trat ein und legte ihm den Bericht auf den Schreibtisch. Zufrieden nickte er und blätterte ihn durch.

»Ich möchte jetzt nach Hause. Wer ist mein Fahrer?«

»Dotzki. Für die ganze Woche.«

*Mist.* Dotzki war eine elende Labertasche, der unentwegt reden würde, wenn er sie nach Hause fuhr. Außerdem roch er irgendwie unangenehm nach Wurst.

»Prima, da wird mir ja nicht langweilig werden.« Selbst ihr Chef, normalerweise immun gegen Ironie und Sarkasmus, zog belustigt die Brauen hoch. Bevor er jedoch irgendetwas vom Stapel lassen konnte, war sie auch schon wieder verschwunden.

# KAPITEL 15

Am nächsten Morgen ging Maria als Erstes zu Endress, um sich zu erkundigen, ob er mit seiner Aufgabe vorangekommen war. Aber alles, was er vorweisen konnte, war der Ausdruck des Artikels, den er in der Wikipedia gefunden hatte.

»Fassen Sie das bitte zusammen.« Maria runzelte die Stirn, während sie das seitenlange Pamphlet musterte. »Die Kollegen sollen eine Übersicht bekommen und keine ellenlange Abhandlung!«

Schuldbewusst senkte Endress den Kopf über den Ausdruck, den sie wieder vor seine Nase gelegt hatte.

Maria ärgerte sich noch über die laxe Art ihres Mitarbeiters, als sie bereits wieder auf dem Flur stand. Doch ihre Verärgerung über Endress verflog, während ihr der Gedanke kam, dass sie Dess über diese neueste Entwicklung in Kenntnis setzen könnte. Doch wenn sie ganz ehrlich zu sich war, musste sie sich eingestehen, dass sie nur einen Grund haben wollte, um ihn erneut anrufen zu können. Am Tag zuvor war er ihr ziemlich abweisend vorgekommen und hatte ihre Einladung zum Abendessen ausgeschlagen. Seither hatte sie nichts von ihm gehört. Sie wollte ihn nicht verlieren, weder als treuen, zuverlässigen Freund, der ihr über die schlimme Zeit im vergangenen Jahr hinweggeholfen hatte, noch als guten Gesprächspartner, mit dem sie uneingeschränkt diskutieren konnte und bei dem sie sich nicht verbiegen musste. Und, so gestand sie sich ein, seine Aufmerksamkeit war mehr als schmeichelhaft, sie fühlte sich begehrenswert und er lenkte sie von der Trauer ab, die noch immer ihre Gefühlswelt überschattete. Sie warf einen Blick auf ihre Armbanduhr. Dann zog sie ihr Handy aus der Tasche und rief ihn an.

Wie schon am Tag zuvor dauerte es lange, bis er den Anruf endlich annahm.

»Morgen, Maria«, begrüßte er sie einsilbig und mit dumpfer Stimme.

»Alles in Ordnung bei dir? Du klingst so ...«, sie suchte nach dem richtigen Wort, »... so missmutig.«

»Nein, alles bestens.«

*Klingt nicht danach.* Mit einem Mal hatte sie das Gefühl, ihn zu stören und nicht willkommen zu sein.

»Ich wollte dich über die neuesten Entwicklungen in unseren Fall informieren. Wir ...« Weiter kam sie nicht.

»Ehrlich gesagt, möchte ich damit nichts mehr zu tun haben. Die ganze Geschichte wird mir zu heiß. Ich habe keine Lust, noch mal eins auf den Schädel zu bekommen.«

»Dess, es tut mir wahnsinnig leid, was in Würzburg passiert ist. Mir ist klar, dass ich dich da niemals hätte reinziehen dürfen. Ich mache mir schwere Vorwürfe deswegen.«

»Ich habe nichts weiter dazu zu sagen. Wenn der Fall aufgeklärt ist und wir dann alle noch leben, können wir uns gerne wiedersehen. Vorausgesetzt, du möchtest auch dann mit mir reden, wenn es nicht nur um einen Fall geht. Die Entscheidung liegt ganz bei dir.«

Wie vor den Kopf gestoßen starrte sie auf ihr Telefon. Wieder hatte er das Gespräch beendet, ohne ihre Antwort abzuwarten. So kühl und abweisend hatte sie ihn noch nie erlebt. Aber was erwartete sie eigentlich? Er hatte recht. Wie schon so oft hatte sie ihn einfach für ihre Zwecke benutzt. Das war umso schlimmer, da sie sich der Tatsache bewusst war, dass er in sie verliebt war und eine feste Beziehung mit ihr aufbauen wollte.

*So was nennt man Ausnutzen von Gefühlen, Maria, das ist obermies.*

Sie schwor sich, das alles nach dem Abschluss dieser verdammten Ermittlungen wiedergutzumachen. Bloß wie, das wusste sie noch nicht.

Dafür hatte sie jetzt auch keine Zeit. Sie musste einen klaren Kopf behalten.

Sie ging in ihr Büro zurück, wo Andreas Laschkow mit einer Neuigkeit auf sie wartete.

»Wir knöpfen uns heute diesen Reichenberg noch einmal vor. Wie das KTI festgestellt hat, dauert es bei der Geschwindigkeit, mit der Sie gefahren sind, etwa eine Stunde, bis sich die Muttern komplett vom Rad lösen. Da Sie vorher nichts bemerkt haben, müssen wir davon ausgehen, dass die Manipulation an Ihrem Auto auf dem Parkplatz vor dem Gebäude, in dem seine Geschäftsräume sind, vorgenommen wurde.«

»Gut, in Ordnung.«

»Und dann geht mir ein weiterer Gedanke nicht aus dem Kopf«, fuhr er fort. »Warum wollte Bernhard Molberg, ein intelligenter und überaus gebildeter Mann, sein Buch bei so einem Halsabschneider wie Reichenberg veröffentlichen?«

»Er wäre nicht der erste intelligente Mensch, der auf so eine Bauernfängerei hereingefallen ist.«

Laschkow schüttelte den Kopf. »Nein, nein! Da stimmt irgendwas nicht. Angenommen, und ich spekuliere jetzt mal, Bernhard Molberg war ein Templer, dann wäre es doch möglich, dass er sich vertrauensvoll an einen Bruder, oder wie sie sich untereinander nennen, gewandt hat.«

»Reichenberg soll also auch ein Tempelritter sein?«

Ihr Gegenüber nickte. Doch Maria war skeptisch.

»Ganz schön viele Hypothesen.«

»Das ist, wie Sie wissen, am Anfang immer so.«

Schon wieder so eine Spitze. Auf lapidar hingeworfene Äußerungen reagierte er ausgesprochen scharfzüngig. Vielleicht hatte sie ihn unterschätzt.

»Okay. Und ich werde mal zu Endress rübergehen, um zu gucken, wie weit er ist. Dann werde ich alle Kollegen vor unserem morgigen Treffen mit dem Journalisten kurz ins Bild setzen.«

Laschkows Miene gefror.

»Welches Treffen? Würden Sie mich bitte aufklären?!«
Sein Ton war scharf und schneidend. Siedend heiß fiel ihr
ein, dass sie vergessen hatte, ihn darüber zu informieren.

»Morgen um vierzehn Uhr dreißig wird der Journalist,
der den Artikel in dem Magazin geschrieben hat, hier in
Dresden sein. Sein Name ist Roland Velna. Er scheint ein
Experte für den Templerorden zu sein. Das hatte ich ganz
vergessen, Ihnen zu sagen.«

Er bedachte sie mit einem bösen Blick.

»*Ich* werde die Kollegen informieren«, fauchte er. »Sie
können jetzt zu Endress gehen und nachsehen, wie weit
er ist. Machen Sie Druck. Schließlich wollen wir morgen
nicht wie die Idioten dastehen. Dienstberatung um dreizehn Uhr dreißig.«

Maria nickte, stand auf und verließ das Büro. Draußen
vor der Tür konnte sie sich ein Grinsen nicht verkneifen.

Endress hatte tatsächlich Gas gegeben und seine Zusammenfassung so gut wie beendet.

»Zeigen Sie mal!« Mit einem Handwedeln scheuchte
sie ihn hoch, setzte sich auf seinen Stuhl und las sich alles
durch.

»Prima. Stellen Sie es fertig und schicken Sie es mir. Äh,
nein, ich meinte Herrn Laschkow. Mich setzen Sie cc.«

Nur eine Viertelstunde später hatten sie und Laschkow
im Postfach das Dokument, das er und Maria sorgfältig
studierten.

Kurz vor halb zwei gingen sie zum Besprechungszimmer.
Augenblicklich verstummten die Gespräche der Kollegen,
die sich um den ovalen Tisch in der Mitte des Raumes
versammelt hatten. Maria folgte Laschkow zum oberen
Ende, an dem zwei freie Stühle standen.

»Morgen wird Herr Roland Velna für ein Gespräch mit
uns nach Dresden kommen. Herr Velna ist ein Journalist
aus Hamburg, der in einem Wissenschaftsmagazin einen
Artikel über die Tempelritter veröffentlicht hat. Frau

Wagenried und ich werden ihm gezielte Fragen zu den Tempelrittern stellen. Warum wir uns für die interessieren, erkläre ich Ihnen gleich.«

Allzu deutlich waren den Kriminalbeamten Skepsis und schlecht verhohlene Belustigung ins Gesicht geschrieben. Alle waren sie gestandene Männer und Frauen, die vermutlich vorher noch nie etwas über den Ritterorden gehört hatten und ihn irgendwo zwischen Hokuspokus und Sekte einstuften.

»Nun zum Fall«, fuhr Laschkow mit lauter Stimme fort. »Ich fasse noch einmal kurz zusammen: Wir haben drei Opfer. Bernhard Molberg, Kunsthändler aus Dresden, ermordet in seinem Geschäft, wurde von seinem Sohn tot aufgefunden. Der Nacken des Opfers wies eine Schnittverletzung auf, die durch das Entfernen eines Stücks der Haut entstanden ist. Zweites Opfer ist Guido Brunner, Schweizer, der im Restaurant *Canadian* vor den Augen der Gäste von einem schwarz maskierten Mann erschossen wurde. Der Grund für den Aufenthalt von Brunner in Dresden ist uns bis dato nicht bekannt. Ihm wurde ebenfalls ein Stück Haut aus dem Nacken geschnitten und zwar in der Rechtsmedizin. Der Täter ist in das Gebäude eingedrungen und unerkannt geflohen. Wir vermuten, dass sich im Nacken beider Opfer eine Tätowierung befand, von der der Täter nicht wollte, dass sie entdeckt wird. Ansonsten scheint beide Männer nichts zu verbinden. Das dritte Opfer, Hans-Peter Rosenbaum, stammt aus Würzburg. Frau Wagenried, die zusammen mit Dr. Petermann nach Würzburg gefahren ist, hat ihn im Keller des Hauses der St. Clemens Stiftung für politische und religiöse Bildung gefunden, nachdem sie und Dr. Petermann von zwei Unbekannten niedergeschlagen und eingesperrt wurden.«

Maria rechnete es Laschkow hoch an, dass er nicht näher auf ihre Eigenmacht und Verantwortungslosigkeit eingegangen war. Allerdings waren ihr die scheelen Blicke der Kollegen nicht entgangen.

»Rosenbaum hatte im Gegensatz zu den beiden vorherigen Mordopfern kein Wundmal im Genick. Dafür gibt es aber eine direkte Verbindung zu Bernhard Molberg, der seiner Stiftung testamentarisch einhunderttausend Euro vermacht hatte.« Laschkow machte eine Pause und trank einen Schluck Wasser. Dann griff er nach dem Whiteboard-Marker und schrieb in die linke obere Ecke nebeneinander die Namen von Molberg und Brunner. Dann fügte er Rosenbaum mittig darunter, sodass ein Dreieck entstand. Er verband zunächst Molberg und Brunner mit einer Linie, über die er das Wort »Tattoo?« schrieb. Dann zog er einen Strich von Molberg runter zu Rosenbaum und beschriftete ihn mit der Angabe »einhunderttausend Euro«. Er drehte sich um und sagte: »Aber es gibt noch eine Verbindung.« Maria registrierte, dass alle Augenpaare konzentriert auf Laschkow ruhten. »Nämlich eine Verbindung zwischen Rosenbaum und unserem Mann aus der Schweiz, Guido Brunner. Der war bei der St. Clemens Stiftung als Jurist tätig. Und Rosenbaum war Leiter der Niederlassung eben dieser Stiftung in Würzburg.« Wieder verband er die genannten Namen mit Strichen und Anmerkungen. »So weit alles klar?«, fragte er die Umsitzenden. Alle nickten.

»Und jetzt«, er klopfte mit dem Stift einmal laut auf den Tisch, »kommt dieser ominöse Orden der Tempelritter ins Spiel. Bei Hans-Peter Rosenbaum wurde in einem Seitenfach seiner Geldbörse eine silberne Münze gefunden. Auf der einen Seite ist ein Pferd mit zwei Reitern abgebildet, auf der anderen Seite ein sogenanntes Tatzenkreuz. Diese Motive sind Symbole der Templer. Dass uns dieses wichtige Detail nicht entgangen ist, haben wir der Aufmerksamkeit von Frau Wagenried zu verdanken, die zufälligerweise kürzlich einen Artikel des erwähnten Journalisten gelesen hat, in dem die Abbildung auf dem Siegel der Templer beschrieben wurde.«

Sie bestätigte diese Tatsache mit einem Kopfnicken.

»Herr Endress hat gestern und heute zu den Templern recherchiert. Eine Zusammenfassung seiner Ergebnisse wird Ihnen in Kürze zugehen. Zum einen sollte er danach forschen, ob dieser Orden überhaupt noch existent ist, zum anderen sollte er herausfinden, ob eine Tätowierung als Zeichen für eine Mitgliedschaft in dem Orden üblich ist. Herr Endress?«

Der Angesprochene schüttelte den Kopf. »Zur ersten Frage gibt es widersprüchliche Aussagen. Der Orden der Tempelritter wurde 1312 offiziell von Papst Clemens V. aufgelöst und zahlreiche der Ritter wurden zum Tode verurteilt. Viele konnten fliehen und fanden in anderen Orden Zuflucht. Im achtzehnten Jahrhundert wurden neue Organisationen gegründet, die bis heute tätig sind. Die einzelnen Orden existieren nur regional, die religiöse Ausrichtung variiert von katholisch über ökumenisch bis konfessionsfrei. Doch ob diese Neugründungen tatsächlich etwas mit dem ursprünglichen Orden der Tempelritter zu tun haben, ist fraglich. Ich bin auf mehrere Organisationen gestoßen, die von sich behaupten, die wahren Nachfolger der Tempelritter zu sein.«

»Warten wir ab, was uns der Journalist dazu sagen kann«, meinte Laschkow. »Wie sieht es mit den Tätowierungen aus?

Endress schüttelte den Kopf. »Nichts gefunden.«

»Bedauerlich. Aber wenn wir Glück haben, kann uns der Journalist auch diese Frage beantworten. Wir wären ein gutes Stück weiter, falls sich herausstellen sollte, dass beide, Molberg und Brunner, ebenfalls dem Orden der Tempelritter angehörten.« Erneut drehte er sich zur Tafel um und skizzierte neben alle drei Namen ein Tatzenkreuz, das er bei den beiden Dresdner Opfern mit einem Fragezeichen versah.

»Welche Rolle spielt nun der Verleger Reichenberg in diesem Beziehungsgeflecht? Bernhard Molberg hatte vor, ein Buch zu veröffentlichen, und hat sich in dieser Sache an den Verleger in Leipzig gewandt. Frau Wagenried hat ihn zusammen mit Herrn Dreiblum in Leipzig aufgesucht und dazu befragt. Herr Reichenberg sagte aus, dass Herr Molberg ein Buch über den Antiquitäten- bzw. Kunsthandel in Deutschland geplant hätte. Zu einer Zusammenarbeit wäre es aber nicht gekommen, da sie sich nicht vertragseinig geworden seien, was mich angesichts der von Frau Wagenried geschilderten Geschäftspraktiken nicht wundert. Auf dem Rückweg von Leipzig nach Dresden hatten unsere beiden Kollegen, wie Sie alle wissen, einen schweren Unfall, da das linke Vorderrad ihres Autos manipuliert worden war und sich während der Fahrt auf der Autobahn gelöst hat. Leider wurde Herr Dreiblum dabei sehr schwer verletzt.«

»Wie geht es ihm denn?«, ertönte ein Zwischenruf.

»Es handelt sich Gott sei Dank nicht um eine schwerwiegende Verletzung der Wirbelsäule, sondern um eine Quetschung, einfach ausgedrückt«, meldete Maria sich zu Wort. »Es wird dennoch einige Wochen dauern, bis er die Reha hinter sich hat und wieder ganz hergestellt ist.« Siedend heiß fiel ihr ein, dass sie nicht mehr bei ihm gewesen war, seit sie letzte Woche das Krankenhaus verlassen hatte. Maria nahm sich fest vor, ihn gleich heute noch, sobald ihr Dienst beendet war, zu besuchen.

»Wie Sie gerade gesehen haben, liegt vor uns noch ein ziemlich undurchdringliches Dickicht«, schloss Laschkow. »Hoffentlich können wir es mit Hilfe des Journalisten etwas lichten. Wie eingangs gesagt, liegt der Schwerpunkt unseres Interesses auf dem Tattoo und auf der Frage, ob der Orden der Tempelritter noch existiert. Vielleicht weiß Herr Velna etwas über Feindschaften innerhalb der Gemeinschaft? Möglicherweise gibt es auch so etwas wie eine Mitgliederliste. Die wird natürlich nicht öffentlich sein. Aber vielleicht gibt es eine Möglichkeit, an sie heranzukommen.« Er klatschte in die Hände. »Das war's fürs Erste.«

Alle erhoben sich und gingen an ihre Arbeitsplätze zurück.

»Ich möchte gern Hellwig im Krankenhaus besuchen«, wandte sich Maria an Laschkow, während sie den langen Flur zu ihrem Büro zurückgingen. »Irgendwie ist immer was dazwischengekommen. Ich habe schon ein ganz schlechtes Gewissen.«

»Aber nur mit dem Fahrer«, willigte er ein. »Bestellen Sie Herrn Dreiblum bitte Grüße von mir.«

Auf dem Weg zum Krankenhaus fiel ihr ein, dass sie gar kein Mitbringsel für Hellwig hatte. Zu ihrer Bestürzung wurde ihr bewusst, dass sie partout nicht wusste, worüber er sich freuen würde. Blumen? Schokolade? Oder vielleicht ein Buch? Sie bat den Fahrer, am Neustädter Bahnhof zu halten, wo es sowohl einen Lebensmittelladen als auch eine Buchhandlung gab. Sie brauchte eine Weile, bis sie das Passende gefunden hatte, einen Thriller, der gerade Platz drei der Bestsellerlisten belegte. Sie hatte keinen blassen Schimmer, ob Hellwig sich überhaupt für Krimis oder Thriller interessierte und war daher von ihrem eigenen Geschmack ausgegangen. Dazu kaufte sie noch eine Schachtel Trüffelpralinen, von denen sie ebenso wenig wusste, ob er sie mochte. Früher hatte es für sie nichts Schöneres und Entspannenteres gegeben als sich mit einem guten Buch zurückzuziehen, dabei Trüffel zu naschen und einen Kaffee zu trinken. Warum machte sie das eigentlich nicht mehr? *Weil du nach drei Monaten wie eine Tonne aussehen würdest,* beantwortete sie ihre eigene Frage. Damals hatte sie noch geraucht und war regelmäßig gejoggt. Außerdem begann ihr Stoffwechsel sich zu verlangsamen, eine weitere unerfreuliche Nebenerscheinung des Alterns.

Eine halbe Stunde später klopfte sie an Hellwigs Tür. Sein Gesicht hob sich kaum von dem weißen Kissenbezug ab, so blass war er. Neben ihm saß eine junge Frau, die ihr langes rotbraunes Haar zu einem dicken Zopf geflochten hatte. Das musste seine Freundin sein, die die positiven Veränderungen an seinen Outfits bewirkt hatte.

»Hellwig, grüß dich! Du scheinst ja schon wieder ganz munter zu sein, wenn du Damenbesuch empfangen kannst«, begrüßte Maria ihn betont aufgeräumt. Doch als sie näher an sein Bett herantrat, erschrak sie. Seine Augen lagen tief in ihren Höhlen und die Wangen waren eingefallen. Er sah mindestens zehn Jahre älter aus als vor dem Unfall. Matt lächelte er sie an.

»Frau Wagenried, ich meine ... Maria, schön dass du mich besuchen kommst. Da kann ich dir ja auch gleich meine Verlobte Christina Baumgarten vorstellen.«

*Verlobte?* Gab es heutzutage so etwas überhaupt noch? Maria streckte Christina die Hand entgegen. Eine hübsche Person, mit vollen Lippen und Sommersprossen auf der Stupsnase. In ihren dunklen Augen spiegelte sich Besorgnis wider.

»Wie geht es meinem Lieblingsassistenten?«, wandte sie sich wieder an ihn.

»Den Umständen entsprechend. Aber es geht langsam voran. In drei Wochen werde ich entlassen, dann kommt die Reha.«

»Hört sich gut an.«

»Bis dahin bin ich allerdings hier ans Bett gefesselt und darf mich nicht bewegen. Sehr lästig, muss ich sagen.«

»Hellwig, du kannst froh sein, dass du so glimpflich davongekommen bist«, ermahnte ihn seine Verlobte sanft. Sie hatte recht und Maria fand sie ausgesprochen sympathisch.

»Dann habe ich, so hoffe ich zumindest, das Geeignete, um die Zeit ein wenig zu verkürzen.« Sie überreichte ihm die Geschenke. Beim Anblick der Schachtel mit den Trüffeln grinste er übers ganze Gesicht.

»Trüffel ... ich liebe Trüffel, vielen Dank, Maria. Ich werde gleich einen essen.« Ungeduldig riss er die Packung auf und bot ihnen auch welche an. Aber sowohl Maria als auch Christina lehnten dankend ab. Kauend fiel sein Blick auf das Buch. Laut las er den Titel vor und nickte zustimmend.

Dann blickte er zu Maria auf: »Was gibt's denn Neues in unserem Thriller? Haben die Kollegen herausgefunden, wer sich am Auto zu schaffen gemacht hat?«

Maria schüttelte den Kopf. Sie konnte ihm nicht alle Neuigkeiten erzählen, solange seine Verlobte daneben saß. Die verstand den bedeutungsvollen Blick richtig, den Maria ihr zuwarf, und verließ mit der Bemerkung das Zimmer, etwas zu trinken holen zu wollen. Wenn Hellwig wusste, was gut für ihn war, musste er diese Frau festhalten, fand Maria. Sie war offenkundig intelligent und einfühlsam.

Als Christina die Tür hinter sich zugezogen hatte, begann Maria zu erzählen. Hellwig machte große Augen, als sie ihm von ihrem eigenmächtigen Vorgehen in Würzburg erzählte. Noch weniger konnte er glauben, dass sie Dess überredet hatte, mitzukommen. An dieser Stelle wurde sie verlegen und gestand ihm, dass sie sich deswegen Vorwürfe machte. Es gelang ihr, seinem Blick standzuhalten. Wenn sie schon Mist gebaut hatte, dann war es das Mindeste, ihre Schuld einzugestehen und nicht nonchalant darüber hinwegzugehen. Hellwig lauschte weiter ihrem Bericht über die beiden Männer, die sie und Desmond verletzt und eingesperrt hatten und über den Toten, den sie im Keller gefunden hatte. Auf seiner Miene spiegelten sich abwechselnd Besorgnis und Verblüffung. Als sie beim bevorstehenden Treffen mit dem Journalisten angelangt war, machte sich Enttäuschung auf seinem Gesicht breit.

»Verdammter Mist! Und ich liege hier untätig im Krankenhaus rum. Ich wäre so gerne dabei.«

»Ärgere dich nicht, Hellwig, du wirst noch so viele Ermittlungen in deiner Karriere durchführen. Ich halte dich auf dem Laufenden. Einverstanden?«

Er nickte betrübt.

»Quetsch den Schreiberling aus wie eine Zitrone«, sagte Hellwig.

Maria lächelte. Genau das hatte sie vor. Aber sie hütete sich davor, zu viele Erwartungen zu hegen. Ein bisschen Zweckpessimismus hatte noch nie geschadet.

»Wie läuft's denn mit deinem neuen Kollegen, Andreas Laschkow?«

Maria schlug sich gegen die Stirn: »Mensch, das hätte ich beinahe vergessen. Ich soll dir schöne Grüße bestellen.«

»Danke.« Er grinste. »Und sonst?«

»Ich würde sagen, er geht mir auf die Eier, wenn ich welche hätte. Da ich aber eine gebildete und höfliche Frau bin, gebe ich zu, dass er bisweilen recht anstrengend sein kann.«

Sie lachten beide laut auf.

»Maria, aber mal ganz im Ernst. Ich kenne kaum einen Menschen, der mehr Eier in der Hose hat als du.«

»Danke, Hellwig. Wenn es auch nicht unbedingt ein Kompliment ist, über das sich eine Frau freut.«

»Du siehst dabei natürlich auch sehr gut aus.«

»Für mein Alter.«

»Wie, für dein Alter?«

»Das hinzuzufügen hast du vergessen.«

»Aber ich, ich ...«, stotterte er.

»Alles fein, Hellwig. Lass dich nicht auf den Arm nehmen. Aber ich muss jetzt ohnehin gehen. Außerdem können wir deine Christina nicht so lange warten lassen.«

Sie verabschiedete sich und versprach, ihn so bald wie möglich wieder zu besuchen und ihn auf dem Laufenden zu halten. Draußen, am Ende des Flurs, wo ein Tisch und mehrere Stühle standen, wartete seine Verlobte. Sie erhob sich und kam lächelnd auf Maria zu.

»Passen Sie auf meinen kleinen Hellwig auf«, sagte Maria, reichte ihr zum Abschied die Hand und wandte sich zum Gehen. Dann blieb sie stehen und drehte sich noch einmal um. »Ich glaube, Sie tun ihm sehr gut.«

Ein glückliches Lächeln erschien auf Christina Baumgartens Gesicht.

# KAPITEL 16

Maria und Laschkow betraten die Lobby des Hotels auf der Prager Straße, in dem Endress ein Zimmer für Roland Velna reserviert hatte. Hier waren sie in zehn Minuten mit dem Journalisten verabredet. Maria wandte sich an die Angestellte hinter der Rezeption und bat sie, Herrn Velna zu benachrichtigen, dass sie da seien.

»Der Herr erwartet Sie bereits«, sagte sie und deutete auf den hinteren Bereich der Empfangshalle, in dem ein Mann in einem Sessel saß und eine Zeitung las.

»Herr Velna?«, fragte sie, als sie direkt vor ihm standen. Der Angesprochenen senkte die Zeitung.

»Ja, der bin ich«, antwortete er lächelnd und erhob sich.

Aus beruflicher Gewohnheit hatte Maria ihn in Sekundenschnelle taxiert. Er war ziemlich groß und schlank. Das dunkelblonde Haar war zurückgekämmt und hinter die Ohren geklemmt. Seine Gesichtshaut war von tiefen Akne-Narben überzogen, die seinem guten Aussehen aber keinen Abbruch taten. Klar und ruhig sah er sie mit hellgrünen Augen an. Die ungewöhnliche Farbe irritierte Maria für einen Moment. Unter einer sportlichen, hellen Freizeitjacke trug er ein dunkelgrünes Sweatshirt. Jeans und robuste, braune Lederschuhe vervollständigten seine Garderobe.

»Vielen Dank, dass Sie sich die Zeit genommen haben, uns unterstützend zur Seite zu stehen, Herr Velna.« Sie reichte ihm die Hand. »Ich bin Maria Wagenried, Hauptkommissarin. Und das ...«, sie wies auf Laschkow, der neben ihr stand, »... ist Hauptkommissar Andreas Laschkow, der die Ermittlungen leitet.«

Der Journalist sah zu Laschkow und gab auch ihm die Hand. Für den Bruchteil einer Sekunde konnte sie Abneigung in Velnas Augen aufblitzen sehen.

»Ja, vielen Dank«, posaunte Laschkow. »Wir sind wirklich sehr neugierig darauf, was Sie uns erzählen werden.«

Velna setzte ein unverbindliches Lächeln auf.

Maria bestellte Kaffee für sie, der wenige Augenblicke später kam.

»Wie kann ich Ihnen helfen?«, fragte Velna, rührte in seiner Tasse und sah sie abwartend an.

»Wie Sie ja bereits wissen, ermitteln wir zu zwei Mordfällen in Dresden, die sich kurz hintereinander ereignet haben. Ein dritter Mord in Würzburg scheint damit im Zusammenhang zu stehen. Wir vermuten, dass alle Opfer dem Orden der Tempelritter angehörten. Ein Mitarbeiter unseres Teams hat aus den naheliegendsten Quellen einige Informationen zu den Tempelrittern für uns und alle Kollegen zusammengefasst«, erklärte Laschkow. »Das hat uns aber noch nicht weitergebracht. Helfen Sie uns bitte mit Hintergrundwissen auf die Sprünge.«

Bereitwillig nickte Velna.

»Auf die Gefahr hin, dass ich einiges wiederhole, das Sie bereits wissen, fasse ich das Wichtigste noch einmal zusammen. Der Templerorden wurde vermutlich im Jahr 1118 in Jerusalem gegründet. So ganz genau weiß man das nicht. Gründungsort war der Tempel des Salomon. Darum nannte sich der Orden ›Die Armen Ritter Christi vom Tempel des Salomon‹. Seine Gründung hatte eine Vorgeschichte: 1099 war Jerusalem beim ersten Kreuzzug von christlichen Truppen erobert worden. Dadurch war in Europa das Interesse an Wallfahrten und Pilgerzügen zum Heiligen Grab gewachsen. Buße und Sündenablass, verstehen Sie? Aber nicht nur das. Auch viele Söhne aus niederem Adel, die nicht mit einem großen Erbe rechnen konnten, betrachteten die Kriegszüge als Möglichkeit zum Erwerb von Schätzen und Ländereien. Als Jerusalem erobert worden war, waren sämtliche Nicht-Christen innerhalb der Stadtmauern hingerichtet worden. Juden, Moslems, egal. Die Angabe über die Zahl der Opfer schwankt, je nach Quelle. Einige gehen von siebzigtausend aus, andere nur von dreitausend. In jüngster Zeit wird einer jüdischen Schätzung von circa dreißigtausend der Vorzug gegeben. Wie dem auch sei, man war rund um Jerusalem auf Christen nicht gut zu sprechen. Viele Wallfahrer wurden auf ihrem Weg dorthin überfallen, ausgeraubt und ermordet.«

»Und wo kommen da die Templer ins Spiel?« fragte Laschkow, die Arme vor der Brust verschränkt.

»Man gründete einen Orden, um die Wallfahrtswege nach Jerusalem zu schützen. Fromme Ritter oder kämpfende Mönche, je nachdem, wie Sie es ausdrücken möchten. Sie wurden durch den Papst mit zahlreichen Befugnissen ausgestattet. Der Orden wuchs schnell und die Templer wurden berühmt für ihre Tapferkeit und Klugheit. Viel später, 1187, wurde Jerusalem vom kurdischstämmigen Sultan Saladin von den Kreuzrittern befreit. Zum Zeichen seines Sieges ließ er das Kreuz vom Felsendom abnehmen.«

»Herr Velna«, unterbrach Laschkow ihn jetzt ungeduldig. »Ich, glaube ich habe mich vorhin nicht ganz klar ausgedrückt, als ich Sie bat, uns mit Hintergrundwissen zu helfen. Der Fokus unseres Interesses liegt auf der Gegenwart. Wir ermitteln in drei Mordfällen, die eine Verbindung zu den Tempelrittern aufweisen. Daher meine Frage: Existiert der Templerorden noch?«

Hätte Laschkow den Vortrag des Journalisten nicht unterbrochen, wäre Maria dazwischengegangen. Velna schien nicht im Mindesten pikiert und antwortete in ruhigem, sachlichem Ton.

»Offiziell wurde er am 13. Oktober 1307 vom französischen König Philipp IV. zerschlagen.«

»Sagten Sie nicht vorhin, dass der Orden dem Papst unterstellt war? Wie ist dann ein König dazu imstande, den Orden aufzulösen?«, fragte Laschkow.

»Weil Papst Clemens V. nur eine Marionette von Philipp war.« Velna suchte nach den richtigen Worten. »Der Orden, der quasi für weltliche Herrscher unantastbar und immens reich war, hatte sich zu einem Staat im Staat entwickelt, was Philipp zunehmend ein Dorn im Auge gewesen war. Die Templer durften als einzige Christen Geld gegen Zins verleihen und hatten so ein Riesenvermögen angehäuft! Zudem war der französische König ziemlich pleite und hatte Schulden bei den Templern. Was lag da für Philipp näher, als zwei Fliegen mit einer Klappe zu schlagen? Den Orden zu vernichten und sich kurzerhand dieses Vermögen zu sichern. Also ließ er ihn mittels falscher Anschuldigungen zerschlagen und enteignen. Die Templer wurden verfolgt, viele verhaftet und einige von ihnen auch hingerichtet. Andere haben sich rechtzeitig in Sicherheit gebracht.«

Maria merkte sehr wohl, dass der Journalist versuchte, der eigentlichen Frage nach den Templern von heute auszuweichen.

»Doch als König Philipp die Schatzkammern der Templer plündern lassen wollte, erwiesen die sich als so gut wie leer. Daraus entstand die Legende vom Schatz der Tempelritter. Bis heute hat man ihn, trotz zahlreicher Nachforschungen, nicht gefunden.«

»Um noch mal auf Herrn Laschkows Frage zurückzukommen ...«, Maria konnte sich nicht mehr zurückhalten, »... existiert der Orden nun noch, oder nicht?«

»Weshalb sollte er nicht existieren?«, antwortete Velna mit einer Gegenfrage.

*Dieser Mann windet sich wie ein Aal.*

»Falls es den Orden noch gibt, wird er sich drastisch verändert haben«, fuhr Velna sachlich fort. »Aber dem Papst ist man wohl kaum noch treu ergeben, immerhin erfolgte die offizielle Auflösung durch ihn. Wenn Sie mich fragen: Ja, der Orden existiert noch. Zumindest gibt es Nachfolgeorganisationen oder Gemeinschaften, die ihn fortführen.«

»Von diesen Nachfolgeorganisationen wissen wir bereits«, entgegnete Maria. »Aber die scheinen doch eher regionalen Vereinscharakter zu haben. Was uns interessiert ist die Frage, ob sie heute noch eine gemeinsame, größere Idee verbindet. Und falls ja, was sind ihre Ziele? Christliche Wallfahrer auf ihrem Weg nach Jerusalem zu schützen, trifft ja wohl nicht mehr zu.«

Der Journalist schwieg und sah sie abwartend aus seinen grünen Augen an.

»Gehören Sie *selbst* dem Orden an?« Wie ein Peitschenhieb knallte Marias Frage durch die Stille.

»Ich?« Roland Velna reagierte verständnislos. »Der Templerorden ist zerschlagen worden. Sein Großmeister starb auf dem Scheiterhaufen, die Mitglieder wurden vor Gericht gestellt ...«

»Was nicht bedeutet, dass es ihn nicht mehr gibt. Das haben Sie selbst ja eben gesagt.«

»Das ist allerdings wahr.«

Es ist zum Mäusemelken, dachte Maria, sie drehten sich im Kreis. *Warum weicht er aus?*

»Ich würde gerne auf die Münze zu sprechen kommen, die wir beim dritten Mordopfer gefunden haben, Herr Velna«, ergriff Maria wieder das Wort. »Dadurch sind wir überhaupt erst auf die Templer gestoßen. Zufälligerweise habe ich Ihren Artikel gelesen, in dem Sie das Siegel der Templer erwähnen. Ich habe mich daran erinnert, als ich in der Liste der persönlichen Gegenstände des Ermordeten die Beschreibung einer Münze gelesen habe, die offenbar dieses Siegel und ein Tatzenkreuz zeigt.«

Schnell warf sie einen Blick zu Laschkow, um sich zu vergewissern, dass es für ihn in Ordnung war, dass sie das Gespräch übernahm. »Kann es sein, dass sich eines der Symbole im Nacken eines Templers wiederfindet?«

»Was genau meinen Sie damit?«

»Bei zwei der drei Opfer wurde nach dem Mord im Nacken ein Stück Haut entfernt. Wir halten es für möglich, nein, eher wahrscheinlich, dass der Mörder auf diese Weise eine Tätowierung beseitigt hat. Daher nun meine Frage: Verwenden die Templer neben dem Siegel und dem Kreuz ...«

»... und dem Ring«, unterbrach er sie.

»Ring?«, echote Maria.

»Ja, neben der Münze, oder auch Talisman, wissen wir auch von Siegelringen mit dem Tatzenkreuz.«

Unwillkürlich huschten ihre Augen zu seinen Händen, aber er trug keinen Ring.

»Gut, aber um meine Frage zu präzisieren: Kann es vorkommen, dass Templer eine Tätowierung im Nacken haben, ein Tatzenkreuz oder das Pferd mit den zwei Reitern?

Der Journalist legte die Stirn in Falten und sah sie unverwandt an. »Eine Tätowierung im Nacken, die die Zugehörigkeit zum Orden symbolisiert, wenn ich Sie richtig verstanden habe?«

Ungeduldig nickte Maria. Sie hatte den Eindruck, dass Roland Velna Zeit zu gewinnen versuchte. Warum sonst wiederholte er ihre Frage, obwohl sie die doch ganz klar formuliert hatte? Sie hatte den Eindruck, dass er etwas verschwieg.

»Hm, gute Frage. Um ehrlich zu sein, kann ich sie Ihnen nicht beantworten. Ich erinnere mich nicht, in meinen Quellen darüber etwas gelesen zu haben. Möglicherweise ist es mir einfach nur entgangen. Ausschließen kann ich natürlich nicht, dass es Templer gab oder gibt, die sich eine Tätowierung stechen lassen. Tja, tut mir leid, dass ich Ihnen in dieser Beziehung nicht weiterhelfen kann.«

Maria suchte Laschkows Blick. Beide wussten sie, dass damit ihre Hoffnung, die Ermittlungen einen entscheidenden Schritt voran zu bringen, zunichte gemacht worden war. Sie hatte eine letzte Frage an Roland Velna.

»Angenommen, bei den Ermordeten handelt es sich ausnahmslos um Templer. Ist es für Sie denkbar, dass der Mörder aus ihren eigenen Reihen stammt?«

»Ausgeschlossen!« Velna wirkte nahezu entrüstet. »Das halte ich für absolut unmöglich. Es würde dem Ehrenkodex und dem Selbstverständnis des Ordens widersprechen.«

»Gut.« Sie sah zu Laschkow, der unmerklich den Kopf schüttelte.

»Herr Velna, vielen Dank. Das war sehr aufschlussreich. Sie haben uns wirklich sehr geholfen.«

»Diesen Eindruck hatte ich nun gerade nicht«, entgegnete der Journalist amüsiert.

»Doch, doch. Sie haben wertvolle Informationen mit uns geteilt«, bestätigte Laschkow, dessen Tonfall seine Worte Lügen strafte. Der Journalist sah zwischen den beiden Kommissaren hin und her.

»Wie sind denn Ihre weiteren Pläne für heute?«, fragte Maria ihn freundlich, um von der Peinlichkeit ihres Kollegen abzulenken.

»Wenn ich schon mal hier bin, werde ich mir natürlich Dresden anschauen. Wenigstens den Zwinger, die Semperoper und natürlich die Frauenkirche. Liegt ja alles dicht beieinander, soweit ich weiß.«

»Das klingt nach einem guten Plan. Werden Sie im Hotel essen? Andernfalls könnte ich Ihnen ein oder zwei gute Tipps geben, wenn Sie möchten.«

Roland Velna sah unschlüssig aus.

»Naja, war nur so eine Idee«, schob Maria hinterher. »Von hier aus sind Sie in weniger als fünfzehn Minuten an der Frauenkirche.«

Bevor Velna etwas darauf erwidern konnte, drängelte sich Laschkow zwischen sie, gab ihm die Hand und verließ unter dem Hinweis, dass er die Toilette aufsuchen müsste, eilig die Lobby. Verdutzt schaute der Journalist ihm hinterher. Dann wandte er sich Maria zu und lächelte sie an.

»Wenn Sie sich so gut mit den örtlichen Restaurants auskennen, warum begleiten Sie mich heute Abend nicht einfach? Ich würde Sie gerne einladen.«

Maria zögerte. Velna war ihr nicht unsympathisch, aber wozu sollte das gut sein?

»Das ist sehr freundlich von Ihnen, aber ich hatte eine sehr anstrengende Woche. Ich werde heute zeitig ins Bett gehen.«

»Dafür habe ich vollstes Verständnis. Aber ich würde mich wirklich freuen, wenn Sie mitkämen.« Er lächelte sie an. »Wir könnten noch mal ganz in Ruhe über die Fälle sprechen. Vielleicht fällt mir im Laufe des Abends doch noch etwas dazu ein.«

Maria horchte auf. Hatte ihr Eindruck sie also nicht getäuscht! Er hatte nicht alles preisgegeben, was er wusste. Aber wieso?

»Also gut, überredet.« Diese Chance durfte sie sich nicht entgehen lassen. »Ich schlage vor, dass wir uns auf dem Neumarkt treffen und dort in ein Restaurant gehen. Haben Sie bestimmte Vorlieben, was das Essen anbelangt?«

»Nein, überhaupt nicht. Ich bin ein Allesesser und unkompliziert.« Ein Lächeln huschte über sein Gesicht.

»Dann würde ich den netten Italiener gegenüber der Frauenkirche vorschlagen. Das ist auch ganz in der Nähe vom Präsidium. Was halten Sie davon?«

»Das ist eine ausgezeichnete Idee.«

»Gut. Dann treffen wir uns an der Frauenkirche um ...«, sie schaute auf ihre Armbanduhr, »... sieben heute Abend.«

»Gut, abgemacht. Ich freue mich.«


»Diesen ganzen Zinnober hätten wir uns sparen können«, knurrte Laschkow, als sie wieder im Auto saßen. »Reine Zeitverschwendung!«

»Man soll den Tag nie vor dem Abend loben.« Sie hatte den Satz noch nicht ganz ausgesprochen, da biss sie sich schon auf die Lippen. Natürlich wollte sie nicht, dass er von ihrem privaten Date mit Velna erfuhr.

»Was heißt das? Gibt es doch noch etwas Neues?«, blaffte er.

»Nein. Das war nur so ein blöder Spruch. Eigentlich wollte ich sagen ›Die Hoffnung stirbt zuletzt‹.«

Misstrauisch sah er sie von der Seite an, zuckte dann gleichgültig mit den Schultern und konzentrierte sich schweigend auf den Verkehr.

Zurück im Präsidium teilte er ihr schlechtgelaunt mit, dass er Rottge über die Ergebnisse des Gesprächs mit dem Journalisten aufklären müsse.

»Wobei ›Ergebnisse‹ ja der falsche Ausdruck ist.«

Maria platzte der Kragen.

»Wieso lassen Sie Ihre schlechte Laune eigentlich an mir aus? Ich kann doch nichts dafür, dass das Gespräch nicht effektiv war. Sie waren damit einverstanden, dass wir Herrn Velna einladen. Sie benehmen sich wie ein kleines Kind, das mit einem Misserfolg nicht klarkommt.«

Entgeistert sah er sie an. *Das hat wohl noch nie jemand zu dir gesagt,* dachte Maria spöttisch und hielt seinem Blick stand. Wortlos stand er auf und knallte die Tür hinter sich zu.

*Ja, du mich auch.*

Sie hatte noch eine Menge Zeit bis zur Verabredung mit Roland Velna. Sie hoffte, dass er sich bei einem Glas Wein tatsächlich weitere relevante Informationen entlocken lassen würde, und er sie damit nicht nur geködert hatte, um den Abend nicht alleine verbringen zu müssen. Aber das war der Preis, den sie zahlen musste, wenn sie es herausfinden wollte.

Das Läuten des Telefons unterbrach ihre Überlegungen. Es war Rottge, wie sie an der Nummer auf dem Display erkennen konnte. *Scheiße,* wahrscheinlich hatte sich Laschkow wieder über sie beschwert.

»Herr Rottge?«, flötete sie.

»Ich möchte das Gesprächsprotokoll bis morgen früh auf meinem Schreibtisch haben. Bis neun«, befahl er in barschem Ton. »Und noch etwas, Frau Wagenried. Bemühen Sie sich doch bitte um etwas Kollegialität. Wir sind hier nicht im Kindergarten!«

Sie spürte, wie ihr das Blut in die Wangen schoss. Aber statt ihrer Verärgerung Luft zu machen, sagte sie mit gepresster Stimme:

»Ja, ist in Ordnung.« Deutlicher ging es nicht: Laschkow wollte sie aus dem Weg haben und versuchte es auf diese Tour. Er würde das so lange durchziehen, bis sie entnervt das Handtuch warf und um ihre Versetzung bat. Das musste aufhören! Wenn sie ging, dann nur aufgrund ihrer eigenen Entscheidung. *Und nicht weil dieser eklige Schleimbeutel sich das so wünscht.*

Schon von weitem konnte sie den Journalisten an seiner hellen, sportlichen Jacke erkennen. Er wirkte etwas verloren, wie er vor dem Nordeingang der Frauenkirche nach ihr Ausschau hielt. Als sie direkt vor ihm stand, begrüßte er sie mit den Worten:

»Eine wunderbare Stadt. Ich bin ganz erschlagen von so viel Kunst und Kultur.«

»Da müssen wir Ihnen mit einem ordentlichen Essen wieder auf die Beine helfen. Wir sollten keine Zeit verlieren und gleich ins Lokal gehen.« Sie wies mit dem Kinn in Richtung Restaurant. »Gleich gegenüber, sehen Sie?«

Sie hatten Glück und ergatterten einen Tisch am Fenster mit direktem Blick auf die Frauenkirche.

»Betrachten Sie sich bitte als eingeladen, zum Dank dafür, dass Sie den weiten Weg zu uns auf sich genommen haben«, sagte sie lächelnd.

»Unter gar keinen Umständen! Ich übernehme die Rechnung.«

Nachdem sie die Bestellung aufgegeben hatten, entstand zunächst eine verlegene Stille. Velna schaute aus dem Fenster zur Frauenkirche.

»Wirklich beeindruckend. Ich habe sie mir auch von innen angesehen. Um ehrlich zu sein, ich war regelrecht überwältigt.«

»Sie hätten mal den Trümmerhaufen sehen sollen, der vorher da gelegen hat. Nie im Leben hätte man sich vorstellen können, dass sie eines Tages wieder in voller Schönheit erstrahlt.«

Der Kellner kam mit einer Flasche Rotwein und präsentierte sie Velna. Der warf einen schnellen Blick auf das Etikett und nickte. Velna kostete zunächst und machte eine zustimmende Geste.

»Zum Wohl, und nochmals vielen Dank für die Einladung, Herr Velna.« Maria hob ihr Glas und sah dem Mann ihr gegenüber in die Augen. Sie waren wirklich von einer außerordentlich ungewöhnlichen Farbe. Nicht ein Farbsprenkel durchbrach das helle Grün.

Ein Brotkörbchen wurde zwischen sie gestellt. Hungrig griffen sie nach den knusprigen Scheiben, träufelten Olivenöl auf einen Teller und tunkten die Brotstücke hinein. Es schmeckte so köstlich, dass Maria auf die Pizza gut und gerne hätte verzichten können. Auch der Wein war angenehm – nicht zu schwer, nicht zu trocken – und begann, die etwas angespannte Atmosphäre aufzulockern. Zunächst drehte sich ihr Gespräch um Dresden und um ihre Arbeit. Zwischenzeitlich kamen der Salat und danach die Pizza. Doch der richtige Zeitpunkt, um die Frage zu stellen, die Maria schon die ganze Zeit unter den Nägeln brannte, hatte sich noch nicht ergeben. Stattdessen beobachtete sie den Mann ihr gegenüber, der mit großem Appetit seine Pizza aß, den Wein aber nur in kleinen Schlucken trank. Schließlich entschloss sie sich, zum Angriff überzugehen.

»Heute Nachmittag haben Sie die Frage nach Ihrer Mitgliedschaft im Orden der Templer nicht eindeutig beantwortet und sind stattdessen ausgewichen. Mich würde interessieren, wieso Sie sich ausgerechnet mit diesem Thema so intensiv beschäftigen.«

Velna wollte gerade einen Schluck Wein trinken und hatte das Glas bereits zum Mund geführt. Nun stellte er es auf den Tisch zurück und sah sie an.

»Frau Wagenried. Ich bin nur ein kleiner Schreiberling und manche behaupten, sogar ein ganz guter. Mein Artikel beruht auf unterschiedlichsten Quellen, in denen die gleichen Fakten wiederholt beziehungsweise als Ausgangsbasis für weiterführende Thesen verwendet werden. Daher darf man davon ausgehen, dass sie im Wesentlichen den historischen Tatsachen entsprechen.«

»Aber woher das Interesse gerade für diese Materie? Dafür muss es doch einen Grund geben«, insistierte Maria.

»Nach dem Studium fand ich zunächst eine befristete Stelle als wissenschaftlicher Mitarbeiter an der Uni. Der Professor, für den ich arbeitete, war Templer. Er war es, der mich in die Thematik eingeführt hat. Ich fand es damals sehr aufregend. Und dann ...«

»... sind sie in den Orden eingetreten, habe ich recht?«

»Nein, dann starb der Professor bei einem ... Autounfall. Mein Vertrag wurde in der Folge nicht verlängert und ich war wieder arbeitslos.«

Maria sah Velna über den Rand ihres Glases hinweg an. Etwas hatte sie irritiert. Sie trank einen Schluck und setzte das Glas ab.

»Irre ich mich, oder haben Sie eben bei dem Wort ›Unfall‹ ein wenig gezögert?«

»Da haben Sie sich bestimmt geirrt«, erwiderte er und schnitt sich ein Stück von seiner Pizza ab.

»Wirklich?«

Velna hielt inne und sah auf.

»Ich kann nur Vermutungen äußern. Auch die Templer haben Feinde. Jeder hat Feinde.«

»Wer sind diese Feinde?«

Velna sah sie ausdruckslos an.

»Sehe ich aus, als wäre ich lebensmüde?« Er schüttelte den Kopf und tupfte sich den Mund mit der Serviette ab.

»Die Pizza ist übrigens ausgezeichnet, auch wenn ich nach den Anchovis wahrscheinlich einen Höllendurst bekommen werde. Ist Ihre auch gut?«

Verblüfft wegen des plötzlichen Themenwechsels senkte sie den Blick auf ihre Pizza, als hätte sie noch gar nicht gesehen, was da auf ihrem Teller lag.

»Ja, danke, sehr gut. Ein Haufen Knoblauch und Oregano, so wie ich's mag.« Unsicher betrachtete sie ihn. Er schnitt bereits wieder konzentriert ein Stück seiner Pizza ab. Sein Gesicht und seine Körpersprache signalisierten Maria eine Abwehrhaltung. Für eine Weile sprach niemand von ihnen ein Wort.

Schließlich legte Velna sein Besteck zur Seite.

»Möchten Sie noch etwas Wein?«, fragend hob er die Flasche. Sie nickte, da sie hoffte, dass der Alkohol seine Zunge wieder lösen würde. Sie musste nicht lange warten.

»Erzählen Sie mir doch etwas über den Fall. Ich habe ja nur am Rande mitbekommen, dass es um Mord, besser gesagt, um drei Morde geht.«

Maria überlegte kurz. Eigentlich durfte sie keine Informationen zu laufenden Ermittlungen geben. Aber wenn sie ihn dadurch wieder gesprächiger machte, musste sie in den sauren Apfel beißen.

»Wir haben«, begann Maria, »zwei Morde in Dresden und einen in Würzburg. Beim ersten Opfer handelte es sich um einen Antiquitätenhändler, der in seinem Geschäft getötet wurde. Anschließend hat der Täter seine Villa durchsucht. Er hat ein heilloses Chaos hinterlassen und den Safe leergeräumt, von dem wir bisher nicht ermitteln konnten, was genau sich darin befand. Der zweite Mord ereignete sich in einem Restaurant, da war ich Zeuge der Tat.«

Velna hob die Brauen. »Wie meinen Sie das?«

»Ich war an dem Abend mit einem Freund in eben diesem Restaurant. Der maskierte Täter ist hereingestürmt, hat irgendwas gebrüllt und dann den Mann an unserem

Nebentisch erschossen. Anschließend ist er geflüchtet. Bei dem Ermordeten handelt es sich um einen Schweizer, der privat oder geschäftlich in Dresden war. Auch das haben wir noch nicht herausbekommen.«

»Sie erwähnten, dass der maskierte Mann etwas gerufen hat, bevor er den Schweizer ... hat er auch einen Namen?«

»Ja, aber den kann ich Ihnen nicht sagen, dafür haben Sie sicher Verständnis.«

»Bevor also der Maskierte den Schweizer, dann bleiben wir bei dieser Formulierung, erschossen hat?«

»Weder ich noch einer der Anwesenden im Restaurant konnten es verstehen, weil die Maske seine Worte gedämpft hat. Ein Gast hat später zu Protokoll gegeben, dass es sich wie ›Theos Schuld‹ oder so ähnlich angehört hätte, aber sicher war er sich nicht. Auch mein Bekannter hat etwas Ähnliches verstanden.«

Markus Velna stellte seine Unterarme auf den Tisch, verschränkte die Hände und hielt sie vor den Mund, sodass Maria nur noch den oberen Teil seines Gesichts sehen konnte.

»Deus vult.«

Maria starrte ihn verständnislos an. »Deus« verstand sie ja noch, es war lateinisch und bedeutete Gott, aber »vult«?

»Gott will es!«, übersetzte Velna für sie.

»Sie meinen: Nicht ›Theos Schuld‹, sondern ›Deus vult‹?«

Er nickte. »Das ist der Kampfruf der Tempelritter. Mit den Worten ›Deus lo vult‹, das ist spätlateinisch und hat die gleiche Bedeutung, antwortete die Menschenmenge, als Papst Urban II. 1095 in einer kämpferischen Predigt zur Befreiung Jerusalems aufrief und damit den ersten Kreuzzug begründete.«

»Die Kreuzzüge ... ein schönes Wort für das gnadenlose und grausame Gemetzel im Namen der Religion.«

»Natürlich war man bereit, zur Erreichung seiner Ziele auch Gewalt einzusetzen. ›Vor unseren Augen sollen die Heiden die Rache erfahren für das vergossene Blut deiner

Frommen‹, so lautet der Rachepsalm, den der Papst bei seinen Kreuzzugspredigten in den Vordergrund gestellt hatte. Man hielt den Kreuzzug daher für gottgewollt. Die wehrlose nichtchristliche Bevölkerung Jerusalems wurde geradezu abgeschlachtet, um das vergossene Blut der Christen zu rächen und die besetzten Gebiete zurückzuerobern.«

»Sehr praktisch. Seit tausend Jahren hat sich nicht allzu viel geändert. Mord, Totschlag und Attentate werden verübt oder gleich ganze Kriege im Namen der Religion geführt.«

»Das ist leider wahr«, stimmte Velna zu und nestelte an der Tasche seiner Jacke. »Aber bitte entschuldigen Sie mich für einen kurzen Moment. Ich möchte nach draußen und eine Zigarette rauchen.« Er stand auf, lächelte sie an und verließ das Lokal

Sie seufzte. Gerne hätte sie ihn begleitet, denn noch immer hatte sie die Sucht nicht überwunden, wie sie besonders nach einem guten Essen mit einem Schluck Wein immer wieder merkte. Um sich abzulenken, kramte sie in ihrer Handtasche und zog das Handy heraus. Eine Nachricht war eingegangen. Sie war von Dess.

»Tut mir leid. Ich möchte dich gerne sehen.«

Ihr Herz machte einen Freudensprung und ein Gefühl der Erleichterung durchflutete sie.

»Ich bin noch dienstlich unterwegs. Weiß nicht, wie lange es dauert. Wird heute Abend wohl nichts mehr. Ich ruf dich morgen an.«

Postwendend antwortete er: »OK, ich freu mich.«

Roland Velna kam zurück und brachte eine Wolke aus Zigarettenrauch mit. Seltsamerweise störte Maria dieser Geruch, sie empfand ihn sogar als penetrant. *Aha, ich bin auf dem besten Weg, von diesen verdammten Dingern loszukommen.*

»Wo waren wir stehen geblieben?«, fragte er und verteilte den Rest des Weines auf ihre Gläser.

»Beim göttlichen Willen.« Maria gelang es nicht, ihren Worten den sarkastischen Unterton zu nehmen.

»Ja richtig, Deus vult.«

»Bedeutet das, dass der Mörder ein Templer ist?«

Zunächst schwieg er, gab sich aber schließlich einen Ruck.

»Möglich, oder vielleicht genau das Gegenteil.«

»Sie denken an die Feinde der Templer, habe ich recht?«

Er ging nicht auf ihre Frage ein, sondern schwieg beharrlich.

»Im Gespräch vorhin betonten sie, dass ein Templer niemals ein anderes Mitglied des Ordens töten würde«, fuhr Maria unbeirrt fort. »Demnach dürfte der Schütze kein Templer gewesen sein. Der Ausruf ›Deus vult‹ könnte eine Irreführung gewesen sein, damit alle denken, dass der Mörder einer aus deren Reihen ist.«

Wieder sagte Velna nichts, sondern sah sie schweigend an. Nach einer Weile sagte er:

»Sie habe mir erst von zwei Morden erzählt. Was war mit dem dritten?«

*Gut, spielen wir nach deinen Regeln.*

»Der dritte Mord hat sich in Würzburg ereignet. Ich habe den Toten dort entdeckt. Das klingt für Sie bestimmt so, als würden die sprichwörtlichen Leichen meinen Weg pflastern.«

»In der Tat, ich bin etwas irritiert. Möchten Sie mir die näheren Umstände dieser ... hm, Zufälle erläutern?«

»Da muss ich ein wenig ausholen«, entgegnete sie.

»Ich habe Zeit, wenn Sie es nicht eilig haben. Soll ich noch eine Flasche Wein ordern?«

»Um Gottes willen, nein, vielen Dank, aber ich muss morgen mit einem einigermaßen klaren Kopf zum Dienst erscheinen. Höchstens noch ein Glas und vielleicht dazu eine Flasche Mineralwasser?«

Velna nickte und bestellte das Gewünschte.

»Bis auf die Schnittverletzung im Nacken, die beiden Opfern in Dresden zugefügt wurde, konnten wir keine Verbindung zwischen den Getöteten herstellen. Bis wir durch das Testament des Antiquitätenhändlers erfuhren, dass er einer Stiftung in Würzburg einen erheblichen Geldbetrag vermacht hatte. Diese Stiftung in Würzburg ist eine Niederlassung einer Stiftung in der Schweiz. Das zweite Opfer, unser Mann aus der Schweiz, arbeitete für eben diese Stiftung als Jurist. Grund genug für mich und meinen, ähm ... Kollegen, diese Stiftung genauer unter die Lupe zu nehmen. Unterbrechen Sie mich, wenn Ihnen etwas unklar ist.«

»Bis jetzt kann ich folgen, Danke. Um was für eine Stiftung handelt es sich denn?«

Maria musste kurz überlegen, bevor ihr der Name wieder einfiel.

»Eine Stiftung für politische und religiöse Bildung. Also fuhr ich mit meinem Kollegen«, diesmal kam ihr die Lüge ohne zu stocken über die Lippen, »nach Würzburg und wurden auch tatsächlich in das Stiftungshaus hineingebeten. Allerdings nicht, wie sich später herausstellte, vom Stiftungsleiter, sondern von seinen Mördern. Dr. Petermann und ich wurden niedergeschlagen und eingesperrt.«

»Dr. Petermann? Hört man selten, dass ein Kommissar promoviert hat.«

»So? Na, da habe ich Ihnen ja gerade das Gegenteil bewiesen, nicht wahr?« Bevor Velna weiter bohren konnte, fuhr sie fort:

»Auf der Suche nach einem Fluchtweg bin ich im Keller buchstäblich über die Leiche des Stiftungsleiters gestolpert. Er hatte zwar keine ominöse Schnittverletzung im Nacken, aber dafür in einem Seitenfach seines Portemonnaies diese Münze mit den zwei Reitern und dem Tatzenkreuz. Also ist davon auszugehen, dass er ein Templer war. Dass die beiden anderen Opfer ebenfalls dem Templerorden angehörten, ist aufgrund der Verbindungen untereinander wahrscheinlich. Natürlich wäre es schön gewesen, wenn Sie uns die Frage nach einer Tätowierung hätten beantworten können. Das hätte unsere Vermutung erhärtet.«

»Wie schon gesagt, ich kann es nicht ausschließen.«

Maria nickte und fuhr fort.

»Damit aber nicht genug. Auch auf mich wurde ein Mordanschlag verübt.«

»Auf Sie wurde ein Mordanschlag verübt?« Ungläubig sah Velna sie an.

»Ja, auf mich und meinen Kollegen. Wir waren auf dem Heimweg von einer Vernehmung in Leipzig nach Dresden. Auf der Autobahn löste sich ein Reifen, sodass wir über die Leitplanke schossen und uns einen Abhang hinunter mehrmals überschlugen. Mein Kollege liegt noch immer schwer verletzt im Krankenhaus. Die anschließende Untersuchung hat ergeben, dass jemand die Radmuttern gelöst hatte.«

»Ein Autounfall«, murmelte er. Nachdenklich ruhten seine Augen auf ihrem Gesicht. »Gab es sonst noch etwas ... Ungewöhnliches?«

»Nun«, Maria kratzte sich am Kopf. »Es gab merkwürdige Kleinigkeiten, die mir im Laufe der Ermittlungen widerfahren sind.«

»Und die wären?«

»Es ist eigentlich nicht der Rede wert, aber wenn Sie darauf bestehen ...«

»Ich bestehe darauf.«

»Unmittelbar nach dem ersten Mord habe ich einen ominösen Anruf mit unterdrückter Nummer erhalten, dessen Anschluss sich nicht feststellen lässt. Der Anruf wurde offensichtlich von einem nicht registrierten Handy durchgeführt.«

»Was hat der Anrufer gesagt, was wollte er von Ihnen?«

»Er hat mich dazu aufgefordert, in die Tiefgarage meines Wohnhauses zu gehen und an meinem Auto nachzuschauen. Es würde eine Nachricht für mich dort liegen.«

»Eine Nachricht ...«

*Merkwürdige Angewohnheit, alles zu wiederholen,* dachte Maria.

»Was für eine Nachricht?«

»Zwischen Scheibenwischer und Windschutzscheibe klemmte ein Umschlag, den ich natürlich sofort geöffnet habe. Darin lag ein Zettel mit dem Namen der französischen Schauspielerin Audrey Tautou.«

»Meines Wissens hat sie in dem Film *Da Vinci Code – Sakrileg* mitgespielt.«

»Stimmt. Aber ich kann nicht erkennen ...«

»Im Film ist der Vater der von Audrey Tautou gespielten Protagonistin ein Mitglied der Geheimgesellschaft ›Prieuré de Sion‹.«

»Noch ein geheimnisvoller Orden?«, konnte Maria sich nicht verkneifen.

»Angeblich soll eine Geheimloge dieses Namens während des ersten Kreuzzuges von Gottfried von Bouillon, einem Heerführer der Kreuzritter, in Jerusalem gegründet worden sein. Leonardo da Vinci, Isaac Newton und Victor Hugo sollen zu ihren geheimen Mitgliedern gezählt haben. Diese Version basiert aber, wie man mittlerweile festgestellt hat, auf gefälschten Dokumenten, die ein gewisser Pierre Plantard in Umlauf gebracht hat, um seinem 1956 gegründeten Verein gleichen Namens eine bedeutungsvolle Vorgeschichte anzudichten.«

»Und was könnte das nun mit dem Fall zu tun haben?«, fragte sie verwirrt.

»Historisch belegt ist die Tatsache, dass der Neffe von Gottfried von Bouillon zusammen mit anderen Kreuzrittern im oder um das Jahr 1118 den Templerorden gegründet hat.«

»Sie meinen, dass der Anrufer oder derjenige, der die Nachricht an meinem Auto hinterlassen hat, mich damit auf die Tempelritter hinweisen wollte?«

»Möglich, oder?«

»Das wäre zusammen mit ›Deus vult‹ schon der zweite Hinweis. Wenn jetzt noch diese Rose ein dritter Hinweis ist, dann ...«

»Welche Rose?« Verständnislos sah er sie an.

»Die steckte an meiner Windschutzscheibe, kurz bevor ich mit meinem Kollegen nach Leipzig zu einem Gespräch mit einem Verleger fuhr. Auf dem Rückweg hatten wir den Unfall. Mein Kollege, der jetzt noch im Krankenhaus liegt, hat sich noch einen Spaß erlaubt und vermutet, dass ich einen heimlichen Verehrer hätte.«

Velna trank einen Schluck Wein.

»Stand dieser Termin in irgendeinem Zusammenhang mit den Mordermittlungen?«

»Wir haben herausgefunden, dass der Kunsthändler vorgehabt hatte, ein Buch zu veröffentlichen. Angeblich, so sagte der Verleger aus, über den Antiquitätenhandel in Deutschland. Aber auch hier ist uns eine Ungereimtheit aufgefallen, denn der Verleger stellte sich als wenig seriös heraus. Uns ist nicht klar, warum sich ein ehrenwerter Kunsthändler an so einen dubiosen Geschäftsmann gewandt hat.«

»Ein dubioser Verleger«, wiederholte Velna gedehnt. »Wieso dubios?«

»Er hat für die Veröffentlichung des Manuskriptes Geld verlangt«, erklärte sie ihm. »Einen sogenannten Druckkostenzuschuss.«

»Ein Druckkostenzuschussverlag.« Velna schnalzte verächtlich. »Die kenne ich auch zur Genüge. Gott sei Dank bin ich nie auf so einen miesen Typen hereingefallen.« Wütend schüttelte er den Kopf. »Wie ist denn der Name dieses Verlegers?«

Zögernd biss sich Maria auf die Unterlippe. Sollte sie ihm den Namen wirklich nennen? Sie hatte bereits gegen etliche Dienstvorschriften verstoßen, indem sie so viele Ermittlungsdetails preisgegeben hatte. Jetzt kam es auch nicht mehr drauf an.

»Literaturverlag Reichenberg«, beantwortete sie seine Frage knapp. Aber der Name schien ihrem Gegenüber nicht geläufig zu sein, zumindest ließ er sich nichts anmerken. Stattdessen fragte er:

»Hatte Reichenberg, ich nehme an, dass der Inhaber auch so heißt, das Manuskript?«

»Nein. Es war noch nicht zu einer Vertragsunterzeichnung gekommen. Der Antiquitätenhändler hatte sich Bedenkzeit ausgebeten. Das Manuskript haben wir nicht gefunden, weder in seinen Geschäftsräumen noch in seiner Wohnung. Allerdings war nach der Ermordung mit seinem Schlüssel der Safe geöffnet und vermutlich Bargeld, Schmuck und möglicherweise auch das Manuskript entwendet worden. Aber mehr darf ich Ihnen wirklich nicht sagen, da bitte ich um Ihr Verständnis. Eigentlich habe ich schon viel zu viel gesagt. Was ist nun mit der Rose? Auch ein Hinweis auf die Templer?« Langsam kam sie sich wie eine Protagonistin in einem Verschwörungsthriller vor.

»Die Templer haben die sechsstrahlige, sogenannte Templerrosette als Symbol übernommen ...«

»Herr Velna, so viele Andeutungen und Hinweise. Helfen Sie mir bitte auf die Sprünge, damit ich weiß, in welche Richtung ich ermitteln muss.«

Er atmete tief ein und fuhr sich übers Gesicht. »Es gibt Feinde und manchmal lohnt es sich, in der Vergangenheit zu suchen. Mehr sage ich nicht. Bitte akzeptieren Sie das, Frau Wagenried. Es ist nicht ungefährlich für mich, mit einer ermittelnden Polizistin zusammen an einem Tisch im Restaurant zu sitzen. Auf Sie wurde ein Mordanschlag verübt ...«

Skeptisch betrachtete sie ihn. War das nicht alles bloß ein Haufen kruder Verschwörungstheorien und es steckte etwas ganz anderes dahinter? Und hatte nicht *er* auf dieser Einladung bestanden?

»Entschuldigen Sie bitte, Herr Velna. Ich werde keine weiteren Fragen stellen. Belassen wir es dabei. Sie haben mir trotzdem sehr geholfen.«

Er nickte.

»Ich denke, es wird jetzt ohnehin Zeit für mich, nach Hause zu fahren. Geben Sie mir Ihre Handynummer? Für den Fall, dass mir noch eine unverfängliche Frage einfällt.« In Wirklichkeit wollte sie ihn später unter dem Vorwand anrufen, dass sie ihre Brille im Restaurant vergessen hätte, um sich zu vergewissern, dass er wohlbehalten im Hotel angekommen war. Nach einigem Zögern gab Roland Velna ihr seine Nummer. Während er die Rechnung beglich, hatte sie die Gelegenheit, ihn ungestört zu betrachten. Erneut stellte sie fest, dass er ein attraktiver Mann war ...

Sobald sie draußen vor dem Restaurant standen, zog er die Zigarettenschachtel aus seiner Jackentasche. Hastig fummelte er eine Zigarette heraus und wollte sie gerade anzünden, als ihm das Feuerzeug entglitt und klappernd zu Boden fiel. Fluchend bückte er sich. Da sah sie es. Der Kragen seiner Jacke war durch die Bewegung nach unten gerutscht und gab den Blick auf eine Tätowierung frei. Obwohl es nicht in voller Größe zu sehen war, erkannte Maria das Tatzenkreuz sofort. Wie zur Salzsäule erstarrt fixierte sie den Mann, der mittlerweile genüsslich den Rauch aus Mund und Nase ausstieß.

»Ist Ihnen nicht gut, Frau Wagenried? Sie sehen aus, als wäre Ihnen der Leibhaftige erschienen.«

Maria gab sich einen Ruck.

»Nein, nein, alles in Ordnung. Ich dachte nur, ich hätte jemanden gesehen, dem ich nicht so gerne begegnen würde. Aber ich habe mich wohl geirrt. Da drüben ist ein Taxistand. Lassen Sie uns gehen.«

Gemeinsam gingen sie die wenigen Meter bis zu den wartenden Taxen, verabschiedeten sich und fuhren jeder in seine Richtung davon.

Sobald sie im Auto saß, ließ sie ihren Kopf gegen die Stütze fallen und schloss die Augen. Noch immer fühlte sie sich von der plötzlichen Entdeckung, dass Roland Velna ein Templer war, wie benommen. Bilder, untermalt von verzerrten Gesprächsfetzen, wirbelten an ihrem inneren Auge vorbei. Velna, wie er in der Lobby sein Wissen ausbreitete. Velna, der im Restaurant ihre Fragen beantwortete. Velna, der sie eindringlich aus grünen Augen ansah. Immer schneller spulten sich die Sequenzen in ihrem Kopf ab, ein Gefühl wie auf einer rasenden Achterbahnfahrt ohne Sicherheitsbügel.

Erst, als der Fahrer sie ansprach, schreckte sie hoch. Nachdem sie ihn bezahlt hatte, fuhr sie mit dem Fahrstuhl in den achten Stock zu ihrer Wohnung. Bevor sie die Fahrstuhltür aufdrückte, warf sie einen Blick auf ihre Armbanduhr. Bereits drei viertel zwölf! Das Einzige, was sie jetzt noch wollte, war ins Bett zu gehen. Aber vorher musste sie Roland Velna anrufen, um sich zu vergewissern, dass er tatsächlich im Hotel angekommen war.

Maria öffnete die gläserne Tür zu dem Flur, in dem ihre Wohnung lag. Plötzlich erstarrte sie. Ein Mann saß auf der Treppe neben ihrer Wohnungstür. Erleichtert atmete sie aus, als sie Dess erkannte, der, mit Kopf und Rücken an die Wand gelehnt, tief und fest schlief. Sacht berührte sie ihn an der Schulter. Er brauchte einige Sekunden, um zu sich zu kommen, dann grinste er sie schief an.

»Seit wann sitzt du hier?«

Ächzend rappelte er sich hoch und zuckte mit den Schultern. »Bestimmt schon über eine Stunde. Gibt es bei dir noch etwas Warmes zu trinken? Mir ist ein bisschen kalt.«

Sie nickte und schloss die Tür auf. Als Erstes kickte sie die Schuhe von den Füßen und hängte ihre Jacke auf. Dann winkte sie Dess ins Wohnzimmer und hatte schon das Telefon in der Hand. Nach wenigen Sekunden nahm Velna den Anruf entgegen. Sie fragte ihn nach der Brille. Erwartungsgemäß konnte er sich nicht an sie erinnern. Sie bedankte sich noch einmal für den schönen Abend und beendete das Gespräch. *Gott sei Dank!*

Für einen Moment stand sie mit hängenden Armen da, jegliche Energie war aus ihrem Körper gewichen. Sie hätte im Stehen einschlafen können, aber das ging nicht, denn Dess wartete im Wohnzimmer.

»Willst du Kaffee?«, rief sie.

»Kräutertee, wenn du hast, sonst schwarzen Tee.«

*Kräutertee?* Sie konnte sich nicht erinnern, jemals Kräutertee im Haus gehabt zu haben. Im Küchenschrank fand sie neben dem Schwarztee eine verschlossene Packung Ingwertee. Sie versuchte, das verblasste Haltbarkeitsdatum zu entziffern. Na ja, was sollte schon groß passieren? Ingwer wurde doch nicht schlecht. Mit zwei dampfenden Bechern ging sie ins Wohnzimmer. Am liebsten hätte sie ihm gesagt, dass sie unbedingt ins Bett musste, aber sie war so froh, dass er nicht mehr böse auf sie war, und brachte das nicht übers Herz.

Sie stellte die Becher auf den Tisch und setzte sich ihm gegenüber aufs Sofa.

»Verbrenn dich nicht!«, mahnte sie noch, aber es war schon zu spät. Geräuschvoll zog er die Luft ein und stellte den Becher zurück.

»Verdammter Mist, jetzt hab ich mir die Zunge verbrannt. Erzähl, wieso warst du noch so lange dienstlich unterwegs? Eine neue Wende im Fall?«

»Bist du sehr enttäuscht, wenn wir das auf morgen verschieben? Ich bin einfach todmüde.« Sie gähnte herzhaft und massierte sich die Schläfen.

»Ach, das ist doch kein Problem. Ich habe gestern übrigens ...«

Es kostete sie unendliche Mühe, die Augen offen zu halten und Desmond zuzuhören, doch schließlich fielen sie

ihr zu. Sie erwachte erst wieder, als Dess sie vom Sofa hoch-
hob. Schlaftrunken öffnete sie einen Spalt breit die Augen.

»Trägst du mich ins Bett?«, murmelte sie undeutlich
und legte den Kopf an seine Schulter.

»Zum Tanzen bist du ja nicht aufgelegt, wie mir scheint.
Daher verfrachte ich dich jetzt in die Heia.«

»Dann musst du mich aber auch ausziehen.«

»Dazu könnte ich mich ausnahmsweise hinreißen lassen. Kann es sein, dass du ein paar Kilo zugenommen
hast?«, fragte er mit gespielter Anstrengung.

»Frechheit«, erwiderte sie und boxte ihn an die Schulter. Sie sah zu ihm hoch. Das wie aus Stein gemeißelte
Kinn mit der hervorspringenden Nase darüber kam ihr
so vertraut vor. Sie mochte seine klaren, kantigen Linien,
die seinen unbeugsamen Charakter widerspiegelten. Sie
kuschelte sich an ihn. So sicher und geborgen wie jetzt,
hier in den Armen dieses Hünen, hatte sie sich schon
lange nicht mehr gefühlt.

Behutsam legte er sie aufs Bett und zog sie bis auf BH
und Slip aus. Dann deckte er sie zu und gab ihr einen
Kuss aufs Haar.

»Schlaf schön, Maria. Ich komme später nach. Ich sehe
noch ein bisschen fern. Und morgen gibt's ein feines
Frühstück.«

»Oh ja, nimm die Decke …«, aber Maria konnte den Satz
nicht mehr beenden. Sie war bereits eingeschlafen.

*Rufen und panische Schreie zerreißen die staubtrockene
Luft über dem sandigen Boden. Aufgewirbelte Staubwolken
brennen Maria in Augen und Nase. Die mörderische Hitze
treibt den Schweiß auf ihre Stirn. Hufgetrappel und das
Klirren von Schwertern dringen an ihr Ohr. Sie sieht sich
um. Überall liegen Tote, Männer, Frauen und Kinder. Zwischen ihnen tänzeln die Schlachtrösser der Reiter in ihren
Kettenhemden, über denen sie einen Waffenrock tragen.
Weithin sichtbar leuchtet auf ihrer linken Brust das blut-*

rote Tatzenkreuz der Tempelritter. *Kopf und Hals sind durch Kettenhauben und Helme mit Nasenblende geschützt. Einige von ihnen steigen vom Pferd ab und gehen zu Fuß weiter. Mit ihren Langschwertern metzeln sie alles nieder, was sich ihnen in den Weg stellt. Die Gegner, weit in der Unterzahl und unzulänglich bewaffnet, haben keine Chance gegen die Übermacht der Ritter, die in einem wahren Blutrausch wie die Berserker wüteten. Eine Flucht ist aussichtlos. Niemand entkommt der mordenden Schar. In einiger Entfernung sieht Maria einen Ritter mit einem Morgenstern in der Rechten durch die auseinanderstiebende Menge reiten. Verzweifelt schreiend versuchen die Menschen zu fliehen. Doch unbarmherzig lässt er die Waffe, eine Kugel mit tödlichen Dornen am Ende einer Eisenstange, auf Köpfe und Schultern niedersausen. Noch im Lauf brechen die tödlich Getroffenen zusammen.*

*Für einen kurzen Moment hält der Ritter inne und sieht zu ihr rüber, sodass sich ihre Blicke treffen. Maria erstarrt. Obwohl der Helm samt Nasenschutz einen Großteil seines Gesichtes verdeckt, meint sie, es zu kennen. Doch bevor sie weiter darüber nachdenken kann, nimmt sie aus den Augenwinkeln einen dunklen Schatten wahr. Eine Frau in einem langen schwarzen Gewand mit einem weinenden Kind an ihrer Seite läuft auf sie zu. Unmittelbar neben ihr bleiben sie stehen. Panisch verbirgt die Frau das Kind unter ihrem weiten Umhang und kauert sich auf den Boden. Im selben Moment hört Maria das lauter werdende Getrappel von Pferdehufen. Sie reißt den Kopf zur Seite. Ein Reiter mit hoch erhobenem Schwert prescht heran. Unmittelbar vor ihnen bringt er sein Pferd zum Stehen, indem er heftig die Zügel zurückreißt. Staub wirbelt, das Pferd bäumt sich auf und steigt auf die Hinterhufe. Sie weicht einige Schritte zurück, um sich in Sicherheit zu bringen. Doch schon sind die Vorderhufe wieder auf dem Boden gelandet und der Ritter schwingt sich vom Rücken des Tieres und nähert sich der am Boden Kauernden.*

*»Deus vult!«, ruft er laut, hebt das Schwert hoch über den Kopf und stößt es fast bis zum Heft in die Brust der vor Angst schlotternden Frau. Ein unterdrückter Schrei dringt durch den schwarzen Stoff, unter dem sich eine rote Lache auf den hellen, sandigen Boden ausbreitet, bevor das Blut darin versickert. Ein herzzerreißendes Wimmern ist zu hören. Ungestüm schlägt der Ritter den Umhang zurück. Dunkle, vor Schreck geweitete Augen eines etwa achtjährigen Jungen starren ihm entgegen. Erneut hebt er das Schwert.*

*»Halt! Das ist ein unschuldiges Kind!«, schreit Maria und macht einen Satz auf ihn zu. »Du kannst doch kein Kind töten. Hast du keine Ehre im Leib? Lass Gnade walten, du hast ihm schon die Mutter genommen!« Aber Marias Stimme verhallt ungehört. Der Ritter nimmt keinerlei Notiz von ihr, so, als wäre sie gar nicht da. Stattdessen hebt er das Schwert noch ein Stück höher und tötet den Jungen mit einem Hieb.*

»Neiiiin ...!« Marias gellender Schrei drang ihr selbst durch Mark und Bein. Ihr Herz klopfte wie ein Trommelfeuer.

Abrupt schoss neben ihr ein dunkler Schatten hoch.

»Nein!«, schrie sie erneut. Diesmal wie in Todesangst.

Eine Hand griff nach ihr. Mit aller Kraft stieß sie sie von sich und schlug wild um sich.

»Maria, ich bin's, Dess. Beruhige dich, du hast schlecht geträumt. Alles ist gut, ich bin da.«

Schwer atmend kam sie zu Bewusstsein und ließ sich auf ihr Kissen zurückfallen.

»Ich ... oh, mein Gott, es war so schrecklich«, stammelte sie. »Ein Schlachtfeld. Überall lagen Tote und Verletzte. Die Tempelritter haben alle abgeschlachtet. Neben mir hockte eine Frau mit ihrem Kind, das sie unter ihrem Mantel versteckt hatte. Einer von diesen Blutrünstigen hat beide vor meinen Augen umgebracht.« Die Erinnerung, die so stark und lebendig war, als hätte sie die Szene tatsächlich miterlebt, ließ sie frösteln. Zitternd wischte sie sich den kalten Schweiß aus dem Gesicht.

Dess nahm sie in die Arme und streichelte sie sanft.

»Die Tempelritter?«, fragte Dess. »Wie kommst du denn ausgerechnet auf die?«

»Erzähle ich dir morgen«, wich sie aus.

Nach einer Weile hatte sie sich wieder beruhigt und verließ das Bett, um zur Toilette zu gehen. Dabei warf sie einen Blick auf den Wecker auf ihrem Nachtschränkchen. Bereits viertel drei. Im Dunkeln tappte sie durch den Flur ins Badezimmer und klatschte sich anschließend kaltes Wasser ins Gesicht. Sofort begann sie wieder zu frieren. *Schnell zurück unter die Decke*, dachte sie und musste an Dess' warmen Körper denken, der auf sie wartete. Schnell zog sie Slip und BH aus und ließ beides achtlos auf den Boden fallen.

»Besser?«, fragte er leise, als sie wieder unter ihre Bettdecke kroch und sich an ihn kuschelte.

»Ja«, flüsterte sie und steckte ihre Hand unter seine Decke. Zärtlich streichelte sie seine Brust, glitt dann langsam mit kreisenden Bewegungen tiefer, bis sie seinen harten Penis spürte. Hörbar atmete er ein, als sie ihn mit ihrer Hand umschloss, blieb aber still liegen und bewegte sich nicht. Maria schlug ihre Bettdecke zurück und schlüpfte unter seine. Er schlang seine Arme um sie und küsste sie erst zart, dann leidenschaftlich. Sein heißer, immer schneller werdender Atem glitt über ihre Wange. Sie genoss das Spiel ihrer Zungen, die sich verschlangen, zurückzogen und dann erneut vorstießen. Eine Welle der Erregung fuhr durch ihren Körper, als seine Hand, die ihre Brust liebkost hatte, zwischen ihre Beine glitt. Sie stöhnte auf und zog ihn auf sich. Ein leiser Schrei entwich ihrer Kehle, als er in sie eindrang und sich sanft vor und zurück bewegte. Sie spürte seine Haut auf ihrer, seine pulsierende Wärme in sich, die Brandung der Lust, die bis in den kleinsten Winkel ihres Körpers gespült wurde, bis sie alles mit sich riss. Kurz bevor sie den Höhepunkt erreichte, zog er sich zurück, legte sich auf den Rücken und hob sie auf sich. Jetzt bestimmte Maria den Rhythmus, ließ ihre Hüften erst kreisen, dann auf und ab federn, bis sich ihr Körper mit einem Mal anspannte und sie nicht mehr in der Lage war, den Höhepunkt hinauszuzögern. Laut aufstöhnend warf sie den Kopf zurück, als sie kam und Dess ihr den Bruchteil einer Sekunde später folgte, was den Genuss noch erhöhte. Anschließend ließ sich Maria matt auf ihn fallen und genoss die Ruhe und Entspannung. *Le petit mort,* dachte sie innerlich lächelnd, während Dess zärtlich ihren Rücken streichelte.

»Das war sehr schön, Maria. Du bist eine kleine, aber sehr wilde Person«, murmelte er glücklich in ihr Haar.

»Und du bist ein großer, gut gebauter Mann, Dess.« Sie richtete sich auf, stützte beide Arme neben seinem Kopf auf und sah ihm direkt ins Gesicht. »Außerdem gibst du mir Sicherheit.« Im Schein der Straßenbeleuchtung, die durch das vorhanglose Fenster ein helles Rechteck auf das Kissen warf, konnte sie sehen, dass er lächelte. »Ich könnte mich sogar an dich gewöhnen.« Zu mehr war sie im Moment noch nicht bereit, aber was sie gesagt hatte, meinte sie ehrlich und aus tiefstem Herzen.

»Eine ausbaufähige Option«, erwiderte er ruhig. »Ich übe mich in Bescheidenheit und gebe mich damit zufrieden. Zunächst.«

Sie lachten beide und Maria rollte sich von ihm herunter, kuschelte sich an ihn und schlief sofort ein.

# KAPITEL 17

Sie wurde von aromatischem Kaffeeduft geweckt. Die andere Seite des Bettes war leer, also musste Dess schon in der Küche das Frühstück zubereiten. Hoffentlich hatten sie nicht verschlafen. Aber ein Blick auf den Wecker verriet ihr, dass sie sogar fünfzehn Minuten vor der Zeit aufgewacht war. Die würde sie auch dringend benötigen. Wahnsinnige Kopfschmerzen hämmerten in ihrem Schädel und der schlechte Geschmack im Mund verursachte ihr Übelkeit. Sie wankte ins Bad und knipste das Licht an.

»Mein Gott«, entfuhr es ihr. Das Gesicht, das sie aus dem Spiegel ansah, war bleich und aufgedunsen. Das war aber bei weitem nicht das Schlimmste, sondern vielmehr ihr linkes Auge, das bis auf einen schmalen Schlitz zugeschwollen war. *Verdammter Mist!* Knoblauch und Rotwein in Kombination hatten schon des Öfteren zu dieser unerwünschten Nebenwirkung geführt. Mindestens einen Tag würde es dauern, bis die Schwellung vollständig zurückgegangen war und sie nicht mehr wie ein Zombie aussah. Um die eigens für diesen Zweck gekaufte Kühlbrille zu benutzen, blieb keine Zeit, denn sie musste sie mindestens für eine halbe Stunde aufsetzen, damit wenigstens ein minimaler Erfolg zu verzeichnen war. Stattdessen klatschte sie sich eiskaltes Wasser ins Gesicht, mit der Folge, dass sie nun wie ein Zombie mit Sonnenbrand aussah.

*So kann ich wenigstens Laschkow, dem Blödmann, einen ordentlichen Schrecken einjagen*, dachte sie mit Galgenhumor und stellte sich unter die Dusche. Nachdem sie sich geschminkt und gekämmt hatte, sah sie schon nicht mehr so schlimm aus. Sie zog sich an und ging in die Küche. Dess stand mit dem Rücken zur Tür und schnitt etwas klein. Er drehte sich um und lächelte sie an. Doch das Lächeln gefror, als er die Schwellung an ihrem Auge bemerkte.

»Ach du liebe Zeit«, entfuhr es ihm, »hast du eine Bindehautentzündung? Sieht ja schlimm aus.«

»Vielen Dank, dir auch einen guten Morgen.«

»Guten Morgen. Lass mal sehen!« Er legte das kleine Messer aus der Hand und ging zu ihr.

»Nicht nötig. Ich reagiere manchmal allergisch auf Rotwein zusammen mit Knoblauch. Das geht von alleine

weg. Ich muss nur viel Mineralwasser trinken. Morgen sehe ich dann wieder gesellschaftsfähig aus, keine Sorge.«
Sie setzte sich an den Küchentisch, der schon gedeckt war.

»Greif zu, der Kaffee ist auch gleich fertig.«

»Vielen Dank für das Frühstück, ich habe einen Bärenhunger, muss ich gestehen.«

Aufmunternd nickte er ihr zu.

»Was gab es denn gestern Abend noch so Wichtiges? Erzähl doch mal«, forderte er sie kauend auf.

»Inzwischen hat sich eine ganze Menge ereignet«, begann Maria und skizzierte grob, wie sie auf die Templer gestoßen waren und eine Theorie bezüglich der Tattoos dazu entwickelt hatten. Vom Journalisten und Tempelritter-Experten Roland Velna, den sie nach Dresden eingeladen hatten und mit dem sie gestern noch essen gewesen war.

»Wie seid ihr denn auf den gekommen?«, wollte Dess wissen.

»Eigentlich durch dich«, sagte Maria und trank einen Schluck Kaffee.

»Durch mich?« Verständnislos sah er sie an.

»Eher durch dieses Magazin, das du abonniert hast. Du erinnerst dich doch, dass ich es von dir geholt und mit ins Präsidium genommen habe?«

Dess nickte.

»Genau darin habe ich einen Artikel über die Templer gelesen. Der ist mir später wieder eingefallen, als ich eine Auflistung der persönlichen Gegenstände des ermordeten Leiters der Stiftung in Würzburg durchgegangen bin. Wir haben den Journalisten kontaktiert und er war bereit uns zu helfen.«

»Und konnte er das?«

»Ein wenig schon. Gestern Abend im Restaurant war er ein bisschen gesprächiger als am Nachmittag, als Laschkow und ich mit ihm im Hotel gesprochen haben. Ganz zum Schluss habe ich sogar entdeckt, dass er selbst Templer ist.«

»Ich fass es nicht, das ist ja unglaublich!«

»Ja, mich hat diese ganze Thematik so stark beschäftigt, dass sie mich letzte Nacht bis in meine Träume verfolgt hat.«

»Ein Alptraum. Du wirktest ziemlich verstört und hast mich im ersten Moment gar nicht erkannt. Und weiter?«

»Naja, eine Mitgliedschaft im Orden der Tempelritter ist per se nicht verboten oder moralisch verwerflich. Dennoch habe ich den Eindruck gewonnen, dass die Mitglieder ihre Zugehörigkeit zum Templerorden aus irgendwelchen Gründen ungern öffentlich hinausposaunen. Bei unserem Gespräch mit Laschkow am Nachmittag hat Velna von der Frage, ob er dem Orden angehöre, mehrfach abgelenkt. Überhaupt hat er es vermieden, eindeutig Position zu beziehen. Das hätte mich eigentlich stutzig machen müssen.«

»Woher weißt du das überhaupt? Hat er es dir beim Essen erzählt?«

»Nein, er hat es mit keinem Wort erwähnt. Ich habe es selbst herausgefunden. Aber dazu komme ich später. Während des Gesprächs mit Laschkow und mir hat er sich auch zu den Tätowierungen nicht eindeutig geäußert. Er wisse es nicht. Letzter wichtiger Punkt war seine klare Aussage, dass der Mörder keinesfalls aus den Reihen der Templer kommen kann, sollte es sich bei den Ermordeten ebenfalls um Mitglieder des Ordens handeln.«

»Aber so richtig viel Neues hat er offensichtlich nicht von sich gegeben. Oder irre ich mich?«

»Damit hast du völlig recht, Dess. Deswegen habe ich ja auch seine Einladung angenommen, in der Hoffnung, ihm beim Essen weitere Informationen entlocken zu können. Leider ließ er unmissverständlich durchblicken, dass zunächst ich ihm Details unserer Ermittlung preisgeben müsste.« Sie kratze sich am Kopf und verzog das Gesicht. »Ich weiß, das hätte ich eigentlich nicht machen dürfen, aber das war meine einzige Chance, an Hintergrundwissen heranzukommen.«

»Maria, das war nicht besonders schlau.« Er runzelte die Stirn. »Du weißt doch, dass Rottge dich auf dem Kieker hat. Ein Disziplinarverfahren hast du doch schon an der Backe. Und dieser Laschkow wartet doch scheinbar nur darauf, dir ans Bein zu pinkeln.«

»Verdammt, das weiß ich auch, aber was hätte ich machen sollen? Die Informationen, die ich ihm gegeben habe, gingen nicht wesentlich über das hinaus, was er auch den Medien hätte entnehmen können. Vielleicht das eine oder andere mehr, zugegeben, aber nichts wirklich Gravierendes. Außerdem habe ich fast keine Namen genannt, außer den des Leipziger Verlegers, bei dem Bernhard Molberg ein Buch veröffentlichen wollte. Aber es hat sich gelohnt. Jetzt weiß ich nämlich auch, was die merkwürdigen Dinge an meiner Windschutzscheibe, der ominöse Zettel und die Rose, bedeuten. Es sind Hinweise auf die Templer. Und jetzt kommt's: Du erinnerst dich doch noch, dass der maskierte Täter, bevor er Guido Brunner im *Canadian* erschossen hat, irgendetwas gerufen hat. Es war aber nicht ›Theos Schuld‹, wie wir dachten. Er hat ›Deus vult‹ gebrüllt, den Kampf- oder Schlachtruf der Templer.«

»Demnach kommt der Täter also doch aus den Reihen der Tempelritter, wenn ich das richtig verstehe?«

»Nein.«

»Nein? Sondern?«

»Velna hat angedeutet, dass der Templerorden einen Erzfeind hat und mit den Hinweisen auf die Templer auch eine falsche Fährte gelegt worden sein könnte.«

»Wer sind diese Feinde?«

»Dazu kann ich dir noch nichts sagen. An diesem Punkt hat er sich wieder wie eine Auster verschlossen. Um ehrlich zu sein, hatte ich das Gefühl, dass er große Angst hat. Und mit Angst meine ich richtige Angst, Todesangst. Er deutete an, dass schon das gemeinsame Abendessen mit mir, der ermittelnden Kommissarin, für ihn nicht ungefährlich sei. Deswegen habe ich ihn auch gestern Abend gleich noch im Hotel angerufen, um mich zu vergewissern, dass er dort heil angekommen ist.«

»Wenn dem nicht so gewesen wäre, hättest du bestimmt Himmel und Hölle in Bewegung gesetzt, um dich zu vergewissern, dass alles in Ordnung ist.«

Sie nickte.

»Aber um ganz ehrlich zu sein, halte ich seine Angst für übertrieben. Vielleicht wollte er sich auch nur ein bisschen wichtig machen.«

»Und wie bist du nun dahintergekommen, dass er selbst ein Templer ist?

»Ich habe es durch Zufall entdeckt, als er sich nach seinem Feuerzeug bückte, das ihm auf den Boden gefallen war. Dabei ist sein Kragen verrutscht und ich konnte im Nacken eine Tätowierung mit dem Tatzenkreuz erkennen. An genau der Stelle, wo bei den beiden Mordopfern die Haut fehlte. Ich habe ihn aber nicht darauf angesprochen.«

»Das war wahrscheinlich auch besser so.«

»Zum Schluss hat er mir noch einen mysteriösen Hinweis gegeben, nach dem die Lösung in der Vergangenheit liegt.«

»Aber ihr habt doch die Biografien der beiden ersten Opfer bis weit in die Vergangenheit überprüft. Bei keinem hat sich auch nur der leiseste Hinweis auf eine Verbindung zueinander ergeben.«

Nachdenklich sah Maria Desmond an. Er hatte recht. Auch das Polizeiregister war rein wie Schnee, keine gespeicherten Daten über Straf- oder Ermittlungsverfahren, nichts.

Als Nächstes müssten sie zu diesen von Velna erwähnten Feinden ermitteln. Wer waren sie und weswegen bestand eine offenbar tödliche Feindschaft zu den Templern? Hier lag ein neuer Ansatzpunkt.

»Entschuldige bitte, ich möchte Roland Velna noch einmal anrufen. Auch wenn ich ein bisschen skeptisch bin, was seine Befürchtungen angeht, möchte ich sicher sein, dass es ihm gut geht.«, sagte sie und stand auf. »Nur so ein Bauchgefühl.«

»Um diese Zeit? Es ist doch erst halb sieben?«

Daran hatte sie gar nicht gedacht und ließ sich wieder auf den Stuhl fallen. Sie konnte sich nicht erinnern, ob Velna ihr gesagt hatte, wann er abreisen würde. Das Einfachste wäre, im Hotel anzurufen und sich zu erkundigen, ob er schon ausgecheckt hatte.

Maria stand erneut auf und ging ins Wohnzimmer, wo ihr Handy lag. Die Hotelangestellte teilte ihr mit, dass Herr Velna vor einer Stunde per Taxi abgereist sei. Daraufhin versuchte Maria ihn auf seinem Handy anzurufen, doch sofort sprang die Mailbox an. Möglicherweise saß er bereits im Zug und hatte das Mobiltelefon ausgeschaltet.

»Und?«, wollte Dess wissen.

Sie zuckte mit den Schultern. »Er hat schon ausgecheckt, ich habe ihn aber trotzdem nicht erreicht. Ich probiere es später noch einmal.«

## KAPITEL 18

Nach dem Frühstück rief Maria bei Rottge an, um ihn zu fragen, ob nicht Dess sie anstelle ihres Fahrers Dotzki zum Präsidium bringen könnte. Nach kurzem Zögern willigte er ein.

Als sie ihr Büro betrat, sah sie sofort den braunen Umschlag auf ihrem Schreibtisch. Er war an sie adressiert, jedoch ohne einen Absendervermerk. *Nicht schon wieder eine dieser geheimnisvollen Botschaften!* Genervt rollte sie mit den Augen und öffnete ihn. Sie zog einen handgeschriebenen Brief hervor und begann zu lesen:

*Liebe Frau Wagenried,*

*auf diesem Wege möchte ich mich noch einmal ausdrücklich für den schönen und interessanten Abend mit Ihnen bedanken.*

*Natürlich ist mir Ihr berechtigtes Interesse an den Gegnern des Ordens der Tempelritter nicht entgangen. Aber sicherlich können Sie auch meine Gründe nachvollziehen, mich zu diesem Thema nicht eingehender zu äußern. Ich möchte mich nicht unnötig in Gefahr begeben, denn ich fürchte sowieso schon um mein Leben.*

*Jedoch ist zwischenzeitlich etwas geschehen, das einen Sinneswandel in mir ausgelöst hat. Ich werde Ihnen etwas mitteilen, das Sie auf die richtige Spur bringen wird, um den Mörder zu finden. Aber, um es gleich vorwegzunehmen: Ich stehe nicht für eine offizielle Aussage bereit, weder für die Polizei noch vor Gericht. Ich werde nicht mehr lange in Deutschland sein. Es ist zwecklos, nach mir zu forschen. Sie werden mich nicht finden, denn ich habe verlässliche, in diesen Dingen erfahrene Freunde, die mein Verschwinden arrangieren.*

*Sie müssen also selbst ermitteln und alles hieb- und stichfest machen. Ich werde Ihnen nur die Tür zum Hintergrund dieser Verbrechen öffnen, mehr nicht.*

Maria, die immer noch gestanden hatte, stieß hörbar den Atem aus, tastete nach der Stuhllehne, setzte sich und las weiter.

*Wie Sie bereits richtig vermutet haben, hängen die beiden Morde in Dresden zusammen. Zu dem dritten Mord in Würzburg kann ich leider nichts sagen, ich vermute aber einen Zusammenhang mit den Morden an Molberg und Brunner. Ich kenne die Namen der Opfer und ich weiß, dass beide Ritter des Templerordens waren. 1985 haben sie gemeinsam mit einem dritten Mann eine Pilgerreise nach Jerusalem unternommen, von der nur Molberg und Brunner*

*zurückgekehrt sind. Ihr Freund wurde dort unter mysteriö-
sen Umständen getötet. Der Mord hat nur sehr kurz Erwähnung in den Medien gefunden, was per se Anlass zum
Nachdenken gibt. Und: Er wurde bis heute nicht aufgeklärt ...*

*Hier müssen Sie ansetzen, dann werden Sie den Fall lösen.*

*Herzlichst*
*Roland Velna*

Langsam ließ Maria den Brief sinken, um ihn gleich darauf noch einmal durchzulesen. Dann steckte sie das Blatt
Papier zurück in den Umschlag. Wieso gab es keinerlei
Hinweise in den Polizeidaten, wenn beide Männer in ein
Verbrechen verwickelt gewesen waren? Schnell rechnete
sie nach. Der Vorfall hatte sich 1985 zugetragen. Jetzt
schrieben sie das Jahr 2018, dreiunddreißig Jahre waren
seitdem vergangen. Der Fall war nie aufgeklärt und zu
den Akten gelegt worden – und für diese gab eine Aufbe-
wahrungsfrist von maximal dreißig Jahren.

Aber Velna hatte etwas von den Medien geschrieben,
Medien waren zu der Zeit in erster Linie die Zeitungen
gewesen. In deren Archiven würde sie fündig werden.
Am besten bei einem überregionalen Blatt wie der BILD,
die spektakuläre Verbrechen gerne reißerisch ausschlach-
tete. Nachdem sie die Login-Formalitäten für den Zugang
zum Archiv der BILD-Zeitung erledigt hatte, gab sie die
Jahreszahl und den Namen Bernhard Molberg ein, doch
die Datenbank spuckte kein Ergebnis aus. Dann probierte
sie es mit Guido Brunner, aber auch hier ohne Resultat.
Verblüfft lehnte sie sich zurück. Was hatte das zu bedeuten? Da fiel ihr ein, dass Zeugen oder Verdächtige in einem Mordfall nicht mit vollem Namen genannt werden.
Also gab sie auf gut Glück »Mord Jerusalem« in das Suchfeld ein. Einige Artikel poppten auf. Bei einem lautete die
Überschrift:

BLUTIGES ENDE EINER STUDIENREISE
Nur zwei von drei Freunden kehren aus Jerusalem nach
Deutschland zurück

Links neben dem Artikel waren drei schwarz-weiße Portraits
abgebildet. Über allen drei Gesichtern waren im Augenbe-
reich schwarze Balken montiert worden, sodass es Maria
nicht gelang, Molberg oder Brunner zu identifizieren, zumal
die Aufnahmen über dreißig Jahre alt waren. Perplex las sie
die Bildunterschriften, die die Namen enthielten: »Benedikt Z.
aus Würzburg« und »Friedrich v. E. aus Hamburg«. Lediglich
den Namen des Toten, der ebenfalls mit einem schwarzen
Balken über den Augen abgebildet war, hatte die Zeitung in
voller Länge gedruckt. »Andreas Canaris aus Frankfurt«.
Sie begann den Artikel zu lesen, in dem es hieß:

Am 26. Juli waren die drei Freunde Benedikt Z. aus Würzburg, Friedrich v. E. aus Hamburg und Andreas Canaris,
das Mordopfer aus Frankfurt/Main zu einer gemeinsamen
Studienreise nach Jerusalem geflogen. Dort verbrachten
sie den ersten Tag ihres Aufenthaltes damit, gemeinsam
die Altstadt und den Tempelberg sowie verschiedene andere Sehenswürdigkeiten zu besichtigen. Noch in der Nacht
verließ Canaris, unbemerkt von seinen Freunden, das
Hotel und kehrte nicht mehr zurück. Er wurde später tot
in einer Hausruine gefunden, mit einem Kopfschuss hingerichtet. Grausiges Detail dieses Verbrechens: Der Mörder hatte dem Opfer das Herz herausgeschnitten und es
mitgenommen. Seine Freunde erlitten einen Schock und
wurden anschließend von der israelischen Polizei vernommen. Nachdem der Nachtportier des Hotels, in dem
die drei Deutschen abgestiegen waren, bestätigt hatte,
dass keiner von beiden das Haus in der Tatnacht verlassen
hatte, durften sie einige Tage später wieder in die Heimat
fliegen. Sobald der Leichnam des Mordopfers freigegeben wird, soll er nach Deutschland übergeführt werden.

Die Initialen der beiden Freunde stimmten nicht mit denen von Molbergs und Brunners Namen überein. Maria wunderte sich über die auffällig spärlichen Informationen, insbesondere, da es sich um so einen spektakulären Mordfall handelte. Sie waren nicht nur mehr als dürftig, sondern alarmierend knapp und nichtssagend, wie sie fand. So als hätte jemand den Deckel auf die Berichterstattung gehalten. Sie zerrte den Brief von Velna aus dem Umschlag und fand schnell die Zeile, die sie suchte. Auch er hatte in Bezug auf die nur kurze Erwähnung in der Presse von einem Anlass zum Nachdenken gesprochen.

Maria rief den folgenden Erscheinungstag im Archiv auf, dann die ganze Woche und scrollte sich anschließend durch den kompletten Monat. Aber dieser Artikel war und blieb der einzige, den sie zu diesem Fall fand. Sie startete noch einen letzten Versuch und gab den Namen des Ermordeten in das Suchfeld ein. Nichts! Die Mitarbeiter ihres Teams würden die übrigen Nachrichtenblätter durchforsten müssen. Das war aufwendig und zeitintensiv, aber nun mal nicht zu ändern. Zudem befürchtete sie, dass sie auf keine weiteren Berichte stoßen würden, genau so, wie der Journalist es angedeutet hatte.

Die Tür öffnete sich und Andreas Laschkow kam hereinspaziert. Unauffällig faltete Maria den großen Umschlag in der Mitte zusammen und ließ ihn in ihrer Handtasche verschwinden, während ihr Kollege seine Jacke aufhängte. Er hatte zu viel Aftershave aufgetragen.

»Guten Morgen, Frau Wagenried. Schon fleißig bei der Arbeit?«

*Im Gegensatz zu dir! Hast dich wohl noch mal umgedreht?*

Laut aber sagte sie: »Ja, und ich habe etwas herausgefunden, das uns vielleicht weiterbringt.«

Überrascht sah Laschkow sie an. »Was? Wirklich?«

Maria überging den Seitenhieb und nickte. »Herr Velna hat mir gestern Abend noch einige Information zukommen lassen. Er hat mich zum Essen eingeladen.«

Laschkow fiel die Kinnlade runter.

»Wo waren Sie denn mit ihm?«

Das klang fast so, als hätte sie ihn entführt.

»Beim Italiener an der Frauenkirche. Er hat mir einen Tipp bezüglich eines Ereignisses aus dem Jahr 1985 gegeben. Das wäre der Schlüssel zu unseren Fällen.« Sie lehnte sich zurück und beobachtete mit Genugtuung, wie sich auf dem Hals und den Wangen ihres Kollegen rote Flecken bildeten.

»Ja, und?«

»Ich habe schon ein bisschen recherchiert und das hier herausgefunden.« Sie drehte den Monitor so, dass Laschkow den BILD-Artikel lesen konnte. Als er fertig war, glotzte er Maria zunächst verständnislos an. Dann erhellte sich sein Gesicht.

»Guido Brunner und Bernhard Molberg sind die beiden zurückgekehrten Freunde. Der dritte wurde ermordet.«

»Bingo!«

»Aber die Namen sind andere!«

*Mein Gott, was für ein schlaues Kerlchen.*

»Ich gehe davon aus, dass Velnas Hinweis richtig ist. Er ist übrigens selbst Templer.«

»Was?!? Hat er Ihnen das erzählt? Während unseres Gespräches im Hotel ist er dieser Frage doch ausgewichen« Laschkow war verblüfft.

»Ich habe es gesehen, als er sich nach seinem Feuerzeug bückte. Er hat eine Tätowierung im Nacken. Ein Tatzenkreuz.«

Laschkow erwiderte nichts, sondern schwieg und sah sie abwartend an.

»Ich habe ihm die Namen der Opfer natürlich nicht genannt, aber für ihn als Journalist dürfte es kein Problem für ihn gewesen sein, sie in Erfahrung zu bringen«, fuhr Maria fort. »Als Templer ist er außerdem Insider und kennt deshalb den Vorfall, der sich in Jerusalem ereignet hat. Somit war es genauso wenig ein Kunststück, die Namen Molberg und Brunner ihren richtigen Identitäten zuzuordnen, wenn er sie nicht schon vorher kannte. Allerdings wissen wir nicht, wer wer ist. Das müssen wir alles noch überprüfen. Aber es würde mich wundern, wenn wir etwas fänden.«

»Wieso?« Laschkow sah sie an, als zweifelte er an ihrem Verstand. »Namensänderungen werden doch bei der Stadtverwaltung oder dem Landratsamt beantragt und dort auch dokumentiert.«

»Ist nur so ein Gefühl«, entgegnete sie unbestimmt. »Sollten wir bei den Behörden in Hamburg und Würzburg fündig werden, hätten wir die Gewissheit, dass es sich um Molberg und Brunner handelte.«

»Parallel müssen wir herausfinden, ob die zuständige Staatsanwaltschaft seinerzeit eine Kopie der Akte über den Mordfall Andreas Canaris angefordert hat. Die Chancen sind gering, aber wir dürfen nichts unversucht lassen«, ergänzte er.

Maria nickte. »Es kann aber sein, dass, sollte es eine Akte geben, diese nicht mehr existiert«, wandte sie ein. »Denn die Strafverfolgungsbehörden archivieren Akten nicht länger als dreißig Jahre. Das ist schon die Obergrenze!«

Laschkow gab ihr recht. Er kaute auf seiner Unterlippe und sah sie nachdenklich an. »Aber einen korrekten Namen haben wir immerhin: Andreas Canaris. Möglicherweise hatte er Frau und Kinder, von denen wir etwas zu seiner Ermordung in Erfahrung bringen können. Ich werde mich darum kümmern.«

Gut, so hatte sie es geplant. Er war fürs Erste beschäftigt.

»Offenbar steht ja das Motiv der Tat in irgendeinem Zusammenhang mit dem Orden«, griff Maria den Faden wieder auf. »Herr Velna hat mir gestern Abend noch von Feinden der Templer erzählt, wollte sich aber nicht weiter dazu äußern, weil er selbst Angst hatte. Die war ihm deutlich anzumerken. Aber er hat mich wissen lassen, dass der Schlüssel zu den Verbrechen in der Vergangenheit liegt – im Mord an Andreas Canaris.«

»Also muss auch noch nach einer verfeindeten Organisation recherchiert werden. Im Übrigen«, Laschkow klopfte sich mit dem Kuli gegen die Zähne, »kann es nicht schaden, wenn wir Staatsanwalt Schmücke schon mal bitten, über das Auswärtige Amt eine Kopie der Ermittlungsakte aus Jerusalem anzufordern, falls in Deutschland keine mehr existiert. Vielleicht haben wir dort Glück, auch wenn es mehr als unwahrscheinlich ist.«

Maria hörte nur noch mit einem halben Ohr zu. Sie hatte ganz andere Pläne. Sie wollte ungestört die BILD-Zeitung anrufen, um sich nach dem Namen des Journalisten zu erkundigen, der seinerzeit den Artikel verfasst hatte.

»Ich gehe dann mal zu Herrn Rottge, um ihn über die neusten Entwicklungen zu informieren.« Laschkow stand auf.

*Gute Idee, lass dir Zeit.* Maria nickte ihm flüchtig zu. Sie wartete, bis er das Büro verlassen hatte, um dann sofort bei der BILD-Zeitung anzurufen. Nachdem sie ihr Anliegen erklärt hatte, versprach man ihr, sich schnellstmöglich wieder zu melden. *Hoffentlich nicht ausgerechnet dann, wenn Laschkow schon wieder zurück ist. Aber Arschkriecherei braucht seine Zeit,* dachte sie boshaft. Doch just in dem Moment, als Laschkow wieder ins Zimmer kam, rief die Zeitung an.

»Peter Hommer«, wiederholte sie den Namen und schrieb ihn gleichzeitig auf. »Haben Sie auch noch eine Telefonnummer für mich? ... Ach so, ich verstehe. Aber vielleicht die Adresse?« Sie lauschte den Angaben und notierte sie.

»So, die Herren Rottge und Schmücke wissen Bescheid. Sollte den deutschen Ermittlungsbehörden keine Kopie der Akte vorliegen, wird die Botschaft kontaktiert. Hoffen wir das Beste.« Er trommelte mit den Fingern auf seinen

Schreibtisch. »Ich werde das Team in einer Stunde zusammenrufen und die anliegenden Aufgaben verteilen.«

Maria brannte darauf, den Journalisten Peter Hommer anzurufen. Zwar hatte sie seine Telefonnummer nicht bekommen, denn er war seit fünf Jahren im Ruhestand, wie man ihr mitgeteilt hatte. Doch es war eine Kleinigkeit für eine Kommissarin, über den Namen und die Adresse auch die Telefonnummer herauszubekommen. Nach einer Viertelstunde hatte sie die Festnetz-Nummer mit Offenbacher Vorwahl ermittelt. Die denkbar ungünstigste Variante wäre nur, wenn Hommer nicht mehr am Leben war.

Sie nahm ihr Handy aus der Tasche und verließ den Raum, um ungestört telefonieren zu können. Der am besten geeignete Ort war der Sitzungsraum. Hier ging niemand rein, außer es war eine Dienstbesprechung anberaumt. Sie setzte sich an den großen ovalen Tisch, der jetzt seltsam verwaist in der Mitte des Zimmers stand.

Gleich beim ersten Versuch, Peter Hommer zu kontaktieren, hatte sie Glück. Der Stimme nach musste er um die siebzig Jahre alt sein. Er reagierte verhalten, als sie sich vorstellte. Erst als sie auf den Bericht in der BILD-Zeitung von 1985 zu sprechen kam, wurde er lebhafter.

»Ich kann mich noch gut erinnern«, begann er. »Das war das erste und einzige Mal, dass ich eine Weisung von ganz oben erhalten habe, die Berichterstattung einzustellen. Außerdem haben Polizei und andere Behörden gemauert. Das hat mein Interesse natürlich erst recht angestachelt.«

»Wenn ich Sie richtig verstehe, bedeutet das, dass Sie auf eigene Faust weiter recherchiert haben?«

»Sagen wir es so, ich bin mit Leib und Seele Journalist. Ich würde auch jetzt noch arbeiten, wenn mich mein angeschlagener Gesundheitszustand nicht dazu verdammen würde, wie ein seniler Kerl zu Hause zu hocken. Ich bin leider an den Rollstuhl gefesselt. Multiple Sklerose.«

»Das tut mir leid. Sie sind also an dem Fall drangeblieben, um auf meine Frage zurückzukommen?«

»Hören Sie«, antwortete er mit einem Mal misstrauisch. »Ich kenne Sie überhaupt nicht und mir ist nicht ganz klar, warum Sie das alles wissen wollen. Außerdem bespreche ich solche Dinge nicht gerne am Telefon. Da bin ich sehr altmodisch.«

»Wenn Sie nichts dagegen haben, könnte ich zu Ihnen kommen. Dann könnten wir persönlich miteinander sprechen.« Sie hatte den Satz noch nicht ganz beendet, da kreiste auch schon Rottges wütendes Gesicht vor ihrem geistigen Auge. Aber in ihrer Freizeit konnte sie schließlich machen, was sie wollte, dachte sie trotzig.

»Dieses Wochenende?«, unterbrach Hommer ihre Gedanken. »Samstag geht, kommen Sie nachmittags zum Kaffee. Meine Frau kann ausgezeichnet backen. Bis dahin.«

Maria wollte sich noch bedanken, aber er hatte bereits aufgelegt. *Merkwürdiger Kauz.* Während sie in ihr Büro zurückging, erwog sie für eine Sekunde, Dess zu fragen, ob er sie begleiten wollte. Aber das war nach dem Fiasko in Würzburg wohl keine so gute Idee.

Sie versuchte erneut, Roland Velna zu erreichen, aber wieder sprang nur die Mailbox an. War er schon auf der angekündigten Flucht? Doch das konnte sie sich nicht vorstellen. Direkt aus Dresden, ohne weitere Vorkehrungen zu treffen, seine Heimat zu verlassen, das hielt sie für unwahrscheinlich. Es sei denn, es hatte sich etwas so Gravierendes ereignet, dass er sich zu einem spontanen Aufbruch entschieden hatte. Er hätte Freunde, die ihm hälfen, hatte er geschrieben. Vielleicht reichte in Templerkreisen ein einziger Hilferuf und alles wurde geregelt und arrangiert? Nachdenklich drückte sie die Klinke herunter.

»Für elf Uhr habe ich die Mannschaft zusammengetrommelt«, empfing Laschkow sie.

Maria nickte geistesabwesend. Sie war in Gedanken schon bei ihrer Reise nach Offenbach. Über ihr iPhone buchte sie ein Hin- und Rückfahrtticket mit dem ICE nach Frankfurt. Der Zug fuhr am Samstagmorgen um acht Uhr dreizehn ab. Von Frankfurt aus musste sie mit dem Regionalzug weiter nach Offenbach und dort mit dem Taxi bis zu Peter Hommers Adresse. Wenn es keine Verzögerungen gab, wäre sie schon um eins dort, viel zu früh. Aber den Zug um zehn Uhr dreizehn in Dresden zu nehmen, bedeutete, dass sie, wenn es keine Verzögerungen gab, erst um viertel vier bei Hommer sein konnte. Sie wollte nicht zu spät kommen, sondern die Zeit voll nutzen. Dann musste sie sich eben zwei Stunden auf dem Frankfurter Hauptbahnhof die Zeit vertreiben. Etwas, das ihr gar nicht behagte. Zu einem kurzen Bummel in die Innenstadt hatte sie keine Lust. Zu laut, zu viel Verkehr, zu viele Menschen. Doch plötzlich durchzuckte sie ein Gedanke. Da gab es noch etwas Unerledigtes in ihrem Leben. Jetzt war der richtige Zeitpunkt gekommen. Dafür würde sie die zwei Stunden in Frankfurt nutzen.

Sie schaute auf ihr Handy. Halb elf, sie hatte also noch eine halbe Stunde Zeit, um sich über den Journalisten Peter Hommer zu informieren. Er hatte, wie sie lesen konnte, eine bewegte Vita. Seine Ausbildung hatte er bei einem kleinen Kreisblatt als Volontär begonnen. Anschließend war er als Mitarbeiter bei einer Musikzeitschrift beschäftigt gewesen und war dann zum Musiksender RTL-Luxembourg gewechselt, bevor er sich bei der BILD verdingt und dort fünfunddreißig Jahre, zuletzt als Redakteur, gearbeitet hatte. Jetzt, nach einem langen Arbeitsleben, ruinierte die heimtückische Krankheit seinen sauer verdienten Ruhestand. Das Leben war nicht immer gerecht.

»Es ist Zeit«, unterbrach Laschkow ihre Nachforschungen. »Wir müssen los.«

Im Besprechungszimmer waren bereits alle Stühle um den Tisch besetzt, außer den zweien am oberen Ende, die immer für Maria und Laschkow reserviert waren.

Maria setzte sich, während Laschkow stehen blieb.

»Liebe Kolleginnen und Kollegen. Bevor ich Sie über die neuesten Erkenntnisse ins Bild setze, vorab kurz zum Mord an Hans-Peter Rosenbaum in Würzburg, den die Kollegen vor Ort bearbeiten. Alle drei Morde hängen mit großer Wahrscheinlichkeit zusammen, aber wie Sie wissen, gilt das Tatortprinzip. Selbstverständlich werden wir uns eng mit Würzburg abstimmen und uns laufend austauschen. Doch nun zu den Neuigkeiten. Wir haben Informationen erhalten, die uns hoffentlich in die Lage versetzen, den Hintergrund der beiden Morde hier in Dresden zu erhellen. Vorausgesetzt, wir ermitteln sorgfältig. Es wird etwas aufwändiger werden, das kann ich gleich vorwegnehmen.« Er goss sich ein Glas Wasser ein und trank es in einem Zug leer. »Frau Wagenried hat von Herrn Velna die Information bekommen, dass der Hintergrund der aktuellen Morde im Jahr 1985 liegt.«

»Woher will er das denn wissen?«, kam ein Zwischenruf.

»Das ist eine berechtigte Frage, lieber Kollege«, ergriff Maria schnell das Wort, »und deswegen werden wir das überprüfen. Darauf bezog sich die Bitte von Herrn Laschkow, sorgfältig zu ermitteln. Wie ich gestern noch herausgefunden habe, gehört Herr Velna dem Orden der Tempelritter an. Er hat mir von einem zweiten Geheimbund erzählt, der offenbar der ärgste Feind der Templer ist. Den Namen hat er mir aus Angst nicht genannt. Diese Information und sein Verhalten sind der Grund, warum wir seine Hinweise sehr ernst nehmen.«

»Was soll denn 1985 passiert sein?« Das war erneut der Zwischenrufer, diesmal ungeduldig.

»Ich fasse mal zusammen, Herr Laschkow, ja?« Der nickte mit verkniffenem Gesichtsausdruck. Maria fuhr fort: »Wir sind inzwischen fast sicher, dass sowohl Bernhard

Molberg als auch Guido Brunner ebenfalls Templer waren. 1985 haben sie sich vermutlich gemeinsam auf eine Pilgerreise nach Jerusalem begeben. Sie waren aber nicht zu zweit, sondern zu dritt. Ihr Begleiter ist jedoch nicht mit ihnen zurückgekehrt. Er wurde in Jerusalem ermordet. Es handelt sich um einen Mann aus Frankfurt, ein gewisser Andreas Canaris. Ich habe im Archiv der BILD dazu einen Artikel gefunden, mit Bildern von allen dreien und einem kurzen Bericht. Die Namen unter den Fotos der beiden Männer, von denen wir annehmen, dass es sich um Molberg und Brunner handelte, wichen ab. Sie lauteten ›Benedikt Z.‹ und ›Friedrich v. E.‹. Lediglich der Name des Opfers wurde in voller Länge genannt.« Maria stand auf und schrieb die Namen auf das elektronische Whiteboard.

»Und hier kommt ihr ins Spiel«, wandte sich nun Laschkow an die Mannschaft. »Wir vermuten, dass eine Namensänderung vorgenommen und Bernhard Molberg und Guido Brunner eine neue Identität verpasst wurde. Damals sollen sie ihren Lebensmittelpunkt in Hamburg beziehungsweise Würzburg gehabt haben. Ich weiß, dass es nicht einfach wird, da wir neben diesen Orten nur die Vornamen und den Anfangsbuchstaben des Nachnamens haben. Wer übernimmt das?« Drei Hände fuhren in die Höhe.

»Die nächste Aufgabe ist eine fundierte Recherche über eine Organisation oder, präziser ausgedrückt, einen Geheimbund, der als Feind der Templer gilt. Die notwendigen Nachforschungen schließen gegenseitig verübte Verbrechen in der Vergangenheit ein.« Niemand rührte sich. »Also los, Leute, wenn sich keiner meldet, teile ich ein«, warnte Maria. Zögernd gingen vier Hände hoch, darunter auch die von Endress, den sie mit der Recherche über die Templer beauftragt hatte. »Endress, Sie haben schon Erfahrung auf diesem Gebiet gesammelt, weisen Sie die Kollegen bitte ein.«

»Weiterhin möchte ich alles über das Opfer Andreas Canaris wissen.« Nun sprach wieder Laschkow. »Wenn wir Glück haben, finden wir Molberg und Brunner, oder ›Friedrich v. E.‹ und ›Benedikt Z.‹, in seinem Freundeskreis. Kästner, übernehmen Sie das?« Der Angesprochene nickte. »Nehmen Sie sich noch jemanden zur Unterstützung dazu. Wenn es Angehörige gibt, dann müssen diese befragt werden.«

Laschkow sah in die Runde. »Hat noch jemand Fragen?« Allgemeines Kopfschütteln. »Gut, diejenigen, die keine neue Aufgabe bekommen haben, durchforsten bitte die Archive aller Zeitungen nach weiteren Artikeln zum Geschehen in Jerusalem. Zuerst die Lokalblätter aus Frankfurt, Hamburg und Würzburg. An die Arbeit!«

Noch mehrmals am Tag versuchte Maria, Roland Velna anzurufen, doch jedes Mal ohne Ergebnis. Bis morgen würde sie noch warten, dann wollte sie einen Kollegen aus Hamburg bitten, zu seiner Wohnung zu fahren, um sich zu vergewissern, dass alles in Ordnung war. So langsam verwandelte sich ihr ungutes Gefühl in echte Besorgnis. War seine Angst, die er ihr gegenüber offen geäußert hatte, doch berechtigt gewesen? Schwebte er in Lebensgefahr?

Schon am Nachmittag lagen die ersten Ergebnisse zu Andreas Canaris vor. Nach seinem Maschinenbaustudium hatte er sofort eine Anstellung als Ingenieur bei einem mittelständigen Unternehmen in Frankfurt gefunden. Er war verheiratetet gewesen, seine Frau zum Zeitpunkt des Mordes in Jerusalem schwanger. Zwei Monate später hatte sie eine Tochter zur Welt gebracht. Als das Mädchen zwei Jahre alt war, war die Mutter bei einem Autounfall ums Leben gekommen. Das Mädchen hatte seine Kindheit in einem Waisenhaus verbracht und war von Nonnen erzogen worden. Später war es selbst Nonne geworden und arbeitete noch immer in demselben Waisenhaus.

*Ob es sich lohnt, mit der Nonne zu sprechen?* Sie war zum Zeitpunkt des Mordes an ihrem Vater noch nicht einmal geboren und dann gerade zwei Jahre alt gewesen, als ihre Mutter tödlich verunglückte. Es war daher ziemlich unwahrscheinlich, dass sie irgendetwas von der Vergangenheit oder gar von den Freunden ihres Vaters wusste. Maria war sich unschlüssig und schob die Entscheidung zunächst auf.

Die übrigen Arbeitsteams konnten nicht so schnell Ergebnisse liefern. Aber es waren auch erst einige Stunden seit der Dienstberatung vergangen.

Da Marias Anrufe bei Velna ergebnislos blieben, rief sie am Freitagmorgen bei der Hamburger Polizei an und bat die Kollegen um Unterstützung. Man versicherte ihr, dass man nach dem Rechten schauen wollte und sie umgehend benachrichtigen würde. Maria war zwar nicht beruhigt, spürte jedoch eine gewisse Erleichterung. Zwei Stunden später kam der Rückruf.

»Frau Wagenried?« Die Stimme war eine andere als die, die sie bei ihrem ersten Telefonat gehört hatte. »Mein Name ist Leo Brückner, Kommissar aus Hamburg. Sie hatten mit einem Kollegen von mir wegen eines Herrn Roland Velna gesprochen. Darf ich fragen, weshalb?«

»Herr Velna war am Mittwoch bei uns in Dresden. Wir ermitteln gerade in drei Mordfällen. Er war so freundlich, uns Hinweise zum Hintergrund der Verbrechen zu geben. Dabei deutete er an, dass er Angst vor Repressalien hätte, falls er zu viele Informationen preisgäbe.« Das Schweigen am anderen Ende der Leitung war bedrückend.

»Herr Velna wurde tot in seiner Wohnung aufgefunden«, sagte Kommissar Brückner schließlich.

Ein heftiger Schwindel erfasste Maria. »Liegt Fremdverschulden vor?«, brachte sie mühsam hervor.

»Davon ist auszugehen. Er, beziehungsweise das, was noch von ihm übrig war, lag in der Badewanne. Er wurde mit Säure übergossen. Leider ist nur noch eine undefinierbare Masse von ihm übrig. Wir müssen eine genetische Untersuchung durchführen, um ihn eindeutig zu identifizieren. Ich möchte Sie bitten, mir eine Kopie der Ermittlungsakte zu übermitteln, Frau Wagenried. Ich muss das Gespräch jetzt leider beenden. Aber wir bleiben in Verbindung.«

Sie hatte das Gefühl, ihr wäre der Boden unter den Füßen weggerissen worden. Sie hatte einen Fehler begangen, einen schweren, nicht wiedergutzumachenden Fehler. Sie hätte seine Angst ernst nehmen und ihm Polizeischutz anbieten oder ihn unter polizeiliche Beobachtung stellen müssen, unmittelbar nachdem sie sich vor dem Lokal verabschiedet hatten. Das wäre angesichts der Bedrohung das erforderliche Mittel gewesen. Stattdessen hatte sie sich auf ein paar lächerliche Anrufe beschränkt.

Wie durch einen Nebel hörte sie die Tür klappen. Laschkow erschien.

»Alles in Ordnung, Frau Wagenried? Sie sehen aus, als ob Sie ein Gespenst gesehen hätten«, fragte er leutselig.

»Roland Velna wurde ermordet.«

»Wie bitte? Das ist doch wohl ein Scherz!«

»Leider nein. Ich habe vor einigen Minuten einen Anruf von einem Kollegen aus Hamburg erhalten. Er wurde in seiner Wohnung in der Badewanne gefunden. Mit Säure übergossen und fast völlig aufgelöst.«

»Verdammte Scheiße. Wer hätte das ahnen können?!«

*Ich,* dachte Maria, *ich.* Dennoch verschwieg sie ihm den Brief, den sie von Velna am Morgen seiner Abreise erhalten hatte.

»Wieso haben die hier angerufen?«

»Weil ich mir Sorgen um Velna gemacht habe. Er hatte doch betont, dass er Angst hätte. Ich habe mehrere Male vergeblich versucht, ihn zu erreichen. Dann habe ich mich dazu entschlossen, die Kollegen in Hamburg um Hilfe zu bitten.«

Misstrauisch sah Laschkow sie an, sagte aber nichts. Maria war froh, dass er nicht weiter bohrte.

»Wir sollen ihnen eine Kopie der Akte zuschicken«, sagte sie tonlos.

Laschkow hob den Telefonhörer, um das zu veranlassen. Dann stand er auf. »Ich muss Herrn Rottge in Kenntnis setzen.«

Noch immer saß Maria wie unter Schock hinter ihrem Schreibtisch. Ihre Kehle war wie zugeschnürt, das Atmen fiel ihr schwer. Eine zentnerschwere Last schien auf ihren Brustkorb zu drücken. *Luft,* schrie alles in ihr. Sie sprang hoch, packte ihre Handtasche, riss die Tür auf und eilte durch den langen Flur ins Treppenhaus. Sie nahm zwei Stufen auf einmal und wäre beinahe gestolpert. Vor dem Portal hastete sie die Außentreppe hinunter und atmete auf dem Bürgersteig mehrere Male tief durch. Blindlings hetzte sie weiter, die Schießgasse entlang, nach links in die Rampische Gasse und zum Neumarkt, den sie nach wenigen Metern erreichte. Alles, Frauenkirche, Häuser, Restaurants, sogar die Menschen, erschien wie unter einem dicken Nebel. Sie musste sich setzen. Und mit Dess sprechen, ihm von dem schrecklichen Ereignis erzählen.

Sie steuerte auf das Martin-Luther-Denkmal zu und setzte sich auf eine der Stufen davor. Mit fliegenden Fingern wühlte sie in ihrer Tasche nach dem Handy und wollte gerade Dess anrufen, als eine Gruppe laut schnatternder Asiaten aufkreuzte, die Fotos schossen, als ob ihr Leben davon abhinge. Fluchend stand Maria auf und ging weiter bis zu einem Eisengitter, das einen der Abstiege zur Tiefgarage sicherte. Hier war sie ungestört. Mit zitternden Händen wählte sie Dess' Nummer. Er nahm gleich ab. *Gott sei Dank.*

»Dess, es ist etwas Schreckliches passiert«, sprudelte es aus ihr heraus. »Roland Velna, der Journalist, der uns geholfen hat, wurde umgebracht. In seiner Wohnung. Man hat ihn mit Säure übergossen. Ich bin schuld, ich habe ihn in diese gefährliche Lage gebracht.«

»Was redest du denn da für einen Unsinn, Maria? Dafür kannst du doch nichts!«

»Doch. Ich habe dir noch nicht erzählt, dass er mir gestern Morgen, also kurz nach unserem Restaurantbesuch, einen Brief direkt ins Präsidium geschickt hat.« Sie musste schniefen.

»Was stand denn da drin?«

»Nur ganz kurz: Er hat mich auf einen Mordfall in Jerusalem aufmerksam gemacht, dreißig Jahre her. Der soll mit den Morden an Molberg und Brunner zusammenhängen, die ebenfalls Templer gewesen wären. Er hat mir den Tipp gegeben, unsere Ermittlungen darauf zu lenken. Das hat ihn wahrscheinlich das Leben gekostet.«

»Maria, beruhige dich doch erst einmal. Was ich nicht verstehe, ist, wieso er dir das plötzlich alles geschrieben hat.«

»Es sagte, dass sich etwas Gravierendes ereignet hätte und er deshalb fliehen müsse. Er hätte Freunde, die alles für ihn arrangierten, und es wäre zwecklos, nach ihm zu suchen. Und jetzt ist er tot.«

»Aber ich kann nicht ganz verstehen, was du damit zu tun hast.«

»Ich hätte ihm Polizeischutz anbieten oder ihn überwachen lassen müssen.«

»Maria, das ist doch Quatsch. Glaubst du denn, er hätte sich darauf eingelassen, wenn er möglichst unbemerkt seine Zelte abbrechen wollte? Das wäre für ihn doch kontraproduktiv gewesen.«

»Trotzdem fühle ich mich verantwortlich, verstehst du das nicht?«

»Doch, sicher, aber du hast doch mehrfach versucht, ihn zu erreichen ...«

»Er kommt nach Dresden, hilft uns bei den Ermittlungen und gibt mir zusätzliche Informationen, die ihn jetzt das Leben gekostet haben. Da würdest du dich auch verantwortlich fühlen.«

»Maria, weißt du denn, worum es sich bei diesem ›gravierenden‹ Ereignis handelt?«

»Nein, natürlich nicht, aber er hatte solche Angst vor diesem anderen Geheimbund. Das war deutlich zu spüren.«

»Aber das sind doch nur Vermutungen von dir. Genauso gut kann sein Tod unmittelbar mit diesem Ereignis zusammenhängen. Vielleicht ging es um etwas ganz Privates, das gar nichts mit euren Fällen zu tun hat. Mach dich nicht verrückt! Man kann nicht für alle Eventualitäten und Gefahren vorsorgen, auch du nicht.«

Obwohl sie wusste, dass Dess im Grunde recht hatte, sagte ihr Gefühl etwas anderes. Die Schuld, ob nun tatsächlich oder eingebildet, lastete schwer auf ihrem Gewissen.

»Diesen Brief, den du erwähnt hast«, fuhr Dess fort, »wer, außer dir, hat ihn gelesen?«

»Nur ich.«

»Dabei solltest du es bewenden lassen.«

»Also denkst du doch, dass ich eine Mitschuld trage!«

»Nein, das tue ich nicht. Aber ich könnte mir vorstellen, dass dein neuer Kollege Laschkow versuchen würde, dir einen Strick daraus zu drehen.«

Er konnte nicht wissen, dass sie ihrem Kollegen nicht die ganze Wahrheit erzählt hatte.

»Gut, Dess. Ich muss wieder zurück. Ich habe mich gar nicht abgemeldet.«

»Wir telefonieren heute Abend noch einmal, einverstanden?«

»Ja, das machen wir. Ich danke dir für dein offenes Ohr.«

Das kurze Gespräch mit ihm hatte zumindest die höchsten Wogen ihrer Aufregung geglättet. Langsam lief sie zurück in Richtung Präsidium. Ihre Knie fühlten sich weich wie Pudding an und mit einem Mal fühlte sie sich unsicher auf den Beinen. Sie sah, dass die Asiaten vor dem Luther-Denkmal weitergezogen waren. *Nur kurz hinsetzen, sammeln und tief durchatmen.* Sobald sie sich auf eine Stufe gesetzt hatte, fielen ihr Dess' beruhigende Worte wieder ein. Ihre geplante Tour zu Peter Hommer nach Offenbach hatte sie mit keiner Silbe erwähnt. Sie war sich auch nicht sicher, ob sie ihm überhaupt davon erzählen wollte. Was, wenn er mit ihr das Wochenende verbringen wollte? Dann musste sie ihm eine glaubhafte Lüge auftischen.

Einmal mehr wurde ihr bewusst, dass sie sich auf riskante Abwege begeben und andere Menschen in Gefahr gebracht hatte. Jetzt musste sie auch noch Dess anlügen, denn er würde ihr das Gespräch mit dem Journalisten nach den jüngsten Ereignissen mit Sicherheit auszureden versuchen. Und, so wie es aussah, war sie gerade auf dem besten Wege, ihre berufliche Karriere aufs Spiel zu setzen. Warum tat sie das? Warum musste sie immer mit dem Kopf durch die Wand? Wieso musste sie immer alles auf eine Karte setzen?

Obwohl alle Vernunft gegen ihre Fahrt nach Offenbach sprach, hatte sie ihre Entscheidung schon längst gefällt. Sie musste und wollte mit dem Journalisten sprechen, obwohl ihr klar war, dass sie sich dadurch in Gefahr brachte. Vielleicht wurde sie seit dem Abend mit Velna ständig beobachtet und jemand wartete nur auf eine günstige Gelegenheit, die Schnüfflerin aus dem Weg zu räumen? Hatten diejenigen, die Bernhard Molberg und Guido Brunner ermordet hatten, auch Roland Velna auf dem Gewissen? Ging der Mord an dem Stiftungsleiter Rosenbaum ebenfalls auf ihr Konto? Und hatten dieselben Männer ihr auch die mysteriösen Hinweise auf die Tempelritter zugespielt?

Gerade kam sie am *Café 1900* vorbei. Die Tür öffnete sich, aromatischer Kaffeeduft zog ihr in die Nase. Kurz entschlossen ging sie hinein, um einen Cappuccino zu trinken. Auf diese halbe Stunde kam es nun auch nicht mehr an. Sie setzte sich an einen der Tische gleich hinter dem großen Schaufenster, von wo aus sie einen direkten Blick auf den Neumarkt und die Frauenkirche hatte. Die Bedienung kam und fragte sie nach ihren Wünschen.

Am Tisch gegenüber saß ein altes Ehepaar. Sie mussten um die fünfundsiebzig sein, waren gut gekleidet und wirkten gepflegt. Der weißhaarige Herr trug ein sorgfältig gestutztes Bärtchen. Für einen kurzen Moment trafen sich ihre Blicke. Der Mann hatte Ähnlichkeit mit ihrem Vater. Ihr Vater ... Mittlerweile war sie zu der Überzeugung gelangt, dass er sie zwar geliebt hatte, aber auf eine unverbindliche Art und Weise. Nie hatte er diese Liebe, Wärme und Zuneigung offen gezeigt. Er hatte in einer von Kunst, Literatur und Malerei beherrschten Welt gelebt. Oftmals hatte sie das Gefühl gehabt, dass er sie gar nicht ernst, ja, noch nicht einmal richtig wahrnahm. Aufmerksamkeit und Wertschätzung waren ihr nur zuteil geworden, wenn sie sich hingesetzt und gemalt oder gezeichnet hatte. Dann hatte er mit großer Ernsthaftigkeit die Werke begutachtet, die sie ihm voller Stolz präsentiert hatte. Zwar hatte er immer ein fachmännisches Urteil abgegeben, sie hier und da kritisiert und Verbesserungsvorschläge gemacht. Nie aber hatte er sich zu einem liebevollen Lob hinreißen lassen. Nur eine klare, sachliche Analyse, mehr war ihr nicht vergönnt gewesen.

Jahrelang war sie dieser Anerkennung hinterher gehechelt. Später, als sie nahezu erwachsen war, wurde ihr klar, dass ihr Vater dazu nicht in der Lage gewesen war. Er war kein Mann der Gefühle gewesen. War das vielleicht der Grund, warum sie sich heute so verhielt, wie sie es jetzt gerade im Moment tat? Jagte sie immer noch der nie erhaltenen Anerkennung hinterher? Ging es gar nicht um ihre Arbeit als Polizistin, sondern um sie selbst? Tat sie alles, was sie tat, nur, um endlich das zu bekommen, was sie seit frühester Jugend vermisst hatte?

Der Cappuccino kam. Er war heiß und stark, so wie sie ihn liebte. Sie trank einen Schluck und sponn den Faden weiter. War diese fehlende Anerkennung ihres Vaters auch die Ursache dafür, dass sie in der Beziehung zu Nihat so verkrampft gewesen war? Für die Angst davor, nicht mehr begehrenswert für ihn zu sein, wenn sie älter werden würde? Für die Sorge, keine Anerkennung als Frau zu bekommen? Nicht mehr wahrgenommen zu werden? Sie spürte, dass sie damit der Wahrheit ein Stückchen nähergekommen war und ihr starkes Streben nach Bestätigung hier seine Ursache hatte.

Trotzdem wäre sie ohne diese Erfahrungen in ihrer Jugend nie eine so gute Polizistin geworden. Dieser Beruf schenkte ihr das befriedigende, ja manchmal berauschende Gefühl des Erfolges. Der unbedingte Wille, einen Fall zu lösen, war so tief in ihr verankert wie ihr Kindheitstrauma. Aber jeden treibt schließlich etwas an, wischte sie ihre Gedanken energisch beiseite. Sie trank ihren Cappuccino aus, bezahlte und verließ das Café, ohne sich noch einmal nach dem alten Ehepaar umzudrehen, das die Geister der Vergangenheit heraufbeschworen hatte. Als sie ins Freie trat, sog sie die Luft tief in ihre Lungen, straffte die Schultern und ging mit festen Schritten zurück zum Präsidium.

## KAPITEL 19

Wie Maria es geahnt hatte, wollte Dess das Wochenende mit ihr verbringen. Als sie ihn am Freitagabend anrief, machte er ihr den Vorschlag, am kommenden Tag in die Sächsische Schweiz zu fahren, um dort ein bisschen zu wandern und die Seele in einem Fünf-Sterne-Hotel baumeln zu lassen. Am Sonntag, gleich nach dem Frühstück, sollte es wieder zurück nach Dresden gehen.

»Was hältst du von meinem Vorschlag? Tut dir vielleicht mal ganz gut, ein bisschen auszuspannen und Abstand zu gewinnen. Außerdem soll das Wetter am Wochenende herrlich werden.«

»Das ist ein toller Vorschlag, Dess. Trotzdem klappt es leider nicht, weil sich eine alte Schulfreundin bei mir gemeldet hat und das Wochenende in Dresden verbringen will. Du verstehst, Mädelsabend. Sie wird bei mir übernachten und fährt erst am Sonntag wieder zurück nach Berlin. Tut mir leid, aber das lässt sich bestimmt nachholen.«

»Na gut, schade. Dann wünsche ich dir trotzdem ein schönes Wochenende.«

Seine Enttäuschung war nicht zu überhören.

»Wir holen es nach, Dess, versprochen. Sei bitte nicht böse, ja?«

»Geht ihr aus oder bleibt ihr die ganze Zeit bei dir zu Hause? Ich meine, wenn ihr euch lange nicht gesehen habt, gibt es doch bestimmt eine Menge zu erzählen.«

»Wir haben tatsächlich vor, zu Hause zu bleiben und es uns gemütlich zu machen. Ich bestelle was beim Italiener.« Maria war selbst erstaunt, wie flüssig ihr die Lügen über die Lippen kamen. Irgendwann, wenn der Fall abgeschlossen war, würde sie Dess reinen Wein einschenken und ihm die Gründe erläutern. Er würde es sicher verstehen. Nicht schon wieder wollte sie ihn einer Gefahr aussetzen.

Am nächsten Morgen fuhr sie mit dem Taxi zum Hauptbahnhof. Es war ein Fehler gewesen, keinen Sitzplatz zu reservieren, denn der Zug war voll besetzt, sodass sie sich zunächst im Restaurantwagen aufhalten musste. Doch nachdem viele Reisende in Leipzig den Zug verlassen hatten, fand sie einen Platz direkt am Fenster. Während sie auf die vorbeisausende Landschaft schaute, überlegte sie, ob es wirklich eine so gute Idee war, auf eigene Faust zu ermitteln. Bei dem Gedanken daran, dass ihr Vater indirekt dazu beigetragen hatte, dass sie jetzt in diesem Zug saß, hätte sie beinahe bitter aufgelacht, konnte sich aber gerade noch beherrschen und kniff den Mund zusammen. Nach einer Weile machten die eintönig vorbeiziehenden Wiesen und Felder, nur durchbrochen von kleinen, sich ähnelnden Ortschaften, sie müde. Ihre Lider wurden schwer und das gleichmäßige Rattern des Zuges führte dazu, dass sie bald wegdöste. Bildfetzen, Stimmen und Gerüche aus ihrer Jugend wurden aus den Tiefen ihrer Erinnerung hochgespült.

*Sie ist noch ein Kind, höchstens fünf Jahre alt. In der dunklen Altbauwohnung in der Prießnitzstraße, Dresdner Neustadt. Es ist Winter und sehr kalt. Die Wohnung wird nicht warm. Die zwei Kohleöfen kommen nicht gegen die hohen feuchten Wände an. In der Küche rinnt Kondenswasser die Wände hinab. Alles ist grau und feucht. Nur die zwei Wände im Wohnzimmer, leuchtend rot und gelb gestrichen, durchbrechen schrill die Tristesse. Weiß der Himmel, wo ihr Vater die Farbe aufgetrieben hat.*

*Im Badezimmer, einem düsteren, schlauchartigen Gebilde, wird das Wasser für das wöchentliche Bad in einem riesigen, mit Kohle beheizten Boiler erwärmt. Manchmal öffnet Mutter die Klappe am unteren Ende, dann kann sie die rotglühenden Kohlen sehen. Es sieht aus wie der Schlund zur Hölle. Sie hat Angst vor dieser Klappe.*

*Die verglaste Veranda mit den zerbrochenen Scheiben und dem von Rissen durchzogenen Holzfußboden sieht aus, als würde sie jeden Moment einbrechen. Im Sommer, wenn das Wetter schön ist, stellt Mutter dort eine kleine Zinkwanne auf, in der sie planschen kann.*

*Sie geht durch einen langen, dunklen Korridor. Hier, ganz am Ende, liegt ihr Kinderzimmer. Auf der einen Seite steht ihr Bett, an der gegenüberliegenden Seite finden zwei unterschiedlich hohe Kommoden Platz, die sie von Oma bekommen haben. Es ist dunkel.*

*Wie jede Nacht wacht sie auf der höheren der beiden*
*Kommoden auf. Warum sie dort immer hochklettert, weiß*
*sie nicht. Wie sie hinaufgekommen ist, auch nicht. Einfach*
*dort sitzen und aus dem Fenster in die Nacht schauen. Es*
*ist so schön ruhig hier oben. Doch ewig kann sie hier nicht*
*bleiben, ihr wird kalt und sie ruft nach ihrer Mutter.*

*Sie steht auf dem mit Teerpappe gedeckten Dach über*
*der Kellertreppe. Mit Schwung springt sie herunter. Es zieht*
*ein bisschen in den Knien, wenn sie mit den Füßen auf den*
*harten Steinplatten aufkommt. Eifrig führt sie ihrem Vater*
*die waghalsigen Sprünge vor, weist voller Ehrgeiz seine*
*helfende Hand zurück. Aber er ist nicht stolz, wie sie es sich*
*erhofft hat, er bewundert auch nicht ihre Geschicklichkeit*
*und ihren Mut. Lediglich ein leichter Unwille zeichnet sich*
*auf seinem Gesicht ab.*

Sie musste wohl doch eingenickt sein, denn sie schreckte
mit einem Mal hoch, als eine Durchsage an ihr Ohr drang.
Der Zugchef teilte den Passagieren mit, dass sie mit zehn
Minuten Verspätung unterwegs waren und sich die vor-
aussichtliche Ankunftszeit in Frankfurt auf zwölf Uhr
neunundvierzig verschoben hatte. Noch eine halbe Stunde
Fahrt, wie sie mit einem Blick auf ihre Armbanduhr fest-
stellte. Sie fürchtete sich vor dem, was sie erwartete, und
bereute bereits ihren Entschluss, den sie in Dresden gefasst
hatte, um diese Sache endlich hinter sich zu bringen. Doch
es musste sein, sonst würde sie nie abschließen können.

Dann hielt der Zug im Frankfurter Hauptbahnhof. Jetzt
gab es kein Zurück mehr. Sie stieg aus und entdeckte ihn
auf dem Bahnsteig sofort. Die einst graumelierten Haare
waren fast weiß geworden, doch er hielt sich sehr gerade.
Er hob die Hand, als er sie sah. Maria brachte ein zaghaf-
tes Lächeln zustande.

»Guten Tag, Maria«, sagte Nihats Vater ein wenig steif.
»Möchten Sie erst etwas trinken oder wollen wir gleich
fahren?«

»Ich möchte nichts trinken, danke, Herr Celan. Lassen Sie uns gleich starten. «

Er nickte so, als hätte er nichts anderes erwartet. Sie verließen das Bahnhofsgebäude und saßen wenige Augenblicke später in seinem Mercedes. Schweigend fuhr er los und fädelte sich in den Verkehr ein. Maria konnte die Stille nicht mehr länger ertragen.

»Wie geht es Ihrer Frau?«

»Sie hat aufgehört Klavier zu spielen, seit Nihat tot ist. Sie ist mit ihm gestorben.«

Ihr schossen die Tränen in die Augen. Es war härter, als sie es erwartet hatte. Sie wusste nicht, was sie sagen sollte.

»Und wie fühlen Sie sich? Haben Sie viel Arbeit? Das ist gut, das lenkt ab.«

»Ja, viel Arbeit«, flüsterte sie und die Umgebung verschwand hinter einem Tränenschleier. Nach einer halben Stunde hatten sie den Friedhof Heiligenstock erreicht, auf dem auch Muslime nach ihrer Tradition beigesetzt wurden. Am Eingang zum Friedhof befand sich ein Blumenladen. Maria bat Nihats Vater, einen Moment draußen auf sie zu warten. Im Blumengeschäft wurde sie von der bunten Fülle und Vielfalt nahezu erschlagen. Spontan entschied sie sich für eine einzelne langstielige Rose. Dann machten sie sich auf den Weg. Keiner von beiden sprach ein Wort. Marias Füße wurden immer schwerer, je länger sie an den scheinbar endlosen Reihen der Gräber vorbeigingen. Dann bog Nihats Vater in einen schmalen Weg nach links ab und blieb plötzlich vor einer Grabplatte aus grünem Marmor stehen.

Die goldene Inschrift mit Nihats Namen in lateinischer Schreibschrift und mit seinem Geburts- und Todesdatum traf sie mit aller Wucht. Maria taumelte, wurde jedoch von Nihats Vater aufgefangen. Sie machte sich los, kniete sich hin und legte die Rose auf die polierte Steinplatte. Für einige Sekunden verharrte sie so, dann ließ sie ihren Oberkörper auf die Platte sinken und breitete die Arme aus, so als wollte sie den Toten umarmen. Da unten, kalt und einsam in ewiger Dunkelheit, lag der Mann, den sie so geliebt hatte. Er, der so temperamentvoll und hitzig, voller Leidenschaft und brennender Liebe gewesen war. Wie sehr sie ihn vermisste!

Der mühsam unterdrückte Schmerz über den Verlust brach sich nun mit aller Gewalt Bahn. Weinkrämpfe erschütterten ihren Körper und die lange zurückgehaltenen Tränen tropften auf den kalten Marmor. Sie wollte ihn zurück, selbst wenn sie streiten und sich gegenseitig zerfleischen würden. Sie wollte seine Eifersucht ertragen, alles würde sie auf sich nehmen, wenn sie nur wieder in seinen Armen liegen, seinen warmen, lebendigen Körper spüren konnte. Sie wollte sich wieder jung fühlen, seine Energie in sich aufsaugen und sich an seinem Feuer wärmen, seine Liebe genießen und nichts mehr in Frage stellen. Ihn selbst bedingungslos lieben, so lange, wie es das Schicksal für sie vorgesehen hatte. Ein erneuter Weinkrampf durchschüttelte sie. Dann legte sich eine Hand auf ihre Schulter.

»Maria, kommen Sie.« Wie aus weiter Ferne drangen die Worte an ihr Ohr. Sie hatte Nihats Vater, der sie nun sanft hochzog, völlig vergessen. Immer noch weinend, stand sie mit hängenden Schultern vor ihm. Er zog sie an sich und legte die Arme um sie.

»Er hat es gut da, wo er jetzt ist. Ich bin mir sicher, er hat gespürt, dass Sie da sind, Maria. Liebe kann den Tod überwinden.«

Obwohl sie seinen Worten, die er in ihr Haar gemurmelt hatte, keinen Glauben schenkte, trösteten sie sie doch. Er schob sie ein Stück von sich weg und sah ihr in die Augen. »Ich möchte Ihnen etwas von Nihat geben. Ich weiß, dass er es gewollt hätte.« Er griff in seine Manteltasche, holte ein dunkelblaues Kästchen hervor und öffnete den Deckel. »Ich möchte, dass Sie ihn tragen. Ich habe ihn verkleinern lassen, er müsste passen.«

Sprachlos starrte sie auf den goldenen Ring mit dem dunkelgrünen, ovalen Stein in der Mitte. Selbst Maria, die sich nicht viel aus Schmuck machte, erkannte, dass es sich bei dem gehämmerten Goldband mit den herausgearbeiteten Rändern um eine exklusive Handarbeit handelte. Mit offenem Mund betrachtete sie den Ring. Ihr Gegenüber nahm ihn aus dem Kissen und steckte ihn Maria auf den linken Ringfinger. Er passte wie angegossen.

»Nihat hat mir Ihr Maß durchgegeben. Er wollte hier in Frankfurt einen Ring für Sie anfertigen lassen.« Er lächelte.

»Vielen Dank, Herr Celan. Ich werde ihn tragen und ihn in Ehren halten. Sie haben mir damit eine große Freude bereitet.« Sie küsste ihn auf beide Wangen. Sie würde den Ring hüten wie ihren Augapfel. Aber sie würde ihn niemals tragen. Sie musste abschließen mit diesem Kapitel, ihre Erinnerungen in eine Schachtel legen und sie sorgfältig verschließen. Nihats Ring an ihrem Finger würde das verhindern. Diese Erkenntnis nahm mit einem Mal die zentnerschwere Last von ihren Schultern. Hierher zu kommen war die richtige Entscheidung gewesen. Aber jetzt war es an der Zeit loszulassen. Sie straffte ihre Schultern, warf noch einen letzten Blick, ein letztes Lebewohl, auf das Grab und wandte sich zum Gehen.

»Wo müssen Sie hin?«

»Nach Rumpenheim. Ich muss um drei Uhr dort sein.«

»Ich kann Sie dahin bringen.«

Maria schüttelte den Kopf. »Das ist sehr nett von Ihnen, aber das möchte ich nicht. Ich möchte jetzt ein wenig allein sein. Das verstehen Sie bestimmt.«

Nihats Vater nickte und sah sie traurig an.

»Aber wenn Sie mich zum Bahnhof zurückbringen könnten, wäre das schön. Von dort aus nehme ich den Regionalzug.«

Am Bahnhof sagten sie sich Lebewohl. Jeder von ihnen wusste, dass sie sich nie mehr wiedersehen würden.

Kurz vor drei hielt das Taxi vor einem bescheidenen, weiß gestrichenen Einfamilienhaus, das direkt an der Straße lag. Maria stieg die drei Stufen zu der braun gestrichenen Eingangstür hinauf und klingelte. Während sie wartete, sah sie, dass sich die Gardine im Fenster links neben der Tür bewegte. Als diese sich öffnete, lächelte eine kleine und ziemlich kompakte Frau sie an. Weiße Schäfchenlocken umrahmten Frau Hommers rundes, rotwangiges Gesicht, das Maria an einen Bratapfel erinnerte.

»Guten Tag, ich bin Maria Wagenried«, sagte sie freundlich und hielt ihr die Hand entgegen. Ein verführerischer Duft nach frischgebackenen Kuchen drang ihr aus dem Haus entgegen. »Ich habe eine Verabredung mit Ihrem Mann.«

»Ja, kommen Sie herein. Er wartet schon auf Sie.« Frau Hommer schüttelte herzlich Marias Hand, bevor sie sie durch einen schmalen Flur in ein kleines, mit Möbeln vollgestelltes Wohnzimmer führte. Ihr Mann saß in einem Rollstuhl am Fenster. Im Gegensatz zu seiner Frau war er groß und hager, mit einem Gesicht wie ein Habicht. Das graue, volle Haar trug er auf altmodische Art zurückgekämmt. Auf seinen Beinen lag eine karierte Wolldecke.

»Peter, das ist Frau Wagenried.«

Maria ging auf den Mann im Rollstuhl zu und gab auch ihm die Hand. Sein Händedruck war trotz der Krankheit fest und trocken. Das Auffälligste in seinem Gesicht waren die großen dunkelgrauen Augen, die sie wachsam ansahen.

»Der Kuchen ist schon fertig, ich muss nur noch die Sahne schlagen und den Kaffee aufbrühen«, hörte sie seine Frau sagen.

»Frau Hommer, machen Sie sich bitte keine Umstände.«

»Sagen Sie sowas nicht, Sie würden meine Frau zutiefst verletzen«, bemerkte der ehemalige Journalist und lächelte.

»Aber wirklich nur, wenn es nicht zu viel Mühe macht.«

»Aber das macht mir überhaupt nichts aus«, entgegnete

sie. »Im Gegenteil, ich freue mich, wenn wir mal Besuch haben. Das sorgt für etwas Abwechslung in diesem Haus, wenn Sie verstehen, was ich meine«, sagte sie und warf einen vielsagenden Blick auf ihren Mann. Maria nickte. Sie konnte sich vorstellen, dass die schwere Krankheit eine tägliche Belastung für ihr gemeinsames Leben war.

»Ich verschwinde dann mal wieder in die Küche. Nehmen Sie doch bitte Platz, Frau Wagenried.« Sie wies auf einen kleinen Sessel, der ebenfalls vor dem Fenster stand. Maria setzte sich, während Frau Hommer leise die Tür hinter sich schloss. Ihr Blick fiel auf Peter Hommers Hände, die von Arthritis oder Gicht gekrümmt waren. Dicke blaue Adern schlängelten sich unter der pergamentartigen, mit Leberflecken übersäten Haut.

»Vielen Dank, Herr Hommer, dass Sie sich Zeit für mich nehmen.«

»Sie möchten also etwas über Andreas Canaris erfahren?«, fragte er ohne Umschweife. »Würden Sie mir auch erläutern, aus welchem Grund?«

»Um ganz offen zu sein: Meine Kollegen und ich untersuchen zwei Mordfälle in Dresden. Unsere Ermittlungen haben ergeben, dass der Hintergrund für diese Morde möglicherweise in der Vergangenheit liegt. Wie ich Ihnen ja schon am Telefon erzählt habe, bin ich auf den Artikel aus dem Jahr 1985 gestoßen, in dem Sie über den Mord an Andreas Canaris in Jerusalem berichten. Da uns über die beiden Männer, die ihn dorthin begleitet haben, keine weiteren Informationen vorliegen, sie aber im Rahmen der Ermittlungen für uns von Interesse sind, wäre es eine große Hilfe, wenn Sie mir Näheres zu den damaligen Ereignissen erzählen könnten. Also, ich meine mehr Details, als ich sie diesem sehr knappen Zeitungsartikel entnommen habe.«

»Ja, natürlich, das verstehe ich. Es war schon wirklich merkwürdig, dass ich quasi auf eine Mauer des Schweigens gestoßen bin. Da Andreas Canaris aus Frankfurt stammte, hat mich der Fall natürlich besonders interessiert und ich habe angefangen, auf eigene Faust zu recherchieren. Ich war jung und ausgesprochen ehrgeizig. Das Erste, was ich tat, war, die Witwe aufzusuchen. Sie war zum damaligen Zeitpunkt hochschwanger und völlig verzweifelt, wie Sie sich vorstellen können. Nach mehreren Anläufen ist es mir gelungen, sie zu einem Gespräch zu überreden. Aber weder kannte sie die genauen Hintergründe der Reise nach Israel noch waren ihr die Namen der Begleiter ihres Mannes bekannt. Sie wusste nur, dass es sich um eine Studien- oder Pilgerfahrt gehandelt hatte. Mehr war aus ihr einfach nicht herauszubekommen. Ich glaube, dass sie mehr wusste, aber aus Angst nichts gesagt hat. Wenige Wochen später hat sie dann ein Mädchen zur Welt gebracht.«

Die Tür öffnete sich und seine Frau kam herein. »Ich bin gleich so weit, dann können wir Kaffee trinken.«

»Lass dir ruhig Zeit, wir sind gerade mitten im Gespräch«, wehrte Peter Hommer ab. Die Tür schloss sich wieder.

»Bedeutet das, dass Sie keinen weiteren Kontakt zu der Ehefrau hatten?«

»Ich habe sie noch einmal besucht, nachdem sie ihr Kind bekommen hatte. Ich gewann den Eindruck, dass sie sich sehr einsam fühlte und unglücklich war. Die Geburt ihrer Tochter konnte sie nicht über den Verlust ihres Mannes hinwegtrösten. Sie muss ihn sehr geliebt haben.« Der Journalist wandte den Kopf und schaute für einen Moment aus dem Fenster, so als würde er sich die Szene noch einmal vor Augen rufen. »Tja, das nächste Mal, dass ich etwas von ihr gehört habe, war in dem Artikel über sie in der Zeitung.« Nachdenklich ruhten seine grauen Augen auf ihr.

»Ein weiterer Artikel? Weshalb?«

»Sie hatte einen tödlichen Autounfall. Wie die Untersuchungen zur Unfallursache ergaben, war sie von einem weißen BMW gerammt und von der Straße gedrängt worden. Ihr Auto überschlug sich und Frau Canaris erlitt dabei einen Genickbruch. Ihre Tochter blieb wie durch ein Wunder unverletzt.«

»Sie war mit im Auto?«

Hommer nickte.

»Wer war der Unfallverursacher?«

»Weiß man nicht, Fahrerflucht! Bis zum heutigen Tag wurden weder der Unfallfahrer noch der Wagen ausfindig gemacht. Das war schon sehr merkwürdig, alles zusammen betrachtet.«

*Es war mehr als merkwürdig. Es war alarmierend.*

»Was geschah mit dem kleinen Mädchen, der Tochter von Andreas Canaris?«

»Da es anscheinend keine näheren Verwandten gab, die das Mädchen hätten aufnehmen können, hat man es in ein streng katholisches Waisenhaus gebracht. Dort wurde es von Nonnen erzogen. Später habe ich mehrfach versucht, das Kind dort zu besuchen, weil mir diese ganze Angelegenheit einfach keine Ruhe gelassen hat. Ich spürte, dass jemand versuchte, jegliche Nachforschungen zu verhindern. Und nicht nur das, es wirkte auf mich, als ob auch die polizeilichen Ermittlungen gedeckt wurden. Da brodelte etwas im Untergrund, das nicht an die Öffentlichkeit dringen sollte.«

»Dafür braucht es aber auch jemanden, der über den entsprechenden Einfluss verfügt, um so etwas zu steuern.«

»Davon gehe ich aus. Ich bin ja genau deshalb an der Geschichte drangeblieben, weil ich etwas Großes witterte. Wenn ich nicht an diesen verdammten Rollstuhl gefesselt wäre, würde ich vielleicht sogar selbst versuchen, noch einmal die Fährte aufzunehmen.«

Maria betrachtete den alten Mann, in dessen Augen ein Feuer zu lodern begonnen hatte. Er war Journalist mit Leib und Seele. Solange sein Geist noch wach und beweglich war, würde sich seine Neugierde nicht legen.

»Können Sie mir sagen, wie dieses Waisenhaus heißt?«

Hommer zögerte. »Sie wollen doch nicht etwa dort hinfahren?«

»Doch, genau das habe ich vor«, erwiderte Maria entschlossen.

»Kati«, rief Hommer seine Frau durch die geschlossene
Tür. Maria hatte den Eindruck, dass sie draußen gelauscht
hatte, denn nur den Bruchteil einer Sekunde später öffnete sich die Tür und seine Frau kam herein.

»Ja, Peter, du hast mich gerufen?«

»Gib mir mal bitte mein schwarzes Notizbuch aus der
Schublade im Schrank.« Frau Hommer kam der Bitte ihres
Mannes umgehend nach.

»In zehn Minuten sind wir so weit, Schatz. Dann können
wir endlich deinen Apfelkuchen verputzen.« Auf ihrem
Gesicht machte sich ein glückliches Lächeln breit.

Als sie wieder verschwunden war, wandte sich Peter
Hommer mit ernster Miene an Maria. »Haben Sie sich das
auch gut überlegt?«

»Ich möchte diesen Fall aufklären. Und hier ergibt sich
vielleicht die Chance, ein weiteres Puzzleteil zur Lösung
zu finden.«

»Ich rate Ihnen zu äußerster Vorsicht! In Anbetracht der
ungeklärten und mysteriösen Umstände könnten Sie in
Gefahr geraten, das ist Ihnen doch wohl hoffentlich klar?«

»Ich bin Polizistin, ich kann mich im Notfall verteidigen.«
Sie wollte den alten Herrn unbedingt davon überzeugen,
dass sie sich keinesfalls von ihrem Vorhaben würde ab-
bringen lassen.

»Na gut, wie Sie wollen. Ich habe Sie gewarnt.« Er öffnete das Büchlein und blätterte für einige Sekunden darin
herum. »Hier, ich habe es gefunden.« Mit dem gekrümmten
Zeigefinger wies er auf den Eintrag. »*Maria voll der Gnade*,
so heißt es.«

Sie notierte sich die Adresse, die nicht weit vom
Frankfurter Hauptbahnhof entfernt lag, wie sie auf ihrem
Handy herausfand. Am liebsten hätte sie sich gleich ver-

abschiedet, um zurück nach Frankfurt zu fahren. Doch das wäre äußerst unhöflich gewesen. Und schließlich erschien gerade wie auf ein geheimes Signal hin Frau Hommer, in beiden Händen eine Kuchenplatte balancierend.

»So, bitte schön, der Kuchen«, sagte sie voller Stolz. »Er ist noch warm, dann schmeckt er dir besonders gut, nicht wahr, Peter?«

Der Angesprochene reagierte kaum. Stattdessen hatte er eine besorgte Miene aufgesetzt.

»Soll ich Sie an den Tisch schieben?«, fragte Maria hilfsbereit.

»Nein, vielen Dank. Das schaffe ich schon noch selbst.« Mit kräftigen Stößen bugsierte er den Rollstuhl an den gedeckten Wohnzimmertisch. Frau Hommer eilte in die Küche, um den Kaffee und die Schlagsahne zu holen, wie Maria vermutete. Jetzt, wo der goldgelbe, duftende Kuchen vor ihr stand, fiel Maria ein, dass sie im Speisewagen des ICE zum letzten Mal etwas zu sich genommen hatte.

Zwanzig Minuten später verabschiedete sie sich und versprach dem Journalisten beim Abschied, ihn auf dem Laufenden zu halten. Draußen wartete bereits ein Taxi, das sie zum Hauptbahnhof nach Offenbach brachte. Mit dem nächsten Regionalzug fuhr sie nach Frankfurt und nahm von dort aus ein Taxi zu der angegebenen Adresse des Waisenhauses *Maria voll der Gnade*.

Der große, kastenartige Bau, der durch eine hohe Mauer von der Straße abgeschirmt war, sah abweisend und kalt aus. Er erinnerte Maria eher an eine Kaserne als an ein Heim für Kinder. Sie drückte auf die Klingel neben dem verschlossenen Tor. Zunächst war aus der Gegensprechanlage nur ein Knistern zu hören. Dann meldete sich eine sanfte Stimme:

»Ja, bitte, was möchten Sie?«

»Mein Name ist Teresa Lomez. Wäre es möglich, mit Frau Canaris zu sprechen?«

»Worum geht es denn?« Die Stimme blieb zwar gleich-
bleibend freundlich, aber auch ohne jegliche Emotion.

»Bitte, es wäre ausgesprochen wichtig für mich, wenn
ich mit Frau Canaris persönlich sprechen könnte.«

»Es tut mir leid, aber Frau Canaris ist im Moment nicht
hier. Sie ist auf einer Urlaubsreise in Spanien.«

»Kann ich dann mit jemandem sprechen, der mit ihr
befreundet ist oder sie zumindest näher kennt?« Im selben Moment wurde Maria bewusst, dass die Nonnen, die
hier lebten und arbeiteten, zu Demut erzogen und im
Glauben miteinander verbunden waren. Ob sich hinter
diesen hohen Mauern so etwas wie Freundschaft ent-
wickeln konnte, war fraglich.

»Warten Sie einen Moment, bitte. Ich werde fragen.«

Sie begann zu frösteln. Das Anwesen strahlte so viel
Kälte und Unnahbarkeit aus, dass Maria sie nahezu
körperlich spüren konnte. Sie zweifelte daran, dass diese
Trutzburg ein geeigneter Ort für Kinder war, die ohne
Eltern aufwuchsen und deshalb umso mehr Nähe, Wärme
und Liebe benötigten. Dieser Kasten sah jedenfalls nicht
danach aus. Wenige Minuten später knackte es erneut in
der Gegensprechanlage.

»Die Mutter Oberin wird Sie empfangen.« Der Türöffner
summte und Maria stieß das eiserne Tor auf, das in der
Mitte der Mauer eingelassen war. Sie folgte dem mit Kies
belegten Weg, der geradeaus zu den Stufen des Eingangs-
portals führte. Weder sah sie spielende Kinder noch hörte
sie Kinderlachen oder andere typische Geräusche. Alles
war unheimlich still. Als sie oben angelangt war, öffnete
sich die massive Holztür und eine junge Schwester im
Habit stand vor ihr.

»Folgen Sie mir bitte«, sagte sie knapp. Sie gingen durch
ein geräumiges Foyer, dessen Fußboden mit schwarz-
weißen Kacheln belegt war. Laut hallten ihre Absätze
durch die bedrückende Stille. Die Schwester ging vor ihr
her, wandte sich kurz darauf nach links und betrat einen

langen Flur. Sie betätigte den Lichtschalter. Milchig weiße Glaskugeln leuchteten an der Decke auf und warfen ihr fahles Licht auf den Fußboden. Eine Mischung aus dem Geruch von Reinigungsmitteln und Essensdünsten stieg Maria in die Nase. In der Mitte des Ganges hielt die junge Nonne vor einer Tür, klopfte leise an und wartete das »Herein« ab, bevor sie die Klinke herunterdrückte. Wortlos überließ sie Maria den Vortritt und schloss die Tür hinter ihr augenblicklich wieder. Die Mutter Oberin saß an einem Schreibtisch vor dem Fenster und schrieb. Sie blickte auf, als Maria den Raum betrat. Auch sie trug einen schwarzen Habit mit schwarzem Schleier. Ihre Haut war unnatürlich blass und wirkte stumpf und leblos.

»Wie kann ich Ihnen helfen? Schwester Elisabeth sagte mir, dass Sie Schwester Eva sprechen wollten, ist das richtig?« Ihr Ton war nüchtern, ihre Augen ruhten kühl und wachsam auf Maria.

»Wenn es sich bei Schwester Eva um Frau Canaris handelt, dann ja.« Maria dachte nicht daran, sich von dieser Frau einschüchtern zu lassen.

»Wie man Ihnen bereits mitgeteilt hat, befindet sich Schwester Eva auf einer Urlaubsreise. Sie wird erst nächste Woche zurückerwartet. Schwester Elisabeth sagte mir, dass Sie unbedingt mit ihr sprechen wollten. Geht es um etwas Wichtiges? Vielleicht kann ich Ihnen helfen.«

»Erzählen Sie mir doch bitte etwas über Frau Canaris, ich meine Schwester Eva. Soweit ich weiß, hatte ihre Mutter einen Verkehrsunfall, als sie noch sehr klein war. Ihr Vater wurde ermordet, als ihre Mutter mit ihr hochschwanger war. Darf ich fragen, wer sie in dieses Waisenhaus gebracht hat?«

Das Gesicht der Nonne verschloss sich.

»Entschuldigen Sie bitte, aber das sind Dinge, über die wir keine Auskunft geben.«

»Gut, das verstehe ich. Gibt es denn jemanden, der sie hin und wieder besucht hat. Jemand aus der Verwandtschaft oder ein Freund der Familie?«

»Warum wollen Sie das alles wissen? Aus welchem Grunde haben Sie ein solches Interesse an Schwester Eva? Sind Sie eine Verwandte?«

Jetzt war es an der Zeit, die erfundene Geschichte anzubringen. »Das ist richtig. Ich bin Evas Cousine und habe erst jetzt von ihrer Existenz erfahren. Ich bin in Südamerika aufgewachsen. Wie ich später erfahren habe, hat sich meine Mutter komplett von der Familie losgesagt, als sie meinen Vater geheiratet hat. Er wurde als nicht standesgemäß erachtet. Niemals hat sie ihren Bruder, den Vater von Eva, und den Rest der Familie in Deutschland erwähnt. Ich wusste nicht, dass es sie gab. Erst nach dem Tod meiner Mutter vor einigen Wochen habe ich ihre Tagebücher gefunden und so überhaupt erst von der Familie Canaris und somit von Evas Schicksal erfahren. Nun möchte ich meine Cousine unbedingt kennenlernen. Vielleicht kann ich die Familie wieder ein Stück zusammenführen. Das ist mein Wunsch, weil ich den Tagebucheinträgen entnommen habe, dass meine Mutter sehr unter dem Verlust ihrer Familie in Deutschland gelitten hat, obwohl sie selbst es gewesen war, die den Kontakt abgebrochen hatte.« Maria legte eine Kunstpause ein, um ihre Erklärungen wirkungsvoll zu unterstreichen. »Ich hätte mich natürlich vorher anmelden sollen, dann wäre ich nicht umsonst hergekommen – ich meine, wo sie doch gerade in Urlaub gefahren ist. Mir war gar nicht bewusst, dass Nonnen auch Urlaub haben.«

»Ja, natürlich, wenn Sie bei einem kirchlichen Träger angestellt sind, unterliegen Sie einem Tarifvertrag wie jeder andere Arbeitnehmer auch. Aber um auf Ihre Frage zurückzukommen: Es gab tatsächlich jemanden, der sie häufiger, nein, eigentlich sogar regelmäßig, besucht hat. Erst kürzlich war er hier.«

»Können Sie mir sagen, wer das war?«

»Es handelt sich um Monsignore Rinaldi aus Italien, aus Rom, genauer gesagt. Er hat übrigens auch die Patenschaft für Schwester Eva übernommen.«

»Wäre es möglich, ich meine natürlich nur, wenn Sie die Befugnis dazu haben, mir die Adresse des Monsignore Rinaldi zu geben oder seine Telefonnummer? Ich würde gerne mit jemanden sprechen, der Eva besser kennt und ihre Entwicklung beobachtet hat. Ich möchte so viel wie möglich über meine Cousine wissen. «

Die Augen der Schwester huschten nach rechts, dort, wo ein großer Schrank an der Wand neben der Tür stand. Maria registrierte die unbewusste Augenbewegung sehr wohl. In diesem Schrank befanden sich mit Sicherheit die Akten aller hier untergebrachten Kinder und auch die Daten von Monsignore Rinaldi.

»Ausgeschlossen, die kann ich Ihnen nicht geben. Kommen Sie bitte nächstes Wochenende wieder, dann wird Schwester Eva aus dem Urlaub zurück sein. Dann können Sie sie persönlich nach diesen Dingen fragen. Und jetzt muss ich Sie bitten zu gehen.«

»Selbstverständlich«, entgegnete Maria und erhob sich. »Ich komme wieder, wenn Eva zurück ist. Vielen Dank für Ihre Hilfe.«

Die Mutter Oberin nickte.

»Aber eine Frage habe ich doch noch. Wo sind eigentlich die Kinder? Ich habe überhaupt keine gesehen oder gehört.«

»Um diese Zeit sitzen sie in den Studierzimmern und erledigen ihre Hausaufgaben. Dabei herrscht strikte Ruhe.«

»Ach so. Haben Sie noch einmal vielen Dank und auf Wiedersehen.«

Maria verließ das Zimmer und warf beim Hinausgehen einen prüfenden Blick auf den Aktenschrank, in dem, wie sie sofort erkannte, alle Schlüssel in den Schlössern steckten. Es wäre eine Kleinigkeit, ihn zu öffnen. Als sie wieder draußen auf dem langen Flur stand, war von der jungen Nonne Elisabeth, die sie hierhergebracht hatte, nichts zu sehen. Für einen Moment durchzuckte Maria die Idee, sich in einem der vielen Zimmer zu verstecken, um sich später zurück ins Büro der Mutter Oberin zu schleichen, den Schrank zu öffnen und die Unterlagen über Eva Canaris herauszusuchen. Doch die Vorsicht hielt sie zurück. Was, wenn man sie bei ihrer Schnüffelei entdeckte und die Polizei rief? Dann wäre sie gezwungen, sich wie ein kleiner, mieser Einbrecher aus dem Staub zu machen. Eine Vorstellung, die ihr überhaupt nicht behagte. Außerdem war es fraglich, ob sie so ohne Weiteres in das Büro der Oberin hineinkommen würde. Es war doch wahrscheinlich, dass sie es beim Verlassen verschließen würde. *Nein, zu viele Unwägbarkeiten. Viel zu viele!*

Sollte man sie auf frischer Tat ertappen, hätte sie möglicherweise keine Gelegenheit mehr zu fliehen. Im Nu würden die herbeigerufenen Beamten sie als Kollegin identifizieren. Aber wenn sie jetzt unverrichteter Dinge wieder ging, wäre ihre Fahrt hierher umsonst gewesen. Und sie wollte unbedingt die Adresse dieses Monsignores haben. Er war ein Mann der Kirche und vielleicht gehörte auch er dem Orden der Tempelritter an.

Sie musste das Risiko eingehen!

Sie blieb noch kurz vor der Tür der Mutter Oberin stehen und lauschte in die Stille hinein. Dann überquerte sie den Flur und drückte die Klinke der gegenüberliegenden Zimmertür hinunter. Abgeschlossen! Sie probierte es bei der nächsten Tür. Die war nicht verschlossen. Maria schlüpfte hinein und sah sich um. In Regalen stapelten sich jede Menge Putzlappen und Handtücher. Daneben lagerten Flaschen mit Reinigungsmittel, Bürsten und Schwämme. In der Ecke stand eine Wäschemangel, neben ihr mehrere Körbe mit weißer Bettwäsche. Sie hoffte, dass niemand hier hereinkam, während sie darauf wartete, dass die Oberin ihr Zimmer verließ. Geistesgegenwärtig stellte sie ihr Handy auf lautlos, damit der Klingelton sie nicht verriet.

Sie wartete fast eine Stunde, bis sie das Klappen einer Tür und gleich darauf Schritte auf dem Flur hörte. Sobald das Geräusch verstummt war, lugte Maria vorsichtig hinaus. Tatsächlich, die ehrwürdige Mutter war schon am Ende des Ganges angelangt und bog nun nach links ab. Eine günstigere Gelegenheit gab es nicht! Sie huschte aus ihrem Versteck, ging schnell über den Flur und drückte mit klopfendem Herzen die Klinke hinunter. Im ersten Moment konnte sie ihr Glück kaum fassen. Das Zimmer war unverschlossen! Schnell ging sie hinein und zog leise die Tür hinter sich zu. Drinnen öffnete sie die erste Schranktür und erkannte, dass sie mit ihrer Vermutung richtig gelegen hatte. Hier befanden sich die alphabetisch geordneten Unterlagen über die Waisen. Unter C wurde sie fündig. Schnell zog sie den Ordner heraus und suchte fieberhaft nach dem Namen des Paten: Monsignore Rinaldi. Gerade wollte sie die Adresse mit ihrem Handy fotografieren, da hörte sie ein Geräusch. Die Mutter Oberin stand in der Tür und erstarrte, als sie Maria sah.

»Was machen Sie da? Was fällt Ihnen ein?!«

Maria ließ die Akte fallen, zwängte sich an der Oberin vorbei, lief den langen Flur entlang und riss die Eingangstür auf. So schnell sie konnte, sprintete sie zum eisernen Tor. Dort angekommen, stellte sie zu ihrem Entsetzen fest, dass es sich nicht öffnen ließ. *Verdammter Mist!* Sie musste von hier verschwunden sein, bevor die Polizei eintraf, die die Nonne bestimmt gerade alarmierte. Sie wandte sich nach rechts und bog um die Ecke des Gebäudes, konnte aber nirgendwo einen Durchlass in der Mauer entdecken. Sie rannte weiter bis zum rückwärtigen Teil des Grundstücks, in dem ein kleiner Garten angelegt worden war. Mit Schrecken erkannte sie, dass sich die unüberwindliche Mauer um das gesamte Grundstück zog. Unmöglich, hier herauszukommen. Sie saß in der Falle! Waren schon Polizeisirenen zu hören? Lauschend hielt sie für einen Moment inne. Doch außer dem Rauschen des üblichen Verkehrslärms konnte sie nichts vernehmen.

Panisch irrte ihr Blick umher und blieb an einem knorrigen Baum hängen, der dicht an der Mauer stand. Wäre sie noch das kleine Mädchen, dem kein Baum zu hoch war, hätte sie ihn in Windeseile erklommen, um von da aus auf die Mauer zu klettern. Aber sie war kein kleines Mädchen mehr, sie war über fünfzig, nicht besonders durchtrainiert und hatte, seit sie mit dem Rauchen aufgehört hatte, bereits fünf Kilo zugenommen. Aber blieb ihr eine andere Wahl? Maria schob den Riemen ihrer Handtasche über den Kopf auf die andere Schulter, sodass sie nicht herunterrutschen konnte. Dann umklammerte sie den unteren Ast und versuchte sich hochzuziehen. Unmöglich! Wie ein nasser, schlaffer Sack hing sie an dem Baum. *Noch einmal, los,* spornte sie sich an, mit *mehr Schwung!* Diesmal schaffte sie es fast, sich auf den Ast zu schwingen. Aber eben nur fast. Ihr Herz hämmerte gegen ihr Brustbein, während ihr der Schweiß von der Stirn lief. Sie wischte ihn weg und probiertes es ein drittes Mal. Diesmal schaffte sie es!

Schwer atmend ruhte sie sich für einen Moment aus, bevor sie auf den kräftigen Ast darüber kletterte, der bis über die Mauer ragte. Auf ihm schob sie sich langsam nach vorn, bis sie sie erreichte. Ihr Gesicht brannte wie Feuer, Zweige hinterließen tiefe Schrammen in ihren Armen und Beinen und etwas war in ihr Auge geraten, das stark tränte. Sie ließ sich ein Stück zur Seite gleiten, sodass sie einen Fuß auf die Mauer setzen konnte. Sobald sie sicheren Halt unter ihrer Fußsohle spürte, beugte sie den Oberkörper nach vorn, hob das andere Bein über den Ast und stellte den Fuß neben den anderen. Dann ging sie in die Hocke, wobei sie den Ast vorsichtig losließ, um sich auf der Mauer abstützen zu können.

Als sie schließlich rittlings auf der Mauer saß und auf der anderen Seite nach unten sah, stellte sie mit Erschrecken fest, dass der Abstand zum Bürgersteig mindestens zweieinhalb Meter betrug. Springen konnte sie vergessen, wenn sie nicht riskieren wollte, sich etwas zu brechen. Sie zog die Füße hoch, kam in die Hocke und richtete sich ein wenig auf. Haltsuchend krallte sie die Hände um den Rand der Mauerabdeckung und ließ vorsichtig ihr rechtes Bein hinabgleiten, bis sie mit der Fußspitze einen Halt im Mauerwerk fand. Sie schob das linke Bein hinterher und versuchte, sich so lange wie möglich an dem Vorsprung festzuhalten, während sie die Füße Zentimeter für Zentimeter an der Mauer nach unten setzte. Doch nach wenigen Sekunden schnitten die scharfen Kanten der Steine so schmerzhaft in ihre Hände, dass sie sich nicht mehr halten konnte und losließ. Unsanft landete sie auf dem Boden. Ein stechender Schmerz schoss in ihr rechtes Fußgelenk und raubte ihr für einen Moment den Atem. Dann biss sie die Zähne zusammen, ignorierte die Sternchen, die vor ihren Augen tanzten, und humpelte unter den erstaunten Blicken einiger Passanten weg vom Waisenhaus, so schnell sie konnte. An der nächsten Kreuzung sah sie eine Bäckerei. Dort wollte sie hinein, sich für einen Moment ausruhen und ein Taxi rufen.

Mittlerweile wurden die Schmerzen so stark, dass ihr übel wurde. Mit letzter Kraft zog sie die Tür zur Bäckerei auf, stützte sich auf einem der runden Stehtische ab und rief ein Taxi. Danach bestellte sie einen Kaffee und ein Stück Kuchen, um die Verkäuferin zu beruhigen, die sie schon misstrauisch beäugt hatte. Wenige Augenblicke später fuhr das Taxi vor. Als sie den Laden verließ, hörte sie die Verkäuferin hinter sich herrufen: »He, Ihr Kaffee und der Kuchen!«

Maria beachtete sie nicht, sondern stieg mit schmerzverzerrtem Gesicht ins Taxi.

»Zum Hauptbahnhof, bitte«, keuchte sie und griff sich schmerzerfüllt an ihren rechten Knöchel.

»Haben Sie sich vertreten?«, wollte der Taxifahrer wissen.

»Ja, ich fürchte, es ist gebrochen.«

»Sie sollten damit zum Arzt gehen.«

»In anderthalb Stunden geht mein Zug nach Dresden. Da kann ich nicht stundenlang beim Arzt warten, bis ich endlich mal drankomme.«

»Dresden! Eine wunderschöne Stadt. Da war ich letztes Jahr mit meinem Kegelverein. Ein tolles Erlebnis!«

Maria schwieg. Aus den Augenwinkeln sah sie einen Polizeiwagen mit Blaulicht vorbeisausen. Sie schloss die Augen. *Glück gehabt!*

»Ich kann Sie ins Krankenhaus bringen, da geht es vielleicht schneller.«

Sie schüttelte den Kopf. Erfahrungsgemäß musste man auch in der Notaufnahme mit langen Wartezeiten rechnen, außer man erschien dort mit dem Kopf unterm Arm. Am Bahnhof würde sie sich ein starkes, rezeptfreies Schmerzmittel und eine elastische Binde besorgen, das musste bis nach Hause reichen.

Tatsächlich war die Rückfahrt mit dem Zug, dank dreier Schmerztabletten, einigermaßen erträglich. Doch die Wirkung ließ nach, als sie nach knapp fünf Stunden Dresden wieder erreichte. Es hatte keinen Zweck, sie musste ins Krankenhaus. Zwei Stunden später hatte sie die Gewissheit, dass der Knöchel nicht gebrochen war, sondern sie sich nur die Bänder des Sprunggelenks stark gezerrt hatte. »Glück gehabt«, meinte der Arzt, »aber die Schmerzen bei einer Zerrung sind oft schlimmer als bei einem Bruch. Tja, wer die Wahl hat, hat die Qual.« *Witzbold.*

# KAPITEL 20

Den Sonntag verbrachte Maria die meiste Zeit auf dem Sofa. Sie kühlte das angeschwollene Gelenk, das sich zudem noch blau verfärbt hatte, während sie mit dem Laptop auf den Oberschenkeln in der Frankfurter Lokalpresse nach einer Meldung über eine Frau namens Teresa Lomez stöberte, die vom Gelände des Waisenhauses *Maria voll der Gnade* geflohen war, nachdem sie sich dort an Personal-Akten zu schaffen gemacht hatte. Aber diese Bagatelle war es offensichtlich nicht wert, in den Polizeiberichten einer der deutschen Kriminalitätshauptstädte Erwähnung zu finden.

*Umso besser,* dachte Maria erleichtert. Sie verfluchte ihre Unbesonnenheit, deren einziges Ergebnis ein verstauchtes Fußgelenk war. Noch nicht einmal die Anschrift oder die Telefonnummer dieses Monsignores hatte sie mitgebracht, denn mit ihrem plötzlichen Erscheinen hatte die Oberin sie beim Abfotografieren entscheidend gestört. Aber zum Glück hatte sie ja zumindest den Namen: Monsignore ... Monsignore ... *Verdammt, er liegt mir auf der Zunge.* Er hatte nach einer italienischen Nudelsorte geklungen. »Rigatoni« oder so ähnlich. Aber so sehr sie sich auch das Hirn zermarterte, sie kam nicht auf den Namen. Er würde ihr noch einfallen, beruhigte sie sich selbst, und zwar genau dann, wenn sie es am wenigsten erwartete.

Unentschlossen darüber, was sie nun machen sollte, fiel ihr Blick auf das Handy. Bisher hatte sie sich erfolgreich vor dem Anruf bei Dess gedrückt. Aber jetzt meldete sich ihr Gewissen und außerdem wartete er sicherlich bereits ungeduldig. Doch sie wäre gezwungen, erneut zu lügen, sich irgendeinen Blödsinn über den gestrigen Abend auszudenken und auch noch Details zu schildern, wenn er nachfragen sollte. Wollte sie das wirklich? Nein, sie hatte endgültig die Nase voll davon. Wenn sie ihm die Wahrheit sagte und auch den Grund für das Verschweigen erklärte, dann würde er sie verstehen und nicht böse sein. Ächzend beugte sie sich vor, griff nach dem Handy und wählte seine Nummer.

»Maria, schön, dass du anrufst. Ist deine Freundin schon wieder weggefahren oder ist sie noch da?«

»Dess, ich muss dir was sagen. Du musst mir aber versprechen, dass du nicht sauer bist.«

»Nun, versprechen kann ich nichts. Aber ich gebe mir Mühe.«

»Um die Wahrheit zu sagen«, begann Maria mit ihrer Beichte, »war gar keine Freundin bei mir. Ich bin stattdessen gestern nach Offenbach und Frankfurt gefahren.«

Für einen Moment herrschte Schweigen am anderen Ende, schließlich sagte er:

»Da hat mich mein Eindruck also nicht getäuscht, dass du mir nicht die Wahrheit gesagt hast. Mittlerweile kenne ich dich doch schon so gut, dass ich eine Lüge erkenne.«

»Du nennst es Lüge. Das klingt so dramatisch, dabei war es nur eine kleine Ausrede, um dich nicht unnötig in Gefahr zu bringen.«

»Ich ahne Schreckliches. Du hast wieder einen Alleingang gestartet, richtig?«

»Ja, so könnte man es ausdrücken«, seufzte sie kleinlaut.

»Was hältst du davon, wenn du zu mir kommst? Dann kannst du mir alles in Ruhe erzählen.«

»Das geht leider nicht, ich habe mir den Fuß verstaucht und kann mich kaum bewegen.«

»Den Fuß verstaucht? Wie ist das denn passiert, bist du umgeknickt?«

»Ich bin von einer fast drei Meter hohen Mauer gesprungen.«

»Wie bitte? Von welcher Mauer? Bist du irgendwo eingebrochen?«

So kam sie nicht weiter, sie musste ihm alles erzählen. Eher würde er keine Ruhe geben, das wusste sie. Also erzählte sie ihm von dem Besuch bei dem Journalisten Peter

Hommer, der ihr die Adresse des Waisenhauses gegeben hatte, und davon, wie sie dort unter Vorspiegelung falscher Tatsachen versucht hatte, Informationen über Eva Canaris zu bekommen. Als sie an den Punkt gelangte, an dem sie von ihrem Versuch berichten musste, die Akte abzufotografieren, zögerte sie einen Moment. Doch dann erzählte sie ihm auch dies bis ins letzte Detail.

»Ich muss sagen, dass ich nicht besonders stolz auf mich bin«, beendete sie ihren Bericht. »Zu allem Überfluss habe ich auch noch den Namen dieses Monsignores vergessen. Die ganze Aktion war also eine absolute Nullnummer.«

»Maria, kannst du mir bitte mal erklären, warum du dich in drei Teufels Namen immer wieder in solche Schwierigkeiten bringst? Bist du süchtig danach?« Dess' Stimme klang ungehalten.

»Ich weiß es nicht, ich kann es mir auch nicht erklären. Es ist einfach in mir drin. Aber wenigstens etwas Positives hat diese Fahrt dann doch noch gehabt.«

»Da bin ich gespannt. Du hast dir wahrscheinlich nebenbei noch ein paar schicke Schuhe gekauft«, antwortete er mit vor Sarkasmus triefender Stimme.

»Nein.«

»Was ist es dann?«, lenkte er ein. Er hatte wohl gemerkt, dass sich ihre Tonlage verändert hatte.

»Ich habe mich mit Nihats Vater getroffen. Gemeinsam waren wir an seinem Grab. Endlich konnte ich mich verabschieden. Das war wichtig für mich, damit ich wirklich loslassen kann, verstehst du das?«

»Natürlich, Maria, das kann ich sehr gut nachvollziehen. Halte mich bitte nicht für unsensibel.«

»Das tue ich nicht.«

Er schwieg einen Moment, bevor er sagte:

»Ich denke, du hast die richtige Entscheidung getroffen, Maria. Ich bin froh darüber, dass du die Gespenster der Erinnerungen aus deinem Leben verbannt hast. Andernfalls wärst du nie frei geworden.«

»Du hast recht, ich fühle mich, als wäre eine Last von mir genommen worden. Vergessen werde ich Nihat nie, aber er gehört nun zu meiner Vergangenheit.«

»Maria, du weißt, dass ich immer für dich da bin. Ich gebe dir Zeit, so viel, wie du brauchst.«

»Danke, Dess«, erwiderte sie, »das weiß ich sehr zu schätzen.«

»Und die Tochter des in Jerusalem ermordeten Mannes hat regelmäßig Besuch von diesem Monsignore soundso bekommen?«, kehrte er zum ursprünglichen Thema zurück.

»Ja, er hatte auch die Patenschaft für sie übernommen. Sobald ich mich an seinen Namen erinnere, werde ich versuchen, Kontakt zu ihm aufzunehmen.«

»Was versprichst du dir davon?«

»Er gehört der Kirche an. Es ist nicht auszuschließen, dass er ebenfalls ein Mitglied des Templerordens ist, dann hätten wir einen weiteren Anhaltspunkt, der uns der Lösung näherbringen könnte.«

»Wie ich dich kenne, lässt du nicht locker.«

»So ist es«, sagte sie bestimmt.

»Gehst du morgen zum Dienst oder schonst du dich noch ein bisschen?«

»Kommt drauf an, wie weit die Schwellung bis morgen zurückgegangen ist. Und ob ich einigermaßen schmerzfrei bin. Im Moment sieht es außerdem ganz danach aus, als könnte ich in keinen Schuh schlüpfen.«

»Essigsaure Tonerde hilft in solchen Fällen.«

»Ein wichtiges Utensil, das in keiner Hausapotheke fehlen sollte. Allerdings besitze ich gar keine.«

»Gut, dann empfehle ich dir, das Gelenk vorläufig mit einem feuchten kalten Tuch zu kühlen. Du kannst auch Eiswürfel, wenn du welche hast, in ein Geschirrtuch wickeln und darauflegen. Ich rufe dich morgen früh an. Versprich mir, dass du keine weiteren Dummheiten machst und schön zu Hause bleibst.«

»Versprochen, Dess. Schlechterdings kaum möglich mit diesem Elefantenfuß an meinem Bein.«

Er lachte und verabschiedete sich. Das war viel besser gelaufen, als sie es sich vorgestellt hatte.

Am nächsten Morgen konnte sie zunächst nicht auftreten. Genervt ließ sie sich wieder aufs Bett plumpsen. Dann probierte sie es erneut. Vorsichtig setzte sie den Fuß mehrere Male hintereinander auf den Boden, bis sie dachte, sie könne es riskieren, ihn mit ihrem Körpergewicht zu belasten. Doch es tat so verdammt weh, dass sie sich dafür entschied, sich für diesen Tag krankzumelden.

Dess kam noch vor seinem Dienst bei ihr vorbei und stellte, nebst frischen Brötchen und Obst, ein Fläschchen mit einer Lösung aus saurer Tonerde auf den Wohnzimmertisch. Er untersuchte ihren Fuß und berührte dabei einmal sanft das Gelenk, was Maria mit einem lauten Aufschrei quittierte.

»Ich mache dir noch einen Umschlag fertig, der kühlt schön und lässt die Schwellung abklingen. In zwei Stunden erneuerst du ihn.«

Sie war froh, dass er gekommen war. Den weiteren Tag verbrachte sie mit Fernsehen und Schlafen. Gegen Abend stand Dess wieder vor ihrer Tür. Der verlockende Duft nach Gebratenem entströmte einer Tüte, die er in der Hand hielt.

»Essen!«, freute Maria sich und klatschte begeistert in die Hände. Sollte sie jemals in Erwägung ziehen, mit diesem Mann eine richtige Beziehung einzugehen, würde sie definitiv nicht verhungern.

»Ich bin noch beim Griechen eingefallen und habe wahre Fleischberge, Tsatsiki und Pommes mitgebracht. Keine richtige Krankenkost, sondern herrlich ungesund.« Er grinste. »Ich hole Teller und Besteck, dann können wir gleich hier essen.«

Er deckte den Tisch und lud das Essen auf die Teller.

»Wein möchtest du wohl keinen, nehme ich an«, fragte er neckisch.

»Doch«, nuschelte sie mit vollem Mund. »Ich brauche etwas zum Neutralisieren der Knoblauchfahne.«

Kurz vor dem Schlafengehen legte er ihr noch einen neuen Verband an, dann ließ er sie allein.

Die essigsaure Tonerde wirkte über Nacht Wunder. Das Gelenk schmerzte am Dienstagmorgen beim Auftreten zwar noch immer, aber lange nicht mehr so stark wie am Tag zuvor. Maria ließ sich zum Dienst von ihrem Fahrer abholen. Den Fragen ihrer Kollegen nach der Ursache ihrer Verletzung wich sie entweder aus oder sie murmelte etwas von einer Stufe, die sie übersehen hatte.

Sie fragte Laschkow, ob bereits Ermittlungsergebnisse der einzelnen Teams vorlagen. »Vom Team, das die eventuellen Namensänderungsvermerke zu Benedikt Z. und Friedrich v. E. überprüfen sollte, liegt mir leider noch nichts vor.«

Maria zog enttäuscht die Mundwinkel herunter.

»Aber zumindest gibt es etwas Neues vom Team, das mit der Recherche über einen verfeindeten Geheimbund beauftragt wurde«, entgegnete Laschkow. »Es ist auf eine Organisation gestoßen, deren Name ›Giglio Rosso‹ lautet, zu deutsch ›Rote Lilie‹. Dieser Geheimbund hat sich Anfang des zwanzigsten Jahrhunderts in Rom gebildet und seine Mitglieder gelten als ausgesprochen radikal und rückwärtsgewandt in ihren Ansichten. Unter anderem wollen sie zu einer lateinischen Messe zurückkehren und Frauen den Zugang zu Kirchenämtern strikt verwehren. Widerstand gegen die Ideen der Aufklärung, indizierte Bücher und blinder Gehorsam gegenüber Leitern der Organisation sind offenbar nur einige der Dinge, die den Giglio Rosso ausmachen. Kritiker werfen ihm sogar Holocaustleugnung und Antisemitismus vor. Man sagt den Mitgliedern nach, dass sie eine patriarchalische, fundamentalistische Weltordnung anstreben.«

»Sehr gut, dort setzen wir an«, entgegnete Maria. »Das Team soll recherchieren, ob es im Dunstkreis dieser Organisation ungeklärte Verbrechen gibt.« Bei der Erwähnung Roms war Maria sofort der Gedanke an den Monsignore durch den Kopf geschossen. Sie musste einen Mitarbeiter damit beauftragen, eine Liste mit allen Namen zusammenzustellen, die mit der ›Roten Lilie‹ in Verbindung zu bringen waren. Möglicherweise würde dort auch der Name des Monsignores auftauchen. Wenn sie ihn las, würde sie ihn bestimmt sofort wiedererkennen.

Sie wollte nicht, dass Laschkow etwas davon mitbekam, deswegen stand sie auf und humpelte aus dem Büro. Sie beauftragte Endress damit und schärfte ihm ein, dass er, sobald er eine Liste zusammengestellt hatte, diese nur an sie übergeben dürfe. Endress fragte nicht nach dem Grund, doch an seinem verschmitzten Lächeln konnte sie sehen, dass er ihn ahnte.

Gegen zwei Uhr am Nachmittag erhielt sie einen Anruf von Alexander Molberg. Aufgeregt teilte der ihr mit, dass jemand in das Haus seines Vaters eingedrungen war.

»Haben Sie denn das Schloss nicht ausgewechselt?«, fragte Maria nach.

»Doch. Aber der Einbrecher ist nicht durch die Eingangstür gekommen, sondern hat sich Zugang durch die Kellertür verschafft. Aber etwas ist sehr merkwürdig.«

»Was meinen Sie mit merkwürdig?«

»Ich habe nicht feststellen können, auch nicht auf den zweiten Blick, dass etwas gestohlen wurde. Vielmehr hat der Einbrecher etwas hinterlassen.«

»Etwas hinterlassen? Was denn?«

»Auf dem Schreibtisch meines Vaters liegt ein Ring meiner Mutter. Ich habe Ihnen doch gesagt, dass mein Vater den Schmuck meiner Mutter im Safe aufbewahrte. Wieso liegt der jetzt plötzlich auf dem Schreibtisch?«

»Das ist eine gute Frage. Möglicherweise handelt es sich bei dem Einbrecher um den Mörder ihres Vaters, der den Safe leergeräumt hat. Es kann aber ebenso gut jemand anders gewesen sein. Und dass es sich bei dem Ring um den Ihrer Mutter handelt, da sind Sie sich ganz sicher?«

»Einhundertprozentig, kein Zweifel.«

»Ich schicke die Kollegen von der Spurensicherung zu Ihnen. Sind Sie jetzt gerade im Haus Ihres Vaters?«

Molberg bejahte.

»In spätestens einer halben Stunde sind wir bei Ihnen. Bitte lassen Sie alles unverändert! Ich komme auch.«

Fragend sah Laschkow sie an, woraufhin sie ihn informierte.

»Sie fahren nicht allein! Wir fahren gemeinsam.«

Als sie die Villa in der Goetheallee erreichten, standen bereits ein Einsatzwagen und der Transporter der Spurensicherung vor dem Anwesen. Sie stiegen aus, gingen durch den Vorgarten und klingelten. Alexander Molberg öffnete ihnen und ließ sie herein. Zwei Männer der Spurensicherung waren im Arbeitszimmer von Bernhard Molberg beschäftigt, während die beiden anderen die Spuren im Keller sicherten. Ein weiterer Kollege protokollierte gerade die Aussage von Molberg, als sie das Zimmer betraten. Maria ging zum Schreibtisch, auf dem der Ring lag. Ein wertvolles Stück, wie sie sofort erkannte. Ein großer dunkelroter Rubin, eingefasst von mindestens zehn Brillanten.

»Wir müssen ihn mitnehmen und im Labor untersuchen lassen«, erklärte sie. »Haben Sie sonst noch etwas gefunden?«

Molberg schüttelte den Kopf. »Was hat das zu bedeuten? Warum bringt der Mörder meines Vaters diesen Ring zurück? Ich verstehe das einfach nicht.«

Maria wusste darauf keine Antwort. Dafür meldete sich Laschkow zu Wort:

»Wir wissen ja nicht, ob der Einbrecher auch der Mörder Ihres Vaters ist. Vielleicht ist der Schmuck irgendwo verkauft worden und der Käufer hat ein schlechtes Gewissen bekommen und wollte das Schmuckstück zurückbringen. Wir haben Bilder des Diebesguts in der Presse veröffentlicht. Da ist vielleicht jemandem aufgefallen, dass er heiße Ware erworben hat.«

*Was erzählt er da? Das ist doch Humbug.* Es hatte sich doch schnell im Laufe der Ermittlungen herausgestellt, dass es sich keineswegs um einen simplen Raubmord handelte. Laschkows Idee, ein Hehler oder Käufer könnte in das Haus eingebrochen sein, um den Ring zurückzugeben, war einfach lächerlich. Dennoch rätselte auch Maria darüber nach, was diese Aktion bedeuten sollte. Nachdenklich betrachtete sie das teure Schmuckstück, so als könne es das Geheimnis seines plötzlichen Auftauchens aufklären.

*Wieso legt der Einbrecher den Ring auf den Tisch? Er will, dass der Ring sofort gefunden wird. Das ist der einzige Grund für den Einbruch. Ein Zeichen, eine geheime Botschaft? An wen gerichtet?*

Sie sah immer noch konzentriert auf den Ring, dessen dunkelroter Stein einem Auge glich, der ihren Blick zu erwidern schien. Dann ging ein Ruck durch sie. Es gab nur eine einzige Möglichkeit, das herauszufinden. Kriminaloberrat Rottge würde einen Tobsuchtsanfall bekommen, sollte er davon erfahren, genauso wie Dess. Beklommen schluckte sie, doch daran wollte sie im Moment nicht denken. Keiner von beiden durfte Wind davon bekommen. Sie riss sich von dem funkelnden Stein los.

»Bin gleich wieder da!«, sagte sie im Vorbeigehen zu Molberg und Laschkow, die immer noch diskutierten, und verließ das Zimmer. Die Tür zum Keller war nur angelehnt. Gedämpfte Stimmen drangen durch den Spalt bis zu ihr ins Foyer. Maria stieg die Treppe hinunter und sah, wie die Kollegen von der Spurensicherung gerade ihre Gerätschaften wieder in den Koffern verstauten.

Sie begrüßte sie und fragte beiläufig: »Was ist das für ein Schloss?«

»Handelsüblich. Kein Sicherheitsschloss. Der Einbrecher hat einen Dietrich benutzt. Wenn Sie mich fragen, kann man die Tür genauso gut offen stehen lassen.«

»Wo ist denn der Schlüssel?«

Einer der Männer zuckte mit den Schultern. »Wir haben keinen gefunden.«

Maria dankte ihnen, stieg die Treppe wieder nach oben und ging zurück ins Arbeitszimmer. Mittlerweile war der Ring vom Schreibtisch verschwunden.

»Entschuldigung, Herr Molberg«, wandte sie sich an ihn, »wo ist denn der Schlüssel für die Außentür zum Keller?«

Alexander Molberg schaute sie verdutzt an. »Das kann ich Ihnen gar nicht so genau sagen. Steckte er nicht von innen im Schloss?«

»Laut Aussage der Kollegen von der Spurensicherung haben sie keinen gefunden. Wenn er gesteckt hätte, wäre er auf den Boden gefallen.«

»Moment, bitte. Ich gehe ihn suchen.«

»Wozu brauchen Sie den Schlüssel?«, wollte Laschkow wissen.

»Die Spusi wollte ihn haben.«

Damit gab sich Laschkow zufrieden. Nach fünf Minuten kehrte Molberg mit dem Schlüssel zurück. »Hier ist er«, sagte er und überreichte ihn Maria.

Sie verließ die beiden wieder und ging erneut in den Keller. Die Männer von der Spurensicherung waren schon abgezogen. Sie verschloss die Tür und steckte den Schlüssel zurück in ihre Jackentasche.

Auf dem Rückweg im Auto fragte Laschkow: »Was halten Sie davon, Frau Wagenried?«

»Ich habe absolut keine Idee. Vor allen Dingen kann ich mir nicht erklären, wieso der Einbrecher, sollte er der Mörder von Bernhard Molberg sein, ein solches Risiko auf sich nimmt.«

Laschkow nickte bestätigend und schweigend setzten sie ihre Fahrt fort.

Im Präsidium erwartete sie die Neuigkeit, dass die Anfragen bei den Meldebehörden bisher alle ergebnislos geblieben waren. Auch unter Zuhilfenahme der wahrscheinlich erfundenen Geburtsdaten von Bernhard Molberg und Guido Brunner war man nicht fündig geworden. Ebenso fehlten eventuelle Namensänderungsvermerke bei beiden Männern. Entweder führte diese Spur über eine Namensänderung tatsächlich ins Nirwana oder jemand vom Orden der Tempelritter hatte Kontakte bis ganz nach oben und seinen Einfluss spielen lassen, um die Voraussetzungen für ein Zeugenschutzprogramm zu fingieren. In diesem Falle gäbe es natürlich keine Änderungsvermerke, durch die sich die wahre Identität der betreffenden Person entschlüsseln ließe.

Das Team, das mit den Ermittlungen über den Geheimbund Rote Lilie alias Giglio Rosso beauftragt worden war, hatte bisher noch keine Hinweise auf Verbrechen gefunden, die im Zusammenhang mit einer Feindschaft zwischen beiden Orden standen.

Die Kollegen, die zu Andreas Canaris ermittelt hatten, hatten ihre Informationen dahingehend ergänzt, dass es keine engen Familienangehörige gab, die man zu den Umständen seines Todes hätte befragen können. Bis auf seine uralte, demente Tante, die in einem Pflegeheim auf ihre Erlösung wartete. Aus der Familie von Evas Mutter lebten noch eine Cousine und ein Cousin in Schleswig-Holstein.

Bei Erwähnung der Verwandten musste Maria an ihr Märchen von der Cousine aus Südamerika denken, ließ sich aber nichts anmerken.

An diesem Abend nahm sie ihre Dienstwaffe mit nach Hause. Sie hoffte, dass sie nicht gezwungen sein würde, sie zu benutzen. Zum ersten Mal war sie dafür dankbar, dass Kriminaloberrat Rottge ihr einen Fahrer zur Seite gestellt hatte. Es war unmöglich, mit dem immer noch geschwollenen, stark schmerzenden Fuß Auto zu fahren.

Zuhause angekommen duschte sie, erneuerte den Verband mit essigsaurer Tonerde und aß eine Kleinigkeit. Dann überlegte sie, welches Paar Schuhe sie anziehen sollte, und entschied sich für robuste Lederhalbschuhe, deren rechten Schuh sie trotz des Verbandes zuschnüren konnte. Sie wartete, bis es dunkel war und rief sich ein Taxi. Sie zog sich eine warme Jacke an, steckte die Waffe in die Innentasche ihrer Jacke und fuhr mit dem Lift nach unten.

»Wo soll's hingehen?«, fragte der Taxifahrer.

»Goetheallee 59 A.«

Um diese Zeit war der Verkehr fast vollständig zum Erliegen gekommen, sodass das Taxi eine knappe Viertelstunde später vor dem Anwesen hielt. Alles war stockdunkel, kein Fenster war erleuchtet. Sie humpelte auf das Tor zu, als ihr siedend heiß einfiel, dass es verschlossen sein könnte. Es war relativ niedrig. Zur Not könnte sie hinüberklettern, überlegte sie. Aber sie hatte Glück, es ließ sich mit der Klinke öffnen.

Sie lief ums Haus herum und stolperte in der Dunkelheit über eine Baumwurzel. Sie riss sich die Hand vor den Mund, um nicht laut aufzuschreien. Der stechende Schmerz, der vom Fußgelenk bis in ihren Oberschenkel schoss, war unbeschreiblich. Sie verharrte für einen Moment, stützte sich mit beiden Händen auf die Knie und atmete tief ein und aus. Schließlich ließ der Schmerz nach, sodass sie ihren Weg humpelnd fortsetzen konnte. Am rückwärtigen Teil des Hauses ging sie die drei Stufen zur Kellertür hinunter und steckte den Schlüssel ins Schloss, um sie zu öffnen. Nicht nötig, sie war bereits offen. Maria wurde erwartet.

Sie zog ihre Waffe aus der Tasche und entsicherte sie. Um nicht eine ideale Zielscheibe abzugeben, schaltete sie das Licht nicht ein. Langsam durchquerte sie den dunklen Raum, bis sie an die Treppe gelangte, die nach oben ins Foyer führte. Sie stutzte. Ein eigenartiger Geruch, wenn auch nur ein schwacher Hauch davon, den sie nicht identifizieren konnte, stieg ihr in die Nase. In der fast undurchdringlichen Dunkelheit, lediglich das schwache Licht einer Straßenlaterne fiel durch ein schmales Kellerfenster, konnte sie zwei weitere Türen ausmachen. Innerlich wappnete sie sich gegen das Unbekannte, das sie hier erwartete, und öffnete beherzt die rechte Tür.

Modrig riechender, feuchter Dunst schlug ihr entgegen. Hier war nichts als lauter altes Gerümpel. Das Herz schlug ihr bis zum Hals, doch der Revolver lag fest in ihrer Hand, als sie mit der Linken die Klinke der zweiten Tür entschlossen herunterdrückte. Wie angewurzelt blieb sie stehen. Der Raum, der sich vor ihr erstreckte, sah wie ein mittelalterliches Gewölbe aus. Die Wände bestanden aus verwitterten, roten Ziegelsteinen, die sich an einigen Stellen schwarz verfärbt hatten. Eine LED-Taschenlampe auf einem großen Tisch warf einen kleinen, bläulichweißen Lichtkegel an die Wand links von Maria. Deutlich konnte sie ein helles Rechteck auf den dunklen Steinen erkennen. Offenbar hatte dort lange ein großes Bild gehangen und so die Steine vor dem Verdunkeln geschützt. Neben dem Tisch standen zwei mannshohe Leuchter, in denen fast gänzlich heruntergebrannte, erloschene Kerzen steckten. Erneut nahm sie den eigenartigen Geruch wahr. Doch bevor sie weiter darüber nachdenken konnte, drang ein Rascheln aus der hintersten Ecke des Gewölbes. Sie riss den Revolver hoch und kniff die Augen zusammen. Eine Bewegung! Jemand kam auf sie zu.

»Hände hoch! Bleiben Sie stehen oder ich schieße!«, rief Maria laut.

Doch der Schatten näherte sich ihr unbeirrt.

»Ich an Ihrer Stelle würde nicht schießen«, hörte sie eine weibliche Stimme aus dem Dunkeln. »Sonst fliegen wir beide in die Luft.« Der schemenhafte Schatten nahm Gestalt an, bis Maria, deren Augen sich mittlerweile an das schwache Licht gewöhnt hatten, die Frau erkennen konnte. Sie musste um die dreißig sein, trug das dunkle

Haar streng zurückgebunden, war schlank und etwas größer als Maria.

»Ich habe die Gasleitung angebohrt. Wenn Sie schießen, entzündet das Mündungsfeuer das Gas und es gibt eine Explosion.« Ihre Stimme war hell und ruhig. »Ich habe auf Sie gewartet, Frau Wagenried. Sie haben meine Botschaft verstanden.«

»Wer sind Sie?«, fragte Maria, den Revolver noch immer auf sie gerichtet.

»Nehmen Sie bitte den Revolver runter. Ich habe nicht vor, Sie zu töten. Ich will mit Ihnen reden.«

»Sagen Sie mir, wer Sie sind!«

»Sie haben schon nach mir gesucht. Im Waisenhaus *Maria voll der Gnade*. Ich bin Eva Canaris, die Tochter von Andreas Canaris.«

Maria ließ die Waffe sinken.

»Wenn Sie mit mir reden wollen, warum haben Sie dann die Gasleitung angebohrt?«

»Sobald ich Ihnen alles erzählt habe, werde ich mich in diesem Haus in die Luft sprengen. Ich habe schwerste Schuld auf mich geladen. Mit der kann und will ich nicht weiterleben.«

»Haben *Sie* Bernhard Molberg und Guido Brunner ermordet?«

»Lassen Sie mich von Anfang an erzählen. Dann werden Sie mich vielleicht verstehen.«

»Was ist mit dem Gas?«

»Das Loch in der Leitung lässt nur eine geringe Menge entweichen. Wenn ich geendet habe, müssen Sie sofort gehen, wenn Sie nicht mit mir sterben wollen. Sollten Sie auf mich schießen, werden Sie die Wahrheit nie erfahren und es wird trotzdem eine Explosion geben. Die Gasmenge, die sich mittlerweile im Raum verteilt hat, reicht dafür aus.«

Maria nickte. »Ich werde nicht schießen. Erzählen Sie.«

»Mein Vater war Templer, wie auch seine beiden Freunde Friedrich von Eich alias Bernhard Molberg und Benedikt

Zeismann alias Guido Brunner. Hier in diesem Raum wurde Molberg zum Primus ernannt und hier in diesem Raum schließt sich der Kreis.«

»Was meinen Sie damit, dass sich hier der Kreis schließt?«

»Ich will es Ihnen erklären. 1985, zu dem Zeitpunkt war meine Mutter mit mir hochschwanger, haben die drei Freunde eine Pilgerfahrt nach Jerusalem gemacht.«

»Wir hatten schon die Vermutung, dass beide Namen geändert wurden, haben bis jetzt aber keine Beweise dafür gefunden. In den Melderegistern ließen sich keine Einträge finden.«

»Das ist richtig«, bestätigte Eva Canaris kühl. »Mein Vater wurde in Jerusalem ermordet. Der Fall wurde nie aufgeklärt. Nachdem meine Mutter zwei Jahre später bei einem Autounfall ums Leben kam, wuchs ich in dem Waisenhaus *Maria voll der Gnade* auf. Aber das wissen Sie ja bereits. Als ich ungefähr sechs oder sieben Jahre alt war, bekam ich Besuch von einem älteren Herrn, einem Priester aus Rom. Er sprach gut Deutsch und war sehr freundlich zu mir. Ich fasste schnell Vertrauen zu ihm. Er war wie ein guter Onkel. Später dann hat er die Patenschaft für mich übernommen und mich regelmäßig, mindestens einmal im Monat, besucht. Während einer dieser Besuche kam er das erste Mal auf den Tod meines Vaters zu sprechen. Im Laufe der Zeit, als ich älter und verständiger wurde, offenbarte er mir, dass mein Vater in Jerusalem von seinen Templerbrüdern, Friedrich von Eich und Benedikt Zeismann, hinterrücks in eine mörderische Falle gelockt worden war. Ein Verrat.«

»Ein Verrat?«

»Mein Vater hatte kompromittierende Dokumente dabei, Unterlagen über den Geheimbund der Giglio Rosso.«

»Die Rote Lilie«, murmelte Maria.

»Der Inhalt dieser Papiere war zu der damaligen Zeit als ausgesprochen brisant einzustufen. Sie sollten unlautere Machenschaften und Intrigen des Giglio Rosso in

Politik und Wirtschaft belegen, in deren oberen Etagen auch Mitglieder dieses Geheimbundes säßen. Es waren absolut haltlose Vorwürfe, wie mir mein Pate mit aller Deutlichkeit versicherte, nur dazu da, den Giglio Rosso in Misskredit zu bringen. Mein Vater wollte diese Dokumente, die ihm von einem Überläufer zugeschanzt worden waren, einem Mittelsmann übergeben. Der wiederum sollte sie einem Großmeister der Templer in Jerusalem aushändigen, damit der sie der Presse zuspielen konnte. Das war ein gefährliches Vorhaben, man kann davon ausgehen, dass mein Vater und seine beiden Freunde in Jerusalem von Anfang an unter Beobachtung standen. Zur geplanten Übergabe ist es dann auch nicht gekommen, denn, so wie mir mein Pate erklärte, Friedrich von Eich und Benedikt Zeismann waren korrumpierbar und geldgierig. Sie hätten einen Mörder beauftragt, der meinen Vater beseitigte, und dann die Papiere dem Giglio Rosso für viel Geld zum Kauf angeboten.«

»Aber Sie sagten doch, dass es sich um letztlich haltlose Vorwürfe gehandelt hätte. Wieso hat der Giglio Rosso dann diese doch nutzlosen Papiere gekauft?«

»Diese Frage habe ich meinem Paten auch gestellt. Er hat sie damit beantwortet, dass man jedes unnötige Aufsehen vermeiden wollte. Möglicherweise hätte es weitflächige Untersuchungen gegeben und einige Leute hätten sich womöglich auf die Füße getreten gefühlt.«

Maria nickte zum Zeichen, dass sie verstanden hatte.

»Immer wieder hat er mir vor Augen geführt, dass seine vermeintlichen Freunde die eigentlichen Mörder meines Vaters wären und der Orden der Tempelritter ein Haufen scheinheiliger, nur auf ihren Vorteil bedachter, korrupter Menschen sei. Menschen, die den wahren Glauben beschmutzten und sogar auf das heilige Kreuz spuckten, ja, die sogar das Christentum verleugneten. Er wurde nicht müde, es immer und immer wieder zu wiederholen, so lange, bis es mir in Fleisch und Blut übergegangen war.

Auf der einen Seite war ich vom katholischen Glauben beseelt, auf der anderen Seite wuchs in mir der Hass auf die Templer, die meinen Vater ans Messer geliefert hatten. Es bestand auch kein Anlass, an den Worten meines Paten die leisesten Zweifel zu hegen. Des Mannes, der sich all die Jahre so liebevoll um mich gekümmert und voller Güte und Herzenswärme versucht hatte, mir meine Eltern zu ersetzen. Ich fühlte mich sowohl ihm als auch dem Giglio Rosso verpflichtet.«

Eva Canaris machte eine kurze Pause und fuhr sich mit der Hand durch das blasse Gesicht. »Ich glaube, ich hätte nicht eine Sekunde gezögert, die Freunde meines Vaters auf der Stelle zu töten, wenn sie schon früher direkt vor mir gestanden hätten. Das Samenkorn war aufgegangen. Dann endlich sollte ich die Möglichkeit erhalten, Rache zu üben. Vor ungefähr vier Wochen erschien mein Pate bei mir und berichtete, dass Bernhard Molberg, also Friedrich von Eich, plane, ein verleumderisches und ketzerisches Buch über die Giglio Rosso zu schreiben.«

»Beim Verleger Reichenberg?«

Eva nickte.

Marias Misstrauen ihm gegenüber war also mehr als berechtigt gewesen. »Wir nahmen an, dass es sich bei Reichenberg ebenfalls um einen Templer handelte«, warf Maria ein.

»Offiziell ja. Aber er ist korrupt und gewissenlos. Nachdem Molberg wegen des Manuskripts bei ihm erschienen war, hat er umgehend den Giglio Rosso kontaktiert. Reichenberg hat das ganz große Geschäft gewittert, wenn er seine Informationen darüber, dass Molberg ein Enthüllungsbuch veröffentlichen wollte, an den Bund verkaufte.«

*Dann hat er wahrscheinlich auch die Manipulation an meinem Auto veranlasst,* dachte Maria. *Offenbar wollte er verhindern, dass die Polizei bei ihren Ermittlungen auf den Giglio Rosso stieß.*

Ihr Blick fiel auf die hinter Eva liegende Wand, an der mehrere Rohrleitungen entlangliefen. Eine davon hatte die Nonne angebohrt und Maria hatte keine Ahnung, wie lange es noch dauern würde, bis hier alles in die Luft flog. Der chemische Geruch, dem Gas aus Sicherheitsgründen beigemischt, wurde immer intensiver.

»Ich verstehe, erzählen Sie weiter«, drängte sie die Nonne.

»Mein Pate eröffnete mir die Möglichkeit, endlich den Mord an meinem Vater zu rächen. Er gab mir weiterhin den Auftrag, nach dem Manuskript zu suchen und es an mich zu nehmen. Also bin ich nach Dresden gereist und habe unter dem Vorwand, eine Antiquität kaufen zu wollen, einen abendlichen Termin mit von Eich, also Bernhard Molberg, in seinem Geschäft vereinbart. Dort habe ich ihn gefoltert, damit er mir verrät, wo sich das Manuskript befindet. Aber eins war merkwürdig, er schien überhaupt keine Angst vor Folter und Tod zu haben. Erst als ich ihm damit drohte, seinen Sohn umzubringen, verriet er mir, dass es hier in seinem Haus im Safe läge. Hätte sich die Nummernkombination, die er mir gegeben hatte, als falsch herausgestellt, hätte ich seinen Sohn ebenfalls liquidiert. Davor hatte er die größte Angst, das konnte ich deutlich spüren.«

»Er war ein Todgeweihter«, erklärte Maria. »Er hatte Krebs im Endstadium und nur noch wenige Wochen zu leben. Das war wohl auch der Grund für sein Enthüllungsbuch. Er hatte keine Angst vor Rache. Dass der Verleger ein korrupter Verräter war, konnte er nicht wissen.«

»Alles war umsonst«, flüsterte die Nonne. Dann fing sie sich wieder und fuhr fort. »Ich habe ihn mit der Garotte getötet, bin hierhergefahren und habe alles durchwühlt und in Unordnung gebracht, um es wie einen Raubmord aussehen zu lassen. Im Safe habe ich Schmuckstücke, Bargeld und auch das Buchmanuskript gefunden.«

»Was ist mit Guido Brunner, also Benedikt Zeismann? Den haben Sie doch auch getötet. *Sie* waren die maskierte Gestalt im *Canadian*, die ›Deus Vult‹ gerufen hat!«

»Das ist richtig. ›Deus Vult‹ ist das Leitmotiv der Tempelritter, ich habe ihn damit verhöhnt und wollte gleichzeitig die Aufmerksamkeit auf den Orden und somit auf eine falsche Spur lenken. Denn ich war mir sicher, dass die polizeilichen Ermittlungen früher oder später seine Mitgliedschaft im Orden der Templer enthüllen würden und das auch für seine wahre Identität nicht auszuschließen war. Es sollte so aussehen, als würde der Mörder aus den eigenen Reihen kommen.«

»Woher wussten sie, dass Guido Brunner in Dresden war und an dem betreffenden Abend im *Canadian* essen würde?«

»Ich stand in ständigem Kontakt mit dem Giglio Rosso. Reichenberg hat mich darüber informiert, dass Guido Brunner nach Dresden geflogen und in welchem Hotel er abgestiegen war. Wir waren uns ziemlich sicher, dass er hier war, um etwas über den Mord an seinem Freund in Erfahrung zu bringen. Es war nicht schwierig für mich, ihn zu beschatten und später dann bis zum Restaurant zu verfolgen. Dort habe ich auch den zweiten Verräter seiner gerechten Strafe zugeführt. Zwei auf einen Schlag, wenn Sie verstehen.«

»Sie sind ein ziemlich hohes Risiko eingegangen, ihn in aller Öffentlichkeit zu erschießen.«

Eva Canaris lächelte. »Das ist wohl richtig. Aber ich wollte den Triumph dieser öffentlichen Hinrichtung genießen. Draußen, wenige Meter weiter, habe ich mich wieder in eine Nonne verwandelt.«

»Dann hatten Sie ihre Tracht an einem sicheren Ort griffbereit aufbewahrt«, folgerte Maria, denn Eva Canaris war ohne Tasche ins *Canadian* gestürmt.

»Auf der gegenüberliegenden Straßenseite ist ein Parkplatz und dahinter befinden sich Bäume und Gebüsch.

Dort hatte ich meine Tasche versteckt. Ich bin über die Straße gelaufen, habe mir das Habit übergeworfen und bin dann den kleinen Weg entlang des angrenzenden Waldstücks zurückgegangen. Eine Nonne, die einen Spaziergang macht.« Abermals lächelte Eva Canaris.

»Durch die Dresdner Heide«, murmelte Maria. Jetzt wurde ihr klar, warum der Schütze in der schwarzen Kleidung wie vom Erdboden verschluckt gewesen war. »Sagen Sie mir bitte noch, warum Sie die Tätowierungen bei beiden Toten herausgeschnitten haben. Wir nahmen zunächst an, dass der Mörder jegliche Verbindung der Opfer zueinander unkenntlich machen und ihre Zugehörigkeit zum Templerorden vertuschen wollte.«

»Ich habe sie als Trophäe mitgenommen, so wie man damals meinem Vater das Herz herausgeschnitten hat.«

Schweigend sah Maria die junge Frau an. Einerseits war sie tief in ihrem katholischen Glauben verwurzelt, andererseits von einem solch abgrundtiefen Hass durchdrungen, dass sie zu einer eiskalten Killerin geworden war.

»Aber wieso sagen Sie dann jetzt, dass Sie schwere Schuld auf sich geladen haben? Das hätte Ihnen doch vor Ihren Taten klar sein müssen. Wieso wollen Sie sich nun selbst bestrafen?«

»Weil von Eich und Zeismann nicht die Mörder meines Vaters sind«, flüsterte sie mit tränenerstickter Stimme.

Maria traute ihren Ohren nicht.

»Und wer ist es dann?«

»Es waren Männer des Giglio Rosso. Der Priester aus Rom hat mich all die Jahre belogen, um mich für seine Zwecke zu benutzen. Selbst, wenn ich nicht Rache an von Eich und Zeismann genommen hätte – ich war dazu erzogen und bestimmt worden, eine Kampfnonne zu werden. Eine Frau, die man für unterschiedlichste Aufträge einsetzen kann. Eine weibliche Person fällt bei Weitem nicht so auf wie ein Mann. Und wenn sie als Nonne gekleidet und in verschiedenen Kampftechniken ausgebildet ist, dann ist sie fast überall einsetzbar. Betende Hände töten nicht, nicht wahr?«

Entgeistert sah Maria sie an. *Was redet die Frau für ein wirres Zeug? Kampfnonnen! So etwas gibt es doch nur in Computerspielen oder Fantasyfilmen!*

»Mein Auftrag lautete, das Manuskript zum Literaturverlag Reichenberg zu bringen.« Sie trat einen Schritt zurück und schob eine dunkle Stofftasche, die von Maria bisher unbemerkt auf dem Tisch gelegen hatte, ein Stück nach vorn. Eva Canaris legte die Hand darauf. »Wie Sie sehen, ist es noch bei mir.« Ein mattes Lächeln huschte über ihr Gesicht. »Natürlich habe ich es gelesen und all die Lügen der Templer bestätigt gefunden, von denen mir mein Pate erzählt hatte. Ich zweifelte keine Sekunde. Alles war so, wie er es mir jahrelang eingetrichtert hatte. Aber dann geschah etwas. Als ich das Manuskript zu Reichenberg bringen wollte, hörte ich zufälligerweise ein Telefonat mit, das Reichenberg offensichtlich mit einem Mitglied des Giglio Rosso führte. Ich stand auf dem Flur vor seinem Büro, er hatte vergessen die Tür zu schließen, sodass ich jedes Wort verstehen konnte. In diesem Telefonat versicherte er seinem Gesprächspartner, dass ich keinerlei Zweifel an der Version des Giglio Rosso hätte, erst recht, nachdem ich das Manuskript gelesen hatte. Der letzte Satz, den er von sich gab, lautete: ›Nein, nein, sie glaubt fest daran, dass von Eich und Zeismann die Mörder ihres Vaters sind.‹«

Sie sah Maria in die Augen. »In dem Moment wurde mir klar, dass ich zwei unschuldige Menschen umgebracht hatte, die Freunde meines Vaters. Und dass ich den wahren Mördern, die mich nur für ihre Zwecke missbraucht hatten, fast mein ganzes Leben lang blindlings vertraut hatte.«

»Das muss ein schlimmer Schock für Sie gewesen sein.« Maria konnte ihre Gefühle von Verzweiflung und Reue sehr gut nachempfinden. Doch Eva Canaris war eine zweifache Mörderin, auch wenn sie sich in ihrem Motiv geirrt hatte. »Stammten diese mysteriösen Hinweise an der Windschutzscheibe meines Autos eigentlich von Ihnen? Der Zettel und die Rose?«

»Nein, das hat Reichenberg arrangiert. Verstehen Sie jetzt, dass ich nicht mehr leben will?«

Maria zögerte einen kurzen Moment, bevor sie antwortete. »Ja, das verstehe ich. Aber ich kann nicht zulassen, dass Sie sich selbst richten. Stellen Sie sich, nehmen Sie Ihre gerechte Strafe an und kommen Sie mit sich ins Reine.«

»Sie wissen nicht, wie lang der Arm des Giglio Rosso ist. Ich hätte keine Chance. Sie würden mich überall finden. Aber ich wollte Ihnen die Wahrheit sagen und gleichzeitig ein wenig mein Gewissen erleichtern, indem ich zur Aufklärung des Falles beitrage.«

»Wie heißt dieser vermeintliche Priester aus Rom?«

Doch bevor Eva Canaris antworten konnte, hörte Maria ein Geräusch an der Tür. Sie drehte sich um und blickte in zwei auf sie gerichtete Revolvermündungen. Im Türrahmen standen die beiden Männer, die offenkundig Hans-Peter Rosenbaum, den Leiter der Stiftung in Würzburg, ermordet hatten und nach denen sie bisher erfolglos gefahndet hatten.

»Da ist ja unsere abtrünnige Nonne! Zusammen mit der Schnüfflerin von der Polizei«, sagte der Mann höhnisch, der sich für Rosenbaum ausgegeben hatte. »Wo ist das Manuskript?«

»Und Sie sind die Mörder von Rosenbaum, habe ich recht? Warum musste er sterben?«

»Wir wussten, dass von Eich mit Rosenbaum befreundet war«, gab er bereitwillig in der Gewissheit seiner Überlegenheit Auskunft. »Wir haben ihm einen Besuch abgestattet, weil wir in Erfahrung bringen wollten, ob er in die Sache mit dem Manuskript eingeweiht war. Leider war er nicht sehr kooperativ, da mussten wir ihn eliminieren. Kurze Zeit später sind Sie dann plötzlich aufgetaucht.«

»Woher wissen Sie, dass ich hier bin?« Eva sah von einem zum anderen, blieb dabei aber gefasst und ruhig.

»Du hast dich nicht mehr bei Reichenberg gemeldet, obwohl es so vereinbart war. Er ahnte, dass du etwas von seinem Gespräch mit Rom mitbekommen hattest. Du bist zu einer Gefahrenquelle für uns geworden. Und die da«, er wies mit der Waffe auf Maria, »erledigen wir gleich mit.«

»Das würde ich an Ihrer Stelle lassen.« Unerschrocken sah Maria den Mördern entgegen. »Ein einziger Funke und wir fliegen alle in die Luft. Eva Canaris hat eine Gasleitung angebohrt. Riechen Sie das nicht?« Marias Stimme klang ruhig und sachlich.

Die beiden Männer schnupperten und sahen sich an, unschlüssig darüber, was sie nun tun sollten. Währenddessen griff Eva Canaris in ihre Hosentasche, holte einen Gegenstand hervor und hob ihn in die Höhe. Voller Entsetzen starrte Maria auf das rote Feuerzeug. Sie würde doch nicht ...

Die Männer machten auf dem Absatz kehrt und stürmten hinaus. Maria warf einen letzten, panischen Blick auf Eva Canaris, bevor sie ihnen hinterherstürzte. Sie ignorierte den rasenden Schmerz in ihrem Knöchel und jagte den Männern nach. Gerade hatte sie die Kellertür erreicht und wollte die Stufen hochsprinten, da ertönte ein ohrenbetäubender Knall. Gleichzeitig wurde sie hoch durch die Luft geschleudert und prallte am oberen Ende der Treppe auf den Boden. Sie spürte noch einen dumpfen Schlag gegen ihren Schädel, dann wurde alles schwarz um sie herum.

# EPILOG

Nachdenklich rührte Maria in der Tasse, in der der verführerisch duftende Kaffee dampfte. Sie lag in einem Liegestuhl auf Dess' Terrasse und genoss die noch warmen Temperaturen des Maiabends. Überall in den in sanften Rundungen angelegten Blumenbeeten grünte und spross es. Bald schon würden sich die ersten Knospen der Rosen öffnen, ihren betörend süßen Duft verströmen und in Farbe und Schönheit miteinander wetteifern. Sie hörte ein Geräusch an der Tür. Dess kam auf die Terrasse, in der Hand eine Decke.

»Falls es dir zu kalt wird.«

»Das ist lieb, aber der Gips und die vielen Verbände halten mich schön warm«, erwiderte sie lächelnd.

»Du siehst in der Tat wie eine Mumie aus«, lachte er und wies auf den weißen Kopfverband, den sie immer noch trug. Wenn es so etwas wie einen Schutzengel gab, dann war er bei ihr gewesen, als sie während der Explosion hochgeschleudert wurde und einige Meter weiter hart aufgeschlagen war. Unmittelbar neben ihrem Kopf war ein riesiger Steinbrocken gelandet. Nur wenige Zentimeter hatten gefehlt und sie wäre tot gewesen. So hatte sie nur eine Schädelprellung und zwei tiefe Platzwunden am Kopf, ein gebrochenes Bein und eine gebrochene Schulter davongetragen.

»Gib mir lieber eine Zigarette. Nur eine einzige.«

»Nichts da! Du weißt genau: Eine bedeutet, dass du wieder anfängst.«

»Aber ich bin versehrt, und Kranke soll man hegen und pflegen und ihnen jeden Wunsch erfüllen«, insistierte sie halb scherzhaft.

»Ich zaubere dir ein leckeres Abendessen und werde dir das Fleisch in mundgerechte Häppchen schneiden. Anschließend schauen wir uns einen Film an, der nur dir gefällt und mich zu Tode langweilen wird. Dann trage ich dich ins Bettchen. Das ist Wunscherfüllung genug.«

Maria seufzte, doch sie wusste, dass er recht hatte. Sie nahm einen Schluck Kaffee, an dem sie sich prompt die Zunge verbrannte.

»Herrgott noch mal«, fluchte sie und stellte die Tasse heftig auf den Tisch zurück. »Verdammt heiß.«

Dess lachte auf. »Lass nicht deine schlechte Laune an dem Kaffee aus, bloß weil du nicht rauchen kannst.«

Sie verzog den Mund und schnaubte übertrieben. Er verschwand wieder im Haus, um das Abendessen zuzubereiten. Trotz ihrer Verletzungen fühlte sich Maria so gut wie schon lange nicht mehr. Entspannt und frei von allen beruflichen Verpflichtungen. Sie blieb morgens länger im Bett und konnte endlich den Schlaf nachholen, den sie in der letzten Zeit nicht bekommen hatte. Noch für mindestens einen Monat war sie krankgeschrieben. Diesen Zeitraum wollte sie nutzen, um intensiv darüber nachzudenken, ob sie nicht für ein Jahr unbezahlten Urlaub nehmen sollte. Das Problem dabei war, dass sie nicht über genügend finanzielle Mittel verfügte. Allein die laufenden Kosten würden die Rücklagen, die sie angespart hatte, in Windeseile auffressen.

Dess, mit dem sie ihre Überlegungen geteilt hatte, hatte ihr zwar angeboten, zu ihm zu ziehen, um ihre eigene Wohnung auf Zeit oder als Ferienwohnung vermieten zu können, doch sie war sich nicht sicher, ob sie sein Angebot annehmen sollte. Damit würde sie sich in eine Abhängigkeit begeben, von der sie glaubte, dass sie ihr nicht guttäte. Außerdem konnte sie sich nicht vorstellen, auf so engem Raum von morgens bis abends mit ihm zusammenzuleben. Andererseits schien das momentan die einzige Möglichkeit zu sein, ein Sabbatjahr realisieren zu können.

Doch wollte sie das wirklich? Wenn sie zu Dess zog, dann sollte das doch nur aus emotionalen Gründen passieren. Weil sie es sich wirklich wünschte. Allerdings fühlte sie sich ausgebrannt und leer. Dieses eine Jahr würde ihr erlauben, neue Kräfte zu sammeln und die Seele baumeln zu lassen. Sie hatte schon viele Pläne gemacht, was sie unternehmen würde. Lesen, so viel und so lange sie wollte, Theater-, Kino- und Konzertbesuche, lange Spaziergänge, wann immer sie Lust dazu hatte. Vielleicht, zunächst nur eine kleine, flüchtige Idee, die sich aber in ihrem Kopf festgesetzt und immer deutlichere Konturen angenommen hatte, würde sie Zeit und Muße haben, all das aufzuschreiben, was sie in den vergangenen Monaten und Jahren erlebt hatte und was sie bewegte. Sie wollte ihre Erlebnisse als Ermittlerin festhalten und all die schmerzhaften und wunderschönen Ereignisse ihres privaten Lebens noch einmal bewusst nachempfinden. Wenn sie ehrlich zu sich war, war diese Idee auf ihrer Wunschliste immer weiter nach oben gerutscht.

Wie zu erwarten gewesen war, hatte Kriminaloberrat Rottge angesichts ihres erneuten Alleingangs getobt und sie vorläufig vom Dienst suspendiert. Für wie lange, war noch nicht klar. Dass er nicht drastischere disziplinarische Maßnahmen ergriffen hatte, war wohl nur der Tatsache geschuldet, dass sie entscheidend dazu beigetragen hatte, die Mörderin von Bernhard Molberg und Guido Brunner zu finden. Eva Canaris hatte sich selbst gerichtet und sich im Haus des besten Freundes ihres ermordeten Vaters in die Luft gesprengt.

Für Marias Empfinden hatte sich der Kreis an dieser Stelle tatsächlich geschlossen, auch wenn die Täterin so nicht mehr von der Gerichtsbarkeit zur Verantwortung gezogen werden konnte. Doch sowohl Reichenberg, der Verleger, der in diesen mörderischen Verstrickungen die Rolle des scheinheiligen Doppelagenten gespielt hatte, als auch die beiden Mörder von Hans-Peter Rosenbaum, dem Leiter der Stiftung in Würzburg, waren flüchtig und zur Fahndung ausgeschrieben. Maria ging davon aus, dass man sie nicht finden würde. Der Giglio Rosso würde seine schützenden Hände über sie halten. Das Manuskript des Enthüllungsbuches, in dem Molberg die mörderischen

Machenschaften, die unter anderem in Jerusalem zum Tod von Andreas Canaris geführt hatten, aufdecken wollte, war bei der Explosion komplett zerstört worden.

Auch die Ermittlungen zum Mord an Roland Velna hatten eine überraschende Wendung genommen. Die genetische Untersuchung hatte ergeben, dass es sich bei den Überresten in der Badewanne nicht um den Journalisten gehandelt hatte. Die Leiche war die eines Verstorbenen, den man aus der Aufbahrungshalle eines Bestattungsunternehmers gestohlen hatte. Velna hatte seinen eigenen Tod nur fingiert, um einen Fluchtvorsprung zu gewinnen.

Jetzt wurde ihr doch kalt und sie begann zu frösteln. Gerade wollte sie aufstehen und hineingehen, als Dess wieder auftauchte. Sofort wusste sie, dass etwas nicht stimmte. Seine Miene drückte Besorgnis und Verunsicherung aus. Er hielt einen Brief in der Hand.

»Hier, hat gerade ein Bote abgegeben.«

Verblüfft nahm sie den Umschlag entgegen. Die Adresse des Absenders fehlte, doch sie konnte an dem Stempel auf der Briefmarke erkennen, dass er in Sao Paulo abgestempelt worden war. Mit zitternden Fingern riss sie den Umschlag auf, zog den Brief heraus und begann zu lesen.

*Liebe Frau Wagenried,*
*ich hoffe, Sie haben alles gut überstanden und sind auf dem Weg der Besserung. Mir geht es gut und ich fühle mich sicher, da, wo ich jetzt bin. Es tut mir leid, wenn ich Ihnen mit meinem vermeintlichen Tod einen Schrecken eingejagt habe, aber das war leider unumgänglich. Ich wünsche Ihnen das Allerbeste.*

*Herzlichst*
*Ihr Roland Velna*

## ENDE

 Die Autorin

Es war Liebe auf den ersten Blick, die Victoria Krebs mit der Barockstadt an der Elbe verband. Die einzigartige Architektur, die malerische Landschaft und die liebenswerte Individualität der Menschen in dieser Region inspirierten sie zu ihrem ersten Thriller, der in Dresden spielt. Protagonisten mit Ecken und Kanten, abscheuliche Verbrechen und nicht zuletzt die Liebe mit ihren Irrungen und Wirrungen beherrschen ihre schriftstellerische Arbeit.
Victoria Krebs ist in Oldenburg, Niedersachsen, geboren und lebt heute mit ihrer Familie in Dresden.

**Noch mehr spannenden Lesestoff von Victoria Krebs gibt es hier:**

DRESDNER KRIMINAL

Victoria Krebs

KOPFLOS IN DRESDEN

www.editionsz.de

## Kopflos in Dresden

Die diensthabenden Polizisten tippten mit dem Zeigefinger an den Schirm ihrer Mützen und winkten Hauptkommissarin Maria Wagenried und Kommissar Nihat Celan durch.

Schon von Weitem waren der Krankenwagen und das Aufgebot an Streifenwagen mit ihren flackernden Blaulichtern zu sehen. Die unbefestigten Enden der rotweißen Absperrbänder hingen an diesem windstillen Morgen schlaff herunter. Bereits jetzt konnte man spüren, welch drückende Hitze die Stadt in wenigen Stunden wieder lähmen würde.

Maria und Nihat stiegen aus. Die Blicke der Kollegen kannte sie schon. Es machte ihr nichts mehr aus, dass diese offensichtlich über ihr Verhältnis mit ihrem vierzehn Jahre jüngeren Mitarbeiter im Bilde waren. Doch nach fast einem Jahr war es sowohl ihr als auch Nihat gleichgültig, was die Kollegen dachten. Sollten sie sich doch die Mäuler zerreißen!

»Morgen«, brummte sie in die Runde. »Wo ist denn die Leiche?«

Gerd Wechter wies mit dem Kopf nach oben zur Vase, an der noch immer die Leiter des Gärtners angelehnt stand. Maria runzelte die Stirn. Ohne eine weitere Erklärung abzuwarten, kletterte sie rasch hinauf. Sie prallte im selben Moment zurück, als sie sah, was in der Vase lag.

Eine grausam verzerrte Fratze starrte sie aus weit aufgerissenen Augen an. Vor Todesangst waren sie aus ihren Höhlen getreten, sodass das Weiße um die Pupillen gespenstisch zu leuchten schien. Lange blonde, blutverkrustete Haare schlängelten sich hinab bis zu der Stelle, an der der Kopf vom Hals abgetrennt worden war ...

ISBN 978-3-943444-80-3

# Auch in dieser Reihe erschienen:

**Die Sächsische-Schweiz-Krimis
von Thea Lehmann**

www.editionsz.de

**Tod im Kirnitzschtal**

»Rumpelnd und quietschend quält sich die Kirnitzsch-
talbahn durch den Nassen Grund. Im hinteren Teil der
zwei Waggons kippt der einzige Passagier zunächst zur
Seite, dann auf den Boden. Von dem Mann kommt allerdings kein Mucks, denn er ist bereits seit drei Minuten
mausetot.«

Ein Fall für den Neu-Dresdner Kriminalkommissar Leo
Reisinger, der auf diese unschöne Weise zum ersten Mal
Bekanntschaft mit dem Lieblingswandergebiet seiner
sächsischen Kollegen macht. Dabei werfen die Ermittlungen immer mehr Fragen auf, beunruhigenderweise
sogar zu seinem eigenen Leben ...

ISBN 978-3-943444-47-6

www.editionsz.de

## Dunkeltage im Elbsandstein

»Leo saß wie ein Häuflein Elend in der Höhle und
hätte für zwei weitere Scheiben Zwieback wohl die
unvernünftigsten Dinge getan. Er hatte keine Ahnung,
wer der Irre war, der sie hier alle festhielt.«

Ein toter Mann liegt am Waldrand. Ein verlassenes Haus
mitten in der Sächsischen Schweiz birgt dunkle Geheim-
nisse. Kriminalkommissar Leo Reisinger muss für diesen
Fall ins Gebirge. Während seine Kollegin Sandra Kruse
noch nach zwei vermissten Frauen aus Dresden sucht,
nimmt das Geschehen plötzlich eine völlig neue Wendung. Der Bayer kommt physisch und psychisch an seine
Grenzen. Ein Kampf auf Leben und Tod beginnt ...

ISBN 978-3-943444-62-9

www.editionsz.de

**Mordskunst im Elbtal**

Sie war jung und kerngesund. Warum hatte sie sterben
müssen? Die Tote vom Bahnhof Bad Schandau lässt
Kommissar Leo Reisinger keine Ruhe. Auch dann nicht,
als zwei weitere Menschen auf brutale Weise ihr Leben
verlieren. Reisinger glaubt, einem Kunstschmuggelring
auf den Fersen zu sein. Stur verfolgt er seine Spur,
stöbert Fälscher auf, fördert Meisterwerke zutage und
merkt zu spät, dass er sich nach allen Regeln der Kunst
in einem mörderischen Netz verfangen hat ...

ISBN 978-3-943444-66-7

www.editionsz.de

**Tatort Kuhstall**

Am Fuß der Kuhstallhöhle in der Sächsischen Schweiz
wird ein Toter gefunden. Zunächst deutet für den
Kommissar Leo Reisinger und seine Kollegen alles
auf einen Selbstmord hin. Doch dann tauchen immer
mehr Ungereimtheiten und Verdächtige auf.
In den Fokus der Ermittlungen rückt ein lange zurück-
liegender Kletterunfall, der das Leben aller Beteiligten
bis heute prägt. Doch was genau geschah in jener Nacht
am Kuhstall? Und warum ging Jahrzehnte später an
genau der gleichen Stelle das Leben des Unternehmers
Dr. Schüppel zu Ende?

ISBN 978-3-943444-76-6

www.editionsz.de

**Impressum**

© SAXO'Phon GmbH
Ostra-Allee 20, 01067 Dresden
www.saxophon-verlag.de
© Reihengestaltung und Umschlagillustration
www.oe-grafik.de

Autorin: Victoria Krebs
Grafische Gestaltung: Thomas Walther, BBK
Satz: Ö GRAFIK agentur für marketing und design
Druck: CPI Moravia Books

ISBN 978-3-943444-82-7